Kyra Groh
Alles, was du von mir weißt

Bisher bei Loewe Intense erschienen:

Alles, was ich in dir sehe
Alles, was du von mir weißt

KYRA GROH

Alles

WAS DU VON MIR WEIẞT

Loewe
INTENSE

ISBN 978-3-7432-1150-6
1. Auflage 2022
© 2022 Kyra Groh
© 2022 Loewe Verlag GmbH, Bühlstraße 4, D-95463 Bindlach
Dieses Werk wurde vermittelt durch die Michael Meller Literary Agency GmbH, München.
Umschlaggestaltung: Andrea Janas | andreajanas.com
Umschlagmotiv: © Elena Medvedeva/shutterstock.com
Klappenillustrationen: Daniela-Karin Raffl
Innenillustrationen: Laura Rosendorfer
Redaktion: Elena Hein
Printed in the EU

www.loewe-verlag.de

Liebe Leser*innen,

dieses Buch enthält potenziell triggernde Inhalte.
Deshalb findet ihr auf der letzten Seite eine Content Note.

Achtung: Diese enthält Spoiler für die gesamte Geschichte!
Wir wünschen euch das bestmögliche Lesevergnügen.

Eure Kyra und das Loewe Intense-Team

*Für alle, die manchmal vergessen,
dass sie mehr sind als ihr Körper.*

PLAYLIST

Gary Clark Jr., Junkie XL – Come Together
Modern Baseball – Your Graduation
Beach Bunny – Prom Queen
John Harvie – Bleach (On the Rocks)
renforshort – fuck, i luv my friends
KennyHoopla, Travis Barker – estella//
Beyoncé – Single Ladies (Put a Ring on It)
Neon Trees – Animal
Olivia O'Brien, Oli Sykes of Bring Me The Horizon – No More Friends
Miley Cyrus – Never Be Me
Dave Hause – Leave It in That Dream
SLANDER, Dylan Matthew – Love is Gone – Acoustic
Taylor Swift – this is me trying
Billy Joe Armstrong of Green Day – I Think We're Alone Now

EIN ALTER KOSENAME

LANSBERG AN DER WUPPER, 18. JUNI
ABIBALL DES KONRAD-ADENAUER-GYMNASIUMS

»Du hast aber doch gesagt, dass du das Auto bekommst!« In meinem Schminkspiegel sehe ich, wie ich mir entnervt an die Stirn greife. *Fuck.* Mein ganzer Abend war darauf ausgerichtet, dass Anouk mich einsammelt. Vom Timing bis zur Auswahl des Kleides. Hätte ich gewusst, dass sie mich eine halbe Stunde vor Abfahrt hängen lässt, wäre dieser Fummel sicherlich nicht in meinem digitalen Einkaufswagen gelandet. Der Stretchanteil meines wadenlangen Bodycon-Kleides ist zwar hoch – aber nicht hoch genug, um eine zwanzigminütige Fahrt auf dem Rad zu überstehen.

»Ich konnte schlecht vorhersehen, dass unser Kombi einen Motorschaden haben würde und meine Eltern deswegen mit dem Transporter zum Sängerheim fahren müssen.« Den Transporter nutzt Anouks Familie für gewöhnlich nur, um Auslieferungen für ihren Bauernhof zu übernehmen. Anouk hasst diese Karre, weil sie fast zwanzig Jahre alt ist, keine Servolenkung besitzt und mit einem riesigen Logo des Vogelhofs bedruckt ist. Was gäbe ich dafür, dass auf unserem Auto einfach nur Werbung für einen Bauernhof wäre …

»Ich kann nicht mit dem Rad fahren«, protestiere ich und versuche, mit einem Pinsel den Bronzer auf meinen Wangen zu verteilen, den ich vor Schreck ein bisschen zu großzügig draufgeklatscht habe.

»Nun hab dich mal nicht so. Ich weiß, du bist eine Diva, aber …«

»Nein. Nein, das hat nichts mit Divengehabe zu tun. Es ist mir rein physikalisch schlichtweg nicht *möglich*. Es gibt eine gewisse Unverhältnismäßigkeit zwischen dem benötigten Hebeleffekt meiner Beine und der Weite meines Kleidersaums.«

»Soll heißen …?«

»Dass mein Kleid platzt, wenn ich es versuche. Es ist eng. Sehr eng.«

Anouk stöhnt genervt. Klar, sie kann das auch nicht nachfühlen. Anouk trägt niemals eng anliegende Kleider. Oder überhaupt etwas Enganliegendes. »Warum genau hast du dich für ein Kleid entschieden, in dem du dich kaum bewegen kannst?«

»Weil ich verdammt gut darin aussehe. Und weil ich allen den Mittelfinger zeigen will, die bisher dachten, dass man ab Kleidergröße vierzig nur in den Wallegewändern eines römischen Senators auf Tanzveranstaltungen gehen darf.«

»Oh, cool. Ich wusste nicht, dass du auf unserem Abiball so eine Art politisches Statement abgeben willst. Jetzt fühle ich mich *noch* schlechter, dass ich dich nicht abholen kann.«

Ich lache und klappe mit einem Schnappgeräusch das Bronzingpuder zu. Wenigstens bin ich jetzt schon mal fertig geschminkt.

»Okay, ich muss leider die unausweichliche Frage stellen …«, beginnt Anouk.

»Nein«, donnere ich sofort, weil ich genau weiß, was sie vorschlagen will.

»Aber wieso …?«

»Weil.« Einsilbige Antworten sind nicht gerade typisch für mich. Meine Freundinnen wissen, dass die Kacke am Dampfen ist, wenn ich mal nicht episch weit aushole.

Ich klemme mir das Handy zwischen Schulter und Ohr ein und suche nach meiner Handtasche.

Shit. Jetzt werde ich auch noch nervös. Ich werde *nie* nervös.

»Du sagst doch immer, du stehst darüber!«

»Ich stehe auch darüber. Es ist nicht wegen des Autos.« *Wo ist meine verfluchte Handtasche?*

»Also dann …«

»Nein, ich mein's ernst, Anouk, ich werde sie nicht fragen.«

Ah, da ist sie! Die rechteckige schwarze Clutch in Krokolederoptik liegt auf meiner Kommode. Also genau dort, wo ich sie gestern Abend platziert habe, als ich mein Outfit noch einmal Probe getragen und mich dabei wie die kleine Schwester von Plus-Size-Supermodel Ashley Graham gefühlt habe. *Alles ist gut, Polly, jetzt nur nicht die Nerven verlieren.*

»Ich rufe Anna an«, schlage ich vor. »Vielleicht kann sie uns abholen.«

»Anna fährt wie vereinbart mit ihren Eltern und Brüdern hin.«

Ich stoße ein Ächzen aus. »Wie passen die eigentlich alle zusammen in eine Karre? Sind ihre Brüder nicht jeweils drei Meter breit?« Die gesamte Familie Jagoda ist ultrasportlich und besteht nur aus Erfolg und Muskeln. Sie betreibt das

Fitnessimperium *Lose it & Love it* – ein Onlineprogramm, mit dem man in ein paar Wochen schlanker und definierter werden soll. Alle fünf, Annas Eltern, sie und ihre Brüder, sehen aus, als wären sie selbst ihre besten Kunden.

»Ach Quatsch. Jonas ist maximal zwei Meter breit, Paul dafür aber vielleicht vier.«

Gegen meinen Willen lache ich über diesen Kommentar. Annas Brüder ... sie sind berühmt-berüchtigt bei jedem heterosexuellen Mädchen, das in Lansberg groß geworden ist. Bis auf Anna selbst natürlich. Und Anouk, die mit ihrem Freund Kaya gefühlt schon seit ihrer Geburt zusammen ist. Und, na ja ... bei mir auch nicht. Ich bin zu clever, um mich in einen Kerl wie Paul Jagoda zu verknallen. Böse Zungen würden sagen, dass ich bei ihm sowieso keine Chance hätte, weil er der sexy Muskelprotz ist und ich die lustige Dicke bin. Aber damit habe ich kein Problem. Genauso wenig, wie ich ein Problem damit habe, mich selbst dick zu nennen. Ich bin dick. Na und? Es ist nur ein Wort und es trifft auf mich zu. Wieso sollte ich mich damit unwohl fühlen?

Jedenfalls ist das nicht der Grund, wieso ich nie auf die offensichtlich hotten Jagoda-Brüder gestanden habe. Ich habe Wichtigeres zu tun. Meine Karriere anleiern zum Beispiel. Ach ja. Und da gab es natürlich diesen einen Kerl, der mich gelehrt hat, von heißen Typen die Finger zu lassen. Diesen Kerl, dessen Name ich nicht mehr ausspreche, weil er äußerlich zum Anbeißen und innerlich zum Wiederausspucken war. So etwas kann ich beim besten Willen kein weiteres Mal gebrauchen.

»Also, wie machen wir es nun? Quälst du dich aufs Rad oder springst du über deinen Schatten und fragst deine Mutter?«

Wie auf Kommando geht die Tür meines Zimmers auf und besagte Mutter tritt polternd herein. Diese Frau kann wirklich nichts leise und diskret tun – die vielleicht einzige Gemeinsamkeit unserer sonst komplett unterschiedlichen Charaktere. Ihr wäre es in meinem Alter zum Beispiel äußerst wichtig gewesen, dass Paul Jagoda auf sie abfährt. Und auch heute macht sie sich noch von Männern abhängig und definiert sich rein darüber, was andere von ihr denken. Was ironisch ist, wenn man bedenkt, dass sich die halbe Stadt das Maul über ihren Nebenjob zerreißt.

»Oh«, macht Mama, als sie an mir hinabsieht. Ich kann in ihrem Blick lesen, dass ihr etwas auf der Zunge liegt. Doch sie spitzt nur die Lippen und sagt: »Das ist also das Kleid, um das du so ein Geheimnis gemacht hast?«

»Ist das deine Mutter? Fragst du sie?«

Ich ignoriere Anouk und zische stattdessen meiner Mum zu: »Offensichtlich.«

»Ich frag ja nur.« Verteidigend streckt sie die Hände von sich.

Und genau das ist der Grund, wieso ich – wie sie es nennt – so ein Geheimnis darum gemacht habe. Weil sie nie sagen kann, dass ich gut aussehe. Komplimente kommen bei meiner Mutter immer mit einem Disclaimer daher: *Mit zehn Kilo weniger wärst du noch hübscher. In Kleidergröße achtunddreißig sähe das noch toller aus.* Dieses *noch* in Mamas fragwürdigen Schmeicheleien trifft mich jedes Mal aufs Neue wie ein Peitschenschlag.

»Fragst du sie?«, will Anouk schon wieder wissen. »Falls nicht, muss ich nämlich jetzt sofort losradeln.«

Ich gebe mir einen Ruck und bringe die Worte »KannstduunszumAbiballfahren?« in einem einzigen Schwall heraus.

Meine Mutter hat mir schon vor Wochen eröffnet, dass sie heute Abend nicht mitkommen wird. Ihr schlichtes »Oh? An einem Freitagabend? Aber, Schatz, da kann ich doch nicht!« hat mich nicht überrascht. Ich habe sie nicht einmal gefragt, ob sie wirklich dachte, die Ballnacht würde an einem Mittwochnachmittag abgehalten werden, um ihr besser in den Terminplan zu passen. Nicht, dass sie sich mittwochnachmittags Zeit genommen hätte. Da muss sie nämlich auch arbeiten. Allerdings in ihrem Hauptjob als Buchhalterin.

»Ich dachte, Anouk holt dich ab?«

Ich ringe erneut um Fassung, schalte das Mikro auf meinem Handy aus, damit Anouk die nachfolgende Unterhaltung nicht mithören kann, und erkläre: »Das Auto ist kaputt. Ihre Eltern mussten umdisponieren. Also ... könntest du?«

Theatralisch schaut Mama auf die noble, mit Steinen besetzte Uhr an ihrem schmalen Handgelenk, schüttelt sich anschließend das geföhnte Haar auf und sagt: »Dann aber jetzt sofort. Ich habe um sieben die erste Party.«

Nie fand ich den Begriff Party unangemessener. Ich würde lieber auf eine *Party* gehen, auf der sich die Gäste gegenseitig mit stumpfen Messern den Blinddarm entfernen, als auf eine von Mamas Sexy-Hexy-Veranstaltungen.

»Noch so ein Drink und ich wäre bereit, mir von deiner Mutti eine Einführung in ihr Sortiment geben zu lassen, Polly!«

Ich nehme den Cocktail entgegen, der mir soeben über die Theke gereicht wurde, und sehe mit hochgezogenen

Augenbrauen zu dem Typen neben mir. Es ist Bennet, einer meiner Klassenkameraden. Oder besser gesagt: einer meiner *ehemaligen* Klassenkameraden. Und zwar einer von der Sorte, die mir nach heute Abend definitiv gestohlen bleiben kann.

»Verstanden? 'ne *Einführung*!«

Ich blinzle ein paarmal provokativ, um ihm zu zeigen, dass der lahme Witz nicht besser wird, nur weil er ihn wiederholt. Ich hab's kapiert: Meine Mutter verdient ihr Geld damit, Sexspielzeug auf Dildopartys zu verticken. *Get over it.* Ich selbst bin zwar noch lange nicht darüber hinweg, aber das ist ein anderes Thema.

»Mehr hast du nicht drauf?«, frage ich, während Bennet mich noch immer wie ein Mensch gewordener Zwinkersmiley anstarrt und auf eine Reaktion hofft.

Ich lasse ihn stehen und werfe ihm eine Fuck-off-Geste über die Schulter zu. Es soll ja Leute geben, die die Schule nach ihrem Abschluss vermissen. Das wird mir garantiert nicht passieren. Ich weiß einfach, dass ich für das Berufsleben gemacht bin. Davon trennt mich zwar noch ein mehrjähriges Jurastudium, aber diese Zeit kriege ich auch noch rum. In ein paar Jahren sitze ich schmalspurigen Proleten wie Bennet dann im Verhandlungssaal gegenüber und verknacke sie wegen Steuerhinterziehung. Oder wegen einer überstehenden Gartenhecke. Memo an mich: Nicht auf Zivilrecht spezialisieren.

Ich lasse meinen Allerwertesten auf dem Weg von der Bar zurück zu unserem Tisch noch ein wenig ausladender schwingen und setze mich schließlich wieder zwischen meine besten Freundinnen. Anna und Anouk sind in ein Gespräch über Annas anstehenden Portugalurlaub vertieft, eine Luxusreise, die ihre Eltern ihr zum Abschluss geschenkt haben. Normalerweise habe ich kein Problem damit, mich in eine Unterhaltung einzuklinken, aber in diesem Moment möchte ich einfach nur ungestört meinen Cocktail trinken und die Scham, die ich empfinde, gleich mit hinunterspülen.

Ja, ich tue immer so, als stünde ich über allem. Als kümmerte es mich nicht, dass meine Mutter lieber den *Bunny 2001* an eine Schar kichernder Junggesellinnen verhökert, als an meinem Abiball teilzunehmen. Als hätte ich nicht mitbekommen, dass Annas und Anouks Eltern ihre Abwesenheit negativ aufgefallen ist. Als könnte ich ihren Nebenjob wohlwollend unter *freie Auslebung weiblicher Lust* abhaken.

Aber die Sache ist die: Ich kann's nicht. Ich kann zwar nach außen hin so tun, als wäre ich stärker als all das, doch in mir drin sieht es anders aus. Und deswegen wird es Zeit, dass ich endlich hier wegkomme. Weg aus der Kleinstadt, in der jeder eine vorgefertigte Meinung über jeden hat.

»Alles okay bei dir, Pollyschmolly?«

Widerwillig hebe ich den Blick von meinem Glas mit klebrig-süßem Alkohol und entdecke Annas Bruder Jonas. Er sitzt schräg gegenüber am Kopfende des Tisches, die Krawatte mit gelöstem Knoten um seinen Hals, das weiße Hemd oben ein wenig offen. Jesus … wie kann ein Mensch nur derart viel Sport treiben, dass man die trainierte Brust selbst dann erkennen kann, wenn nur drei Knöpfe geöffnet sind?

»So hast du mich nicht mehr genannt, seit …?«

»Seit du auf Annas dreizehntem Geburtstag schmollend in der Ecke gesessen hast, weil dich irgendein Kerl geärgert hat.«

»Er hat mich nicht geärgert. Er hat behauptet, sein Vater wäre Richter am Bundesverfassungsgericht. Dabei arbeitete er im Amtsgericht Lansberg.«

»Und das hat dich verdammt geärgert.«

»Nun ja ...« Ich strecke beide Hände mit den Handflächen nach oben aus und wäge an ihnen mein Argument ab. »Diese beiden Gerichte agieren nicht mal nach derselben Gerichtsbarkeit. Das eine ist die Verfassungsgerichtsbarkeit und das andere ... Ach, egal.« Jonas zwinkert mir zu. Sag mal ... hat der Typ selbst trainiertere Augenlider als ein normaler Mensch oder wieso sieht das bei ihm so ... elegant aus? Wenn ich versuche, jemandem zuzuzwinkern, macht er garantiert sofort den FAST-Test, um zu überprüfen, ob ich gerade einen Schlaganfall erleide.

»Also erzähl, was ist der Grund für den mürrischsten Blick seit dem großen Amtsgericht-Zwischenfall vor fünf Jahren?«

»Nichts«, sage ich. »Ich habe bloß darüber nachgedacht, dass ich das hier nicht vermissen werde. Die Schule, meine ich. Die Stadt ...«

Jonas nickt langsam. »Ja, so ging es mir auch. Es ist besser rauszukommen.« Kurz wirkt er ein wenig verloren und schwenkt, wie zur Ablenkung, ein halb volles Glas mit Cola in der Hand. »Anna meinte, du ziehst auch nach Köln?« Am Ende des Satzes geht seine Stimme ein kleines bisschen hoch. Gerade genug, um seiner Frage den Small-Talk-Charakter zu nehmen.

»Jap«, mache ich und lasse den Buchstaben »p« bestimmt und genüsslich von meinen Lippen prallen.

»Lass mal was von dir hören, wenn es so weit ist.« Er schaut mich aus halb geöffneten Lidern an, was seine Augen dunkler und ihn noch attraktiver aussehen lässt. Was hat es mit Jonas' omnipräsenter Nettigkeit auf sich? Kann er einfach nicht anders, als überall seinen Charme zu versprühen? »Ich zeig dir meinen liebsten Libanesen und bewahre dich mit meinem hart erworbenen Insiderwissen davor, auf die peinlichen Ersti-Partys zu gehen.«

»Wird gemacht.« Ich tippe mir zum Salut an den Pony. Mit einem Typen wie Jonas auf einer Uniparty aufzutauchen, ist ganz bestimmt so, als würde man in Lady Gagas Fleischkleid in einem Tigerkäfig spazieren gehen. Er sieht heiß aus *und* ist scheißnett. Diese Jagodas haben wirklich einen unfairen Genpool.

»In welchem Viertel willst du wohnen?«

Ich ziehe eine Schnute, die Pollyschmolly würdig ist, und winke ab. »Ist mir egal. Hauptsache, ich kann es bezahlen und muss dort keine Anrufe von Leuten entgegennehmen, die sich über die Akkulaufzeit des *Bunny 2001* beschweren.«

Jonas zieht eine Augenbraue hoch.

»Das erkläre ich dir bei unserem Date beim Libanesen.« Das sage ich mehr im Scherz, aber Jonas lächelt so breit, dass ich jeden einzelnen seiner perfekten Zähne sehen kann. Bestimmt machen selbst seine Backenzähne zum Start in den Tag erst mal zehn Liegestütze. »Geht klar.«

Zu meiner Überraschung reicht Jonas mir die Hand, um den Deal zu besiegeln, und ich schüttle sie. Für den Moment fühlt es sich gut an, so zu tun, als würde er dieses Angebot ernst meinen. Dabei wissen wir beide, dass er und ich niemals gemeinsam essen gehen werden.

Liking yourself is a rebellious act.

EINE VIKTORIANISCHE DAME MIT MUFFIN TOP

KÖLN, 11. OKTOBER
EINFÜHRUNGSWOCHE UNI

Das wird der perfekte erste Tag in meinem neuen Lebensabschnitt. Perfektion gibt es nicht, ich weiß, aber der heutige Tag wird der Sache sehr nahekommen.

Alles, was ich dafür brauche, ist bereits in meiner neuen Bibliothekstasche aus Klarsichtmaterial verstaut, aber ich gehe es zur Sicherheit noch einmal durch: Ich habe meine neue Student-ID mit einem Passfoto, auf dem ich tatsächlich gut aussehe und nicht wie auf einem Mugshot, einen Laptop mit vollem Akku plus Ladekabel – nur um sicherzugehen – und einen gefüllten Coffee-to-go-Becher mit dem hoffentlich letzten Cappuccino aus der grottigen Kapselmaschine meiner Mutter. Wenn ich die Wohnung, die ich heute Abend besichtigen werde, bekomme und meine Suche nach einer neuen Bleibe damit endlich endet, werde ich mir einen eigenen Espressokocher zulegen. Dann muss ich nur noch lernen, wie man damit umgeht, ohne die Küche in Brand zu stecken, aber auch das kriege ich hin. Es wird hoffentlich leichter sein, als den wichtigsten Punkt auf meiner ewigen Lebens-To-do-Liste endlich abzuhaken: eine Wohnung finden, und zwar keine WG.

Ich habe einen Eintrag in meiner Notizen-App, in der ich seit Jahren Buch über meine Karriereplanung führe, und dieser Punkt steht direkt unter meinem Ziel, mich für das Jurastudium in Köln einzuschreiben. Dummerweise hat der Wohnungsmarkt einen weitaus härteren Numerus clausus als mein Studienfach. Alles ist knallhart zugangsbeschränkt.

Ich bin schon seit dem mündlichen Abi auf der Suche nach einer eigenen Bleibe und so langsam verliere ich den Mut. Dabei entspricht Aufgeben überhaupt nicht meiner Natur. Ich bin ein *Mit-dem-Kopf-durch-die-Wand*-Mensch und es treibt mich in den Wahnsinn, mir nicht durch bloßen Ehrgeiz den Traum von einer eigenen Wohnung erfüllen zu können. Vor ein paar Wochen dachte ich noch, die Finanzierung würde die größte Hürde zu meinem neuen Zuhause darstellen. Doch letzte Woche habe ich völlig überraschend eine Zusage für eine Position im Office Management bei einer großen Kölner Wirtschaftskanzlei erhalten, die zumindest diese Sorge ausgelöscht hat.

Natürlich könnte ich nach Köln pendeln. Lansberg, wo ich mit meiner Mutter lebe, ist nur etwa vierzig Kilometer von der Rheinmetropole entfernt und die Zuganbindung ist gut. Doch neunzehn Jahre mit dieser Frau unter einem Dach waren mehr als genug. Jeder Tag mit ihr fühlt sich an, als müsste ich rund um die Uhr einen Sack Flöhe hüten. Diätbesessene, dauernörgelnde Flöhe, die viel zu viel Zeit auf dem Crosstrainer verbringen.

Wahrscheinlich habe ich mich deswegen so darauf versteift, eine eigene Wohnung zu finden, statt in einer WG unterzukommen. Das Zusammenleben mit meiner Mum hat mir jede Hoffnung genommen, dass zwei Menschen friedvoll unter einem Dach koexistieren können.

Es ist acht Uhr, als ich meine Zimmertür zuziehe und so leise wie möglich durch unseren Hausflur tapse. Doch mein Versuch, mich unbemerkt davonzustehlen, scheitert kläglich. Die Stimme meiner Mutter dringt gedämpft aus dem Esszimmer: »Apolonia?«

Ich könnte sie jetzt zum tausendsten Mal auf meinen bevorzugten Rufnamen hinweisen, aber ich erspare mir ihre Standardantwort darauf: *Wenn ich meine Tochter Polly nennen wollen würde, hätte ich sie Polly genannt.* Damit hat sie vermutlich irgendwie recht, aber ich hasse meinen vollständigen Vornamen deswegen nicht weniger.

Ich stecke meinen Kopf durch die Tür. Mama sitzt noch in ihrem verschwitzten Sportfummel am Tisch und genehmigt sich zum Frühstück eine Pampelmuse. Wie sehr muss man von der Diätkultur der Neunzigerjahre zerfressen sein, um sich freiwillig eine Pampelmuse reinzuziehen?

»Ja?«

»Lass dich mal ansehen an deinem ersten Unitag!« *Puuuh, here we go again.* Eine als Kompliment getarnte Beleidigung in drei, zwei, eins ... »Sehr schick. Blazer stehen dir wirklich gut. Nur der Knopf vorne hat vor ein paar Monaten noch etwas weniger gespannt, nicht?«

Was gäbe ich dafür, dass besagter Knopf genau in diesem Moment mit Karacho abplatzen und meiner Mutter genau zwischen die Augen schnellen würde.

»Wenn du ihn aufmachst, ist es noch ein bisschen schmeichelnder.« Mhm ... *noch.* »Es betont irgendwie ... du weißt schon …« Sie umfasst die Hüftknochen, die aus ihren Yogapants herausschauen, und kneift sich links und rechts in den nicht vorhandenen Speck. »Früher nannte man das ein Muffin Top.«

Im Zug lasse ich auf die sinnvollste Art Luft ab, die ich kenne: Ich öffne WhatsApp und erstatte meinen besten Freundinnen Bericht darüber, dass meine Mutter sich auch heute früh nicht von ihrer charmantesten Seite gezeigt hat.

Ich bin seit der fünften Klasse mit Anna und Anouk befreundet und mindestens genauso lange verschweige ich ihnen, wie sehr mich die Sprüche meiner Mum in Wahrheit verletzen. Dabei teile ich eigentlich alles mit den beiden. Nur bei dieser einen Sache tue ich so, als ginge sie mir nicht an die unter dem Muffin Top liegenden Nieren. Wieso das so ist, kann ich nicht einmal genau sagen. Vielleicht hängt es damit zusammen, dass die beiden schlank sind und das Gefühl nicht kennen, aufgrund ihres Gewichts abgestempelt zu werden. Vielleicht ist es aber auch ein zu großer Teil meiner Identität geworden, mich nicht um meine Figur zu scheren. Vor Anna und Anouk zuzugeben, dass meine Mutter mir mit ihren Kommentaren wehtut, fühlt sich an, als würde ich diese Einstellung verraten. Denn die Sache ist die: *Ich* habe kein Problem mit meinem Körper. Mein Körper beherbergt ein fantastisches Gehirn, das fast jedes Problem lösen kann und bei fast jeder Person gut ankommt. Nur … es ist wirklich verdammt harte Arbeit, sich nicht zu hassen, wenn man in einem Umfeld groß wird, das einen bei jeder

Gelegenheit spüren lässt, wie verbesserungswürdig man ist. Manche Teenager nehmen Drogen, um gegen ihre Eltern zu rebellieren – ich habe beschlossen, mich selbst gut zu finden, obwohl ich nicht so schlank bin wie meine Mutter. *Shocking*.

> **Polly**
> Unitag numero uno startet mit einem neuen Silke-Highlight: Wisst ihr, was ein Muffin Top ist? Ich weiß dank ihr, dass ich eines habe. Und bei euch so?

> **Anna**
> Das hat sie nicht gesagt??! Das geht so echt nicht, Polly. Du musst ihr das klarmachen.

Manchmal hasse ich das Texten, weil man Leuten währenddessen so schwer ins Wort fallen kann. Ich bin nämlich Expertin im Ins-Wort-Fallen und wende es besonders gerne an, wenn meine besten Freundinnen darüber diskutieren wollen, wie man meine Mutter doch noch zu einem feinfühligeren Menschen erziehen könnte.

> **Polly**
> Ach, wieso denn? Ist doch nur ein klassischer Silke.
> Außerdem ist das Topping doch eh der beste Teil vom Muffin.

> **Anna**
>
> Na gut. Akzeptiert. Bist du schon in der Uni?

> **Polly**
> Gerade im Zug. Der übrigens so vollgepackt ist, dass er jeden Augenblick ebenfalls ein Muffin Top entwickeln wird. Allerdings eines aus Fahrgästen statt aus Hüftgold.

> **Anouk**
> Könntet ihr aufhören, über Gebäck zu reden? Ich hab noch nicht gefrühstückt.

> **Polly**
> Croissants, Schwarzwälder Kirsch, Berliner, Hefeteilchen, Brioche …

> **Anna**
> Pastéis de Nata …

> **Anouk**
> Bist du wieder im Portugal-Modus?

Anna hat den Sommer an der Atlantikküste verbracht, streunende Hunde gerettet, unfairerweise unbegrenzten Zugang zu portugiesischen Cremetörtchen gehabt und ganz nebenbei die Liebe ihres Lebens getroffen. Manche Leute erhalten das Glück eben in der XXL-Packung – aber keinem Menschen gönne ich das mehr als Anna. Mir hingegen würde ein kleines Testpröbchen voll Glück schon genügen. Ein heißer Surferdude wie Annas Freund Fynn muss darin nicht einmal enthalten sein. Eine Beziehung ist in meinem eng getakteten Fünfjahresplan nämlich nicht vorgesehen.

> **Anna**
> Gedanklich, ja. Fynn und ich haben ein portugiesisches Café in Köln gefunden, in dem wir gestern ein wenig nostalgisch geworden sind.

> **Anouk**
> Aaah, to be young and in love ...

Ich lese Anouks letzte Nachricht mit einer gewissen Skepsis. Denn eigentlich treffen beide dieser Faktoren auch in hohem Maße auf sie zu. Anouk ist neunzehn, genau wie ich, und seit über drei Jahren mächtig in love mit ihrem Sandkastenfreund Kaya.

Bevor ich jedoch antworten kann, fährt mein Zug in den Kölner Hauptbahnhof ein und ich muss mich ranhalten, nicht von der Masse an Muffin-Top-Passagieren zerquetscht zu werden.

Tag eins meiner Universitätskarriere läuft ein wenig schleppender an als gedacht. Ich bin ein ziemlich wissbegieriger Mensch – meine Mutter bevorzugt das Wort *klugscheißerisch* – und so fällt es mir schwer, die beiden Studenten aus dem dritten Semester, die uns zur Einführungswoche am vereinbarten Treffpunkt einsammeln, nicht sofort mit fachspezifischen Jurafragen zu löchern.

Die beiden heißen Justus und Konrad, was ich zunächst für einen Scherz halte. Doch sie haben entsprechende *Hi-my-name-is*-Sticker auf der Brust kleben, also muss etwas Wahres dran sein. Justus ist klein und schlank, mit einem Gesicht wie eine clevere Maus in einem Zeichentrickfilm. Konrad ist sehr groß und kräftig gebaut, er hat eine Figur, die ihn älter wirken lässt, eher wie jemanden, der schon angekommen ist im Leben. Beide tragen Outfits, die man wohl als typisch für Rechtswissenschaftler bezeichnen würde, vor allem Konrad passt mit seinen geschnürten Bootsschuhen, einem blau gestreiften Hemd und einem dünnen Schal genau ins Bild. Anouk würde diesen Look hassen, weil er Konrad aussehen lässt, als käme er aus reichem Hause. Ich aber habe eine Schwäche für Typen, die sich mit Anfang zwanzig so anziehen, als wären sie bereits am Ziel.

Justus und Konrad pferchen unsere fünfundzwanzigköpfige Gruppe mehr oder weniger begeistert dreinblickender Jura-Erstis in einen Seminarraum, wo sie eine PowerPoint-Präsentation mit dem Wochenprogramm aufrufen. Noch bevor sie den Text des ersten Slides herunterrattern, wird mir klar, dass wir diese Woche keine Paragrafen auswendig lernen werden. Der Beginn meiner Karriere als knallhartes weibliches Gegenstück zu Harvey Specter wird sich also um wenige Tage verzögern. Zunächst scheint nämlich eine Menge Socialising auf dem Plan zu stehen, angefangen bei einer Vorstellungsrunde über eine Campus-Rallye bis hin zu Kneipentouren an so ziemlich jedem Abend.

Keine Ahnung, wie ich das schaffen soll, wenn ich gleichzeitig so viele Wohnungsbesichtigungen wie möglich wahrnehmen will. Ich möchte nicht die Kommilitonin sein, die sich direkt in der ersten Woche aus allem ausklinkt, sondern Kontakte knüpfen und die anderen kennenlernen. Zumal wir eine bunt gemischte Truppe zu sein scheinen und die meisten echt nett aussehen. Es gibt noch ein paar weitere

Klischeejuristen – wobei keiner den Look so verinnerlicht hat wie Konrad –, zwei, drei junge Frauen mit verdammt teuer wirkenden Handtaschen, etliche Normalos, deren Style sich unauffällig in das Gesamtbild einfügt, einige alternativ wirkende Jutetaschenträgerinnen und einen Typen, der offensichtlich ein großes Faible für das Mittelalter hegt. Lustigerweise gab es bisher in allen Jahrgangsstufen, in denen ich war, diese eine Person, die sich in ihrer Freizeit als Burgfräulein oder Elb verkleidet hat. Wobei dieser hier eher einen guten Zwerg abgäbe. Ein langer rotstichiger Bart umrahmt ein sympathisches Lächeln, das mich instinktiv zurücklächeln lässt.

Was die anderen wohl über mich denken? Denn dass wir einander alle auf den ersten Blick in Schubladen stecken, ist ja wohl klar – ob wir es wollen oder nicht. So ist unsere Gesellschaft nun mal gestrickt. Bin ich für sie eine der Normalos oder sortieren sie mich in die Kategorie Klischeejuristin ein? Oder denken sie einfach nur: *Die Dicke dahinten trägt einen viel zu engen Blazer?*

Arrrg. Nein. Stopp. Am liebsten würde ich mir gegen die Stirn schlagen, um diese Hirngrütze zu vertreiben. Genau aus diesem Grund muss ich zu Hause raus! Ich denke nie auf diese Weise über meinen Körper – es sei denn, meine Mutter hat ihn mal wieder kommentiert. Das muss aufhören. Dringend.

Wie aufs Stichwort klopft Konrad mit den flachen Händen auf seine Oberschenkel und sagt: »Dann wollen wir die Vorstellungsrunde mal beginnen.«

»Na, hoffentlich kommt jetzt kein komisches Spiel.« Ich drehe den Kopf zu meiner Rechten, wo diese Worte eben geflüstert wurden. Neben mir sitzt eine kurvig gebaute junge Frau, deren Kleidungsstil sich nicht drastischer von dem der Gruppenleiter – und streng genommen auch von meinem – unterscheiden könnte. Sie trägt ein offen stehendes Männerhemd mit einem Tanktop sowie sehr kurz abgeschnittene Shorts über Netzstrümpfen. Ihr Outfit gewährt einen tadellosen Blick auf die vielen in Erdtönen gehaltenen Tattoos, die ihre Arme, Beine und das Dekolleté zieren. Sie sticht so sehr aus der Gruppe heraus, dass ich mich frage, wieso mein Blick eben an Gimli, dem Zwerg, statt an ihr hängen geblieben ist. Was würde meine Mutter wohl sagen, wenn ich einen solchen Stil hätte? Ich meine: Sie hat einen rasierten Schädel, auf dem seitlich hinter dem Ohr die handtellergroße Tätowierung eines Eichhörnchens prangt. Kommt das auf der *Ich-habe-als-Mutter-versagt*-Skala vor oder nach Übergewicht?

Ich jedenfalls finde sie auf den ersten Blick atemberaubend. Vor allem, weil sie – genau wie ich – kein Problem damit zu haben scheint, mit einer Wildfremden ein Gespräch zu beginnen.

»Oh, ein Spiel wäre schlimm«, stimme ich ihr zu.

»Jeder sagt ein Wort, das ihn beschreibt, und der Sitznachbar muss etwas finden, das mit dem letzten Buchstaben dieses Wortes beginnt.« Sie schüttelt sich, als wäre ihr gerade ein Schauer über den Rücken gelaufen.

Ich grinse sie breit an. »Oh! Oder: *Ich packe meinen Koffer und nehme mit: Sebastians Ehrgeiz, Steffis Offenheit und meinen tollen Humor!*«

»Puh, wenn das passiert, gehe ich.«

Wir kichern beide und damit ist das Eis gebrochen. Ich halte ihr meine Hand hin und sage schlicht: »Polly.«

»Mel. Hey! Wow! Das nenne ich mal einen Händedruck.«

Sie schüttelt ihre Hand aus, als hätte ich ihr gerade mehrere Finger zerquetscht.

Zum Glück belassen es Justus und Konrad bei einer klassischen Vorstellungsrunde, bei der jeder ganz zwanglos ein paar Sätze über sich verlieren soll. Sie gehen nach dem Alphabet, weswegen gerade ein Aaron von seinem liebsten Hobby, dem Wakeboarding, berichtet. Ich habe keine Ahnung, was Wakeboarding ist – braucht man dazu Wasserski? –, und setze daher lieber meine geflüsterte Unterhaltung mit Mel fort.

»Meinst du, man muss sich ein paar rahmengenähter Schnürschuhe zulegen, wenn man das erste Jahr bestehen will?« Sie nickt zu Justus und Konrad.

»Mhm, nein, ich glaube, man hat bis zum ersten Staatsexamen Zeit dafür. Fürs zweite braucht man dann aber so einen Schal.«

»Vielleicht mag ich dich«, sagt sie geradeheraus, deutet mit dem Zeigefinger auf mich und untermalt jede Silbe mit einem verschwörerischen Nicken.

»Sehr gut«, erwidere ich. »Ich dich vielleicht auch.«

»Apolonia?«

Ich brauche einen Moment, bis ich checke, dass wohl kaum eine zweite Apolonia in diesem Seminarraum sitzt und demnach ich gemeint sein muss. Vierundzwanzig Augenpaare bohren sich in mich und mir wird klar, dass es sehr scheinheilig von mir war, Justus und Konrad aufgrund ihrer Vornamen eine gewisse Spießigkeit anzudichten. Ich heiße schließlich wie eine viktorianische Dame.

»Hi! Apolonia nennt mich nur meine Mutter. Ich heiße Polly. Ich bin neunzehn, ziehe demnächst in die Stadt und will Wirtschaftsanwältin werden.«

EIN HINTERHAUS IM GRÜNEN

STADTRAND VON KÖLN, 11. OKTOBER
WOHNUNGSBESICHTIGUNG

Die erste Hälfte des Tagesprogramms endet gegen sechzehn Uhr. Justus und Konrad geben uns vor der Verabschiedung die Wegbeschreibung zu der Kneipe mit auf den Weg, in der wir heute Abend auf den Anfang unseres Studiums anstoßen wollen. Meine Wohnungsbesichtigung ist um sechs, der Umtrunk beginnt zwei Stunden später. Das sollte locker zu schaffen sein, auch wenn sich die beiden Locations in entgegengesetzten Richtungen befinden. Bleibt nur noch das Problem, dass der letzte Zug nach Lansberg unter der Woche um halb zehn fährt. Ich müsste gegen neun also schon wieder Richtung Hauptbahnhof aufbrechen. So eine Scheiße. Die Wohnungsbesichtigung muss einfach ein Erfolg werden. Ich will keine weiteren wertvollen Unierfahrungen verpassen, weil ich die verfluchte Bimmelbahn erwischen muss.

»Wo wohnst du?«, frage ich Mel, als wir gemeinsam aus der

Rechtswissenschaftlichen Fakultät spazieren und uns dabei fasziniert nach allen Ecken umdrehen. Ich kann es noch immer nicht fassen, dass die nächste Phase meines Lebens begonnen hat. Die Phase, in der nur noch meine Leistung zählt. Die Phase, in der mein Notendurchschnitt nicht mehr durch vier Punkte in Sport runtergezogen wird. Die Phase, in der ich mir den Frühstückstisch nie wieder mit einer Pampelmuse teilen muss.

»Bei meinem Dad in Porz. Er ist ziemlich cool, daher schenke ich mir das Geld für die Miete. Und du?«

»Leider hab ich das Gegenteil von einem coolen Dad erwischt. Ich suche gerade etwas Eigenes, damit ich bei meiner Mutter rauskomme.«

»Komm mir nicht mit Müttern«, kommentiert sie mit einem Augenrollen. Vielleicht mag ich sie jetzt noch ein wenig mehr.

Während wir auf die nächstgelegene Haltestelle zulaufen, erzähle ich von meiner anstehenden Wohnungsbesichtigung und dem Dilemma mit der Abfahrtszeit der Bimmelbahn.

»Ich würde dich ja fragen, ob du bei mir pennen willst. Aber wir kennen uns erst seit sechs Stunden, das wäre also irgendwie weird. Vielleicht bin ich nächste Woche so weit.«

Ich muss laut loslachen. Ich weiß Menschen, die ihr Herz auf der Zunge tragen, wirklich sehr zu schätzen. Vorausgesetzt, ihr Herz ist kein Arschloch. Doch Mels scheint ein echtes Goldstück zu sein.

»Bis nächste Woche habe ich hoffentlich schon einen Mietvertrag.«

»Wo ist denn die Wohnung heute Abend?«

Ich nenne ihr die Adresse und krame schließlich mein

Handy samt Google Maps hervor, weil Mel den Straßennamen nicht zuordnen kann.

»Oh«, macht sie. »Das ist so weit draußen, dass du genauso gut weiterhin aus Lansberg pendeln könntest.«

»Ich …« Doch meine Rückfrage wird von einem Rufen unterbrochen.

»Polly!«

Vom gegenüberliegenden Bürgersteig ist ganz deutlich mein Name zu hören. Mel und ich heben im Gleichtakt den Kopf und drehen uns zu der Stimme. Nur zwei Fahrspuren von mir entfernt steht … Jonas?

Ja. Es ist Jonas Jagoda, Annas älterer Bruder. Und ich habe keine Ahnung, was er hier macht. Das Wintersemester beginnt offiziell erst nächste Woche …

Ich kann seine weißen Zähne bis hierher blitzen sehen, als er den Mund zu einem breiten Grinsen öffnet. Er hebt den Arm auf diese typisch lässige Art zum Gruß, die man sich nur aneignet, wenn man das ganze Leben auf der Sonnenseite verbracht hat. Dann setzt er zu einem leichten Joggen an, überquert die Straße und hebt den Arm erneut, um einen anbrausenden Pkw-Fahrer zu besänftigen. Die Jagodas sind alle so lächerlich gut gelaunte und gut gebaute Menschen, dass Jonas bei diesem kleinen Run über die Straße aussieht, als würde er für Shampoo modeln. Der Gegenwind weht ihm das dunkelbraune Haar in die Stirn, von wo er es mit einer fließenden Handbewegung wegstreicht. Wenn Obelix in den Zaubertrank plumpsen musste, um lebenslang verdammt stark zu werden – in welchen Kessel sind dann die Jagodas gefallen? In einen voller Anti-Aging-Creme?

»Was machst du denn hier?«, fragt er mit ausgebreiteten Armen.

»Äh, was machst *du* hier?«, frage ich verdattert.

»Mein Kumpel Adem leitet so eine Ersti-Gruppe und ich wollte ihn fürs Gym einsammeln.« Natürlich ist er gerade auf dem Weg zum *Gym*.

Obwohl Jonas sonst nichts mit ihm gemeinsam hat, erinnere ich mich bei seinen Worten an einen anderen Typen, der immer auf dem Weg zum *Gym*, dem Fußballplatz oder dem Kraftraum war. Bei dem Gedanken an Ich-spreche-seinen-Namen-nicht-mehr-aus erschauere ich. Ich weiß, dass es keinen Unterschied macht, ob man Menschen nun wegen zu viel oder zu wenig Fitness verurteilt – aber Laurenz hat mich diesbezüglich einfach verdorben.

Ich überspiele meinen plötzlichen Flashback und die Tatsache, dass ich seinen Namen nun blöderweise gedacht habe, mit einem extrabreiten Grinsen: »Oh, Adem! Ich erinnere mich. Ist er wieder nüchtern?« Anna, Anouk und ich sind erst vor Kurzem bei Jonas auf einer Hausparty eingeladen gewesen, auf der wir seinen Kumpel Adem kennengelernt haben. Er hat ein Trinkspiel nach dem anderen vorgeschlagen, sich dabei aber als miserabler Kartenspieler erwiesen. Ich habe ihn regelrecht unter den Tisch getrunken.

Jonas zeigt erneut sein Hunderttausend-Watt-Lächeln und legt in Erinnerung schwelgend eine Hand auf meinen Oberarm. Mein Oberarm ist verwirrt, freut sich aber auch irgendwie, von Jonas so freundschaftlich behandelt zu werden.

»Ach stimmt, du kennst ihn ja. Es geht ihm wieder besser. Aber er musste lange seine Wunden lecken. Und ihr?«, fragt er und schaut erwartungsvoll von mir zu Mel und wieder zurück. Mir wird bewusst, dass ich viel zu lange auf ein Muttermal über seinem Schlüsselbein gestarrt habe, das sich an seinem dünnen Strickpullover und dem Kragen der Lederjacke vorbei einen Weg ans Tageslicht gebahnt hat.

»Wir sind auch zur Ersti-Woche hier«, springt Mel für mich ein und hält ihm die Hand hin. »Hi. Mel.«

»Freut mich.« Jonas nimmt die Hand von meinem Arm, ergreift Mels und stellt sich vor. »Polly und meine Schwester sind seit Jahren beste Freundinnen.«

»Wie schön«, kommentiert Mel mit einem spitzbübischen Grinsen und lässt ihren Blick einmal an Jonas auf und ab und dann zu mir herüberwandern.

»Also, Ersti-Woche?« Er streckt verheißungsvoll und einladend die Finger nach mir aus. »Denk dran, Pollyschmolly. Du schuldest mir ein Date beim Libanesen.« Eine Sekunde lang habe ich keine Ahnung, was er meint. Doch dann spielt mein Kopf die passende Erinnerung ab: Jonas hat seinen Lieblingslibanesen erwähnt, als wir uns beim Abiball über meinen Umzug nach Köln unterhalten haben. Bevor ich etwas erwidern kann, berührt er mich noch einmal am Arm und tippt sich dann an den nicht vorhandenen Hut – eine weitere Geste aus dem Katalog der mühelos coolen Sonnenscheinmenschen, die gleichzeitig Aufbruchswillen und Bedauern darüber ausdrückt.

Ich und mein irritierter Arm nicken ihm hinterher und sagen: »Ja, klar. Demnächst dann.« Als ob. Das, was er da so mir nichts, dir nichts als *Date* bezeichnet, wird niemals stattfinden. Vom Leben übervorteilte Männer wie Jonas können so etwas einfach daherreden, ohne es je in die Tat umsetzen zu müssen. Er ist bloß aufmerksam und lädt am Tag bestimmt zwei Dutzend entfernte Bekannte zu Verabredungen ein, die nie verwirklicht werden.

»Lass mich raten … Klarer Fall von: *Du bist seit Kindes-*

beinen in den hotten großen Bruder deiner besten Freundin verliebt?«

Ich sehe Mel mit zusammengekniffenen Augen an. »Ich hoffe, du beweist später im Gerichtssaal bessere Menschenkenntnis. Jonas und ich? Nicht in diesem Universum.«

»Wieso? Da lagen so krasse Funken in der Luft – wenn ich Haare hätte, hätte ich mich in eine menschliche Wunderkerze verwandelt.« Mel schlenkert mit den Armen über ihren Stoppeln, als würde ein lichterloh brennender Schopf sie in Panik versetzen.

»Glaub mir. Das waren keine Funken, das ist die Magie der Jagodas. Und ich hab wirklich keine Zeit für so einen Charmebolzen.«

Ihr Gesicht verwandelt sich in einen Mensch gewordenen Sabber-Emoji. »Oh Gott. Jetzt denke ich an seinen Bolzen.«

»Mel! Pfui!«

Dreimal gleiche ich die Daten aus der E-Mail mit der Realität vor meiner Nase ab. Das … das kann doch … das muss doch ein Fehler sein? Zum vierten Mal mustere ich die Fotos, die dem digitalen Wohnungsexposé beigefügt sind, und komme zu dem Schluss, dass ich meine Augen gar nicht so eng zusammenpetzen kann, als dass sich die Bruchbude vor mir in das darauf abgebildete Kleinod verwandeln könnte. Wo bin ich hier gelandet?

Schon die Info *Nur fünfzehn Minuten bis zur Uni* war mehr als glatt gelogen. Ich habe fünfzehn Minuten im Bus gesessen – so viel ist korrekt. Nur war ich anschließend noch eine halbe Stunde zu Fuß unterwegs, um diese Hütte hier zu erreichen. Dass ich nicht viel zu spät bin, habe ich einzig meinem Organisationstalent zu verdanken, das mich zu wichtigen Terminen grundsätzlich mit ordentlichem Zeitpuffer aufbrechen lässt.

Mitten im Grünen: Schickes Ein-Zimmer-Apartement im Hinterhaus am Kölner Stadtrand. Die Headline der Wohnungsannonce ist ein schlechter Scherz. Der Bus hat auf meinem Weg hierher wortwörtlich das Ortsausgangsschild passiert. Vom Hinterhaus ist nichts zu sehen, der Zustand des Gartens spricht mehr für ein Leben *Mitten im Braunen* und das Schickste weit und breit ist meine durchsichtige Bibliothekshandtasche.

Na ja. Vielleicht verurteile ich das hier alles zu schnell. Vielleicht entpuppt sich das Ein-Zimmer-Apartement doch noch als Präsidentensuite. Ich drücke beherzt auf die Klingel am Gartentor, das so ausschaut, als würde es den nächsten Windhauch nicht überleben. Einbruchsicher ist das nicht. Aber da kein Einbrecher eine halbe Stunde durch die Gegend trotten wird, um diesen Ort zu finden, muss ich mir darum wohl keine allzu großen Sorgen machen.

Die Wohnung wird von einer Privatperson vermietet, die sich mir in unserem kurzen E-Mail-Kontakt als Herr Schmitt vorgestellt hat. Plötzlich überkommt mich bei dem Namen ein Schauer. Was, wenn es das einfallsloseste Alias der Welt ist und ich gerade in einen Hinterhalt tappe? Zwar wollte ich Sabine Rückert schon immer mal meinen Namen sagen hören, aber sicher nicht als Mordopfer in einer neuen Folge des *ZEIT-Verbrechen*-Podcasts.

Jemand öffnet die Milchglastür des Bungalows, hinter dem sich angeblich noch ein zweites Haus befindet. Heraus tritt ein Mann um die fünfzig – Herr Schmitt, wie ich annehme –, der aussieht wie ein Physiklehrer, der niemals bei seiner Mami ausgezogen ist. Angegilbtes Kurzarmhemd, dazu eine beige Bundfaltenhose und Slipper, die irgendwann einmal cognacfarben gewesen sein müssen.

»Sie sind die Studentin?«, fragt er, noch bevor ich das Gartentor hinter mir geschlossen habe. Wen hat er denn noch zur exakt gleichen Uhrzeit einbestellt, dass daran Zweifel bestehen?

»Ja?«, antworte ich zögerlich.

»Gut. Kommen Sie.« Er winkt mich zur Haustür und tritt ein. Ich nutze die Gelegenheit und werfe ein digitales Sicherheitsnetz aus.

> **Polly**
> Falls ich mich innerhalb der nächsten Stunde nicht bei euch melde, leitet der Polizei diesen Standort weiter. Sie findet dort dann vermutlich meine Leiche.

Ehe Anna oder Anouk antworten können, stecke ich das Handy weg und traue mich hinter Herrn Schmitt ins Haus.

»Ihre Tasche können Sie …« Ohne den Satz zu Ende zu führen, deutet er auf eine Garderobe neben der Eingangstür. Im Haus riecht es nach Muff und alten Menschen. Eine Vliestapete verkleidet die Wände, die bis auf ein einziges Schwarz-Weiß-Foto vollkommen kahl sind. Das Bild zeigt ein Paar bei der Eheschließung, die, der Mode und der Fotoqualität nach zu urteilen, irgendwann in den Sechzigern stattgefunden haben muss. Fangen so Horrorfilme an oder fangen so Horrorfilme an? Anouk könnte aus dem Stegreif mindestens fünf Titel nennen, die dasselbe Intro haben.

»Ach, kein Problem, ich nehme sie einfach mit.« Ich klammere mich an meine Tasche, als befände sich darin ein Revolver, mit dem ich mich zur Not selbst verteidigen könnte. Aber ich habe keinen Revolver. Und eine Tasche aus Klarsichtmaterial wäre auch kein besonders cleverer Aufbewahrungsort für einen solchen.

»Kommen Sie ...?«

Sätze zu beenden, scheint nicht zu den Stärken des Physiklehrers zu gehören. Ebenso wenig wie Inneneinrichtung. Denn als er mich in den Wohnraum führt, offenbaren sich mir noch mehr gähnende Leere und noch mehr Vliestapeten. Und, wie ich mit einem erschrockenen Zucken feststelle, eine sehr alte Frau, die mittig auf einem Sessel sitzt und sich an einer Kaffeetasse festhält. Sie sieht so verloren aus in dem nur spärlich möblierten und gänzlich schmucklosen Raum, dass sie mich an eine Kunstinstallation erinnert.

»Ähm. Guten Abend«, wünsche ich.

Die Oma guckt auf und lächelt mich an. Wenigstens etwas. Der kalte Schauer auf meinem Rücken wärmt sich ein kleines bisschen auf. Doch dann sieht mich Herr Schmitt an, als hätte er vergessen, wieso ich hier bin. Ich möchte ihn gerade an die bereits jetzt recht offensichtlich erlogene Annonce auf dem Immobilienportal hinweisen, da tippt er sich an die Stirn und erinnert sich.

»Ah, der Raum ...«

Etwas, das als Ein-Zimmer-Apartment deklariert war, einen *Raum* zu nennen, zerstört das klitzekleine Gefühl von Wärme, das das Lächeln der Oma in mir ausgelöst hat.

»Mutti, bleib sitzen«, weist er die alte Frau im Vorbeigehen an, bevor er noch einmal an mich gerichtet sagt: »Kommen Sie.« Irgendwie werde ich das ungute Gefühl nicht los, dass er sich gleich in eine Schlange verwandelt. Oder in einen bösen Clown. Oder ... na ja, falls ich überlebe, kann ich Anouk fragen, welche Horrorgestalt in so einem Fall zuständig ist.

Wir gehen an seiner Mutter vorbei, die uns stumm mit den Pupillen verfolgt, und treten auf die Verandatür zu. Herr Schmitt schiebt sie auf. Das irritiert mich zunächst nicht, schließlich befindet sich das Apartment – der Raum? – laut Anzeige in einem Hinterhaus. Doch als ich ihm in den Garten folge, reiße ich meine Lider schockiert so weit auf, dass ich mich schon blind auf dem vertrockneten Gras nach meinen herausgefallenen Augäpfeln tasten sehe. Denn auf dem struppigen kleinen Grundstück befindet sich kein Hinterhaus, dort ist nur ...

EIN HERRENGEDECK

KÖLN, 11. OKTOBER
BAR ZUM PONY

»Ein Schuppen?«

Mel kringelt sich vor Lachen. Sie hatte schon die Fassung verloren, als ich mit meiner Geschichte bei dem alten Hochzeitsfoto angekommen war, aber jetzt schüttet sie sich regelrecht aus.

»Ja!«, brülle ich. »Ein Holzschuppen!! So einer, wie man ihn für ein paar Hundert Euro im Baumarkt kaufen kann!«

»Ein Schuppen«, wiederholt sie noch immer kichernd und trinkt dabei von ihrem etwas zu voll geratenen Kölsch ab.

Ein Gutes hat es, dass ich bei Herrn Schmitt und seinem Fertigbauholzschuppen von Hornbach einem Betrug aufgesessen bin: Ich musste mich nicht einmal beeilen, um mich meiner Einführungsgruppe wenigstens für eine Stunde anschließen zu können. In der Bar angekommen habe ich mir direkt drei Tequila-Shots bestellt und begonnen, Mel, die sich gefreut hat, mich wiederzusehen, mein Leid zu klagen. Eigentlich gebe ich Anouk und Anna immer das Vorrecht auf alle Anekdoten aus meinem Leben, aber die beiden sind nicht da. Und manche Geschichten taugen einfach nicht für eine WhatsApp-Nachricht. Meine Fassungslosigkeit darüber, dass Herr Schmitt mir allen Ernstes eine Gartenlaube mit Strom- und Wasseranschluss für zweihundert Euro im Monat vermieten wollte, lässt sich nicht mal in einer Voice Message ausdrücken. Man muss dieses Erlebnis live vorführen.

»Das kann echt nur mir passieren.« Ich halte mir nervös die Stirn, unter der seit einer Stunde ein Nerv schmerzhaft zuckt. »Die Uni hat angefangen und ich bin immer noch obdachlos. Das war die zwanzigste Wohnung, die ich mir angesehen habe. Die ZWAN-ZIGS-TE.«

»Na ja.« Mel nimmt ein wenig weißen Schaum von ihrer schmalen Bierkrone mit dem Finger auf und steckt ihn sich in den Mund. »Streng genommen war es der erste *Gartenschuppen*, den du dir angesehen hast.«

Ich sehe sie verzweifelt an, aber dann kann auch ich nicht mehr an mich halten und breche in Gelächter aus. Als ich wieder zu Atem komme, begieße ich mein Leid mit dem dritten und letzten Tequila.

»Kopf hoch! Du findest etwas.« Mel klopft mir auf den Rücken.

Die Kneipe, in die wir uns gestopft haben, ist klein und urig. Sie heißt *Zum Pony*, was an der lebensgroßen Pferdefigur liegen muss, die mitten in dem begrenzten Raum steht. Justus und Konrad genießen es sichtlich, dass sie – im Gegensatz zu den meisten anderen nicht-kölschen Erstis – die Gepflogenheiten hier kennen, und bestellen erst einmal für jeden ihrer fünfundzwanzig Schützlinge ein *Herrengedeck*. Wie sich herausstellt, ist das eine Kombi aus einem Kölsch und einem Schnaps. Das bedeutet wohl, dass ich gleich einen vierten Kurzen trinken werde, den ich dann auch noch mit einem Bier hinunterspülen muss. *Zum Glück bin ich einigermaßen trinkfest*, denke ich und erinnere mich an Jonas' Einweihungsfeier mit dem sturzbesoffenen Adem zurück. Es war ein ziemlich cooler Abend – nicht nur wegen des Trinkspiels. Jonas hat eine neiderregend schöne Wohnung im Belgischen Viertel, in der wir zu Machine Gun Kelly Discofox getanzt haben.

»Wo war eigentlich das Klo?«, fragt Mel in meine Gedanken hinein.

»Was?«

»Na, das Klo! Sag bloß, da stand einfach 'ne Schüssel in der Ecke? Oder gab es im Garten ein kleines Häuschen mit herzförmigem Loch in der Tür?«

Ich lache wahnwitzig auf. »Halt dich fest: Ich hätte das Badezimmer seiner Mutter mitbenutzen sollen! Was ich, by the way, zweimal die Woche hätte sauber machen dürfen. Ich wäre also deren Putzfrau geworden und hätte dafür auch noch zweihundert Euro im Monat gezahlt. Der Deal meines Lebens!«

»Die wollten zweihundert Euro für einen Schuppen?«

»Nein. Für ein Ein-Zimmer-Apartment im Grünen. Prost, sag ich da nur.« Mit diesen Worten werfe ich den Kopf in den Nacken und genehmige mir den Shot.

Eine halbe Stunde später kennt die halbe Gruppe meine Leidensgeschichte. Es sieht mir nicht ähnlich, Trübsal zu blasen, also schaffe ich es irgendwie, dabei ein heiteres Gesicht zu bewahren. Nach vier Schnäpsen und einem kleinen Bier finde ich Herrn Schmitt und seinen Gartenschuppen zugegeben auch ganz amüsant. Aber die näher rückende Abfahrtszeit des Zuges, der mich zurück ins Haus meiner Mutter bringen wird, erinnert mich daran, dass es eigentlich nicht zum Lachen ist.

Ich will schon immer zu Hause raus. Lange bevor meine Mutter anfing, Dildos zu verticken, bevor ich morgens dem ersten fünfundzwanzigjährigen Liebhaber in die Arme lief. Ja, selbst bevor sie mir immer häufiger diskrete Ohrfeigen in Bezug auf mein Gewicht verpasste. Sie und ich – wir haben noch nie harmoniert. Weil sie allen um jeden Preis gefallen will und dennoch so umstrittene Lebensentscheidungen wie eine Karriere als Sexy Hexy fällt. Weil sie die Steuererklärung von halb Lansberg macht, um den Lebensstandard zu halten, an den sie sich in ihrer lange zurückliegenden, kurzen Ehe gewöhnt hat, das Geld dann aber für Partynächte und glitzernde Schuhe ausgibt. Weil sie beim Blick auf Speisekarten nicht darüber nachdenkt, welches Gericht ihr am besten schmecken könnte, sondern mit welchem sie ihren Kalorien-Intake am besten im Griff hat.

In meinem Nacken räuspert sich auf einmal jemand. »Du bist Apolonia-nennt-mich-nur-meine-Mutter, hab ich recht?« Konrad ist zwischen uns aufgetaucht, in jeder Hand einen Klaren. Seinen Schal hat er abgelegt und das blaue Hemd ein wenig aufgeknöpft. Damit wirkt er nun deutlich jünger – und deutlich attraktiver. Mit seinem breiten, kantigen Kiefer und den schönen braunen Augen sieht er aus wie ein konservativer Teddybär aus gutem Hause.

»Genau die bin ich.«

»Gefällt es euch hier?«

»Auf jeden Fall. Ich bin ein besonders großer Fan von … dem Pferd«, antwortet Mel.

»Das ist schön.« Keine besonders originelle Antwort – das muss ich zugeben, aber irgendwie schmeichelt es mir, dass Konrad ausgerechnet mit uns sprechen will. Ich habe keine Probleme mit meinem Selbstwertgefühl – und Mel ganz sicher auch nicht –, aber dass sich der Vorzeigejurist zu uns gesellt, statt zu den Mädchen mit den Louis-Vuitton-Täschchen, kommt mir nicht wie eine Selbstverständlichkeit vor.

Manchmal verabscheue ich mich für solche Gedanken. Sie sind ein klassischer Silke und sollten somit niemals Einzug in meinen Kopf halten. Aber mein Kopf ist nun mal auch mit den Medien des einundzwanzigsten Jahrhunderts aufgewachsen. Ich habe keine Vorbilder für heterosexuelle Anzugmänner, die sich das Mädchen mit dem zu engen Blazer oder das Rock Chick mit dem tätowierten Schädel raussuchen. Dabei dürfte sich Konrad glücklich schätzen, eine von uns beiden abzukriegen.

Er reicht uns je einen der Shots, die er mitgebracht hat, und nach einem vorsichtigen Nippen erkenne ich, dass es sich um Tequila handelt. Uff. Kein Abend, der mit fünf Tequila vor einundzwanzig Uhr begonnen hat, hat jemals ein gutes Ende genommen.

»Ladys and gentlemen, this is Tequila No. 5«, proste ich den beiden zu – in Anlehnung an diesen uralten Neunzigerjahre-Chartstürmer.

»Na dann … in welche Richtung wollt ihr Ladys später mal gehen?« Mir entgeht weder, dass er meinen durchaus passablen Witz einfach ignoriert, noch dass er sich zwar meinen Namen, nicht aber den letzten Teil meiner Vorstellung heute Vormittag gemerkt hat.

»Wirtschaftsrecht«, wiederhole ich also und sehe mich nach einer Abstellmöglichkeit für mein Gläschen um.

»Strafrecht«, ist Mels Antwort.

»Also willst *du* den bösen Jungs helfen«, er deutet auf Mel, »und *du* den richtig bösen Jungs.« Er lacht laut auf und auch Mel und ich können uns ein Schmunzeln über diesen etwas klischeehaften Spruch nicht verkneifen. »Irgendwelche tiefgründigen Erklärungen für eure Wahl?«

»Zu tiefgründig für ein Gespräch am ersten Abend. In diesem Sinne: Cheers.« Mel leert ihr Schnapsglas.

»Ich will Karriere machen und niemals finanziell von einem Mann abhängig sein.« Als mich beide ein wenig fragend ansehen, ergänze ich: »Ja, ich weiß, Frauen sollten nicht laut aussprechen, dass sie auf Geld und Titel aus sind, aber let's face it: Wir sind es doch alle.«

»Darf ich dich vielleicht küssen?«, fragt Mel.

»Uh, darf ich da vielleicht zusehen?« Konrad spitzt die Lippen zu einer erwartungsvollen Schnute.

»Nicht mal in deinen Träumen.« Ich mache eine Huschhusch-Geste mit den Fingern, die sich gleich im Anschluss wieder um das warme Schnapsglas schließen.

»Ihr habt keine Macht über meine Träume.« Konrad zwinkert. Mhm. Ich mache mir eine gedankliche Notiz: Bei Gelegenheit mal darüber nachdenken, ob ich Konrad mag. Ja, er hat einen Scheitel, als wäre er der Leadsänger einer K-Pop-Band, und eine Schwäche für Altherrenwitze. Aber er hat auch irgendetwas, das mich anspricht. Er ist nicht vor meiner Ehrlichkeit zurückgeschreckt. Er wirkt ebenfalls zielstrebig. Und da liegt zweifellos etwas Flirtendes in seinem Blick, das mir gefällt.

Moment ... Ich wollte mir doch keine Gedanken über Männer im Allgemeinen oder Beziehungen im Besonderen machen. Wohnungssuche, Nebenjob, Uni. Das sind die Sieger, die auf dem Treppchen meiner Prioritäten stehen. Kein Platz für die Konrads dieser Welt.

»Hey, Polly? Ist das da vorne nicht dein spezieller Freund?« Ich hebe den Blick von dem leeren Schnapsglas, in dem ich erfolglos versucht habe, meine abwegigen Gedanken zu ertränken, und sehe erst Mel an und dann in die Richtung, in die sie zeigt. Die Rückfrage »Mein spezieller Freund?« erübrigt sich, als ich neben der Theke Jonas Jagoda sehe.

Wie seltsam … Obwohl Jonas der Bruder meiner besten Freundin ist, habe ich ihn in der vergangenen Woche häufiger gesehen als in den letzten fünf Jahren zusammen. Er ist in Begleitung eines großen, stämmigen Kerls, der ähnlich viele Tattoos hat wie Mel. Nur stechen die Motive auf seiner dunklen Haut weniger deutlich heraus als auf ihrer hellen. Ich erkenne Adem sofort wieder.

Ich überlege noch, ob ich ihn und Jonas irgendwie auf mich aufmerksam machen oder sie lieber in Ruhe lassen soll, da kreuzt Jonas plötzlich meinen Blick und nimmt mir die Entscheidung ab. Mit ausgebreiteten Armen und einem glasklaren *Das-gibt-es-doch-nicht!*-Gesichtsausdruck kommt er auf mich zu und legt vertraut einen Arm um mich. Konrad tritt einen Schritt nach hinten, um ihm Platz zu machen, und schaut dabei auffallend pikiert.

»Pollyschmolly!«, begrüßt mich Jonas lautstark. Ob er in einer anderen Kneipe schon ein wenig vorgetankt hat? Oder gehört auch diese überschwängliche Begrüßung nur zum Charme der Jagodas? »Adem? Hey, Adem! Schau mal, dein Endboss!« Jonas wedelt durch die Luft und deutet auf mich.

Ich merke erst jetzt, dass ich übertrieben doll grinse, weil meine Wangen sich anfühlen, als hätten sie eben ein anstrengendes Pamela-Reif-Workout absolviert. Adem folgt dem Wink und verbeugt sich mit großen Gesten vor mir. Dann stellt er sich Mel vor, die ihm allem Anschein nach auf den ersten Blick gefällt. Obwohl ich glaube, Adem ist so ein Typ, dem fast jede Frau erst einmal gefällt.

»Ich hatte ja keine Ahnung, dass ihr ins *Pony* gehen würdet. Mega! Wie geht es dir?« Viel zu charmant. *Gott, diese Jagodas.*

»Gut, ja, mir geht's gut.«

»Sie hat sich eine Gartenhütte angesehen.« Mels Kopf schiebt sich wie eine kahl geschorene, eichhörnchenbemalte Schranke zwischen uns.

»Du hast was?« Jonas schält sich aus seiner Lederjacke und rollt die Pulloverärmel über seine glatten, gut trainierten Unterarme. Kann man auch am Unterarm einen Bizeps haben? Weil ich glaube, auf Jonas trifft das zu.

Ich verdrehe die Augen und winke ab. »Nur ein neuer Tiefpunkt bei der Wohnungssuche.«

»So tief, dass du in eine Gartenhütte ziehen willst?«

»*Wollen* ist das falsche Wort. Aber wenn es so weitergeht, bleibt mir vermutlich nichts anderes übrig.« Ich erzähle Jonas in Stichworten mein Erlebnis vom frühen Abend nach. Er lacht genau an den richtigen Stellen. Und zwar mit einem positiven, offenen HAHAHA. Sein Lachen könnte einer Comicsprechblase entstammen und ist genauso perfekt wie seine Zähne, seine Unterarme und das Muttermal über seinem Schlüsselbein.

Adem, der ebenfalls zugehört hat, fragt: »Und als Klo gab es ein Scheißhaus im Garten, oder was?«

»Das habe ich auch gesagt!« Mel hebt den Zeigefinger.

»Wunderbar, ihr tickt gleich.« Ich bugsiere die beiden aufeinander zu und übernehme die Vorstellung. »Mel – Adem, Adem – Mel. Ich weiß nichts über ihn, außer dass er nicht besonders viel verträgt. Und sie kenne ich erst seit heute Vormittag, aber ich liebe sie schon jetzt. So. Unterhaltet euch.« Und genau das tun die beiden dann auch prompt.

»Du hast also immer noch kein Glück auf dem Kölner Wohnungsmarkt?« Wieder ist da Jonas' Hand auf meinem Oberarm, die mich sanft zur Seite dreht, damit wir uns etwas leiser unterhalten können. »Ich würde dir Martins Zimmer anbieten.« Stimmt ja. Jonas hat ein Zimmer seiner Wohnung an einen Kumpel untervermietet, der zum Zeitpunkt der Einweihungsfeier noch im Ausland studiert hat. »Aber er kommt am Wochenende von seinem Erasmusjahr zurück und schaut bestimmt ziemlich doof, wenn da jemand in seinem WG-Zimmer sitzt und Paragrafen reitet.«

Aus dem Augenwinkel kann ich sehen, dass Konrad sich nun doch zu den Louis-Vuitton-Mädels gesellt hat, was sich ein kleines bisschen enttäuschend und doch gleichzeitig wie ein Ins-Lot-Bringen des Universums anfühlt.

»Ich möchte eh nicht in einer WG wohnen«, sage ich dann wieder an Jonas gewandt. »Ich bin eher der Typ Singlehaushalt.«

»Oh.« Er wirkt überrascht. »Ich habe dich immer für einen geselligen Menschen gehalten.«

»Das bin ich auch. Aber ich will in meinem Zuhause mit niemandem mehr streiten. Du weißt schon: Ich möchte keine Witze darüber hören, dass ich nicht mal Wasser kochen kann, ohne dass es anbrennt. Ich möchte nicht diskutieren, ob man Klopapier vorne oder hinten abrollt. Niemand soll mein Outfit kommentieren, wenn ich das Haus verlasse, und schon gar nicht die Menge an Sriracha-Sauce, die ich auf alles draufhaue, was keine Süßspeise ist.« Genervt und überspitzt lasse ich die Augenlider flattern.

»Die Antwort ist ganz klar hinten.« Jonas nimmt einen entschlossenen Schluck aus seinem Glas, das dem Anschein nach Cola oder eine zuckerfreie Variante derselben enthält.

»Hinten was?«, frage ich verwirrt nach.

»Klopapier rollt man entgegen der Mehrheitsmeinung eindeutig hinten ab.«

Ich spule gedanklich noch einmal meinen Monolog zurück, um die Puzzleteile zusammenzusetzen, als es mit einem Mal *Klick* macht. »Danke!«, pflichte ich ihm schließlich bei. »Das sehe ich auch so. Aber bring das mal diesen militanten Vorne-Abrollern bei.«

Jonas hält mir mit einem verschmitzten Grinsen den Boden seines Glases hin, an den ich in Ermangelung eines vollen Getränks mein leeres Shotglas klirren lasse.

»So«, mache ich mit finalem Unterton in der Stimme und einem dramatischen Blick auf die Uhr an meinem Handgelenk.

»Du willst doch nicht ernsthaft um kurz vor neun schon gehen?« Jonas wirkt ehrlich enttäuscht darüber.

»Bist du so lange raus aus Lansberg, dass du vergessen hast, wann unter der Woche der letzte Zug fährt?«

»Aber das geht nicht. Wir haben keinen miteinander getrunken.« Jonas trinkt demonstrativ die Cola leer und verschränkt dann die Arme vor der Brust.

»Jonas. Hier sind ungefähr fünf Dutzend Frauen in der Bar. Irgendeine wird sich schon erbarmen und sich von dir auf einen Drink einladen lassen. Immerhin bist du einigermaßen tageslichttauglich.« Um zu untermalen, wie ernst es mir ist, ziehe ich die Jacke an, die ich bis eben über dem Ellbogen getragen habe, und schwinge die durchsichtige Tasche über die Schulter.

»Aber ich will nur dich!« Jonas faltet nun inbrünstig die Hände vor seinem V-Ausschnitt, wobei er das Glas umständlich zwischen den Fingern einklemmt.

Ich ziehe halb skeptisch, halb amüsiert die Augenbrauen hoch. Kein Wunder, dass in meiner Schulzeit so ziemlich jedes Mädchen – und auch einige Jungs – in einen der Jagoda-Brüder verknallt war. Vor allem Jonas erfreute sich größter Beliebtheit, weil er sportlich, gut aussehend und konventionell stylisch ist und noch dazu über diese besondere Gabe verfügt, dich wie eine gottverdammte Prinzessin zu behandeln. Ich wette, er hatte schon reihenhaft Verehrerinnen, die geglaubt haben, dieses ach so nette Verhalten gelte nur ihnen.

Jonas lacht ein weiteres HAHAHA über meinen ambivalenten Gesichtsausdruck und überlegt sich schließlich eine andere Taktik. In strengerem Ton sagt er: »Wirklich, Polly. Dein erster Abend an der Uni kann nicht so enden, dass du um neun Uhr nach Lansberg abzischst.«

»Und was soll ich deiner Meinung nach tun? Den Gartenschuppen anmieten? Nein danke.«

Jonas wedelt spielerisch mahnend mit dem Zeigefinger vor meiner Nase herum. Dabei stelle ich fest, dass er dafür kein bisschen den Arm strecken muss. Obwohl ich eins achtzig groß bin. Gut aussehender, stylischer Good Guy im Bad-Boy-Dress und hochgewachsen noch dazu. Also echt: Die Lansberger Schülerschaft hatte nie eine Chance.

»Du schläfst bei mir. In Martins Butze.«

»Nein, ich …«

»Das war keine Frage, Polly.«

»Oh, ach so.« Ich stemme die freie Hand in die Hüfte. »Entschuldigung, ich wusste nicht, dass ich deine Leibeigene bin.«

»Es ist zu deinem Besten.« Jonas zuckt mit den Schultern und grinst dabei so überzeugend verführerisch, dass selbst ich um ein Haar weiche Knie bekomme.

»Genau das würde auch ein mittelalterlicher Großgrundbesitzer sagen.«

»Halt die Klappe, Pollyschmolly. Du bleibst. Wir sind Klorollen-Buddys, das müssen wir feiern.«

Meine Brille verrutscht ein wenig, so skeptisch ziehe ich die Brauen hoch. »Mit Cola light?«

Jonas wiederholt sein Modellächeln und fährt sich mit der freien Hand durchs Haar. Seine Frisur sieht ein bisschen so aus, als wäre er mit einem Bild von Shawn Mendes zum Friseur gegangen. Wobei … eigentlich sieht der ganze Typ so aus, als wäre er mit einem Foto von Shawn Mendes zu seinem Schöpfer gegangen und hätte gesagt: Einmal so, bitte.

»Weil du bleibst, mache ich was richtig Wildes und bestelle mir eine mit Zucker.« Er zwinkert mir zu, als hätte er gerade etwas gesagt, das sehr sexy oder verboten ist. »Bleib hier. Bin gleich wieder da.« Mit diesen Worten verabschiedet er sich zur Bar, wohin Adem ihm folgt.

Als ich mich zu Mel drehe, um mir von ihr einen freundschaftlichen Rat bezüglich des angebotenen Obdachs einzuholen, sieht sie mich lausbübisch an.

»Keine Funken? Ja nee, ist klar.«

»Er ist der Bruder meiner längsten Freundin.«

Mel verschränkt die Arme und lässt den Kopf demonstrativ zu einem genüsslichen Nicken sinken.

»Er ist bloß nett«, insistiere ich. »Ist so 'ne Art Zwang von ihm.«

Mels Nicken wird noch ausladender. Dann greift sie sich erneut an den nicht vorhandenen Schopf, zieht eine Fratze und schüttelt panisch die Hände, als stünde ihr Kopf in Flammen.

EINE ART HOBBY-BARISTA

KÖLN, 11. OKTOBER
JONAS' WOHNUNG

»Esss war der sssechste Tequila. Der sssechste isss immer das Problem. Wenn man den einfach weglassen und gleich sssum sssiebten gehen würde – easssy. Aber so ... upsss.«

Die hintere Autotür wird urplötzlich geöffnet und ich purzle fast von der Rückbank. Bevor ich jedoch auf der Straße aufknallen kann, fängt mich ein starker, mit Bizeps ausgestatteter Unterarm auf, hilft mir hoch und schlägt die Tür hinter mir zu.

Ich mache einen mutigen Schritt nach vorn, bin dabei jedoch schon wieder auf den schönen Unterarm angewiesen. Denn der kurze Absatz meiner Ankle Boots verträgt sich überhaupt nicht mit meinem Pegel und dem groben Pflaster auf dieser fremden Straße. »Noch mal upssss.«

»Alles okay?«, fragt Jonas.

Ich rapple mich auf, puste mir den Pony aus der Stirn und schiebe meine Brille den Nasenrücken hoch.

»Natürlich isss alles okay. Ich hab allesss im Griff. Ich bin trinkfessst, schon vergessen?«

Jonas lacht leise. Gar nicht dieses HAHAHA von vorhin. Sondern ruhig und irgendwie … ehrlich.

»Was gibsss da zu lachen?«

»Nichts, Pollyschmolly. Du hast recht. Du bist eigentlich sehr trinkfest, aber der sechste Tequila hat es dir versaut.« Mit einem Signalton und dem zweimaligen kurzen Aufleuchten der Frontlichter verriegelt sich Jonas' Auto.

»So siehsss ausss. Und den hasss DU mir gebracht, wenn ich daran erinnern darf.« Vor meinen Augen taucht ein erhobener Zeigefinger auf. Wenn mich nicht alles täuscht, ist das mein eigener. Der ovale, weinrot lackierte Nagel entlarvt ihn eindeutig.

»Ich glaube ja eher, der fünfte war schlecht. Der von diesem Juraschnösel.«

»Konrad? Neee, der jubelt mir nixsss Schlechtesss unter. Sonst verknack ich ihn. Und mit 'ner Vorstrafe kann er ssseine Karriere knickennn.«

»Egal, wie blau du bist, die Juristin in dir ist immer am Start, oder?«

»Ruhe, Jagoda, sssonst verknack ich *dich*!«

Eine Hand legt sich auf meinen Rücken. Ich kann sie zwar nicht sehen und somit auch nicht die Farbe der Nägel überprüfen, aber ich bin auch so sicher, dass es dieses Mal nicht meine eigene ist. Und weil die schicke Straße, in der wir geparkt haben, ansonsten ausgestorben ist, kann es nur die von Jonas sein.

»Jetzt komm erst mal mit hoch, Frau Anwältin. Ich pump dir eine Matratze auf und stell dir Aspirin ans Bett.«

»Sssoso. Kannst du das mit der Luftmatratze Mel erzählen? Sonst muss ich mir morgen von ihr anhören, zwischen uns wäre etwas gelaufen.« Ich warte darauf, dass meinem betrunkenen Ich diese Worte peinlich werden, aber die Scham bleibt aus.

»Wird gemacht. Und jetzt rein mit dir.« Die Hand auf meinem Rücken schiebt mich durch die Pforte eines historischen Altbaus und geleitet mich unter der stuckbesetzten Decke das Treppenhaus hoch.

Anouk
Hey, Anna, kannst du dich noch erinnern, wann Polly das letzte Mal nicht binnen einer halben Stunde auf Nachrichten geantwortet hat?

Anna
Gab es da nicht diesen einen Zwischenfall vor vier Jahren, als ihre Mutter sie gezwungen hat, mit in einen Spinning-Kurs zu gehen?

Anouk
Ich erinnere mich. Casa Spinning.

Anna
Außerdem beim ersten Date mit Laurenz.

Anouk
Sagen wir seinen Namen wieder? Ich dachte, der wäre tabu.

Anna
Ups. Sorry, Polly.
Wieso bist du schon wach?

Anouk
Muss gleich den Hofladen aufsperren.
Aber jetzt mal im Ernst: Polly? Polly, bist du da?

Anna
Ich mache mir auch langsam Sorgen, dass sie am ersten Tag aus dem Studiengang geflogen ist und jetzt weinend in einer Ecke sitzt.

Polly
Ich sitze weinend in der Ecke, aber aus anderen Gründen.

Das leere Zimmer in Jonas' Wohnung, das in ein paar Tagen ein gewisser Martin beziehen wird, hat keine Einrichtung. Nicht einmal Vorhänge, weshalb ich um Punkt halb acht von der aufgehenden Sonne geweckt wurde.

Meine Lebensgeister sind davon alles andere als beeindruckt. Dort, wo gestern noch mein Kopf war, sitzt jetzt ein dröhnender Basslautsprecher. Wie kann man nur so einen Schädel haben? Heißt es nicht immer, dass man sich in jungen Jahren ungestraft volllaufen lassen kann? Na ja. Es heißt ja auch, dass man erst im Alter zulegt. Mein Körper hat die Dinge eben schon immer gern etwas anders gemacht.

Anna
SIE LEBT!

> **Polly**
> Aua. Schrei nicht so.

> **Anouk**
> Polly, wie war der erste Tag? Und die Besichtigung?

> **Polly**
> Erzähl ich euch heute Abend. Pizza bei Anouk auf der Wiese?

> **Anna**
> Boah, machst du es spannend. Ich könnte dich in 'ner halben Stunde abholen und mit nach Köln nehmen. Erzählst du es mir dann direkt?

> **Anouk**
> Hey!

> **Polly**
> Nettes Angebot. Aber ich bin schon in Köln. Hab gestern die Bimmelbahn verpasst und bin zufällig in Jonas reingerannt. Er hat mir ein Dach über dem Kopf gewährt.

Dass ich die Bimmelbahn streng genommen nur *wegen* Jonas verpasst habe, scheint mir ein unwichtiges Detail zu sein. Erst vor ein paar Wochen wurde Anna der Sommerurlaub davon verdorben, dass sich eine Bekannte in Paul – den ältesten Jagoda-Spross – verknallt hat. Anna ist seit Jahren froh darüber, dass Anouk und ich die einzigen Freundinnen sind, die niemals für einen ihrer Brüder Gefühle gehegt haben.

Und daran möchte ich auch jetzt keinerlei Zweifel aufkommen lassen.

> **Anna**
> Oh, okay. Na, dann Gruß an mein Bruderherz und bis heute Abend bei Anouk!

Die Luftmatratze macht ein ohrenbetäubendes Furzgeräusch, als ich mich aufrichte. Vielleicht ist es auch ein Furzgeräusch in annehmbarer Zimmerlautstärke, aber mein Lautsprecherkopf multipliziert den Sound mit tausend.

Ich versuche, auf die Füße zu kommen, und fühle mich dabei merkwürdig eingeengt. Ein Blick nach unten verrät mir, wieso. Ich trage nicht wie sonst zum Schlafen ein XXL-Shirt aus der Männerabteilung, sondern ein tailliert geschnittenes Exemplar mit V-Ausschnitt. Nur aus der Männerabteilung dürfte es ebenfalls stammen, denn gerade kehrt die Erinnerung daran zurück, in der Jonas es mir in der vergangenen Nacht zum Schlafen in die Hand gedrückt hat. Ich hasse es so sehr, wenn Frauen in Filmen die Oberteile von Männern tragen, weil sie ihnen auf der Mattscheibe immer locker wallend bis kurz über die Knie fallen. Dabei geht dieses Schönheitsideal von Frauen in Herrenkleidung nur auf, wenn sich eine zarte Elfe mit einem Typen zusammentut, der nebenberuflich als Riese in *Game of Thrones* mitspielt.

Mein Bauch, die Oberarme und vor allem meine Brüste fühlen sich unwohl in Jonas' Shirt, das für einen fitten Oberkörper ohne Wölbungen geschneidert wurde. Ich ziehe es schnell aus – oder zumindest so schnell, wie es das Karussell in meinem Oberstübchen zulässt – und lege es auf der Luftmatratze zusammen.

Jetzt, wo ich stehe, scheinen ein paar Dinge in meinem Gedächtnis wieder an ihren angestammten Platz zu fallen. Um zehn geht die Einführungswoche weiter und ich werde dort im selben Outfit wie gestern auflaufen.

Das wird schon niemandem auffallen.

Aber was, wenn doch?

Der Muffin-Blazer ist dem ein oder anderen vielleicht ins Auge gesprungen ... Na und? Dann fällt es eben auf. Ich bin ans Auffallen gewöhnt. Das bleibt nicht aus, wenn man eine Figur jenseits von Größe vierzig hat und sich trotzdem nicht damit abfinden will, Sackklamotten zu tragen.

Also halte ich meiner inneren Kritikerin, die ich neunzig Prozent der Zeit gut im Griff habe, den Mund zu und schlüpfe erhobenen Hauptes in meine Kleidung von gestern. Da ich, Gott sei Dank, ein Kontrollfreak bin, habe ich in meiner transparenten Tasche ein vollgestopftes Etui mit Notfall-Make-up.

Mit einem Taschentuch und Wasser aus dem Glas, das Jonas mir gestern zusammen mit der Aspirin ans provisorische Bett gestellt hat, entferne ich notdürftig die Reste der gestrigen Kriegsbemalung und pinsle mir neue Farbe ins Gesicht. Und siehe da – als ich fertig bin und mich in dem kleinen Spiegel in meiner Puderdose mustere, fühle ich mich nur noch halb so verkatert wie zuvor. Ich ignoriere die Tatsache, dass meine Beine anscheinend durch Götterspeise ersetzt wurden und mein Rachen pelzig und iiih ist, und verlasse das Zimmer.

Jonas studiert BWL, aber da er schon im fünften Semester ist, geht die Uni für ihn erst nächste Woche los. Gestern Abend hat er mir erzählt, dass er nebenbei ein paar Stunden die Woche in einer Werbeagentur jobbt, wo er irgendwelche

Datenbanken pflegt. Ob er dafür um kurz nach acht schon wach sein muss? Ein bisschen unangenehm ist es mir durchaus, dass er mich gestern derart betrunken erlebt und bei sich aufgenommen hat. Kontrollfreak und so. Ihm aus dem Weg zu gehen, kommt aber nicht infrage. Ich bin schließlich kein reumütiger One-Night-Stand, der sich aus seiner Wohnung schleicht.

Also verlasse ich das Zimmer beschwingt mit frisch lebendig geschminktem Gesicht, nur um direkt wieder grün vor Neid zu werden. Jonas' Zuhause ist einfach nur wunderschön. Da die Jagodas ziemlich viel Kohle haben, erwarte ich kaum etwas anderes von ihnen. Doch in diesem Altbau ist nicht nur die Hardware hochwertig, Jonas scheint zusätzlich ein Händchen für Einrichtung zu haben. Das Mobiliar ist geschmackvoll – vom Teppich über die riesige Sofalandschaft bis hin zu der Pendelleuchte an der Decke, von der aus sich zwölf bauchige Industrialglühbirnen im Raum verästeln. Alles ist in Beige- und Grautönen gehalten, mit einem grünen Klecks hie und da, wo Jonas erstaunlich grüne, kein bisschen knusprige Zimmerpflanzen aufgestellt hat.

Ich gehe auf die offene Küche zu, die definitiv ein Designerstück ist und geradewegs von einem Pinterest-Board stammen könnte. Stylish, ohne Oberschränke, mit matten Fronten in edlem Anthrazit unter blendend weißen Metrofliesen. Der Herd befindet sich in einer frei stehenden Insel, über der ein Gitter angebracht ist, von dem gusseiserne Pfannen, Kräutertöpfe und kleinere Küchenutensilien baumeln. Kurz glaube ich, in das neue Fernsehset von Jamie Oliver geraten zu sein. Doch hinter dem Herd steht nicht der britische TV-Koch, sondern Jonas höchstpersönlich. An seiner Brust klebt ein Funktionsshirt und in der Stirn das sichtbar verschwitzte Haar. Hat dieser Angeber etwa schon Sport getrieben?

Bevor ich der Sache auf den Grund gehen kann, steigt mir ein absolut betörender Duft in die Nase. Zwei Düfte, um genau zu sein. Der eine stammt von frisch aufgebrühtem Kaffee und lenkt meinen Blick auf eine chromglänzende Siebträgermaschine, der andere kommt aus der Pfanne auf dem Herd, in der Jonas gerade etwas Buttrig-Zuckriges mit einem Pfannenwender umdreht.

»Guten Morgen«, sagt er mit einem breiten Lächeln.

Mein Magen ist mit der Mischung aus leckerem Frühstücksgeruch und den Nachwirkungen der gestrigen Nacht überfordert und verkrampft sich bei Jonas' Worten.

»Morgen.«

»Oh weh. Kater?«

»Eher eine Raubkatze.«

»Dieser verflixte sechste Tequila.« Jonas zwinkert mir zu und hebt dann etwas aus der Pfanne auf einen Teller, auf dem sich bereits ein kleiner Stapel goldbrauner Gebäckstücke befindet. »Ich hoffe, du bist nicht der Typ, der bei Kater den Appetit verliert.«

Die Stimme meiner Mutter lacht laut in meinem Kopf und kommentiert: *Apolonia verliert niemals den Appetit.*

»Wie trinkst du deinen Kaffee?«

»Äh«, bringe ich heraus. Mein Kopf fühlt sich sowieso schon an, als würde er sich noch immer in der Bar befinden. Aber all das Gewusel am frühen Morgen in dieser ultratollen Wohnung gibt mir das Gefühl, ihn nicht nur zurückgelassen, sondern durch das Haupt der lebensgroßen Pferdestatue ersetzt zu haben. »Ich wusste nicht, dass ich gestern in ein All-inclusive-Hotel eingecheckt habe. Was kostet mich der Spaß?«

»Vielleicht brauche ich mal eine Anwältin. Dann bist du mir was schuldig.« Ich ziehe schmunzelnd die Augenbrauen hoch. »Und wenn du hier fertig bist«, er nickt zu dem brutzelnden Pfanneninhalt, »ich habe dir im Bad eine Zahnbürste hingelegt. Unbenutzt natürlich.«

»Das ist besser als all-inclusive. Danke!«

Doch Jonas geht gar nicht auf meinen Dank ein. »Also? Americano? Flat White? Cappuccino? Latte?«

»Cap...puccino?«, wähle ich mit einem Zögern.

»Fantastisch.« Jonas klatscht in die Hände und macht sich an der Siebträgermaschine zu schaffen. Das Krachen einer Kaffeemühle ertönt, gefolgt von dem Dröhnen, mit dem das braune Glück in eine Tasse fließt, und einem lauten Rauschen, als Jonas Milch in einem kleinen Kännchen aufschäumt.

»Was bist du, so 'ne Art Hobby-Barista?«

»Willst du mich beleidigen, Pollyschmolly?«

»Nein. Streng genommen wollte ich dir ein Kompliment machen. Hobbys, die Kaffee involvieren, sind so ziemlich die besten Freizeitaktivitäten.«

»Ich bin Profi, verstanden?!« Er dreht sich kurz zu mir um und droht mir spielerisch mit dem Milchkännchen, ehe er es zweimal fest auf die hölzerne Arbeitsplatte seiner Stylo-Küche aufklopft.

Ich nehme auf dem Barhocker Platz, den Jonas mir zuvor mit einer flüchtigen Geste zugewiesen hat, und sehe fasziniert dabei zu, wie er den Milchschaum zu den Espressi in zwei ebenfalls verdammt stylische Tassen aus grober Keramik gießt. Dabei schwingt er das Kännchen locker aus dem Handgelenk. Puh. Er zieht ja eine ganz schöne Show ab, dieser selbst ernannte Profi!

Doch als er die Tasse vor mir abstellt, erkenne ich, dass er keine Spur übertrieben hat. Er hat einen formvollendeten Cappuccino mit Herzchen auf der Schaumkrone gezaubert.

»Verscheißerst du mich? Wie geil ist das denn?« Ich nehme das Getränk in beide Hände und bewundere diese Mona Lisa unter den Latte-Art-Kreationen.

»Tja. Ich hab's dir gesagt.« Jonas hebt grinsend die Schultern, stellt seine Tasse ebenfalls auf dem Tresen ab und verteilt dann den Inhalt der Pfanne ungleichmäßig auf zwei Teller. »Ich bin übrigens auch French-Toast-Profi. Willst du das ebenfalls anzweifeln oder glaubst du mir diesmal sofort?« Ein Teller voller gebräunter, Zimt-Zucker-klebriger und himmlisch duftender Toastscheiben landet vor mir. Es ist die größere Portion, wie mir auffällt, aber ich bin zu verkatert und das Gericht zu wohlduftend, als dass ich daraus irgendwelche Schlüsse ziehen würde.

»Rutsch rüber.« Jonas setzt sich neben mich und erwartet offenbar eine Reaktion. Doch ich bin sprachlos. Erstens, weil ich damit gerechnet hätte, dass Jonas nach dem Frühsport nur einen Eiweißshake trinkt. Zweitens, weil es mich total überfordert, dass er nicht nach Schweiß riecht. Seine Wohnung ist abnormal schön, sein Frühstück sieht aus, als könnte man es einem König servieren, und seine Schweißdrüsen produzieren offenbar keine Duftstoffe. Wahrscheinlich pupst Jonas Jagoda Zuckerwatte.

»Tja. Da fällt nicht mal dir Großmaul mehr etwas ein.«

»Hey!«, protestiere ich, nachdem ich meine Stimme wiedergefunden habe.

Jonas streckt mir die Zunge raus, reicht mir Messer und Gabel und sagt anschließend scherzhaft: »Iss, Kind, damit etwas aus dir wird.«

»Hahaha«, mache ich. »Dürfte ich mal meine Mutter zum Frühstück mitbringen? Ich will ihr Gesicht sehen, wenn du das zu mir sagst.« Ich schneide kichernd eine Ecke von meinem ersten French Toast ab und stecke sie mir in den Mund.

Jonas schaut drein, als könne er sich überhaupt keinen Reim auf meinen Kommentar machen. »Also, du und deine Mutter, ihr seid nicht gerade die engsten Freunde, oder?«

Ich möchte gern antworten, dass das sogar noch eine schmeichelhafte Umschreibung ist, doch in diesem Moment machen meine Geschmacksknospen Bekanntschaft mit dem Frühstück und erleben so etwas wie einen kulinarischen Orgasmus.

»OH GOTT«, stöhne ich.

»Was?« Jonas wirkt alarmiert und streckt reflexartig die Arme nach mir aus.

Ich beginne zu lachen. »Hey, keine Sorge, du musst kein Heimlich-Manöver an mir durchführen. Es schmeckt nur einfach verboten sexy.«

Jonas stimmt in mein Lachen ein – erneut keine Spur von seinem HAHAHA –, schiebt sich selbst einen Bissen rein und hakt dann mit vollem Mund nach: »Darf ich mir das in den Lebenslauf schreiben?«

»Hobby-Barista und Koch verboten sexyer Brunchspeisen.« Ich male meine Worte mit einer ausladenden Geste in die Luft. »Ich werde dir Visitenkarten drucken. Wenn du die bei deiner nächsten Kneipentour an die Ladys verteilst, kannst du dich vor Handynummern nicht retten, glaub mir.«

»Guter Punkt.« Er tut so, als würde er überlegen, während er eine weitere Toastecke zwischen seinen bartumschatteten Lippen verschwinden lässt. »Oder ich schreibe es direkt in meine Tinder-Bio. Visitenkarten sind so 1990.«

»*Du* bist auf Tinder?«

Jonas schielt kurz zur Seite – ist er etwa verlegen? – und prustet dann: »Wieso klingst du auf einmal so ernst? Ist Tinder etwas Schlimmes?«

»Nein, nein, also … Ich habe da echt nichts gegen.« Das habe ich wirklich nicht. Online-Dating ist eine legitime, für beschäftigte Menschen oft sogar die einzige Methode, um Liebe zu finden. Oder eine Affäre. Oder was auch immer sie suchen. Nur dachte ich, dass ein Typ wie Jonas es nicht … nun ja, ich will nicht sagen *nötig hätte*. Aber ich bin einfach davon ausgegangen, er würde schon durch sein Auftreten in der analogen Welt unzählige Angebote erhalten. Jonas ist ein bisschen wie eine Zwei-Zimmer-Altbauwohnung im Herzen der Stadt mit Badewanne und Balkon für fünfhundert Euro warm. So etwas geht nicht über Anzeigen im Netz weg. Solche Raritäten werden unter der Hand an Auserwählte vergeben, bevor sie überhaupt auf dem Markt sind.

»Du hast nichts dagegen. Puh.« Er stößt gespielt erleichtert die Luft aus und macht die passende Handbewegung dazu. »Da habe ich ja Glück gehabt.«

»Ach, du weißt, was ich meine. Wie auch immer. Du solltest das mit der Bio ausprobieren. Aber wenn die Frauen dann hier am Wochenende ein und aus gehen, musst du natürlich auch liefern.«

»*Ein und aus gehen?*«, wiederholt Jonas mit einem Stück French Toast im Rachen. Er schiebt die Hand vor den Mund und fragt etwas gedämpft: »Für wen hältst du mich denn? Casanova?«

Ich sehe ihn ein wenig streng an und deute mit der Gabel auf ihn. »Du willst echt, dass ich es ausspreche, oder?«

»Wapfff?«, mampft er.

»Na, dass du ein gut aussehender Kerl mit dem magischen Jagoda-Charme bist, der in jedem Hafen fünf Frauen haben könnte.«

Jonas sieht einen Moment lang aus, als würde er sich an seinem Happen verschlucken. Doch er ringt ihn nieder und sieht mich dann mit etwas glasigen Augen an. »Ähm. Danke ... denke ich. Und gleichzeitig: hey!« Er schauspielert eine angepisste Miene und geht nur auf den zweiten Teil ein: »Fünf in jedem Hafen ... wie kommst du darauf?«

»Mhm ...« Ich schwenke theatralisch meine Kaffeetasse. »Du kannst das mit dem gut aussehenden Charmebolzen anscheinend nicht oft genug hören.« Mels Worte hallen in meinem Kopf wider: *Jetzt denke ich an seinen Bolzen.*

»Also ist man automatisch ein Fremdgeher, wenn man gut aussieht und charmant ist? Pollyschmolly, wir müssen an deinem Männerbild arbeiten.«

»Mit meinem Männerbild ist alles okay. Das basiert auf empirischen Fallstudien.«

»Oje, oje, wer hat dir nur wehgetan?« Seine blauen Augen glitzern mich von der Seite an. Diese Kombination aus blauen Augen und braunem Shawn-Mendes-Haar sollte verboten werden. Das ist ja, als säße man einem Welpen gegenüber.

»Mir? Mir hat niemand wehgetan.« Bis auf Laurenz. Aber der ist immerhin nicht fremdgegangen. Zumindest nicht, dass ich wüsste. Wobei es gut ins Bild passen würde. Ich war für ihn schließlich nur die Frau fürs Schlafzimmer. Vielleicht hatte er noch eine Ausgehdame, die ... mehr seinen Vorstellungen entsprochen hat. »Männer haben gar nicht die Fähigkeit, mir wehzutun, ganz einfach.«

»Oh. Also bist du nicht nur, was deine Wohnsituation angeht, überzeugter Single?«

»So kann man es vermutlich ausdrücken.« Weil ich ich bin und ich nun mal nicht so gut mit Tiefgründigkeit und Emotionen umgehen kann, kompensiere ich die aufkeimende Offenheit zwischen uns mit einem Scherz: »Für dich würde ich natürlich eine Ausnahme machen. Und mit *für dich* meine ich *für so ein Frühstück am Morgen*.«

Jonas legt einen Ellbogen auf dem Tresen der Kücheninsel auf, stützt sein Kinn darauf und berührt es mit zwei Fingern in einer Art Denkerpose. »Jetzt, wo du es sagst ... Wieso bleibst du nicht die ganze Woche? Die Luftmatratze gehört dir. Auf die Weise kannst du deine Einführungswoche so verbringen, wie es sein sollte, ohne jeden Abend nach Lansberg tingeln zu müssen.«

Ich verschlucke mich, muss husten und wehre prompt ab: »Ich weiß schon, dass du ein netter Kerl bist, Jonas. Aber du musst nicht SO nett sein.«

»Ob das Zimmer nun bis zum Wochenende leer steht oder ...« Er lässt den Satz versanden und fragt stattdessen: »Also, was steht heute in der Ersti-Woche an?« Jonas legt sein Besteck zur Seite, obwohl noch zwei unangerührte Toastscheiben auf seinem Teller liegen.

Damit stellt er die Frage, die ich früher gern häufiger von meiner Mum gehört hätte. Doch es war nie ihr Ding, ihr Interesse an mir in Form von einem *Wie war die Schule heute?* oder *Was hast du am Wochenende vor?* zu äußern. Stattdessen hat sie lieber von *ihrer* Arbeit, *ihren* Problemen oder *ihren* Männern erzählt.

»Justus und Konrad wollen uns heute die Bib zeigen, glaube ich.«

»Justus und Konrad«, schnaubt Jonas in seinen Kaffee. »Ich glaube, darüber habe ich mich gestern nicht ausreichend lustig gemacht.«

»Adem und du, ihr habt ihre Namen mindestens ein Dutzend Mal wiederholt.«

»Ich sag ja: nicht ausreichend.«

»Spinner.« Ich kichere und sehe auf die Uhr. »So langsam sollte ich los.«

»Du hast mir noch nicht erklärt, was du vorhast – und ob du mein Angebot annimmst.«

»Heute Abend gehe ich mit deiner Schwester zu Anouk.«

»Flechtet ihr euch gegenseitig Zöpfchen und redet über die Jungs, in die ihr verknallt seid?«

»Genau! Woher weißt du das?«

Jonas' HAHAHA-Lachen ist zurück. »Also kann ich die Luftmatratze anderweitig untervermieten?«

Ein Teil von mir würde sich am liebsten auf besagte Luftmatratze in dem schönen, lichtdurchfluteten Zimmer in der stylischen Altbaubude schmeißen, laut fauchen und wie Gollum »Mein Schatz« zischen. Aber ich werde das Zimmer wohl oder übel wieder abtreten und das Angebot somit ausschlagen müssen. Jonas will sowieso nur nett sein. Auf eine – zugegeben – recht hartnäckige und überzeugende Weise.

»Ja, tut mir leid. Obwohl ich weiß, wie gern auch du mit mir Zöpfchen geflochten und über deinen Schwarm geredet hättest.«

»Ein andermal?«

Es klingt eher wie eine Frage als eine Aussage. Also setze ich ein großherziges Gesicht auf und antworte: »Versprochen.«

EIN BEKLOPPTER PLAN

LANSBERG AN DER WUPPER, 12. OKTOBER
VOGELHOF

Der Bauernhof von Anouks Familie kommt den lustig bunten Zeichnungen vom Landleben in Kinderbüchern erstaunlich nahe. Ein hellblau gestrichenes Wohnhaus, Traktoren in der Auffahrt und Scheunen aus Fachwerk, aus denen dann und wann das Muhen von einigermaßen glücklichen Kühen zu hören ist.

Als ich ankomme, schließt Anouk gerade den kleinen Hofladen ab. Über der Tür des umgebauten Stalls hängt ein handbemaltes Schild mit der Aufschrift *Feines von Vogels*. Anouk rammt den Schlüssel mit einer solchen Wucht ins Schloss, dass es bedrohlich schwankt.

»Schlechter Tag?«, rufe ich über den Hof. Anouk wird auf mich aufmerksam und dreht sich um. Sie trägt noch das dunkelgrüne Poloshirt mit dem Hoflogo auf der Brust. Die abstehende Strähne an ihrem Hinterkopf sowie ihr miesepetriger Gesichtsausdruck verraten mir, dass meine Vermutung zutrifft.

»Was hat mich verraten?« Wenn sie mies drauf ist, schafft

Anouk es erstaunlich gut, ihrer zarten Elfenstimme den Charme eines Death-Metal-Sängers zu verleihen.

»Na, dein sonniges Gemüt.« Ich schließe zu ihr auf und nehme sie zur Begrüßung in den Arm. »Hey, Babe!«

In diesem Moment biegt Anna in ihrem kleinen babyblauen Fiat auf den Hof ein und stellt ihn hinter einem der Traktoren ab. Nachdem der Motor verklungen ist, schwingt sie die langen schlanken Beine heraus und lässt ihren ebenso langen schlanken Körper folgen. Anna trägt eine weit ausgestellte weiße Jeans, die eng ihre Taille umschmeichelt. Dazu ein geknotetes schwarzes T-Shirt, unter dem ein Streifen ihres braun gebrannten Bauchs herausblitzt.

»Ist das nicht dieser Fetzen, den du nach eurer temporären Trennung tagelang vollgeheult hast?« Ich deute auf Annas T-Shirt, das einen Sänger bewirbt, von dem ich vor Annas Trennungsdepression noch nie gehört hatte. Die kurze Phase am Ende des Sommers, in der Fynn und Anna sich zerstritten hatten, war wirklich grausam. Ich hasse es, meine Freundinnen leiden zu sehen – und dass ausgerechnet Anna, die bisher keinem Kerl je eine Träne nachgeweint hat, so am Boden zerstört war, hat mein Weltbild ein bisschen erschüttert.

»Hab dich auch lieb, Polly«, flötet sie nun jedoch gut gelaunt und drückt mir im Vorbeigehen einen Kuss auf die Wange. Sie strahlt so breit, dass man jeden einzelnen Zahn auf Plaque untersuchen könnte. Zum ersten Mal fällt mir auf, dass sie genau dasselbe Lächeln hat wie Jonas. Dabei dachte ich bisher immer, Anna und Paul sähen sich ähnlich, während Jonas ein wenig aus der Art geschlagen wäre.

»Was ist los, Anouk? Du hast ja deine Stresspalme.« Anna versucht, die störrische Haarsträhne auf Anouks Kopf anzudrücken. Doch das hellbraune Haar ihres Pixie-Cuts steht widerborstig ab wie ein klitzekleiner Irokese.

»War bloß ein langer Tag.« Anna und ich tauschen einen Blick aus. Wir wissen beide, dass das nicht stimmt. Oder zumindest eine stark simplifizierte Antwort ist. Gefühle zu teilen, gehört nicht unbedingt zu Anouks Stärken. Aber wir wissen auch, was in einem solchen Moment zu tun ist: Wir werden die drei größten Pizzen ordern, die wir finden können, es uns auf der Weide hinter dem Haus mit vielen Decken gemütlich machen und so lange Details aus unserem Leben teilen, bis Anouk bereit ist, es uns gleichzutun.

Ich habe gerade meine Horrorstory vom Gartenschuppen zu Ende erzählt, als ein verwirrter Pizzabote auf der Suche nach einer Klingel über den Hof auf die Wiese gelaufen kommt und uns drei Pappschachteln aushändigt.

»Das ist alles nicht dein Ernst?« Anna hält sich die Hand vor den Mund.

Anouk, der bereits ein Käsefaden aus dem Mundwinkel hängt, legt den Kopf in den Nacken, um den gleichzeitigen Verzehr von heißer Pizza und Gespräch besser koordinieren zu können. »Wo hättest du aufs Klo gehen sollen?« Ich bin wirklich froh, dass es allen so sehr am Herzen liegt, wo ich mein Geschäft verrichtet hätte, wäre ich diesen Deal eingegangen.

»Im Haus. Im Bad der Oma. Wo auf der Toilette übrigens so ein Gestell angebracht war, an dem alte Menschen sich festhalten können, während sie ihrem Business nachgehen.«

Anouk kringelt sich vor Lachen. Anna schaut komplett desillusioniert drein. »Ich glaube, ich kann es nicht mal mehr lustig finden«, sagt sie kopfschüttelnd. »Du hast uns doch die Anzeige geschickt. Die sah komplett seriös aus.«

»Hinterhaus im Grünen«, wiederhole ich nickend und schäle das erste Stück meiner Pizza Rucola aus dem Karton. »Auf den Wohnungsmarkt!« Ich erhebe das Teigdreieck und proste meinen Freundinnen damit zu.

»Vielleicht probierst du es doch mal mit einer WG?«, schlägt Anna vor. Ihr ist deutlich anzusehen, dass sie sich Sorgen um mich macht.

»Nein. Ich krieg das schon hin. Außerdem: Wer würde es mit mir in einer WG aushalten?« Ich schnaube selbstironisch, denn Humor ist das einzige Mittel, das ich kenne, um mit Niederlagen klarzukommen. »Ich kann nicht kochen, brauche viel Platz – im übertragenen wie im wörtlichen Sinn, schaue viel zu viele True-Crime-Serien auf Netflix und wenn ich für eine Prüfung lerne, hänge ich an jeder glatten Fläche Post-its auf.«

»Mach dich nicht immer so runter.« Jetzt tropft Anouk der Käse sogar von beiden Händen.

»Ich mach mich nicht runter. *Ich* finde mich so, wie ich bin, ja ganz gut, aber welcher WG-Mitbewohner würde diese Ansicht teilen?«

»Ich.« Anouk zuckt mit den Schultern.

»Same«, stimmt Anna zu.

»Tja. Wie gut, dass ihr das nicht unter Beweis stellen müsst. Denn du«, ich deute mit meinem Pizzaachtel auf Anna, »ziehst doch wahrscheinlich eh in ein paar Wochen zu Fynniboy nach Köln und du«, das Stück zeigt nun auf Anouk, »folgst Kaya nach München, sobald du eine passende Kunsthochschule gefunden hast.« Ich war sowieso verwundert, dass Anouk nicht sofort nach einer Uni in München gesucht hat, als ihr Freund dort einen Platz an einer renommierten Filmhochschule bekommen hat. Doch ihre Verpflichtungen auf dem Hof und die strengen Anforderungen von Kunstunis haben ihr – wie sie sagt – einen Strich durch die Rechnung gemacht. Dabei ist es eine Schande, dass eine talentierte Person wie Anouk hier auf dem Land rumhängt, obwohl sie viel lieber ihre Kunst mit der Welt teilen würde.

»Das ist nicht so wahrscheinlich, wie du glaubst.« Anouk spricht leise, aber bestimmt. Der Death-Metal-Sänger in ihrer Stimme ist einer sachlichen Diplomatin gewichen.

»Ist ... ist etwas passiert?« Anna zögert deutlich hörbar.

Ich frage mich das Gleiche. Mir fällt nur ein Szenario ein, in dem Anouk nicht Kunst studieren würde: wenn ihr auf einen Schlag beide Hände abfielen. Und selbst in diesem Fall würde sie wahrscheinlich einfach mit den Füßen oder dem Mund weiterzeichnen.

»Nein. Nur ... man weiß ja nie, das ist alles. Vielleicht studiere ich nicht. Vielleicht gehe ich nicht nach München. Vielleicht ...«

»Was *vielleicht*?«, imitiere ich sie mit vollem Mund. »Willst du etwa andeuten, dass Kaya und du euch trennen könntet?«

»Ich deute es nicht an, aber im Leben ist nun mal nichts in Stein gemeißelt.«

»*In Stein gemeißelt*«, imitiert nun Anna. »Wenn das irgendetwas ist, dann ja wohl eure Beziehung.«

»Neben den Zehn Geboten natürlich«, ergänze ich auf die Art, die meine Mum immer als Klugscheißerei bezeichnet.

»Wieso?« Anouk klingt, als wäre es geradezu beleidigend, dass wir sie und Kaya für so beständig halten.

»Weil ihr so was wie William und Kate seid.«

»Nur ohne die Skandale in der Familie«, werfe ich ein.

»Kannst du mal damit aufhören?«, schnauzt mich Anouk regelrecht an.

Ich will ein »Womit?« zurückblaffen, aber die Frage wird durch eine Portion besonders heißen Käse an meinem Gaumen erstickt.

»Ich könnte erzählen, dass Kaya und ich uns getrennt haben, und ihr würdet immer noch dumme Sprüche bringen. So funktioniert *das hier*«, sie fuchtelt mit den Händen über unserem Set-up aus Pizzaschachteln und Picknickdecken, »aber nicht.« Mir ist schon klar, was sie mit *das hier* meint. Es ist unser Zirkel der Ehrlichkeit, der Offenheit, der Pizzakäsigkeit und der unausgesprochenen Erlaubnis, jeden Mist zu artikulieren, sollte er noch so daneben sein. So funktioniert Freundschaft eben.

»Aber ...«, flüstert Anna mit matter Stimme, »ihr gebt mir nun mal Hoffnung auf ewige Liebe.«

Anouk schnaubt. Und ich auch. Zumindest in Gedanken. Ich glaube nicht an die ewige Liebe. Es ist schwer, das zu tun, wenn man mit Silke Mühlford groß geworden ist, bei der die Ewigkeit oft nur bis zum nächsten Samstag reicht. Generell fällt mein Glaube an die Liebe eher in die Kategorie Atheismus. Meine einzige Erfahrung mit etwas, von dem ich dachte, es könnte romantische Liebe sein, war ein zu großer Reinfall. Manchmal vergehen Wochen, ohne dass ich ein einziges Mal an die Sache mit Laurenz denke. Dann wieder erinnere ich mich an unsere kurze Affäre, als wäre sie nicht mir, sondern einer guten Freundin passiert, der ich auf die Schulter klopfe und sage: *Sei froh, dass du den los bist, er hatte dich nicht verdient.* Doch hin und wieder sind der Schmerz und die Demütigung so präsent, dass ich die Worte, mit denen er unsere gemeinsamen sechs Wochen beendet hat, in meinem Kopf widerhallen höre: »Lass mal gut sein, Polly, du scheinst das hier für 'ne Beziehung zu halten. Aber ich kann nicht mit jemandem wie dir zusammen sein.« Und egal, wie selbstbewusst ich auch bin, es ist beschissen, wenn die Erinnerung an das erste Mal unweigerlich und für immer mit einem Kerl verknüpft ist, der ein gemeinsames Outing mit einem »Lass mal gut sein« abgeschmettert hat.

Laurenz war groß, gut aussehend, muskulös und Kapitän der ersten Mannschaft vom Lansberger FC. Er stand unverkennbar auf kräftige Frauen und liebte es, mir im Bett auf den Hintern zu hauen. Vor seinen Kumpels zeigte er sich jedoch ausschließlich mit hauchzarten Blondinen und klopfte sich brüllend vor Lachen auf die Schenkel, wenn seine Bros unsere übergewichtige Mathelehrerin als *deutschen Panzer* bezeichneten. Kurz: Seit Laurenz bin ich durch mit schönen Sportlertypen, die sich was auf ihre Männlichkeit einbilden, aber nicht Manns genug sind, zu ihren eigenen Vorlieben zu stehen.

»Aber es ist wahr«, beteuert Anna, und auf einmal bin ich wieder im Hier und Jetzt. Auf der Wiese der Vogels statt am Tiefpunkt meines Lebens, an dem ich das erste und letzte Mal überlegt habe, mich für einen Typen zu verändern. »Vor ein paar Monaten saß ich kreuzunglücklich in Portugal und habe mir etwas gewünscht, das so ist wie das, was du und Kaya habt. So geht's dir doch auch, Polly? Oder, Polly? Polly?«

Ich blinzle hektisch, ringe mit meiner Aufnahmefähigkeit. Die Erinnerung an Laurenz hat mich wohl doch mehr aus dem Konzept gebracht, als ich zugeben würde. »Nun ja, also ... Ich will nicht unbedingt dieses ganze ... ihr wisst schon ... dieses Feste-Beziehung-Ding. Also, nicht jetzt. Weil jetzt will ich erst mal studieren, in eine Kanzlei einsteigen und dort Partnerin werden, bevor ich dreißig bin. Aber da-

Kyra Groh
Alles, was du von mir weißt
Loewe Verlag, 2022,
Klappenbroschur, 480 Seiten

© Illustration: Daniela-Karin Raffl

Folge uns auf *Instagram*
@loewe.intense

nach … ja, danach strebe ich einen Kayanouk-mäßigen Lifestyle an.«

Anouk sieht mich eine Sekunde streng an, dann bricht sie in Gelächter aus und bewirft mich mit einer Peperoni, die von ihrer Pizza gefallen ist. »Hören wir auf, über mich und meine imaginären Probleme zu reden. Das heißt, du, Polly, darfst jetzt darüber sprechen, wie geil der Unistart war, und Anna darf schwärmen, wie hot Fynn ist.« Sie wedelt lapidar mit der Hand inklusive peperonilosem Pizzastück hin und her. »Oder was auch immer dir unter den Nägeln brennt, seitdem du so verdammt gut gelaunt aus dem Auto gestiegen bist.«

Anna und ich tauschen einen unsicheren Blick, doch dann hält auch sie es nicht mehr aus, kichert und fragt: »Darf ich echt?«

»Gleich«, unterbreche ich sie. »Vorher muss ich euch noch die Stellenbeschreibung meines neuen Jobs zeigen.« Ich hole mein Handy aus der Gesäßtasche und tippe auf den Browser, in dem derzeit hundertsiebenunddreißig Tabs geöffnet sind. Da ich in den letzten Wochen parallel nach einem Studentenjob und einer Bleibe gesucht habe, musste der Arbeitsspeicher meines Handys alles geben. Von der überraschenden Zusage habe ich den beiden schon erzählt, doch die Details des Jobs erfahren sie erst jetzt.

»Seit dem Schuppen-Fail zweifle ich an meiner Fähigkeit, zwischen den Zeilen zu lesen, also müsst ihr mir helfen.«

»Moment«, höre ich Anouk sagen, nachdem ich die Ausschreibung fertig vorgelesen habe und meine Freundinnen abwechselnd Beifall heischend ansehe. »Als du was von Nebenjob erzählt hast, dachte ich irgendwie, es wäre … juristischer.«

»Juristischer, genau, das ist das Wort, nach dem ich auch gesucht habe.« Anna nickt bestärkend.

»Wieso? Es ist in einer großen Wirtschaftskanzlei.«

»Ja, aber als ... wie nennen sie das?« Anouk beugt sich nach vorn, um die Headline auf dem kleinen Handydisplay lesen zu können. »Office Management Support? Ist Office Management nicht ein schicker Begriff für *Mädchen für alles*?«

»Ich glaube auch, du wirst da Konferenzräume aufräumen, Kaffee kochen und neue Druckerpatronen bestellen.« Anna legt besorgt eine Hand an die Wange.

»Genau«, erwidere ich und grinse diebisch. Dann offenbare ich ihnen meinen Plan, den ich von Anfang an bei der Bewerbung auf diese Stelle verfolgt habe. »Keine Kanzlei von dieser Größe und Reputation gibt mir einen Job, bei dem ich wirklich mit Klienten in Kontakt komme. Warum auch? Dass ich seit vierundzwanzig Stunden Jura studiere, wird sie bestimmt nicht beeindrucken. Also ziehe ich so eine Art Trojanisches-Pferd-Nummer ab.«

»Du infiltrierst sie in einem riesigen Holztier?« Anouk unterstreicht jede Silbe mit einem skeptischen Blinzeln.

»Zum ersten Teil: ja. Ich infiltriere. Aber ... ich koche nicht einfach nur Kaffee. Ich koche Kaffee und networke dabei. Ich räume nicht einfach nur den Konferenzraum auf, ich bekomme dabei exklusive Einblicke in die Fälle von *Gayleway & Gabel*. Rein zufällig eine der größten internationalen Wirtschaftskanzleien und nur zehn Minuten von meinem zukünftigen Campus entfernt.«

Anna und Anouk sehen mich so an, wie sie es immer tun, wenn ich mich zu sehr in die Gedanken an meine zukünftige Karriere hineinsteigere. Ihre Blicke sagen irgendetwas zwischen »Wow, Polly ist echt zielstrebig« und »Scheiße, Polly hat komplett den Verstand verloren«.

»Also ... bestimmt ist der Job als Office Managerin wichtig und lobenswert. Aber ich dachte, du wolltest etwas, das ... na ja, imposanter im Lebenslauf wirkt.«

»Du lässt mich nicht ausreden, Anna.« Beide lachen, weil es zugegebenermaßen ironisch ist, dass *ich* jemandem vorwerfe, mich nicht aussprechen zu lassen. »Okay, long story short: Ich fuchse mich irgendwie durch, schleime mich bei den wichtigen Leuten ein, sage etwas irre Schlaues zum richtigen Zeitpunkt – und schwups! –, bekomme ich den Job, den ich wirklich möchte.«

»Das Verrückte ist«, Anouk klingt auf ihre einzigartige Weise trocken und humorvoll zugleich, »bei dir klappt so ein bekloppter Plan wahrscheinlich auch noch.«

»Oooh ja.« Ich grinse zufrieden.

EINE FRAGE DER ROMANTIK

LANSBERG AN DER WUPPER, 13. OKTOBER
HAUS DER MÜHLFORDS

Am nächsten Morgen nehme ich Annas Angebot vom Vortag dankbar an. Ich bin extra noch ein paar Minuten eher aufgestanden, um nicht wieder meiner Mutter am Frühstückstisch zu begegnen, und warte nun in der Auffahrt auf sie. Dummerweise steht eine getunte Protzkarre genau vor unserem Haus, sodass ich die Straße nicht besonders gut einsehen kann. Während ich mich frage, wie meine Mutter mit dem Dildomobil zur Arbeit fahren soll, wenn dieser tiefergelegte VW den Weg versperrt, quietscht hinter mir die Haustür. Ich verdrehe die Augen. Na toll. Mama hat mich erwischt.

Gegen meinen Willen gehe ich gedanklich all meine sogenannten *Problemzonen* durch und überlege, was ihr wohl heute dazu einfällt: *Ist dieser Rollkragenpullover nicht ein bisschen zu eng? An den Seiten sieht man deutlich, dass dein BH einschneidet. Im Internet kann man sich Verlängerungen für den*

Verschluss kaufen, wusstest du das? Dass High Waist Jeans momentan so in sind, ist echt ein Fluch für dich. Lass den Pulli doch lieber locker drüberfallen, statt ihn reinzustecken, das macht den Unterbauch schlanker. Und apropos schlanker: Ich habe gelesen, Ponyfrisuren drücken das Gesicht und lassen es runder wirken.

Vielleicht sind diese Gedanken masochistisch. Aber es kommt mir vor, als hätte ich die Situation besser im Griff, wenn ich ihr diese Kommentare vorwegnehme. Es ist wie eine Wette, die ich gegen mich selbst abschließe: Für welchen *gut gemeinten Ratschlag* wird sie sich heute entscheiden?

»Morgen«, brummelt eine Stimme hinter mir. Ähm ... dieser Bariton gehört ganz sicher nicht meiner Mutter!

Mit einer bösen Vorahnung drehe ich mich in Zeitlupe zur Eingangstür um. Ein Typ, der maximal sieben- oder achtundzwanzig sein mag, schlurft über die Schwelle, dahinter meine Mutter in einem seidenen, viel zu locker geknoteten Kimono, unter dem sie kokett die Beine überkreuzt.

»Gregor, das ist meine Tochter Apolonia.«

Noch bevor sie bei meinem Namen ankommt, hat mein Gehirn beschlossen, keinen Speicherplatz für seinen frei zu machen. Wenigstens kann ich jetzt die Karre zuordnen, die uns zugeparkt hat.

»Wow.« *Wie-hieß-er-noch-gleich?* fixiert abwechselnd mich und die Frau, mit der er heute Nacht ... Puh. Nein, für dieses Kopfkino werde ich ganz sicher ebenfalls keinen Speicherplatz verschwenden. »Ihr ... Mutter und Tochter also?«

»Was?«, frage ich genervt. »Geschockt, weil du dachtest, sie wäre Ende zwanzig, oder weil du dich fragst, wie mein Vater wohl aussehen muss?«

»Polly!«, zischt meine Mutter. Komischerweise benutzt sie meinen Kosenamen, um mich zu tadeln, und die lange Version, wenn sie normal mit mir redet. Weil diese Frau einfach nichts auf konventionelle Weise tun kann. »Was machst du überhaupt hier draußen?«

»Anna holt mich ab«, knurre ich.

»Ach Anna ...« Anna ist für meine Mutter so etwas wie die Tochter, die sie nie hatte. Eine Sehnsucht, die zum Großteil darauf fußt, dass sie immer davon geträumt hat, mit ihrer Tochter Klamotten tauschen zu können. Wahrscheinlich würde Anna lieber sterben, als in die glitzernden Nicki-Anzüge meiner Mum zu schlüpfen, aber wenigstens würden sie ihr rein theoretisch passen.

»Trainiert Anna noch so oft mit ihren Eltern? Vielleicht kannst du ja mal mitmachen? Ich habe eine Bekannte, die mit dem Programm der Jagodas fünfzehn Kilo abgenommen hat. Fünfzehn Kilo! In zehn Wochen! Kannst du dir das vorstellen?«

Ich liebe es, um halb acht am Morgen schon über solche Themen diskutieren zu müssen. Dem Typ mit der Tuningkarre scheint es ähnlich zu gehen. Er sieht aus, als suche er nach einem Weg, sich der Situation möglichst schnell entziehen zu können. Tja, Gregor, meine Mutter schafft es immer, dass sich alle Beteiligten – und Nichtbeteiligten – unwohl fühlen.

Verdammt ... Ich wollte seinen Namen doch überhaupt nicht speichern!

Dass Mama nicht mal vor ihren Lovern die Schnauze über mein Gewicht halten kann, legt einen Schalter in mir um. Ich will hier weg. Koste es, was es wolle. Also ... im metaphorischen Sinne. Es sollte idealerweise nur so viel kosten, wie ich zur Verfügung habe, aber ich bin nun bereit, Abstriche zu machen. Sobald ich bei Anna im Auto sitze, werde ich meine Suchanfragen auf den Immobilienportalen ändern und auch WGs zulassen. Alles ist besser als das hier.

Plötzlich fällt mir Jonas' Angebot wieder ein. Wieso um alles in der Welt habe ich es ausgeschlagen? So könnte ich wenigstens die nächsten Tage meinen Traum leben und müsste nicht mehr Abend um Abend in das Haus der unterschwelligen Vorwürfe zurückkehren.

»Ist das Anna?« Meine Mutter deutet an mir vorbei zur Straße. Ich folge dem Fingerzeig und erkenne tatsächlich das babyblaue Auto, das in zweiter Reihe neben dem VW von *Wie-hieß-er-noch-gleich?* anhält.

Statt direkt zu Anna zu eilen, mache ich etwas, das sehr untypisch für mich ist: Ich gebe einem Impuls nach. »Ich muss noch mal kurz rein.«

»Findest du die Uni nach zwei Tagen schon so geil, dass du direkt einziehen willst?« Anna mustert den Trolley, den ich hinter meinen Sitz gestopft habe, kritisch im Rückspiegel.

»Auch keine schlechte Idee. Ich wette, es gibt ein paar Reihen in der Bibliothek, in denen ich mein Lager aufschlagen könnte, ohne dass mich je irgendwer zu Gesicht bekäme.«

»Und was hast du wirklich vor?«

Ich stelle eine Gegenfrage: »Gibst du mir Jonas' Nummer?«

»Jonas wie in *mein Bruder Jonas*?«

»Yes.«

»Ähm. Klar. Nimm sie dir.« Sie deutet auf ihr Handy, das auf der Ablage in der Mittelkonsole ruht. Ich entsperre das zartlila iPhone, indem ich es kurz vor Annas Gesicht halte, und scrolle mich dann durchs Telefonbuch.

»Du hast deinen Bruder unter Jonas Jagoda eingespeichert?«

»So heißt er nun mal.« Sie zuckt mit der Schulter, über die sie gerade blickt, um sich gefahrlos in den Autobahnverkehr einfädeln zu können.

»Ich pack's nicht. Du hast sogar Fynn mit Vor- und Nachnamen eingespeichert. Wie unromantisch bist du denn?«

Anna lacht. Die Haut an ihren Wangen wirft symmetrische, grübchenartige Fältchen, die rein gar nichts mit dem Alter zu tun haben, sondern genauso aussehen wie ... wie die von Jonas. Wenn meine Eltern länger als drei Jahre verheiratet geblieben wären, hätte ich dann auch ein Geschwisterchen bekommen, mit dem ich solche kleinen Details teilen würde? Oder wäre ich mit einer perfekten Schwester gesegnet worden, in deren Schatten ich vor mich hin vegetieren müsste?

»Was ist, wenn ich mal einen Unfall oder so etwas habe und die Polizei in meinen Kontakten nach ihm suchen muss?« Anna fuchtelt diplomatisch mit den Händen.

»Du hast die Nummer von deinem Lover eingespeichert und dir dabei ausgemalt, wie du einen Unfall hast? Wie entzückend.« Ich scrolle weiter durch ihr Telefonbuch. »Puh, immerhin hast du mich nicht unter Apolonia drin, ich bin erleichtert.«

»Nimm dir einfach Jonas' Nummer und halt die Klappe. Wofür brauchst du die überhaupt?«

Mein Herzschlag beschleunigt sich aus mir unerfindlichen Gründen. Ich bin doch sonst nie um Worte verlegen? Wieso habe ich jetzt plötzlich ein ungutes Gefühl dabei, Anna meinen Plan darzulegen?

»Er hat angeboten, dass ich die Woche bei ihm pennen kann. Bis sein Kumpel das freie Zimmer bezieht.«

Anna wirft einen kurzen Blick zu mir. »Ich wusste gar nicht, wie *nett* Jonas sein kann.«

Wieso bin ich so erleichtert, dass das ihre Reaktion ist? Egal. I'll take it.

»Du findest es also nicht *weird*?«

»Wieso sollte ich?« Während ich mir selbst Jonas' Kontakt über Annas WhatsApp-Account zuschicke, zieht diese so schnell an einer Reihe anderer Fahrer vorbei, als ginge es um die Poleposition in der Formel 1. »Du schläfst ja nicht in seinem Bett.«

»Nein!« Ich lache und puste meinen Pony zurecht. »Ich trinke nur seinen Kaffee.«

»Verständlich. Unter Geschwistern gesteht man sich ja ungern Talente zu, aber Jonas ist echt ein Pro an der Kaffeemaschine.« Anna lässt den nächsten hochmotorisierten Audi rechts neben sich wie eine Schnecke wirken. Wenn sie so weitermacht, sind wir in zehn Minuten an der Uni. »Außerdem«, sie lacht auf, weil sie sich innerlich wohl schon über das amüsiert, was sie gleich sagen wird, »wenn sich die Lage über den Sommer nicht drastisch verändert hat, ist Jonas' Bett eh keine drei Nächte am Stück frei.«

Ich ziehe eine Augenbraue hoch. Ich wusste es doch: Das echte Leben *und* Tinder sind zu viel des Guten bei einem Jagoda'schen Prachtexemplar.

Anna interpretiert meine Miene als Frage und erklärt sich: »Er und Isabella haben vor ein paar Monaten Schluss gemacht und seitdem ist er wie ausgewechselt. Er trifft sich aber noch ständig mit ihr und denkt, dass es keiner weiß.« Sie schüttelt sich übertrieben. »Iiih. Sex mit dem Ex ist ja so gar nicht mein Ding …«

»Wer ist Isabella?«, frage ich nur und übergehe die Sache mit dem Sex und dem Ex. Ich werde ganz sicher niemals mit meinem Ex ins Bett gehen. Die Bezeichnung Ex ist sowieso viel zu schmeichelhaft für Laurenz. Sie sollte Menschen vorbehalten sein, die sich öffentlich zu dir bekannt haben …

»Kennst du sie nicht? Ich könnte schwören, dass sie mal auf meinem Geburtstag dabei war.« Meine Augenbraue kriecht noch weiter meine Stirn empor, weil ich keine Ahnung habe, von wem Anna spricht. »Jonas' große Liebe«, sagt sie und klingt dabei fast ein wenig abfällig. Anna scheint kurzzeitig vergessen zu haben, dass sie jetzt auch einer dieser ekelhaften Menschen ist, die an die große Liebe glauben. »Sie waren zwei oder drei Jahre zusammen und wollten Anfang des Jahres in eine gemeinsame Wohnung ziehen, aber dann hat es gekracht und es wurde nichts daraus. Keiner weiß, wieso.«

»Aha«, entgegne ich nüchtern und darauf bedacht, nicht allzu neugierig über das Liebesleben praktisch fremder Menschen zu gossipen. Doch ich muss gar nicht nachbohren, um weitere Details zu erfahren. Anna redet unaufgefordert weiter: »Er war total down. Also *wirklich* wie ausgewechselt. Er ist kaum noch zum Sport, hat zugenommen – das ganze Programm.«

»Muss eine richtige Traumfrau gewesen sein«, kommentiere ich trocken.

»Jonas ist eben ein echter Romantiker. Er würde seine Liebste nie mit Vor- und Nachnamen im Handy einspeichern.«

»Du hängst die Latte für Romantik wirklich hoch. Fynn ist ein Glückspilz.«

Anna lacht laut und setzt den Blinker, um die Autobahn zu wechseln. »Fynn ist romantisch genug für uns beide. Heute Abend macht er mir Pommes.«

»Wow. Also echt mal. POMMES!«

Ich sehe von der Seite, wie sie die Augen verdreht. »Du bist doch nur neidisch.« Anna streckt mir die Zunge raus. »Wir haben bei unserem ersten Date Pommes gegessen.«

»Ja. An einem *Atlantikstrand*. Wenn er dir zwei Tonnen Sand in seinem Wohnzimmer aufschütten und dort die Pommes servieren würde, bestünde eine kleine Chance, dass ich neidisch werden würde.«

Anna macht ein neckendes Schnalzgeräusch mit der Zunge und nennt mich eine Spinnerin.

Polly
Steht dein Angebot noch?

Ich klicke auf *Senden*, bevor ich es mir anders überlegen kann, und jage schnell ein Foto hinterher, das meine kryptische Nachricht erklären soll: mein Koffer, dramatisch aus der Froschperspektive aufgenommen, sodass er sich überlebensgroß vor der Uni im Hintergrund erhebt. Der Vorplatz zum Gebäude der Rechtswissenschaftlichen Fakultät ist wie ausgestorben. Schließlich ist immer noch Ersti-Woche und darüber hinaus ist es erst kurz vor neun.

Ein wenig nervös starre ich auf die Kopfzeile des neuen Chatfensters, in der Jonas' Name und sein Avatar zu sehen sind. Er hat sein WhatsApp-Profil so eingestellt, dass jeder, der seine Nummer besitzt, das kleine Bildchen sehen kann. Während ich also neben meinem Koffer auf seine Antwort warte und dabei die neueste Folge meines liebsten Podcasts *My Favorite Murder* anhöre, stalke ich ein bisschen das Foto. Es zeigt Jonas im Halbdunkel, beleuchtet von Hunderten verschwommenen Lichtpünktchen irgendeiner Stadt bei Nacht. Er hat eine Hand in den Haaren, den Kopf leicht schief gelegt. Auf seinen Lippen liegt ein atemberaubendes Lächeln. So ein Lächeln bringt man nur zustande, wenn hinter der Kamera jemand ganz Besonderes steht.

Jesus ... Wenn er dieses Bild auch auf seinem Tinder-Profil benutzt, bekommt die App bestimmt jedes Mal Serverprobleme, sobald er sich einloggt. Was ist es nur, das viele Frauen dazu bringt, Typen wie Jonas zu mögen? Ja, er sieht gut aus. Ja, er ist verdammt nett. Und ja, Anna zufolge glaubt er an die große Liebe. Aber es ist so verdammt leicht, jemanden zu lieben, der schön, freundlich und romantisch ist. Ich mag es irgendwie weniger ... *offensichtlich*. Ich mag Männer, die wissen, was sie wollen. Die sich neben mir nicht klein fühlen. Die etwas richtig gut können, ihren Job zum Beispiel. Und eine Leidenschaft dafür haben. Die mir Freiraum geben und mich einfangen, wenn ich durchbrenne. Die kein Problem damit haben, wenn ich einmal mehr Geld nach Hause bringen werde als sie, diese Tatsache aber nie dazu missbrauchen, sich vor ihren Freunden wie die großen Feministen aufzuführen. Ich möchte niemanden, der sich dafür feiert, dass er mit einer *starken Frau* zusammen ist. Oder, Gott bewahre, jemanden, der vor seinen Kumpels grölt, er habe mich gewählt, denn: *Richtige Männer stehen auf Kurven, nur Hunde spielen mit Knochen.* Wuaaah. Es schüttelt mich schon bei dem Gedanken. Ich will nicht geliebt werden, *weil* ich bin, wie ich bin, und auch nicht, *obwohl* ich bin, wie ich bin. Ich will, dass Liebe kein bewusster Denkprozess ist, sondern einfach passiert.

Tja.

Und weil ich nicht bescheuert bin, sondern über ein ziemlich rationales Gehirn verfüge, weiß ich, dass es das alles nicht gibt. Es gibt keine schnulzige Superliebe, die all diese Voraussetzungen erfüllt. Es gibt lediglich Menschen, die irgendwann beschließen, zusammen zu sein und das Beste daraus zu machen.

Ich bin wirklich eine Heuchlerin ... Ausgerechnet *ich* habe Anna vorgeworfen, nicht romantisch zu sein.

Erst als der zwischenzeitlich schwarz gewordene Bildschirm meines Handys aufleuchtet und eine neue Nachricht anzeigt, kann ich mich aus der Gedankengrube, die ich mir geschaufelt habe, befreien. Ich schenke dem weißen Kasten auf dem Screen nur beiläufig Beachtung, doch als ich sehe, dass es tatsächlich eine Antwort von Jonas ist, siegt die Neugier.

> **Jonas Jagoda**
> Ich wusste doch, dass dir der Kaffee nicht mehr aus dem Kopf gehen wird.

> **Polly**
> Es war die Luftmatratze. Die konnte ich einfach nicht vergessen.

Jonas Jagoda
Verständlich. Bis Samstag hast du hier ein Zimmer. Mi casa es tu casa.

Polly
Du meinst wohl: Mi Luftmatratza es tu Luftmatratza.

Jonas Jagoda

So sei es. Ich bin heute ab halb sieben zu Hause. Findest du her?

Polly
Wie kann ich dir danken?

Jonas Jagoda
Wir werden sehen. 😉

Ich verdrehe die Augen, bekomme aber gleichzeitig das Strahlen nicht aus dem Gesicht. Bis Samstag kann ich so tun, als wäre die Welt in Ordnung und mein dreistufiger Plan von Uni, Job und eigener Wohnung intakt.

»Na? Auch schon hier?«

Mel! Mein Gehirn erkennt ihre Stimme erstaunlich schnell, obwohl wir uns erst seit so kurzer Zeit kennen.

»Morgen«, grüße ich sie und versuche, mein Handy diskret in die Tasche meines Rocks zu schieben, den ich genau aus diesem Grund abgöttisch liebe. Ein moosgrüner Glockenrock, der mir das Gefühl gibt, gut und stark auszusehen, und noch dazu über Taschen verfügt – das perfekte Kleidungsstück.

»Wen hast du angebaggert?«, fragt Mel ohne Umschweife und zeigt auf die handyförmige Ausbeulung in meiner geliebten Tasche.

»Ich baggere nie vor neun Uhr«, erkläre ich. »Ist so 'ne Lebensregel von mir.«

»Natürlich.« Mel spitzt sarkastisch die Lippen und zwinkert mir dann mit einem stark mit Eyeliner betonten Auge zu. Die schwarze Linie ist gut einen halben Zentimeter dick und so lang gezogen, dass sie fast die Spitze ihrer buschigen Augenbrauen küsst. Auch mit ihrem Outfit setzt sie nicht auf Understatement. Die hoch geschnürten *Dr. Martens* haben einen dreimal so dicken Absatz wie das Standardmodell, das übergroße T-Shirt mit Harley-Davidson-Aufdruck reicht nur knapp bis zu der Tätowierung eines Hirsches auf ihrem rechten Oberschenkel.

»Du solltest dir übrigens die Lebensregel zulegen, vor neun nicht schon so unverschämt gut auszusehen«, stelle ich anerkennend fest. »Was hast du vor? Ein Covershooting mit dem *Rolling Stone*?«

»Sagt ausgerechnet die Dame, die sich heute für ihre Homestory in *Harper's Bazaar* rausgeputzt hat?«

»Du meinst die Homestory, die wir in meinem Schuppen aufnehmen werden?«

Mel beginnt, schallend zu lachen. »Hahahaha, ich hatte es gerade vergessen. Diese Geschichte ist einfach pures Gold.«

In stiller Übereinstimmung setzen wir zum Gehen an. Ich greife nach meinem Trolley und ziehe ihn hinter mir her, während wir auf das Gebäude zusteuern, in dem unser heutiger Treffpunkt ist.

»Was ist in dem Koffer? Dein Wechseloutfit für *Harper's Bazaar*?«

»Wenn ich es dir erzähle, versprichst du mir, dir jeden Kommentar zu verkneifen?«

Mel sieht mich ernst an. »Nee, sorry, ist nicht mein Stil. Kommentare müssen raus.« Mel gibt mir einen guten Eindruck davon, wie es sein muss, mit mir befreundet zu sein. Anna und Anouk tun mir fast ein bisschen leid. »Jetzt sag!«

»Ich kann die nächsten drei Nächte bei Jonas schlafen, um nicht pendeln zu müssen.«

Ihrer eigenen Aussage zum Trotz schafft es Mel, nicht darauf zu antworten. Zumindest nicht mit Worten. Ihr breites, süffisantes Schmunzeln ist jedoch Aussage genug.

EIN VERDAMMT TEURER BH

KÖLN, 13. UND 14. OKTOBER
JONAS' WOHNUNG

In der Jobausschreibung von *Gayleway & Gabel* wurde um eine aussagekräftige schriftliche Bewerbung gebeten. Das steht eigentlich in allen Anzeigen, die ich bisher gesehen habe, und jedes Mal frage ich mich, was genau mit *aussagekräftig* gemeint ist. Wahrscheinlich ein Lebenslauf, der bescheinigt, dass man in neunzehn Jahren schon sieben verschiedene einjährige Praktika bei renommierten Firmen gemacht hat, sowie ein Anschreiben, in dem man sich bereit erklärt, unentgeltlich zu arbeiten, weil die *Erfahrung* Lohn genug ist.

Meine Bewerbungsunterlagen habe ich schon in den letzten Schulwochen perfektioniert und den ganzen Sommer über für allerlei Aushilfsjobs und HiWi-Stellen vorgelegt. Als ich sie vor ein paar Tagen an *G&G* gesendet habe, hätte ich nie damit gerechnet, überhaupt in Betracht gezogen zu werden. Dass kurz darauf nicht nur eine Antwort, sondern direkt eine Zusage kam, hat mich mehr als nur gewundert. *So* aussagekräftig kann meine Bewerbung doch gar nicht gewesen sein. Aber darüber beschweren werde ich mich sicher nicht. Stattdessen bin ich einfach nur euphorisch ob dieser Chance. Sie ist der Grundstein dafür, mir eine eigene Wohnung leisten zu können, und gleichzeitig mein Eingangstor in die Welt der richtig wichtigen Kanzleien. Und dieses Tor werde ich schon morgen aufstoßen.

Denn als ich von der Fakultät zu Jonas' Wohnung zurücklaufe, werden die letzten Minuten von *My Favorite Murder* von einer eingehenden E-Mail unterbrochen. Sie stammt von einer gewissen Sarina Panzer, die mir in knappen Sätzen mitteilt, dass ich morgen um sechzehn Uhr vorbeikommen soll, um meine Arbeitszeiten und alles Weitere zu besprechen, sodass ich *möglichst bald* anfangen kann. Oh. Mein. Gott. Ich habe einen Lauf!

Den restlichen Weg lege ich beschwingt und beinahe hüpfend zurück, wobei ich jedem Passanten am liebsten einen Kuss geben und entgegenbrüllen würde: »Ich habe es geschafft! Ich werde unabhängig!« Der Erste, dem ich tatsächlich etwas entgegenbrüllen kann, ohne Gefahr zu laufen, dass er das Fachpersonal in den weißen Kitteln ruft, ist Jonas. Er fällt mir regelrecht entgegen, als ich die Wohnungstür aufschließe. Der Lederjacke in seiner Hand nach zu schließen, ist er gerade dabei, das Haus zu verlassen.

»Ich fange morgen meinen neuen Job an!«, quietsche ich.

»Echt? Wow! Wahnsinn!«

»Ja, bei *Gayleway and* ...«

Jonas' Pupillen flackern zu dem Handy in seiner Hand, auf dem die Uhrzeit aufleuchtet. Das universelle Zeichen für *Ich muss weg.*

»Hast du es eilig?«

»Ich … ja, ich bin auf dem Sprung, ich … Tut mir leid, ja? Wir feiern wann anders. Nimm dir ein Bier und stoß schon mal ohne mich an. Im Kühlschrank müsste eins liegen.«

Ich bin ernüchtert. Ein Teil von mir war fest davon ausgegangen, dass Jonas und ich genau das jetzt tun würden: gemeinsam feiern. Ich spüre eine Sehnsucht nach dem Band der Freundschaft, das wir neulich Abend im *Pony* geknüpft haben. Klorollen-Buddys und so.

»Wo geht's denn hin?«

Er wirkt fahrig. »Ach, es hat sich was ergeben.«

»Was denn?« Ich strapaziere das freundliche Nachfragen deutlich über, ohne mir einzugestehen, dass ich viel zu neugierig bin.

»Ich … treffe mich mit jemandem. Isabella … sie …«

Oh. Isabella.

»Ach«, ich winke heftig ab, überspiele, dass ich den Namen wiedererkenne, und mache ganz einen auf *Geht mich nichts an*. »Viel Spaß bei deinem Date.«

»Es ist nicht … Egal.« Er schlüpft in die Ärmel seiner Jacke. Dabei weht der Duft eines zitronig-frischen Parfüms zu mir herüber. Bergamotte. Diesen Geruch würde ich unter Tausenden erkennen. Ich bin seit Jahren süchtig nach einer bestimmten Marke Kerzen, die allerdings so teuer ist, dass ich sie mir nur zu besonderen Anlässen schenken lassen kann. Meine allerliebste Kerze, die ich mir – ganz romantisch – immer dann anzünde, wenn ich abends in meinem Zimmer Podcasts über Serienmörder und zerstückelte Leichen höre, duftet nach Bergamotte.

Jonas hat die perfekte Menge des Dufts aufgetragen. So viel, dass man sich nach ihm umdreht, aber dezent genug, dass man ihn nicht für eine wandelnde Douglas-Filiale hält.

»Was?«, fragt er mich plötzlich mit einem schelmischen Grinsen, den zweiten Arm erst halb im Ärmel.

»Was *was?*« Kurz frage ich mich, ob ich meinen Kerzen-Parfüm-Monolog vielleicht aus Versehen laut ausgesprochen habe. Aber dass man peinliche Gedankenbrocken versehentlich mit der Welt teilt, passiert nur in Schnulzen.

»Ist es zu viel?« Jonas schlüpft ganz in die Jacke und hebt dann den Kragen seines grauen Hemdes leicht an, um daran zu schnuppern. Moment mal ... habe ich es etwa doch laut gesagt? »Du guckst, als hätte ich mich zu stark eingedieselt.«

»Nein«, sage ich schnell. »Im Gegenteil. Ich habe so geguckt, weil du gut riechst.«

»Ehrlich?« Jonas bewegt seinen Kiefer hin und her und deutet schließlich an sich hinab. »Und der Rest? *Okay so?*« Okay so? Ist man derart um sein Aussehen bemüht, wenn man casual sex mit der Ex hat? Die Frau muss ja ein richtiges Rundumpaket sein.

»Ziemlich okay. Von mir würdest du eine Rose bekommen.«

Jonas mustert sich noch einmal selbst und wirkt dabei deutlich kritischer, als es nötig wäre. Ganz beiläufig fährt er sich über den Bauch und lupft seinen Hoodie, damit er lässiger fällt, obwohl das Outfit die personifizierte Lässigkeit ist. Zum Abschluss des Outfitchecks bleibt sein Blick eine Sekunde zu lange an den Schuhen hängen, dabei sind selbst die schwarzen Vans absolut makellos.

Als er wieder aufschaut, scheint das Selbstbewusstsein zurück zu sein. »Alles klar, Bachelorette.« Jonas zwinkert mir zu. »Nimm dir alles, was du brauchst. Vielleicht sehen wir uns später noch.« Und mit diesen Worten ist er zur Tür raus.

Also nehme ich mir das Bier aus dem ansonsten fast nur mit Gemüse, Milch und Sprudelwasser gefüllten Kühlschrank und entferne den Kronkorken mithilfe eines Flaschenöffners. Ich habe noch nie allein daheim getrunken. Obwohl ... streng genommen bin ich ja nicht allein daheim. Ich bin allein bei *Jonas*.

Und so bewundere ich ein weiteres Mal die stylische Wohnung, bevor ich symbolträchtig in die Mitte des Raums proste. »Auf mich!«

Um vor dem Gespräch mit Sarina Panzer noch einmal eine Dusche von innen zu sehen, schwänze ich – nicht ganz die vorbildliche Studentin, die ich gerne wäre – den letzten Veranstaltungsblock am nächsten Nachmittag. Eigentlich hätte eine Fragerunde mit einem Doktoranden auf dem Plan gestanden, aber ich schätze, das kann ich verschmerzen. Der Job ist wichtiger.

Zwischen Eyeliner und Bronzer sende ich einen Screenshot von Sarina Panzers Mail in den *Annapolonianouk*-Chat und jage das GIF einer aufreizend tanzenden Oma hinterher. Anna antwortet mit einem GIF von sich selbst, in dem sie den Tanzstil der Oma erschreckend akkurat kopiert. Sie muss das Handy mit ausgestrecktem Arm von sich weggehalten haben, um das kurze Video aufzunehmen. Noch lustiger wird der Clip dadurch, dass Fynn im Hintergrund durchs Bild läuft und mit einem Ausdruck grenzenloser Verliebtheit grinsend die Augen verdreht. Bah, die beiden sind so süß, ich halte es kaum aus.

> **Anouk**
> Ich muss heute für meine Eltern Kisten ausfahren. Aber ich drücke alle vorhandenen Daumen, Zehen, Kartoffeln und Milchflaschen, dass du den Laden ordentlich als trojanische Jurastudentin infiltrieren wirst.

Der Bauernhof von Anouks Familie bietet seit Kurzem einen Abonnementservice an, über den ihre Kunden frische Waren aus dem Hofladen der Vogels ordern können, die Ihnen jeden Donnerstag zugestellt werden. Auch wenn die Landwirtschaft eine essenzielle Branche und wesentlich cooler ist als ihr Ruf, würde ich mir für meine Freundin etwas anderes wünschen. Anouk ist künstlerisch zu begabt, um ihre Zeit damit zu verbringen, krumme Rüben und Frischmilch durch die Lande zu karren.

Als würde sie meine Meinung untermauern wollen, schickt sie genau in diesem Moment eine Skizze in den Chat. Diese zeigt eine Frau mit dunkelbraunem Haar und ausladenden Rundungen an Hüften und Brust, die auf einem Pferd reitet, dessen Fell eine zarte Holzmaserung aufweist. Schweif und Mähne des Tiers verflüchtigen sich zu flatternden Blüten, zwischen denen ich – ein wenig untypisch für Anouks sonst so einheitlichen Stil – Paragrafenzeichen entdecken kann. Um die Reiterin schlängelt sich folgender Satz: *Infiltrate the places you belong.*

> **Anouk**
> Ich überlege noch, ob es zu nischig ist für @alleswasunsniemandsagte.

Erst vor Kurzem hat Anouk den Instagram-Account erstellt, auf dem sie fortan von unseren Erlebnissen inspirierte Illustrationen teilen will. @alleswasunsniemandsagte steht dabei für all die Lektionen, die man als Frau auf die harte Weise lernen muss, weil man von niemandem davor gewarnt wird. All die kleinen Dinge, die man uns nicht beibringt, weil die Welt noch immer ein patriarchaler Arschplanet ist, auf dem man als Frau am besten stumm lächelt und bloß keinen Raum einnimmt. Der Account ist erst seit ein paar Tagen öffentlich und daher noch nicht allzu hoch frequentiert, aber ich liebe bereits jetzt jede einzelne Message, die wir darauf mit der Welt teilen.

Polly
Niemals! Es gibt sicher eine Menge junger Frauen, die sich kleinmachen, um sich in gewisse Positionen zu quetschen, obwohl sie eigentlich für etwas Größeres gemacht sind.

Anouk
Wow, du bist eine echte Zitatemaschine. Wenn ich morgen wieder im Laden rumhocke, werde ich das direkt auch verwursteln.

Anna
Sag nicht verwursteln zu deiner Kunst.

Anouk
Na, dann werde ich es eben verkunsteln.

»Frau Mühlford?«

Ich schieße aus einem wahrscheinlich sehr kostspieligen, aber auch sehr unbequemen Sessel hoch, auf dem ich im Foyer von *Gayleway & Gabel* gewartet habe. An der Wand über dem Sessel ist ein geradliniges, aus Edelstahl geformtes Firmenlogo angebracht, bei dessen Anblick meine Haut ganz kribbelig wird. Ich bin *wirklich* hier. Bei einer der größten Wirtschaftskanzleien der Welt! Allein dieselbe Luft zu atmen wie all die Spitzenanwälte und -anwältinnen, die hier jeden Tag durch den riesigen, in Weiß- und Chromtönen gehaltenen Eingangsbereich marschieren, fühlt sich an, als hätte ich eine wichtige Zwischenetappe auf meinem Weg zum Ziel erreicht.

Die Frau, die meinen Namen genannt hat, kommt in schnellem Tempo auf mich zu. Sie trägt einen Hosenanzug und einen strengen Pferdeschwanz und hält mir bereits die Hand hin, als uns noch zwei Meter voneinander trennen. Sobald unsere Finger in Reichweite voneinander sind, nehme ich die Herausforderung an und schüttle ihre Hand kräftig.

Ich hätte mir Sarina Panzer deutlich älter vorgestellt. Die Frau im Hosenanzug ist maximal fünfundzwanzig, muss also eine erstaunliche Karriere hingelegt haben, um bereits Personalverantwortung zu tragen. Ihr Blick bohrt sich in meinen Körper, während wir einander begrüßen. Komplett unverhohlen mustert sie mein Gesicht, mein Outfit, meine Oberweite unter dem gerippten Shirt. Wäre sie keine Autoritätsperson, würde ich sie fragen, ob ich ihr ein Foto von mir ausdrucken soll, damit sie mich später noch ein wenig weiter bewundern kann.

»Kommen Sie mit.« Die Frau macht auf ihren schwindelerregend hohen Absätzen kehrt und geht strammen Schrittes zum Empfangstresen auf der gegenüberliegenden Seite des Foyers. Dort trägt sie mich auf einem iPad in die Besucherliste ein, lässt mich unterschreiben und reicht mir anschließend ein Lanyard mit einem Besucherausweis, den ich mir um den Hals hänge.

Ich habe mir die Kanzlei fancy vorgestellt, aber nicht *derart* fancy. Es würde mich nicht wundern, wenn hinter den sich öffnenden Aufzugtüren gleich Robert Downey Jr. im *Iron-Man*-Anzug stünde. Die vier Männer, die stattdessen zum Vorschein kommen, tragen allerdings ganz normale Anzüge. Das hier ist also wohl doch nicht das Headquarter der *Avengers*.

Sarina betritt unbeeindruckt den Lift, sobald die vier Typen ihn geräumt haben. Ich hingegen starre ihnen fasziniert hinterher – ich habe einfach eine Schwäche für Anzugträger. Einer der Männer sieht sich kurz zu uns um und reißt dann einen Witz, woraufhin ein anderer ihm kumpelhaft gegen die Schulter schlägt. Der Dritte macht eine Geste mit den Händen, als hätte er sich an seinem Spruch verbrannt.

Ich wandle mittlerweile lange genug auf der Erde, um sofort zu wissen, dass der Erste einen fiesen Joke über mich gerissen hat. Höchstwahrscheinlich spielte die Belastungsobergrenze des Aufzugs darin eine Rolle. *Wie originell.* Ich versuche, die Gefühle hinunterzuschlucken, die ich in solchen Situationen empfinde. Mich ärgert es nicht, dass ich dick bin. Aber mich kotzt es an, dass wir in einer Welt leben, in der solche Sprüche nicht nur okay sind – sondern dich sogar zu einem sozialen Anführer machen.

Den Blickkontakt mit Sarina Panzer meide ich in dem engen Aufzug nun tunlichst. Ich muss wieder ins Gleichgewicht kommen. Schließlich fange ich hier als Office-Management-Assistentin an, nicht als Victoria's-Secret-Engel. *Ich bin gut. Ich kann was. Sehr viel sogar. Ich infiltriere diesen Laden jetzt.*

Wir fahren ins dreizehnte Stockwerk. Ich habe mal gehört, dass in vielen Hochhäusern aus Aberglauben keine Etage mit der Zahl Dreizehn nummeriert ist. Mit Okkultem habe ich eigentlich nichts am Hut – ich gehe guten Gewissens am Freitag, dem Dreizehnten, mit einer schwarzen Katze auf dem Arm unter Leitern durch –, doch ausgerechnet jetzt frage ich mich, ob das ein schlechtes Omen ist.

Sarina Panzer verlässt den Aufzug und stöckelt über blitzblanke Bodenfliesen auf eine Glastür zu, auf der sich erneut das *Gayleway & Gabel*-Logo befindet. Sie hält ihren Ausweis, der ausziehbar an ihrer Hose befestigt ist, vor ein Magnetfeld. Ein leises Knacken ertönt und die Tür lässt sich öffnen. Sie verpasst ihr einen festen Stoß und tritt ein. Mir fällt auf, dass sie sich nicht ein einziges Mal umgesehen hat, ob ich ihr folge. Und auch die Tür hält sie mir nicht auf. Entschlossen mache ich einen Schritt vorwärts und schiebe mich hinter ihr hindurch, bevor das gläserne Teil wieder zufällt und mich aussperrt. Denn mit meinem Besucherausweis erhalte ich hier sicher keinen Zutritt. Wahrscheinlich würde ich eher einen Alarm im ganzen Gebäude auslösen. Ob das so eine Art Test ist? Ist man sofort für den Job disqualifiziert, wenn man nicht mit Sarina Schritt halten kann? Oder ist es bloß ein Machtspiel? So oder so: Ich bin zwar nicht gekommen, um zu spielen, aber ich bin immer für einen Sieg zu haben.

Sarina betätigt einen Schalter neben der Tür und die gläsernen Wände des kleinen Konferenzraums verwandeln sich in undurchsichtiges Milchglas. Die Oberfläche erinnert mich an Jonas' Parfümflakon, an dem ich vielleicht vorhin kurz geschnuppert habe, als er mir im Bad ins Auge gefallen ist. Ich frage mich, wie oft diese Funktion schon dafür genutzt wurde, jemanden unbeobachtet zur Schnecke zu machen und/oder auf dem Schreibtisch zu vernaschen. Dann ... nur ganz kurz ... crashen diese beiden Fantasien in meinem Schädel gegeneinander. Jonas ... das Milchglas ... sein Geruch nach Bergamotte ... der Tisch. Oh Hollywood, was hast du nur aus meiner Vorstellungskraft gemacht?

»Du studierst Jura?«

Wegen meines kleinen gedanklichen Ausflugs in die Pornoindustrie habe ich nicht mitbekommen, dass Frau Panzer sich mir gegenüber am Tisch platziert, meine ausgedruckten Bewerbungsunterlagen aufgeschlagen und spontan beschlossen hat, mich zu duzen. Was bedeutet das? Sind wir jetzt per Du? Darf ich sie Sarina nennen? Ist diese Frau überhaupt Sarina Panzer, wo sie sich doch nicht mit Namen bei mir vorgestellt hat?

»Ja, ich ...«, antworte ich mit einem Räuspern, bereit, meine komplette Motivationsrede herunterzurasseln, die ich bereits seit meinem zwölften Lebensjahr übe.

»Ich sage es dir gleich.« Die junge Frau stützt die Ellbogen auf und legt perfekt manikürte Finger aneinander. Die Spitzen ihrer French Nails weisen die ideale Farbabstufung von Weiß zu Zartrosa auf und sind kurz genug, um anständig, und lang genug, um sexy zu wirken.« »Wenn du nur hier bist, um Kontakte für deine Zukunft als Anwalt zu knüpfen, dann ...« Fünf Nägel zeigen diskret zur verschlossenen Tür. *Okay. Message received.* »Ich will nur Leute in meinem Team, die an *diesem* Job interessiert sind.« In *ihrem* Team. Also ist sie wirklich Sarina Panzer.

»Meine Zukunft als Anwältin«, entgegne ich und gendere mit Bedacht, sodass es zwar auffällt, aber nicht allzu klugscheißerisch wirkt, »steht in keinerlei Beziehung zu dieser Stelle.«

»Soso.« Sarina Panzer blättert sich durch meine Unterlagen, als wären sie so umfangreich wie die Bibel. Dabei sind die drei Seiten recht übersichtlich. Meine Güte, wie viele Blätter Papier sollen neunzehn Jahre Existenz schon füllen? »Du hattest einen Schülerjob bei Gericht?«

»Ja, da habe ich ...« Doch erneut darf ich nicht zu Ende reden. Dabei bin ich ziemlich stolz darauf, dass ich während der letzten zwei Jahre am Amtsgericht Lansberg ausgeholfen und dabei schon viel über Aktenablage und Co. gelernt habe.

»Irgendwelche Referenzen in Sachen Office Management?«

Stehen dort irgendwelche Referenzen in Sachen Office Management?, möchte ich ihr am liebsten entgegenblaffen. Aber obwohl mein Mundwerk eigentlich immer schneller ist als mein Kopf, weiß ich mich in entscheidenden Situationen zu beherrschen.

»Bei Gericht habe ich häufiger Besprechungsräume aufgeräumt und ...«

»Wir räumen hier nicht einfach nur auf«, fährt sie mir über den Mund. »Wir sind das Image von *Gayleway & Gabel*. Wir sind die Unsichtbaren im Hintergrund, ohne die alles in Chaos ausbrechen würde.«

Okay. Sie klingt ja fast, als spräche sie gerade das Intro einer neuen Serie über Undercoveragenten ein.

»Das hört sich super an. Ich bin ein sehr strukturierter Mensch und kann mich gut unsichtbar machen.« Jeder, der mich kennt, würde über diese dreiste Lüge in schallendes Gelächter ausbrechen. Um mir diskrete Zurückhaltung beizubringen, müsste man mir vermutlich ebenfalls einen Milchglasschalter einbauen.

»Tatsächlich?«, fragt Sarina und eine ihrer perfekt gezupften Augenbrauen macht einen Luftsprung. Für den Bruchteil einer Sekunde entgleitet ihr die professionelle Businessmaske und sie scannt mich ein weiteres Mal. Intensiver diesmal. Den Rüschenkragen, den dünnen Rippstoff meines Oberteils, der deutlich einsehen lässt, dass mein BH nicht die glatte Schalenform hat, die man unter einem solchen Outfit vermutlich empfehlen würde. Zumindest, wenn man zu den *Unsichtbaren im Hintergrund* gehören will.

Plötzlich wird die Tür aufgerissen und eine große Pranke haut auf den Zauberschalter. Der Raum verwandelt sich wieder in ein überlebensgroßes Aquarium, was zu meinem Gefühl passt, in einem Haifischbecken gelandet zu sein.

»Sarina? Wo bleibst du denn? Wir präsentieren in fünf Minuten in der Vier und da steht noch nicht mal eine beschissene Kanne Kaffee?!« Der seitengescheitelte Kerl, der in unser Gespräch geplatzt ist, wirkt so fuchsteufelswild, dass die Zornesfalte zwischen seinen Brauen tief wie eine Furche wird. Er scheint kaum älter als dreißig, eigentlich noch zu jung für so ein dauerhaftes Anzeichen einer miesen Grundstimmung.

»Ich komme ja gleich, Patrick«, stöhnt Sarina Panzer entnervt. Der Ton zwischen den beiden wirkt seltsam intim und mein Hollywood-Hirn denkt sich natürlich sofort ein halbes Drehbuch zu einer verbotenen Office Romance aus.

»Ich bitte darum. Wir bezahlen dich schließlich nicht dafür, dass du dir hier den Arsch platt sitzt.«

Sarina blinzelt ein paarmal und muss sich sichtlich zusammenreißen, um nicht die Beherrschung zu verlieren. Mir geht es ähnlich, denn ich kann Männer nicht leiden, die Fäkalsprache auspacken, um sich stark zu fühlen. Noch dazu im Businesskontext und vor einer völlig fremden Person. Auch wenn Sarina bisher nicht sehr nett war, empfinde ich sein Verhalten als überheblich, eklig und unangemessen.

»Also gut«, sagt sie abschließend zu mir, nachdem der Anzugträger, der meiner Vorliebe für ebenjene einen gehörigen Dämpfer verpasst hat, den Raum wieder verlassen hat. »Jemand aus HR hat sowieso schon beschlossen, dass du in mein Team passt, also werden wir es wohl versuchen müssen.« Sie lächelt komplett freudlos. Jemand aus HR? Versuchen müssen? Was soll das denn bedeuten?

Der Umstand, dass ich ohne Bewerbungsgespräch eine rasche Zusage bekommen habe, kommt mir wieder in den Sinn und mir wird klar, dass Sarina bei dieser Entscheidung wohl übergangen wurde. Und dass sie das jetzt an mir auslässt.

Hinter verschlossenen Lippen leckt sie sich einmal über die Zähne, macht ein schnalzendes Geräusch mit der Zunge und verschränkt beide Arme vor der Brust. »Zwölf Stunden die Woche, verteilt auf maximal vier Tage. Sieh zu, dass du das mit deinem Stundenplan hinbekommst. Jemand von HR wird sich die Tage mit dir in Verbindung setzen wegen des Vertrags und der Verschwiegenheitserklärung. Dann sprechen wir über deine genauen Arbeitszeiten.« Sie rattert die Informationen mit einer derartigen Drill-Instructor-Attitude herunter, dass ich kaum Gelegenheit habe, ihre Worte zu verarbeiten. »Der Dresscode lautet Business«, fährt sie fort. »Am besten schwarz. Ich will keine Schultern sehen, keine offenen Haare und auf keinen Fall Zehen.« Sie tut ja gerade so, als würde ich in Bikini und Flip-Flops vor ihr sitzen. Wer trägt im Oktober bitte noch Spaghettiträger und offene Schuhe?

»War irgendetwas unverständlich? Ich muss jetzt wirklich weiter.«

»Nein. Alles super, ich … ich warte dann auf Nachricht von HR.« Ich nicke so heftig mit dem Kopf, dass mein Pony im Wind flattert.

Auf dem Weg zurück zu Jonas bin ich so hibbelig, dass ich Seitenstechen entwickle. Die Sprachnachricht, die ich Anna und Anouk in der U-Bahn aufnehme, fällt dementsprechend kurzatmig aus. Obwohl sich das Gespräch mit Sarina Panzer und die seltsame Begegnung mit diesem Vollarsch von Patrick besser in einem persönlichen Vortrag machen würden, kann ich das Erlebte nicht für mich behalten. Dabei kümmert es mich herzlich wenig, dass die anderen Fahrgäste mein naturgetreues Reenactment der zurückliegenden Szenen live miterleben. Denn das Gute an der Großstadt ist, dass die Menschen kaum mit der Wimper zucken, wenn eine ausgelassene Neunzehnjährige im Selbstgespräch davon fantasiert, wie es der sexistische Vorgesetzte mit der überheblichen Office Managerin auf dem Konferenztisch treibt.

»Na ja, jedenfalls hab ich zuerst gedacht, es muss ein Fehler sein, dass ich schon eine Zusage bekommen habe. Wenn es nämlich nach Sarina gegangen wäre ...« Ich leite das Ende meiner Audioaufnahme ein. »Sie hat mir angesehen, dass ich nicht so der Typ für *diskrete Zurückhaltung* bin. Ich meine: Ich bin nicht nur der Mittelpunkt der Party. Ich *bin* die verdammte Party. Apropos Party: Ich lade euch natürlich auf irgendetwas Spritziges ein, um das gebührend zu feiern. Wobei ich mir zum Zelebrieren auch zehn Herrengedecke knallen würde, so ist es nicht. Ich bin einfach nur erleichtert. Waaah!« Ich drücke auf *Senden* und erwidere den Blick eines amüsiert dreinblickenden Kerls, der mir gegenübersitzt und eine anerkennende Schnute zieht.

Anouk ist die Erste, die meine Aufnahme abhört. Sie antwortet augenblicklich.

> **Anouk**
> Ich weiß zwar nicht, was ein Herrengedeck ist, aber ich trinke trotzdem eins auf dich.

Eine Parade an Partyhütchen-Emojis folgt ihrer Nachricht. Ich fühle mich wirklich, *wirklich* gut. Zwar war Sarina von Anfang an nur darauf erpicht, mir Unfähigkeit und falsche Motive zu unterstellen, aber wenn ich eines kann, dann ist es, Leute eines Besseren zu belehren. Ich werde den Laden so krass infiltrieren, dass Sarina aus ihren Zehn-Zentimeter-Stilettos plumpst.

Ich springe gerade aus der U-Bahn, als auch von Anna eine Nachricht auftaucht. Dreißig Sekunden lang jubiliert sie in der Audioaufnahme so laut vor sich hin, dass meine Kopfhörer fast bersten. Dafür liebe ich die beiden. Anouk füllt meinen Speicher an trockenem Zynismus auf und Anna ist dafür da, mein Leben mit euphorischem Sonnenschein zu bereichern. Sie sind zwei Seiten derselben Medaille und zusammen pure Motivation.

Anna schickt nun eine Sprachnachricht nach der anderen. Sie nimmt immer nur einen Gedanken pro Message auf – das ist so ein Tick von ihr – und so kommt es nicht selten vor, dass sie zehn Nachrichten in Sekundenabständen sendet, die man zu einer großen Aussage zusammenpuzzeln muss.

»Das müssen wir wirklich feiern.«

»Wo bist du?«

»Ich habe eben mit Fynn geredet. Wir gehen heute Abend mit dir feiern.«

»Also, streng genommen hat er gesagt, dass er auf Feiern keinen Bock hat, aber manchmal muss man den Kerl eben zu seinem Glück zwingen.« Ich kann das verliebte Augenrollen förmlich in ihrer Stimme hören.

»Anouk, kannst du nach Köln reinfahren? Oder soll ich dich holen?«

Als ich die Haustür zu Jonas' Altbau aufstoße, hat ein riesiges Grinsen von meinem Gesicht Besitz ergriffen. Ich habe zwar nicht genügend Businesskleidung in schwarzer Farbe. Aber ich habe die besten Freundinnen der Welt.

EIN DIKTATOR
FÜR MEINE FANTASIE

KÖLN, 14. OKTOBER
JONAS' WOHNUNG

»Hallooo«, flöte ich enthusiastisch, sobald die Wohnungstür hinter mir zugefallen ist.

Jonas sitzt mit einem Cappuccino und einem Milchbärtchen in den Bartstoppeln am Tresen. Er lässt die Tasse sinken, wischt sich mit dem Handrücken über die Lippen und breitet begeistert die Arme aus. »War es gut?«

Ich verdränge die Tatsache, dass Sarinas Verhalten mir gegenüber alles andere als gut war, und zwitschere: »Aber so was von!«

»Daran hatte ich keine Zweifel!«

Ich mache einen kleinen Knicks, hänge Mantel und Tasche an die Garderobe zu seiner Lederjacke und geselle mich zu ihm.

»Möchtest du mit einem Cappuccino anstoßen? Ich habe neue Bohnen. Eine helle brasilianische Röstung.« Jonas führt Daumen, Zeige- und Mittelfinger an seine gespitzten Lippen und haucht einen Kuss darauf, als wolle er ein besonders deliziöses Festmahl loben.

»Klar«, antworte ich und mache eine wellenförmige Tanzbewegung mit Brust und Schultern. Ich bin noch immer außer mir.

»Was ist das eigentlich für ein Job?«, fragt Jonas, während er sich an der Espressomaschine zu schaffen macht. Ich fasse ihm die Stelle und meinen Trojanisches-Pferd-Plan in wenigen Sätzen zusammen und ernte dafür ein anerkennendes Nicken. »Klingt ganz so, als wäre Cappuccino zum Feiern nicht wirklich ausreichend.«

»Ihr Jagodas seid einfach richtige Party Animals.«

»Sind wir das?« Jonas dreht sich kurz zu mir um und präsentiert mir skeptisch hochgezogene Brauen.

»Deine Schwester hat jedenfalls genau dasselbe vorgeschlagen. Wir wollen heute Abend darauf anstoßen. Fynn ist auch dabei und Anouk, wenn sie es schafft.«

Plötzlich argwöhnisch macht Jonas auf dem Absatz kehrt und fuchtelt grüblerisch mit dem Siebträgereinsatz, in dem er eben das Kaffeepulver platt gedrückt hat. »Fynn? Du meinst: der mysteriöse Grund, wieso ihr bei meiner Einweihungsfeier plötzlich verschwunden und ohne Anna zurückgekommen seid?«

Mir wird nach Möglichkeit noch wärmer ums Herz, als er diesen Abend erwähnt. Anouk und ich mussten Anna regelrecht zu ihrem Glück zwingen, nachdem wir auf Jonas' Party zufällig Adem kennengelernt hatten, der sich als Fynns Mitbewohner herausstellte. Wir haben sie eingepackt und sind mit ihr zu der WG der beiden gefahren, damit sie sich mit Fynn versöhnen konnte. Was sie dann auch getan hat. Erst ganz theatralisch im Treppenhaus des Mehrparteienhauses, dann die ganze Nacht lang in Fynns Schlafzimmer. Da waren Anouk und ich aber natürlich nicht zugegen. Kennengelernt haben wir Fynn trotzdem. Ganz züchtig am nächsten Morgen beim Brunch, zu dem Anna uns zur Belohnung für unseren Einsatz als Liebesbotinnen eingeladen hat. Jonas hingegen scheint seinen neuen Schwager in spe noch nicht zu kennen.

»Was schaust du so grimmig? Sag bloß, du bist die Art großer Bruder, der die Ehre seiner Schwester verteidigen will?«

»Ha!«, macht er und wird dann von dem Dröhnen der Kaffeemaschine unterbrochen, die die helle brasilianische Röstung in den Koffeinkick verwandelt, der meiner aufgedrehten Stimmung vollends den Rest geben wird. »Nein. Ich bin lediglich der große Bruder, der es nicht fassen kann, dass seine Schwester in einer festen Beziehung sein soll. Anna war immer so ...« Doch was genau Anna war, wird nun von dem Zischen des Milchaufschäumers abgewürgt.

»Ich weiß, was du meinst«, stimme ich ihm zu, sobald die Milch eine wolkenweiche Konsistenz angenommen hat. Anna war vor Fynn nie für was Festes zu haben. Nicht weil sie das kategorisch abgelehnt hat, sondern – wie sie uns vor Kurzem gebeichtet hat – weil sie nie den Richtigen dafür gefunden hat. All die Affären zuvor waren mit Kerlen, bei denen sie immer das Gefühl hatte, nicht Nein sagen zu dürfen. Weil sie sich bereits auf ein Date, eine Essenseinladung oder vielleicht sogar einen Kuss mit ihnen eingelassen hatte und deshalb glaubte, sie wäre ihnen etwas schuldig. Ich kann so gut verstehen, woher ihre Angst rührte. Die Gesellschaft hat es in Sachen sexuelle Selbstbestimmung der Frau einfach grandios verkackt. Das einzig Gute an der Sache ist, dass sie @alleswasunsniemandsagte gestiftet hat.

»Wenn ich es mir recht überlege, will ich mir über das Liebesleben meiner Schwester gar keine Gedanken machen.« Jonas stellt den fertig zubereiteten Cappuccino auf die Theke und dreht mir den Henkel zu, dann greift er sich theatralisch ans Herz und seufzt mit verstellter, den Tränen naher Stimme: »Es fühlt sich an, als wäre es erst gestern gewesen, als wir zusammen nackt durch den Rasensprenger gerannt sind.«

Ich pruste in die perfekte Milchschaumblüte, die Jonas mal so eben nebenbei gezaubert hat. »Und jetzt rennt sie nackt mit Fynn durch den Rasensprenger.«

»Neeein, diese Bilder in meinem Kopf!« Er hält sich den Unterarm vor die Augen.

Ich muss kichern. »Aber das heißt, du kennst Fynn noch gar nicht? Du bist doch dicke mit Adem?«

»Ich kenne Adem nur vom Pumpen. Wir gehen öfter zusammen nach dem Gym was trinken, aber wir haben noch nie zusammen romantische Filmabende in seiner WG gemacht oder so.« Jonas zuckt grinsend mit den unverschämt muskulösen Schultern, die sich durch sein weißes T-Shirt hindurch abzeichnen. Sie erinnern mich an ein Geschenk, das so markant geformt ist, dass man schon durch die Verpackung hindurch erraten kann, worum es sich handelt.

Was denke ich da? *Geschenk? Markant geformt?* Was für ein Bullshit. Schnell, Angriff nach vorn!

»Hast du gerade komplett unironisch die Worte *Pumpen* und *Gym* in einem Satz verwendet?«

Jonas hebt schon wieder sein Geschenk – Pardon: seine Schultern – und sagt komplett ungerührt: »Es waren zwei Sätze.« Ich muss laut lachen, Jonas stimmt mit ein. Und als er sich wieder gefangen hat, lässt er seine Augenlider Richtung Boden sinken, nur um sie in bester Hollywood-Manier in

Zeitlupe wieder aufzuschlagen. »Weißt du, dass das so 'ne Art Ritterschlag ist, dich zum Lachen zu bringen?« Seine Hollywood-Augen fixieren mich, die Iris so einwandfrei stahlblau, dass sie aussehen wie die Tiegel in einem Farbmalkasten.

Skeptisch ziehe ich eine Augenbraue hoch. »Weil ich damit so sparsam umgehe?« Eigentlich halte ich mich für einen Menschen, in dessen Gegenwart man viel und oft lachen kann. Vorausgesetzt man nimmt sich und das Leben nicht so ernst.

»Nein, weil du ... weil *du* sonst immer schlagfertig und eloquent und so ...« Das Ende des Satzes versandet in einer Menge Gesten, denen Jonas schließlich dadurch Einhalt gebietet, dass er nach seiner Kaffeetasse greift und sie mit einem letzten Zug leert. »Jo, also, jedenfalls – viel Spaß heute Abend.«

»Wie? Kommst du nicht mit?«, frage ich. Und erst da wird mir bewusst, dass ich die ganze Zeit davon ausgegangen bin, dass er dabei sein würde. Ich bin schon ein bisschen dämlich. Nur weil Jonas sich für mich zu einem meiner besten Köln-Buddys gemausert hat, bedeutet das noch lange nicht, dass ich auch zu seinen gehöre. Er wohnt hier schließlich schon eine Weile und hat noch dazu die Ausstrahlung einer Stadionbeleuchtung. Sicher kennt er einen Haufen Leute aus der Uni – und natürlich aus dem *Gym*.

»Ich wollte nicht *infiltrieren*«, sagt Jonas mit einem Augenzwinkern.

»Du musst mit!«, fordere ich.

»Jawohl, Euer Ehren.« Er legt sich eine Hand wie zum Schwur aufs Herz und ein alles umspannendes, die Erde aufheizendes, Polkappen zum Schmelzen bringendes Lächeln breitet sich auf seinem hübschen Gesicht aus.

»Weißt du, so wurde ich schon häufiger genannt und ich

finde allmählich Gefallen daran. Ich sollte vielleicht doch in den Staatsdienst gehen und Richterin werden.«

»Mach mal halblang, Pollyschmolly. Zuerst wirst du die beste Office Managerin, die Gay-irgendwas-and-Gabel«, er spricht es wie das Essbesteck aus, »je gesehen hat.«

Wir treffen uns bei Fynn und Adem in der WG. Anna hatte zunächst eine angesagte Bar für den heutigen Abend auserkoren, es sich dann aber anders überlegt. Denn Eule – die Hündin, die sie und Fynn in Portugal gepflegt und schließlich mit nach Deutschland gebracht haben – hat erst vor Kurzem eine aufwendige OP überstanden und muss sich schonen. Oder in Annas Worten, die sie direkt nach dieser Erklärung in den *Annapolonianouk*-Chat geschickt hat:

> **Anna**
> Meine Konfettikanone von einem Freund würde sich – Zitat – lieber die Fingerspitzen mit Superkleber zusammentackern, als in diese Bar zu gehen.

Jonas will mit Adem später dazustoßen, weil sie donnerstags immer gemeinsam zum Sport oder besser gesagt zum *Pumpen* gehen. Also treffe ich um acht Uhr allein an der Adresse ein. An dem Abend von Annas und Fynns Versöhnung war ich ziemlich betrunken, weswegen ich das Mehrparteienhaus nie im Leben ohne Wegbeschreibung gefunden hätte. Völlig orientierungslos suche ich jetzt auf dem mit unzähligen Namensschildchen beklebten Klingelblock nach Fynns Nachnamen. Doch auch wenn ich dieses Mal stocknüchtern bin, finde ich ihn nicht.

»Heeey, wenn das mal nicht unser Trojanisches Pferd ist!« Ich wirble herum und entdecke Anna und Anouk. Anna schwenkt den Schlüssel ihres Fiats gut gelaunt im Rhythmus ihrer tänzelnden Hüften, woraus ich schließe, dass sie Anouk wirklich in Lansberg abgeholt hat. Mit ausgebreiteten Armen kommt sie auf mich zu, umarmt mich quietschend und haucht mir tausend Küsse ins Ohr.

»Glückwunsch, Große«, sagt Anouk ein wenig bodenständiger und zieht eine quadratische Karte hinter ihrem Rücken hervor. Sie ist handgezeichnet und zeigt eine illustrierte Polly, die mit Cowboyhut und Sporenstiefeln auf einem hölzernen Pferd reitet. Ich kringle mich vor Lachen über mein Skizzen-Ich und drücke Anouk besonders lange und fest an mich.

»Kommt, wir gehen rein.« Anna befördert einen zweiten Schlüssel aus der Tasche ihrer hochtaillierten Bundfaltenhose.

»Sag bloß, du hast schon einen Schlüssel?«, fragt Anouk beinahe entsetzt.

»Nur für jetzt. Damit wir, ohne zu klingeln, reingehen können.« Passend dazu hält uns Anna die Tür auf und wir gehen ihr voran in das Treppenhaus.

»So fängt es an.« Ich schmunzle. »Und plötzlich hat man denselben Nachnamen und holt sich einen Golden Retriever und ein Abonnement von Hello-Fresh-Kochboxen.«

»Du meinst, wir werden Spießer, weil Fynn mir der Einfachheit halber einen Schlüssel gegeben hat? Hier, die nächste Tür«, weist Anna an, sobald wir das zweite Stockwerk erreicht haben. Sie geht an mir vorbei und steckt den Schlüssel ins Schloss.

»Ich möchte anmerken, dass die beiden bereits einen Hund zusammen haben«, schnauft Anouk, als sie auf dem Treppenabsatz ankommt.

»Das ist etwas anderes!«, ruft Anna so laut, dass es im ganzen Gang widerhallt. Ironischerweise spricht ihr glückliches Grinsen eine ganz andere Sprache, worüber Anouk und ich ein zufriedenes Lächeln austauschen.

Anna öffnet die Wohnungstür in Super-Slow-Mo. Wieso, wird mir schnell klar. Denn in dem Moment, in dem der Spalt zwischen Rahmen und Tür größer ist als zwei Zentimeter, quetscht sich ein laut winselnder cremefarbener Hundekörper hindurch. Fiepend und mit euphorisch wedelndem Schwanz kommt Eule auf ihr Frauchen zugestürmt. Der portugiesische Straßenhundmischling freut sich so sehr, Anna zu sehen, als kehrte sie gerade von einem mehrjährigen Aufenthalt auf der ISS zurück.

»Hey, meine Süße, ganz ruhig. Wir sind jetzt alle wieder da.« Mit weiteren einfühlenden Worten und einer Salve an Küssen auf Eules etwas gerupft wirkendes Fell versucht Anna, die Hündin wieder auf den Teppich zu bringen. Doch Eules Schwanz hat begonnen, sich wie das Rotorblatt eines Helikopters zu drehen, wodurch ihr Hinterteil gehörig ins Wanken gerät. Der Anblick ist rührend und erschreckend zugleich, da dort, wo ihr zweiter Hinterlauf sein sollte, nur eine große kahle Stelle mit einer gezackten Narbe prangt. Kurz bevor Anna aus Portugal abgereist ist, wurde bei Eule ein bösartiger Tumor diagnostiziert und ihr Bein musste amputiert werden.

Anna drängt die Hündin in den Wohnungsflur und hält sie zurück, sodass wir ebenfalls eintreten können. Nachdem sie ihre Jacke an einer kargen, nur mit wenigen Klamotten bestückten Garderobe aufgehängt hat, wirbelt Anna plötzlich herum, deutet verschwörerisch auf mich und haut heraus: »Ha! Der Logik folgend müssen Jonas und du auch bald heiraten und Spießer mit Kochboxen werden.«

»Wie bitte?«, frage ich und durchlebe noch einmal diese dämliche Hollywood-Fantasie von Jonas auf dem Konferenztisch, in der er nun auch noch einen Anzug trägt. Was soll das? Ich werde meine Vorstellungskraft ab sofort zensieren müssen. Keine Sorge, ich darf das. Meine Imagination ist nämlich ein autokratisches System und ich bin ihr Diktator.

»Na, Jonas hat dir doch bestimmt auch vorübergehend einen Schlüssel gegeben. Macht er dir nun einen Antrag?«

»Herzlichen Glückwunsch.« Ich vollführe einen unbeeindruckten Slow Clap, um meine Verlegenheit, die Jonas in Anzug auf dem Konferenztisch mit sich gebracht hat, zu überspielen. »Für diese Erwiderung hast du jetzt so lange gebraucht?«

Anouk lacht trocken auf und hängt ihre oversized Jeansjacke über das cremefarbene Plüschmonster, das Anna getragen hat. Sie offenbart ein zu einhundert Prozent Anouk-iges Outfit bestehend aus Leggings, die ihre Beine winzig und die Stiefel riesig wirken lassen, und einem zu großen T-Shirt über einem Longsleeve, auf dem *We all float down here* steht. Wenn mich nicht alles täuscht, ist das ein Zitat aus *Es* und meine Kenntnis darüber spricht dafür, dass ich die gruselige Verfilmung, die Anouk mich zu schauen gezwungen hat, noch immer nicht verdrängt habe.

»Mhm«, macht Anouk. »Ich sehe Polly und Jonas auch nicht unbedingt zum Traualtar marschieren.«

Bevor ich etwas darauf erwidern kann, fragt eine verdutzte Stimme: »Wird das jetzt so ein Abend, an dem die Frauen übers Heiraten reden?«

Eule hopst auf ihren drei Beinen auf ihr Herrchen zu, umkreist Fynn, galoppiert dann wieder zu Anna und vollführt bei ihr den gleichen Move. Ganz klar Hundesprache für: *Guck mal, Papa, ich habe Mama mitgebracht!*

»Wird das hier jetzt so ein Abend, an dem wir die Gruppe kategorisch in *die Frauen* und *die Männer* trennen?«, werfe ich ein und platziere meinen Mantel neben den Jacken meiner Freundinnen.

Fynn bricht in schallendes Gelächter aus. Er hat ein eher ernstes Gesicht. Was ein bisschen ulkig wirkt, weil sich über diesem Gesicht die strubbeligste, kindlichste Frisur befindet, die ich je gesehen habe: halb krause Locken, halb glattes, ausgebleichtes Surferhaar – und das alles in flachsfarbenem Blond. Wenn er lacht, tut er es jedoch mit jeder Pore. Er war mir von Anfang an sympathisch, auch wegen solcher Schlagabtausche wie diesem gerade.

»Ach Apolonia. Ich hätte dich in Portugal so sehr gebraucht, um diesem Doofi die Stirn zu bieten.« Anna geht auf ihren Freund zu, legt ihm beide Arme um den Hals und küsst ihn. Es ist nur ein kurzer Kuss, aber selbst ein Blinder würde sehen, dass sich hier Yin und Yang gefunden haben – Gegensätze, die perfekt ineinandergreifen.

Unter Gelächter lotst uns Fynn in die Küche, wo wir an einem runden Tisch Platz nehmen. Das gute Stück ist bereits so in Mitleidenschaft gezogen worden, dass es mich nicht wundern würde, wenn ihm ebenfalls bald ein Bein amputiert werden müsste. Auch insgesamt wirkt die Einrichtung der WG eher improvisiert und irgendwie unfertig. Damit ist sie das komplette Gegenteil von Jonas' Interieur-Oase, hat aber nicht weniger Charme. Die Ober- und Unterschränke wirken, als hätten sie ursprünglich zu fünf verschiedenen Küchen gehört. Das Regalsystem neben dem Esstisch ist eindeutig selbst gebaut und Heimat von unzähligen angebrochenen Lebensmittelvorräten: Dosen mit Proteinpulver, Nudelpakete und gleich drei offen stehende Tüten mit Kaffeepulver, die Jonas bestimmt Albträume verursachen würden. Vorgemahlene Bohnen, noch dazu in Tüten, aus denen das Aroma entweichen kann, sind in der Kaffee-Bubble bestimmt so etwas wie eine Todsünde.

»Apropos Jonas«, werfe ich ein, nachdem ich mich mit dem Rücken zum Regal auf einen Stuhl habe fallen lassen. »Er kommt später mit Adem nach.«

»So oft wie in den letzten Wochen«, beginnt Anna, die sich gerade nach einem der Oberschränke streckt und Gläser herausholt, »habe ich Jonas seit seinem Auszug nicht mehr gesehen.« Sie stellt einen Turm verschiedenster Gläser vor uns ab und bedient sich dann am Kühlschrank, als würde sie bereits seit Jahren bei Fynn ein und aus gehen.

»Die sind ja geil!« Anouk wendet mit einem Kichern ein Glas in der Hand, das mit *Batman*- und *Joker*-Motiven bedruckt ist. Der Aufdruck ist vom häufigen Spülen ganz ausgebleicht und an einigen Stellen abgeplatzt. Etwas an der Form des Gefäßes lässt mich kombinieren, dass es sich irgendwann mal um die Sonderedition eines Nutella- oder Senfglases gehandelt haben muss.

»Ha! Sag ich doch«, jubiliert Fynn und deutet halb anklagend, halb scherzend auf Anna, die sich augenrollend mit ihrem Handy, auf dem ich eine geöffnete Liefer-App erkennen kann, zu uns an den Tisch setzt.

»Schönen Dank auch, Anouk. Ich wollte ihm begreiflich machen, dass man sich durchaus mal für ein paar Euro einheitliches Geschirr bei Ikea gönnen darf.«

»Aber ich hab doch die!«, protestiert er, setzt sich neben mich und nimmt ein weiteres Prachtexemplar seiner Sammlung hoch.

»War das mal Nemo?«, will ich wissen und nehme die vermeintlich clownfischförmigen Umrisse eines weiteren verwaschenen Aufdrucks genauer unter die Lupe.

»Die Frau ist eine echte Kennerin«, lobt Fynn mich.

Anna, nun vertieft in das Speisenangebot auf ihrem Handyscreen, fragt betont beiläufig: »Wann kam *Findet Nemo* ins Kino? Anouk, du weißt so etwas doch?«

»Mhm ... so 2003, vermute ich.«

»Hervorragend. Du trinkst also aus einem Nutellaglas, das älter ist als ich.«

Fynn umschließt das Relikt mit der Hand und sagt pathetisch: »DAS ist feinstes Senfkristall!«

»Senf... was?« Anna schaut von der Pizzaauswahl auf und schüttelt irritiert den Kopf.

»Senfkristall. So nennt man in meiner Familie Senfgläser, die man zum Trinken weiterverwendet.«

»Aha«, macht sie skeptisch.

»Könnte ich jetzt vielleicht endlich was von dem Wein bekommen?« Fordernd trommle ich auf die Tischplatte. »Ist mir egal, woraus wir trinken. Gerade würde ich mit euch auch mit alten Gummistiefeln anstoßen.«

EIN ANTRAG MIT KNIEFALL

KÖLN, 14. OKTOBER
WG VON ADEM UND FYNN

Dreißig Minuten, eine Weinflasche und eine Pizzagroßbestellung via Liefer-App später sind wir ziemlich gut gelaunt und erwarten hungrig unser Abendessen. Eule hat sich in ihrem Hundebett neben dem Kühlschrank eingerollt und verschläft selbst unsere lautesten Diskussionen. Doch als plötzlich Geräusche von der Tür zu hören sind, schreckt sie sofort auf und verteidigt ihr Zuhause.

»… kann er doch nicht bringen, Alter?«

»Ich meine, ich mach mir keinen Stress. Aber ich habe jetzt wochenlang auf ihn gewartet.« Das ist Jonas. Ich erkenne seine tiefe Stimme sofort, weil sie ein bisschen so klingt, wie sein Kaffee schmeckt.

»Ja klar, Mann. Geht gar nicht. Und das alles wegen 'ner Lady, die er erst seit vorgestern kennt.« Das muss Adem sein. Spätestens die Bezeichnung *Lady* hat ihn verraten.

»'ner Lady?«, wiederholt Jonas' näher kommende Stimme spöttelnd.

»Ist doch so«, sagt Adem in dem Moment, in dem er die Küche betritt. »Moin«, grüßt er dann mit einem beiläufigen Armheben in die Runde und schiebt Jonas neben sich in den Raum. »Jagoda kennt ihr alle?«

Es ist immer seltsam, wenn Leute aus anderen Freundeskreisen einen Bekannten bei einem fremden Spitznamen nennen. Doch etwas an der leicht proletenhaften Sitte, den Nachnamen zu verwenden, passt überhaupt nicht zu Jonas. Vielleicht, weil es eben auch Annas Familienname ist. Oder weil ich die Jagodas so eng mit ihrem Fitnessimperium verbinde, das vielen meiner Grundprinzipien widerspricht.

»Flüchtig«, wirft Anna ein, die sich mit auf die Sitzfläche gezogenen Beinen neben Fynn niedergelassen hat und gedankenverloren mit seinen Haaren spielt. Wie kann man bloß so lächerlich süß sein?

»Fynn, hi«, sagt dieser, steht kurz auf und reicht Jonas über den Tisch hinweg die Hand.

»Oh! Hey!« Jonas grinst und wirft seiner Schwester einen vielsagenden Blick zu.

»Untersteh dich, jetzt einen auf großer Bruder zu machen«, warnt sie ihn.

»Seh ich aus wie Paul, oder was?« Jonas streicht sich verteidigend über die Brust, die sich unter seinem weißen T-Shirt abzeichnet. Es ist wirklich verdammt unverschämt, dass Männer einfach nur ein weißes Shirt anziehen müssen und darin gleich so attraktiv und angezogen wirken.

»Ach ja, stimmt!«, ruft Adem, der sich in diesem Moment erst wieder zu erinnern scheint, wie es hier um die Verhältnisse steht. »Hatte ganz vergessen, dass mein Mitbewohner deine Schwester vögelt.«

Anna kreischt auf, Fynn wirkt etwas befremdet und gleichzeitig stolz wie Oskar ob des Wahrheitsgehalts dieser Aussage.

»Danke, Adem«, murrt Jonas sarkastisch. »Das … äh … hatte ich schon kombiniert.«

»Stets zu Diensten.« Adem legt sich einen Finger zum Salut an den rasierten Schädel. »Du warst auch auf der Einweihungsparty, oder?« Er deutet auf die nickende Anouk. »Sorry, ich war an dem Abend sehr dicht. Und du, Polly«, sein Zeigefinger wandert zu mir, »du bist ja Jagodas neue BFF.« *Seine BFF, die sich vorstellt, wie er es auf dem Meetingtisch treibt.*

Ich nicke hastig, auch um die falschen Erinnerungsfetzen aus meinem Kopf zu vertreiben, und als das nichts bringt, leere ich in einem Zug das *Findet-Nemo*-Senfkristall. Der Rotwein rauscht durch die Speiseröhre in meine Blutbahn und von dort direkt in mein loses Mundwerk: »Welche Lady bereitet euch Kopfzerbrechen?«

Jonas besetzt mit einem lauten Seufzer den letzten freien Platz neben mir, den Adem ihm angewiesen hat. Dieser lehnt sich mit dem Allerwertesten gegen das Fensterbrett, knackst mit den Fingerknöcheln, was einige seiner silbernen Ringe gegeneinanderklirren lässt. »Jagodas Mitbewohner hat 'ne spanische Señorita aufgerissen, die er aus unerfindlichen Gründen lieber mag als ihn.« Er macht eine derbe Rammel-Geste mit Unterleib und angewinkelten Armen, die besser zu einem Dreizehnjährigen passen würde und mich vielleicht genau deshalb zum Lachen bringt. Typen wie Adem haben irgendetwas an sich, dass man ihnen selbst die plattesten Jokes durchgehen lässt.

»Und jetzt? Bringt er sie etwa mit?«, fragt Anna, die mit einer Hand wieder mit Fynns Haaren spielt.

»Nope«, antwortet Jonas. »Er bleibt mit ihr dort.« Mit diesen Worten verschränkt er die Hände hinter dem Kopf. Dabei verströmt er einen unverkennbaren Frisch-geduscht-Duft. Das Training scheint seiner Shawn-Mendes-Gedächtnisfrisur jedoch nicht geschadet zu haben. Sie sitzt nach wie vor in ihrer gewollt ungewollten Perfektion, sodass ich kurz verleitet bin, mir an Anna und Fynn ein Beispiel zu nehmen und meine Finger durch seine Strähnen gleiten zu lassen. Schnell greife ich nach der zweiten, bereits auf dem Tisch stehenden Rotweinflasche und schenke mir nach. Es ist besser, etwas in der Hand zu haben, wenn ich solche Fantasien hege.

»Für ... immer?«

»Na ja, vorerst, nehme ich an«, antwortet Jonas seiner Schwester.

»Und eure WG?«

»Ich würde das Zimmer nehmen«, meldet sich Adem, woraufhin Fynn eine anklagende *Dein-Ernst?*-Geste mit zwei nach oben gereckten Handflächen macht. »Sorry, Bro, aber gegen Jagodas Bude hat das hier den Charme von 'nem Dixi-Klo nach drei Tagen Metalfestival.«

»Du hast heute eine Schwäche für grafische Beschreibungen«, sagt Fynn, wobei seine letzten Worte in einem ohrenbetäubenden Schellen untergehen. Eule geht sofort in den Wachhundmodus und beginnt zu bellen. Alarmiert springt sie aus dem Körbchen und scheint dabei zu vergessen, dass sie nur noch über einen Hinterlauf verfügt. Die arme Hündin schlittert einmal quer durch die Küche und fegt auf ihrer Rutschpartie fast Anouk vom Stuhl.

»Shit, das sind bestimmt die Pizzen«, meint Fynn, während er Eule sanft am Halsband zurückhält und sie zu trösten beginnt.

»Ich hätte am Telefon sagen sollen, dass sie nicht klingeln dürfen.« Man sieht Anna deutlich an, dass sie sich Vorwürfe macht.

»Ich gehe schon«, bieten Jonas und ich im selben Moment an. Wir springen sogar gleichzeitig vom Stuhl auf und führen jetzt ein wenig verdattert einen Tanz umeinander auf.

»*Ich* gehe«, sage ich schließlich bestimmt und merke erst, dass ich meine Hand auf Jonas' Brust lege, als meine Finger den weißen Stoff berühren. Irritiert versuche ich, mich an ihm vorbeizuschieben. Doch zwischen Wand, Esstisch und einer Gruppe von Leuten, die einem traumatisierten Hund Erste Hilfe leisten, ist kaum Platz für zwei Personen. Also berühren plötzlich nicht mehr nur meine Finger seinen Oberkörper, sondern auch meine … nun ja, Brüste. Sie streifen ihn etwa auf Höhe des Rippenbogens. Gott, wie groß ist dieser Kerl? Eins achtundachtzig? Oder gar eins neunzig?

Ganz kurz schaut er mich auf eine Art an, die ich nicht deuten kann. Da ich meine komplette Teenagerzeit jenseits des sogenannten Schönheitsideals verbracht habe, musste ich mich leider daran gewöhnen, dass nicht alle Männer gern Körperkontakt mit mir haben. Normalerweise ist mir das herzlich egal, doch jetzt dringt wieder mal die Stimme meiner Mutter in meinen Kopf ein. Sie gibt mir zu bedenken, ob das in seinem Blick nicht vielleicht Abscheu ist.

Na großartig. Kaum möchte ich zu Hause ausziehen, um derart beschissene Kommentare nie wieder hören zu müssen, legt mir mein Unterbewusstsein dieselbe Platte auf. *Danke auch.*

Wie um mir selbst etwas zu beweisen, schenke ich Jonas mein breitestes Lächeln. Zufrieden stelle ich fest, dass er die Mimik erwidert. Sein Zahnpastalächeln blitzt auf und etwas in seinen blauen Augen wird butterzart.

Ganz schön schön, diese Jagodas ...

Ich löse mich von ihm und marschiere in den Eingangsbereich, wo ich mir meine Stiefeletten überziehe, um dem Pizzaboten im Treppenhaus entgegenzugehen. Beschwingt reiße ich die Wohnungstür auf und stelle verdattert fest, dass es der Bote bereits bis auf die Fußmatte geschafft hat.

Vor mir steht ein hochgewachsener, kräftiger Typ mit Fahrradhelm, einem großen, würfelförmigen Thermorucksack zu den Füßen und einem Stapel quadratischer Schachteln in den ausgestreckten Armen.

Noch verwirrter bin ich, als ich ihn wiedererkenne. Der Pizzabote, der von den Sohlen bis zu dem sonst so fein gescheitelten Haar in Lieferando-Chic gekleidet ist, ist kein anderer als ...

»Konrad«, stoße ich vor lauter Überraschung aus. Ich wäre nicht mal unter vorgehaltener Pistole darauf gekommen, dass der gestriegelte Student Fast-Food-Kurier sein könnte. Seine vornehmen Bootsschuhe und die darauf abgestimmte Markenkleidung haben mich total fehlgeleitet. Von dem Schal mal ganz zu schweigen. Das alles sah so eindeutig nach einer Upperclass-Uniform aus. Aber ist das Besondere an Uniformen nicht gerade, dass sie so etwas wie individuelle Herkunft und Ideale verschleiern?

Auf jeden Fall verstehe ich jetzt, wieso für den heutigen Abend keinerlei Freizeitgestaltung mit der Ersti-Gruppe vorgesehen ist – unser Gruppenleiter muss arbeiten.

Konrad sieht mich für einen Sekundenbruchteil an, als

hätte er keine Ahnung, wer ich bin. Sein Blick schwenkt von dem Pizzastapel in seinen Armen zu mir, er mustert mein Outfit und sagt schließlich: »Apolonia-nennt-mich-nur-meine-Mutter, was für eine Überraschung!«

Ich lache auf, nehme ihm als Eisbrecher die Pizzen ab und erwidere schulterzuckend: »Da wir festhalten können, dass du wirklich nicht meine Mutter bist, solltest du dazu übergehen, mich Polly zu nennen.«

Auf Konrads glatt rasiertem Gesicht, das trotz etwas fülligerer Wangen einen kantigen Kiefer aufweist, erscheint ein schelmisches Lächeln, mit dem sein altes Selbstbewusstsein zurückkehrt. »Nie um einen Spruch verlegen, oder, Polly?«

»Richtig«, stimme ich mit einem Kopfneigen zu. »Auch das können wir zweifellos festhalten.«

Wir lachen beide.

»Also«, er nickt zu dem beachtlichen Stapel an Pizzaschachteln, »bist du heute früher verschwunden, um Party zu machen?«

»Fast«, entgegne ich und schiebe meine Hüfte ein wenig zur Seite. Flirte ich gerade mit Konrad? Oder besser gesagt: Flirtet meine Hüfte mit Konrad? Wieso sonst will sie sich ihm von ihrer besten Seite präsentieren? Ich lasse meine notgeile Hüfte notgeil sein und antworte ausführlicher auf seine Frage: »Ich habe einen neuen Job und *das* muss gefeiert werden.«

»Oh! Glückwunsch.« Konrad wirkt plötzlich peinlich berührt. »Vermutlich nicht als Lieferando-Botin, oder?«

Kurz überlege ich, ob ich meinen Nebenjob lieber unterschlagen sollte, weil er offensichtlich nicht ganz im Reinen mit seinem ist. Aber erstens fange ich nicht als Volljuristin bei *Gayleway & Gabel* an und zweitens – und das ist der viel wichtigere Punkt – will ich niemals meine Erfolge herunterspielen, nur weil ein Typ sich von ihnen eingeschüchtert fühlen könnte.

»Nein. Bei *Gayleway & Gabel*.«

»Red keinen Scheiß!« Seine Augen werden riesengroß, wodurch er noch ein bisschen mehr wie ein Teddy aussieht. Ein Teddy in orangefarbenem Lieferando-Plüsch.

»Doch«, sage ich stolz und bemerke, wie meine Hüfte, diese alte *attention whore*, noch weiter zur Seite knickt. »Ich fange in ein paar Tagen an.«

»Krass.« Gleich fallen Konrad bestimmt die Augäpfel raus. »Ähm … also … falls du irgendwann auch mal mit etwas anderem darauf anstoßen willst …« Er lässt das Ende des Satzes in der Luft hängen.

»Du meinst, anstelle von einem Prosit mit Pizza Tonno?«, helfe ich ihm nach.

»So ungefähr.« Er schmunzelt. »Dann …«

»Polly? Alles okay?«

Auf einmal ist da diese Cappuccino-Stimme hinter mir. Ich wirble herum und bemerke noch, dass Konrad sich reckt, um an mir vorbei ebenfalls in den Flur spähen zu können.

»Ja!« Ich balanciere die Pizzen auf einer Hand und wedle mit dem ausgestreckten Zeigefinger der anderen zwischen Jonas und Konrad hin und her, um meine Verzögerung zu erklären.

Jonas kommt auf mich zu und nimmt mir ungefragt die Schachteln ab.

»Oh«, macht Konrad, als er ihn sieht, und Erkenntnis spiegelt sich auf seinem Gesicht wider. Auch bei Jonas scheint der Groschen zu fallen oder zumindest einige Male auf der Kante im Kreis zu rotieren.

»Konrad ist mein Ersti-Einführungswochen-Gruppenleitungs-Dingsbums.«

»Ah«, sagt Jonas knapp.

Erst *Oh*, jetzt *Ah* – hier geht's ja zu wie beim Neujahrsfeuerwerk, allerdings mit viel weniger Enthusiasmus.

»So«, bringe ich schließlich hervor. *So* ist das perfekte Wort, um selbst die seltsamsten Situationen aufzulösen. *So* kann alles heißen. Von *Ich muss jetzt weiter* bis hin zu *Danke für die Pizzalieferung, sorry, dass ich Vorurteile wegen deines kleinen Schals und der Bootsschuhe hatte*. Manchmal vergesse ich, dass ich nicht die einzige hervorragende Blenderin bin, die mit einer professionellen Verkleidung darüber hinwegtäuschen will, dass ihre Mutter am Wochenende Dildos verkauft. »Morgen Abend sehen wir uns ja noch mal mit der Gruppe, wenn ich mich richtig erinnere. Dann stoßen wir an. Okay?«

»Oder ein andermal. Ohne die Ersti-Dingsbums-Nummer.« Konrad zwinkert mir zu und mustert anschließend Jonas.

War das ... will er ... ein Date? Kleiner-Schal-Konrad will mit mir auf eine Verabredung? Ich weiß, dass es mich nicht wundern sollte, wenn jemand mit mir ausgehen will. Ich habe Grips. Ich sehe gut aus. *Aber* ... Das kleine Wörtchen schleicht sich in meinen inneren Monolog, bevor ich es aufhalten kann. *Fuck*.

Okay. Also noch mal von vorn: Ich habe Grips, ich sehe gut aus, NATÜRLICH will er ein Date mit mir. Self-affirmation, here we go.

»Klar«, bringt diese *Kein-Aber*-Version von mir heraus und schlägt Konrad die Tür vor der Nase zu. Oh. Mein. Gott. Ich bin verleitet, sie noch einmal zu öffnen, um sicherzustellen, dass ich ihm nicht die Nase gebrochen habe. Aber irgendwie wäre das viel peinlicher, als es einfach dabei zu belassen.

»Hat er gerade … also … will er ein Date mit dir?«, fragt Jonas skeptisch und steuert mir voran auf die Küche zu.

»Warum dieser verwunderte Ton?«, will ich mit nur halb gespielter Entrüstung wissen.

Jonas blickt mich über die Schulter hinweg an und schürzt die Lippen. »Nicht, dass man mit dir nicht auf Dates gehen sollte. Das war nur … ich weiß auch nicht. Der Typ ist komisch. Gibt mir schlechte Vibes.«

»*Gibt dir schlechte Vibes*«, imitiere ich, als wir die Küche betreten, und mache eine übertriebene Checker-Geste mit ausgestreckten Fingern. In Gang-Sprache habe ich damit vermutlich gerade Jonas' Mutter beleidigt.

Adem hat sich mittlerweile auf einem umgedrehten Bierkasten niedergelassen, Eule schlummert wieder friedlich in ihrem Nestchen und Fynn und Anna scheinen die Sorge um sie abgelegt zu haben. Sie sind zurück auf ihren Plätzen und ziehen sich mit Blicken aus. Anouk wirkt ein wenig kühl, was bei ihr oft der Fall ist. Sie hat ein Knie angewinkelt, den Fuß auf der Sitzfläche abgestellt und starrt abwechselnd auf ihr Handy und ein Glas mit Cola.

»Wie sich herausstellt«, sage ich an die Gruppe gewandt, »hat Jonas seine Großer-Bruder-Nummer nun auf mich projiziert.« Ich höre, wie Jonas leise darüber lacht, doch er korrigiert mich nicht.

»Das passt ja gut!«, urteilt Anna und streckt ihre Hände gierig nach den Pizzen aus. Nacheinander schlägt sie die Kartons auf, aus denen sogleich ein verführerischer Duft strömt, und verteilt sie je nach Belag an die hungrigen Abnehmer.

»Wieso?«, will ich wissen.

»Anna hat dich in deiner Abwesenheit dauerhaft bei Jonas

eingemietet«, erklärt Anouk schulterzuckend, legt ihr Handy mit dem Screen nach unten auf dem Tisch ab und nimmt eine Pizza Verdure an. Ich finde es wirklich cool, dass Anouk es durchzieht, Vegetarierin zu sein, obwohl ihre Familie einen nicht unerheblichen Teil ihres Einkommens mit tierischen – wenn auch biozertifizierten – Erzeugnissen macht. Doch Brokkoliröschen auf Pizza werden für mich nie nicht wie ein absolutes Verbrechen aussehen. Es sollte True-Crime-Formate über Brokkoli auf Pizza geben.

»Pooohooolly?«

»Mhm?« Ich schrecke auf.

Anna sieht mich so beleidigt an wie eine Bühnenkünstlerin, die ausgebuht statt mit tosendem Applaus belohnt wurde. »Matze, oder wie der Typ heißt, bleibt vorerst in Spanien. Jonas hat ein freies Zimmer. In dem du sowieso schon schläfst. Et voilà. It's a match!«

Ich höre Annas Worte, aber aus irgendeinem Grund bin ich zu konzentriert darauf, mich am Tisch vorbei zu meinem Platz zu quetschen. Zu konzentriert auf meinen Körper, der den von Jonas' streift, auf Konrad, der Interesse an mir hat, und auf Jonas, der ihn seltsam findet – all das erfordert auf einmal so viel Prozessorleistung, dass ich beinahe daran scheitere, meine Pizza Tonno anzunehmen.

»Okay, okay, Moment. Ich wusste nicht, dass wir hier bei so 'ner Art Wohnungs-Tinder sind.«

Anna lässt den letzten Karton über den Tisch schlittern, wo er offen direkt neben meinem liegen bleibt. Jonas setzt sich hinter seine Pizza, wodurch mein Blick auf seinen Bauch unter dem magischen weißen T-Shirt gelenkt wird. Wie kann ein Mensch nicht mal im Sitzen Röllchen am Bauch haben? Wie kann man bloß so uneingeschränkt gut aussehen? Irgendeinen Haken *muss* er doch haben.

»... sicher schon genug von mir«, höre ich ihn enden. Puh. Jetzt habe ich auch noch die Fähigkeit verloren, ganzen Sätzen zu folgen. Wie viel Wein habe ich getrunken?

»Ich glaube, Polly ist ziemlich egal, mit wem sie zusammenlebt, solange sie es in deiner Wohnung tut«, schätzt Anouk. »Kein Scheiß, sie ist so verknallt in deine Bude, sie würde sie sich mit Hannibal Lecter teilen.«

»Schwwweignnn dä Lemmmä, geiler Film!«, ruft Adem mit übervollem Mund von den billigen Plätzen herüber, begleitet von einer anerkennenden Bro Fist, die er Anouk über den Tisch entgegenstreckt.

»Ist Hannibal nicht auch ein begnadeter Koch? Oder ist das nur in der Serie so?«, will Anna wissen. Irgendetwas scheine ich verpasst zu haben. Hannibal? Koch? Serie?

»Nun ja. Er ist ein Kannibale. In der Serie, im Film, im Buch«, erklärt Anouk. »Ob es begnadet ist, Menschen zu kochen ... Da bin ich skeptisch.« Fynn lacht laut über Anouks Kommentar.

»Also bringt Jonas nur Hannibals gute Eigenschaften mit, ist doch mega!« Anna klatscht begeistert in die Hände und bedient sich dann wieder an ihrer Pizza.

Es wird Zeit nachzuhaken. »Ich checke gerade gar nichts mehr«, gebe ich zu und greife nach meinem ersten Pizzastück.

»Na, die Radlerhosen vom Pizzaboten müssen ja ziemlich tight gewesen sein, wenn es dich so zerballert hat.« Adem greift sich in den Schritt, um alle Zweifel aus dem Weg zu räumen, wie genau sein Kommentar zu verstehen ist.

»Ja, Adem. Du hast recht. Es war der schönste Anblick

meines Lebens.« Ich habe mich wieder gefangen. Pathetisch halte ich mir die Hand ans Herz und fahre inbrünstig fort: »Wir Frauen leben nur für den Anblick von eingequetschten Hodensäcken.«

Der ganze Tisch brüllt vor Lachen. Jonas macht sein Comicsprechblasen-würdiges HAHAHA, woran ich inzwischen erkenne, dass er hauptsächlich aus sozialem Pflichtgefühl lacht. Als Einziger hat er seine Pizza noch nicht angerührt, er scheint nachzudenken. Was ist los mit ihm? Nimmt ihn die Sache mit dem Mitbewohner, der Martin und nicht Matze heißt, so sehr mit? Aus finanziellen Gründen braucht er sicherlich keinen WG-Partner. Die Wohnung ist in Familienbesitz und die Jagodas haben alle Schäfchen im Trockenen.

»Polly hat recht«, sagt Anna und liest einige Pizzakrümel aus ihrer Schachtel mit dem Zeigefinger auf. »Ihr überschätzt maßlos, wie scharf wir auf Penisse sind.«

»Mein Penis sagt Danke«, murrt Fynn. Es ist dieser trockene Sarkasmus, der mich direkt für ihn eingenommen hat.

»Ich meine doch nicht deinen. Den mag ich.«

»OKAY!« Jonas hält sich kurz die Ohren zu und sucht dann meinen Blick. »Wie sind wir von Martins neuer spanischen Flamme erst auf Hannibal Lecter und dann auf die Ästhetik von Penissen gekommen?«

»Da brauchst du nicht mich anzusehen. Nichts davon ist meine Expertise«, raune ich gespielt entrüstet. Zu spät merke ich, dass es nun klingt, als hätte ich keine Ahnung von männlichen Geschlechtsorganen. Was nicht stimmt. Zumindest nicht ganz. Ich habe nämlich schon mal eines gesehen. Sogar von Nahem. Traurigerweise hing es an dem Arschloch Laurenz dran, aber erstens ist das ein anderes Thema und zweitens wollte ich diesen Namen gar nicht mehr benutzen.

Jonas wirkt verdutzt, als wäre ihm zuvor gar nicht aufgefallen, dass er mich betrachtet hat, und bricht den Blickkontakt ab.

»Das Bindeglied ist«, erklärt Anna ihrem Bruder, »dass einfach Polly bei dir einziehen sollte. Dauerhaft. Anstelle von Martin.«

Was? Ich? Dauerhaft? Bei Jonas? In die Designerbude im Belgischen Viertel?

»Höhö«, kommt es von Adem, was meinem Gedankenstrom einen Staudamm verpasst.

»Alter. Lachst du jetzt echt, weil sie *Bindeglied* gesagt hat?« Jonas greift sich halb tadelnd, halb amüsiert an den Kopf.

»Glied«, wiederholt Adem und kichert weiter vor sich hin.

»Jetzt mal im Ernst!« Anna ist so aufgeregt, dass sie sogar ein bisschen von ihrem Stuhl abhebt. »Das ist doch die perfekte Lösung. Ihr habt es diese Woche geprobt, ihr versteht euch, Polly braucht eine Bleibe und du hast ein Zimmer frei.« Sie klatscht in die Hände.

»Aber … also …«, stottert Jonas. Mich beschleicht das unangenehme Gefühl, dass er mich nicht dauerhaft bei sich haben will, aber – natürlich – zu nett ist, um mich auflaufen zu lassen.

»Jonas kann auch sehr gut allein leben. Oder?«, platze ich daher heraus, bevor die Situation noch peinlicher werden und ich noch mehr in Jonas' Gesichtsausdruck hineininterpretieren kann. »Wieso wolltest du überhaupt je einen Mitbewohner? In dem freien Zimmer kann man doch super … Weiß nicht. Ein Home Gym einrichten oder Kaffee anbauen.«

»Könnte ich …«, sagt Jonas. Seine Stimme klingt tief und schwermütig, ganz und gar nach *Hier-steckt-noch-mehr-dahinter*. »Aber ich wollte nicht gern allein sein.«

Kurz herrscht Stille. Dann platzt Adem im breitesten Kölsch heraus: »Oooh, was für en söße Jong!« Und im Gelächter über Adems Dialekt gehen Jonas' Geständnis und Annas Vorschlag einfach unter.

Gegen halb zwei löst sich unsere Gruppe auf. Mir tut der Bauch noch immer weh vom Lachen und mein Kopf ist angenehm angesäuselt. Beides Zeichen dafür, wie gut wir es geschafft haben, das unangenehme Thema meiner Wohnsituation nicht weiter auszureizen, sondern ungezwungen zu feiern.

Erst als Jonas und ich die Einzigen sind, die vor die Haustür treten – alle anderen wohnen in der WG oder übernachten dort: Anna bei Fynn, Anouk auf einem Feldbett in der Küche –, erinnern wir uns wieder daran, dass wir in dieselbe Wohnung zurückmüssen.

»Ich glaube, wir müssen in dieselbe Richtung«, sage ich zu ihm und bleibe bei dem Versuch, die Straßenseite zu wechseln, prompt mit dem Absatz in etwas stecken, das sich als Gitterrost im Rinnstein entpuppt. »Oder auch nicht.« Ich zucke mit den Schultern und lasse meine Arme dann gespielt resigniert fallen. Jonas sieht mich fragend an und ich deute zur Erklärung auf meinen verkeilten Schuh. »Wie es aussieht, bleibe ich hier. Glück gehabt.«

Skeptisch zieht Jonas eine Augenbraue hoch, kommt auf mich zu und bietet mir seinen Ellbogen an. Ich greife zu, spüre seinen lächerlichen Unterarmbizeps selbst durch die Lederjacke und stelle fest, dass sich mein Schuh relativ leicht aus dem Gullydeckel befreien lässt.

»Wie meinst du das? Glück gehabt?«, fragt Jonas und führt mich wie eine alte Oma über die Straße.

»Na«, ich mache mich von ihm los, sobald wir den Bordstein erreicht haben, »weil du dann aus deinem Zimmer noch heute Nacht ein Home Gym hättest machen können.«

»Wenn … du im Gully stecken geblieben wärst?«

Ich verziehe das Gesicht, weil mir der Witz jetzt auch ziemlich mies vorkommt.

»Ach Polly.« Er lacht. Das echte Lachen. Nicht das HAHAHA. Ich pflücke den Klang seines echten Lachens wie eine seltene Blume, lege ihn in meinem Kopf in ein schweres Buch und presse ihn, um ihn für immer haltbar zu machen. »Ich wollte nur nicht, dass wir das da drinnen klären müssen.« Er macht eine winkende Handbewegung in Richtung des kleiner und kleiner werdenden Wohnhauses. »Adem hat heute über so ziemlich alles Pimmeljokes gerissen. Wenn der mitbekommen hätte, dass ich mit einer Frau zusammenziehen will, hätte sein pubertäres Mundwerk vermutlich Loopings geschlagen.«

Ich nicke mit Nachdruck und versuche, mich nicht allzu begierig auf seine Worte zu stürzen. Will er doch mit mir zusammenziehen? Ich in dieser Wohnung? Im Belgischen Viertel? Im schönsten Haus der Welt? Zusammen mit Jonas? Und seiner Kaffeemaschine? OhmeinGottohmeinGottohmeinGott!

»True«, stimme ich aufgesetzt ruhig zu. Doch dann muss ich es einfach aus seinem Mund hören. »Also … würdest … also … du könntest … dir das vorstellen?«

»Pollyschmolly? Hat es dir etwa die Sprache verschlagen?« Jonas greift sich gespielt schockiert ans Herz und formt den Mund zu einem O.

Ich verpasse ihm einen leichten Schlag auf die Schulter. »Hey! Man denkt ja nicht alle Tage übers Zusammenziehen nach.«

Jonas lacht erneut. »Guter Punkt. Als ich das letzte Mal mit einer Frau darüber gesprochen habe, war es auch irgendwie ... etwas anderes.«

Oh. Da ist sie. Die Isabella-Story, in die Anna mich schon eingeweiht hat. Kurz fürchte ich, dass der Geist seiner Ex damit unsere lustige Unterhaltung gecrasht hat, aber Jonas lächelt noch immer. Also traue ich mich zu fragen: »Mit deiner Ex?«

Jonas nickt und deutet im Vorbeigehen routiniert auf die Treppenstufen, die wir hinabsteigen müssen, um zum richtigen U-Bahn-Gleis zu gelangen. »Sie hat sehr begeistert Ja gesagt, als ich gefragt habe, und dann vor dem Einzug gemerkt, dass sie nur noch aus Verantwortungsbewusstsein mit mir zusammen ist.« Aus Verantwortungsbewusstsein? Das klingt nicht nur unsexy, sondern macht auch überhaupt keinen Sinn. Jonas ist ein verantwortungsvoller Mensch, der sehr gut für sich selbst sorgen kann. Wieso hat Anna diesen Teil der Geschichte ausgespart?

»Fuck!« Ich bleibe mitten auf der Treppe stehen und stöhne. »Das ist ja absolut beschissen.«

»Jup.«

»Und wieso schläfst du immer noch mit einer Frau, die so beschissen zu dir war, obwohl du saunett bist?«

Shit, shit, shit. Mein Filter müsste ganz dringend mal ausgetauscht werden. Der aktuelle scheint viiiel zu durchlässig geworden sein. Wieso habe ich das denn gerade gesagt?

»Hat Anna dir das erzählt?«, rät Jonas und wirkt dabei sehr gefasst. Also stimmt es. »Mach hinne, Schmolly, die Bahn kommt!«

Wir hechten in die U-Bahn, die schon mit offenen Türen bereitsteht, als wir das Gleis erreichen, und lassen uns auf nebeneinanderliegenden Plätzen fallen. Ich bin immer unentspannt, wenn ich mich mit einer anderen Person in diese kleinen Sitzschalen quetschen muss. Das ist einer der Momente, in denen es mir schwerfällt, nicht über meine Figur nachzudenken. Weil es in ihnen so unübersehbar ist, dass die Welt nicht für meine Maße geschneidert ist. Mein Hintern kommt mir breiter, meine Oberschenkel zu raumeinnehmend vor. Ich will meinen Sitznachbarn keinesfalls bedrängen, nicht, wenn ich ihn kenne, und schon gar nicht, wenn es ein Fremder ist. Dass nun jemand neben mir Platz genommen hat, bei dem sich oberhalb des Knies ein Muskel durch einen Riss in der dunklen Jeans stiehlt, macht dieses Gefühl gewiss nicht besser.

Doch Jonas scheint nichts dergleichen zu denken. Denn plötzlich saust seine linke Hand unbekümmert auf mein Bein herunter. »Also? Wie sieht's aus?« Er tätschelt zwei-, dreimal meinen Schenkel. »Willst du meine Mitbewohnerin sein, mich lieben und ehren und mir Treue schwören, die über den Einzug hinaus hält?«

Ich möchte laut schreien und jubilierend zusagen, doch mit einem Mal bricht die Realität über mich herein. »Mhm ... ich ... ich glaube nicht, dass ich mir die Hälfte deiner Bude leisten kann.«

»Also echt mal, Polly. Denkst du, *ich* könnte mir die Hälfte meiner Bude leisten? Ich habe einen recht guten Draht zu meinem Vermieter.« Er hebt eine Augenbraue und sieht mich eindringlich an.

»Wenn du Vermieter sagst, meinst du ... dass dein Daddy die Wohnung gekauft hat, richtig?«

Er zeigt mit dem Finger auf mich und macht ein ploppendes Geräusch der Zustimmung mit dem Mund. »Glaub mir. Du kannst dir das Zimmer leisten. Ich schwöre es.

Ich schreibe es in unser Mitbewohnergelübde, wenn du willst.«

»Moment«, mache ich und kann mir das Grinsen nun nicht mehr verkneifen. Ich glaube, mein Strahlen nimmt in diesem Augenblick solche Ausmaße an, dass man es vom Weltall aus sehen kann. »Geht man bei einem Antrag nicht eigentlich auf die Knie?«

Jonas überlegt keine Sekunde. Er macht eine *Okay-kein Problem*-Geste und gleitet dann mit einer fließenden Bewegung von der Sitzschale auf den Boden der Bahn. Ein Knie angewinkelt, das andere – das mit dem Riss in der Jeans – im Gang zwischen den Sitzreihen aufgestellt. Er sieht zu mir auf, greift in die Innentasche seiner Lederjacke und holt eine imaginäre Ringschatulle hervor. Er öffnet ihren nicht vorhandenen Deckel und streckt das Schmuckkästchen, das in meiner Vorstellung mit glänzendem Samt ausgekleidet ist, direkt vor meine Nase: »Apolonia Mühlford. Willst du meine Mitbewohnerin werden?«

Ich werfe den Kopf in den Nacken, schlage beide Fäuste ans Herz und stöhne in bester Liebesfilmmanier: »Ja! Ja! Eintausendmal ja!«

EINE VERHÄNGNISVOLLE FLASCHE SRIRACHA

LANSBERG AN DER WUPPER, 16. OKTOBER
HAUS DER MÜHLFORDS

Am Samstag treffe ich vormittags mit dem Zug in Lansberg ein und mache mich mit meinem Rollkoffer über das Kopfsteinpflaster auf den Weg nach Hause. Schließlich habe ich einen Umzug zu organisieren. *Holy Shit.* Ich ziehe wirklich aus! Weg. Adieu. Auf diesen Moment habe ich gewartet, seit mir als Kind bewusst wurde, dass man nicht für immer mit seiner Mutter zusammenwohnen muss. Es sei denn, man ist Herr Schmitt. Aber mir war schon früh im Leben klar, dass ich kein Herr Schmitt sein werde.

Mein Wegzug bedeutet natürlich nicht, dass ich Lansberg dauerhaft den Rücken zukehre. Schon allein wegen Anouk werde ich noch oft zu Besuch kommen. Auch zu hohen Feier- und Geburtstagen werde ich wohl oder übel bei meiner Mum einfallen müssen. Dennoch ergreift mich auf dem Fußmarsch vom Bahnhof zu unserem Bungalow das Gefühl einer merkwürdigen Endgültigkeit, durch das mich selbst die banalsten Orte, an denen ich vorbeilaufe, plötzlich sentimental werden lassen. Da wäre etwa die Abbiegung zum Sängerheim, in dem unser Abiball stattgefunden hat. Oder das einzig annehmbare Café der Stadt. Das schlechte Chinarestaurant an der Hauptstraße, das aus unerfindlichen Gründen *Zur goldenen Krone* heißt. Nie wieder werde ich dort einen ersten Kuss haben. Wobei mich das eigentlich nicht rührselig machen sollte. Denn dass Laurenz und ich letztes Jahr am 11.11. ausgerechnet dort unseren Speichel austauschen mussten, war eher ein schlechtes Omen für den ganzen restlichen Verlauf unserer *Beziehung*.

Während ich den Trolley weiter in Richtung meines Elternhauses ziehe, stolpere ich über die Erinnerungen an diesen Abend, die ich längst für abgehakt gehalten hatte. Laurenz war als Bademeister im *Baywatch*-Stil verkleidet gewesen, weil man das eben so macht, wenn man ein bescheuerter Achtzehnjähriger mit gutem Body ist. Ich verkörperte Ruth Bader Ginsburg, was niemand erkannte, obwohl sie gerade verstorben und ihr Gesicht mitsamt des ikonischen Kragens all over Instagram war.

Es war etwa sechs, was bedeutet, dass die ganze Stadt schon ziemlich blau war – immerhin beginnen die Partys am 11.11. traditionell um elf Uhr elf am Vormittag –, und wir hatten uns beide gerade gebratene Nudeln und Krabbenchips geholt. Unsere Cliquen hatten sich zerstreut, Anna war mit einem Typen aus dem Jahrgang über uns durchgebrannt, Anouk war schon lange nach Hause gegangen, um den abgestürzten Kaya sicher ins Bett zu bringen. Laurenz' Kumpels standen in der Schlange vor der *Goldenen Krone* an und hatten ihrerseits irgendwelche Eroberungen am Start. Er selbst wartete vor dem Restaurant, mit nichts bekleidet als einem Bademantel über seinen roten Shorts, und verleibte sich so gierig gebratene Nudeln ein, als hätte er zwei Wochen gehungert, um seinen Bauch auf dieses Kostüm vorzubereiten. Laurenz versuchte, mit Stäbchen zu essen, und benahm sich dabei so unbeholfen, dass ich ihn einfach ansprechen musste. Na gut, dass er ziemlich heiß aussah und ich mächtig einen im Tee hatte, trug wohl auch dazu bei.

Wenn eine Frau wie ich einen Typen wie Laurenz anspricht, gibt es fast immer nur zwei Optionen: Entweder der Kerl steckt dich binnen Sekunden in die Kategorie *Lustige dicke Freundin*, weil er es nicht einmal in Erwägung zieht, dass du andere Absichten haben könntest. Oder er muss lautstark dafür sorgen, dass alle im Umkreis von vier Kilometern mitbekommen, wie anmaßend er deine Avancen findet.

Laurenz tat nichts von beidem. Zumindest nicht an diesem Abend. Da ließ er sich von mir zeigen, wie man Stäbchen benutzt, nur um wenige Minuten später seinen Mund auf meinen zu pressen. Das wiederum gefiel dem Stäbchen in seiner Hose so gut, dass er meine Nummer wollte. Tja. Und dann folgten sechs Wochen, in denen ich mich der Illusion hingab, eine Beziehung mit einem Klischeesahneschnittchen wäre eine gute Idee. Spoiler: War es nicht.

Ich schließe die Haustür betont laut hinter mir und meinen Koffer absichtlich unbeholfen durch den Flur, bleibe an Türkanten hängen und poltere über die seitlich aufgereihten Schuhe. Meine Mutter und alle eventuell noch anwesenden Geliebten sollen hören, dass sie ab sofort nicht mehr allein sind. Ich bin *so* froh, wenn ich ab nächster Woche keine Vorkehrungen dieser Art mehr treffen muss! Wobei ... da gibt es ja immer noch Jonas' Ex-Freundin und die Tinder-Bekanntschaften. Na ja. Mit denen bin ich wenigstens nicht ersten Grades verwandt.

Jetzt habe ich aber erst mal andere Sorgen. Ich muss schnellstmöglich einen Umzug organisieren. Und einen Trip zum schwedischen Möbelhaus meines Vertrauens. Außerdem sollte ich einen dezidierten Finanzplan aufstellen, der meine neuen Lebensumstände mit einkalkuliert. Ich kann es einfach nicht glauben. Vor einer Woche hatte ich keinen Job und keine Wohnung und jetzt habe ich eine aussichtsreiche Stelle bei einer weltweit führenden Wirtschaftskanzlei und ein bezahlbares Zimmer in der schönsten WG Kölns. Witzigerweise beinhaltete die Vision von meinem zukünftigen Leben weder eine Wohngemeinschaft noch einen Job im Office Management, den ich – laut der jüngsten E-Mail von Sarina Panzer – schon am Dienstag antreten kann. Beides fühlt sich dennoch erstaunlich gut an. Nicht so, als hätte ich einen Um- oder gar Irrweg eingeschlagen, sondern lediglich eine neue Abzweigung ausprobiert, die sich als Glücksgriff erwiesen hat.

Chill, Polly, weist mich eine Stimme an, *du hast bisher original null Stunden bei G&G gearbeitet und mit Jonas lediglich ein paar Tage zur Probe zusammengelebt. Das alles kann noch ganz schön in die Hose gehen.*

Wieso sind innere Stimmen eigentlich immer so furchtbar destruktiv? Vielleicht sollte ich meine aktuelle feuern und stattdessen einen lebensbejahenden Motivationscoach anstellen.

Am liebsten würde ich mich direkt in meinem Zimmer verkriechen, um die ersten Sachen zusammenzupacken, doch aus dem Schlafzimmer meiner Mutter dringen rhythmische Quietschgeräusche. Das beständige Ächzen wechselt sich mit stoßartigem Ausatmen ab und ich weiß sofort, was Sache ist. Es ist die Kakofonie dieses Hauses, der Soundtrack meiner Mutter, das Geräusch, das ich in meinem Kopf widerhallen höre, wann immer ich an sie denke. Im Vorbeigehen bemerke ich, dass die Schlafzimmertür offen steht. Der auf und ab wippende Kopf meiner Mutter ist auf den Fernseher gerichtet, der gleich neben der Tür auf einer alten Kommode steht. Auf der Mattscheibe flimmert *Das perfekte Dinner*. Solange ich mich erinnern kann, ist Mama süchtig nach diesem TV-Format, hat es aber noch nie geschafft, sich unter der Woche die Erstausstrahlung anzusehen. Sie nimmt die Show auf und zieht sich jeden Samstagvormittag fünf Folgen am Stück rein, während sie ihrer anderen großen Leidenschaft nachgeht. Was irgendwie pervers ist. Wer will schon anderen Leuten beim Essen zusehen, während man selbst gerade auf dem Crosstrainer zugange ist?

»Apolonia!«, hechelt Mama und winkt mich zu sich ins Schlafzimmer. Dem Schweißfilm auf ihrem Dekolleté und dem Geruch nach Fußballumkleide nach zu urteilen, strampelt sie bereits eine ganze Weile auf dem in die Jahre gekommenen Teil.

»Hi«, grüße ich sie. Ich merke, wie Nervosität in mir aufsteigt. Gleich werde ich es ihr sagen: *Mama, ich ziehe aus.* Seit Jahren warte ich auf diesen Moment, doch jetzt überfordert er mich. Ich bin selten bis nie überfordert. Wenn du dir all deine Ziele bereits gesteckt hast, weißt du schließlich, was dich erwartet. Und wenn du eines davon erreichst, bleibt nur noch Raum für Jubel und Anerkennung. Nicht aber für Zweifel. Was also macht mein Kopf hier?

»Wollen ... wir gleich ... zusammen ... essen?« Alle zwei bis drei Silben wird Mama von dem nervtötenden Quietschen des Crosstrainers oder ihrem eigenen Keuchen unterbrochen.

»Ähm ...« Ich bin verleitet, einen Joke darüber zu machen, dass es sich bei dem Essen lieber nicht um eine Pampelmuse handeln sollte, doch in Anbetracht der Neuigkeiten entscheide ich mich für einen friedvolleren Ansatz. »Können wir gern machen. Ich wollte eh was mit dir besprechen.«

Ohne den leisesten Hauch von Neugier erkennen zu lassen, reckt Mama den Daumen nach oben und blickt dann wieder zum Fernseher. Ich verstehe den Wink mit dem Zaunpfahl und lasse sie allein weiter ihre Ellipsen drehen.

Eine Stunde später – ich habe derweil darüber gebrütet, ob ich meine Aufzeichnungen aus der Abivorbereitung getrost zurücklassen kann – macht meine Mutter auf ihre typische Weise meine Zimmertür auf: Sie klopft auf das Holz des äußeren Rahmens und kommt, ohne auch nur eine Millisekunde abzuwarten, herein.

»Ich wäre dann so weit.« Mama hat ihr Workout beendet, geduscht und ein Loungewear-Set aus cremefarbenem Rippenstrick angezogen. Sie sieht ein bisschen aus wie eine eins siebzig große Tennissocke. Ihr drängelnder Unterton gibt mir das Gefühl, etwas falsch gemacht zu haben. Vielleicht dachte sie, ich würde in der Zwischenzeit einen Lunch vorbereiten. Was ich nicht getan habe, weil ihr das Ergebnis sowieso nicht recht gewesen wäre.

Ohne ein Wort zu sagen, rapple ich mich aus meinem Zettelchaos auf und werde dabei kritisch von Mama gemustert. Kommentar darüber, dass ich eleganter aufstehen könnte, wenn ich fitter wäre in drei ... zwei ...

»Hier sieht es aus, als hätte eine Bombe eingeschlagen!«

Dankbar darüber, dass das Gespräch – ähnlich wie mein

Leben – eine andere Abzweigung genommen hat, schiebe ich die Aktenordner mit Kurvendiskussionen und Gedichtanalysen beiseite und bahne mir einen Weg zur Tür.

»Das erkläre ich dir gleich.«

»Ich bin gespannt.« Mama geht voraus in die Küche.

Kurz vor der Türschwelle verheddere ich mich mit der Socke in dem verbogenen Draht eines Collegeblocks und stolpere mit einem lauten *RUMMMS* einen Schritt nach vorn.

Meine Mutter dreht sich im Wohnungsflur um und sagt mit einer Mischung aus Amüsiertheit und Tadel: »Mit ein wenig Fitness könntest du dein Gleichgewicht besser halten, meinst du nicht?«

Kurz überlege ich, ihr einfach nicht mitzuteilen, dass sie ab Montag in einem Singlehaushalt wohnt. Sie würde aufwachen, sich auf dem Foltergerät in ihrem Schlafzimmer abrackern und danach mutterseelenallein am Frühstückstisch sitzen. Dann kann sie von mir aus dem Kühlschrank erzählen, dass er ein rundum besseres Wesen wäre, wenn er nur ein kleines bisschen mehr Diät halten würde.

Zwei Minuten später finde ich mich jedoch mit ihr in der Küche wieder und sehe dabei zu, wie sie ein Omelett ausschließlich aus Eiweiß zubereitet. Ich finde es unerhört, dass irgendwo Hennen auf winzig kleinem Raum gehalten werden, nur damit jemand, der gerade eine Kochshow geschaut hat, acht Dotter in den Hausmüll werfen kann.

»Wieso schmeißt du das ganze Eigelb weg?«, frage ich.

»Achtzig Prozent der Kalorien stecken im Eigelb.« Sie teilt das Omelett mit einem Pfannenwender auf zwei Teller auf.

»Na ja, aber halt auch achtzig Prozent des Geschmacks.«

Mama ignoriert meinen Kommentar, stellt einen der Teller

vor mir ab und begutachtet ihn schließlich, als würde etwas Entscheidendes fehlen. Eigelb zum Beispiel. Sie tippt sich an die Stirn, wirbelt zum Vorratsschrank herum und holt eine Packung Maiswaffeln heraus. Sie zählt für jede von uns zwei ab und legt sie zufrieden neben die bleiche Eierspeise.

»Oh mein Gott, zwei? Nicht, dass wir uns überfressen.«

Mama setzt einen Oberlehrerinnenblick auf. »Das Eiweiß ist sehr sättigend, da braucht man nicht mehr, du wirst sehen. Außerdem ...« Ich ziehe die Augenbrauen hoch. Da bin ich ja mal gespannt. »Außerdem fängt für dich jetzt ein neuer Lebensabschnitt an. New life, new me.« Es ist ziemlich ulkig, wenn meine Ma englische Floskeln wie *Muffin Top* oder *New life, new me* aufgreift – auch wenn ich sicher bin, dass es *New year, new me* heißt –, weil sie dabei mit ihrem heftigen deutschen Akzent immer klingt wie ein Ober-Alman.

»Gut, dass du es sagst ...« Betont beiläufig schiebe ich meinen Stuhl zurück und gehe zum Kühlschrank, aus dem ich eine große Plastikflasche mit feuerroter Sriracha hole. »Es ändert sich wirklich eine Menge. Ich habe diese Woche einen Job gefunden.« Nachdem ich mich wieder gesetzt habe, lasse ich die Flasche mit dem Kopf nach unten über mein karges Mahl kreisen, bis sich ein Spinnennetz aus köstlicher Schärfe über das Ei zieht.

»Was machst du denn da?« Mama starrt mich entgeistert an.

»Bei meinem Job? Also es nennt sich Office Management und ...«

»Ich meinte *das*?!« Mama zeigt auf die Würze.

»Sriracha«, erkläre ich sachlich.

»Aber dieses Zeug besteht nur aus Zucker. Man denkt, es ist scharf und deswegen kalorienarm, aber in Wahrheit ...«

Sie greift über den Tisch und hält die Rückseite der Flasche mit ausgestrecktem Arm vor sich, wo sie den Aufdruck aus halb gesenkten Lidern zu lesen versucht. »… in Wahrheit kommen auf hundert Milliliter ganze fünfundzwanzig Gramm Zucker.«

»Okay, Mutter. Erstens: Du brauchst 'ne Lesebrille. Ernsthaft, bald wird dein Arm zu kurz, um das Kleingedruckte entziffern zu können. Und zweitens: Ich hatte nicht vor, mir einhundert Milliliter Sriracha auf die Eier zu donnern. Wobei das wahrscheinlich der einzige Weg wäre, sie genießbar zu machen.«

Ups. Der letzte Satz war ein Fehler. Ich sehe es sofort in ihren Augen. Denn wenn es in der Beziehung zwischen Mama und mir ein absolutes No-Go gibt, dann ist es Kritik an ihren ernsthaften Bemühungen, mir ein geregeltes Leben zu bieten. Ich darf nichts gegen das Haus sagen, weil sie sechzig Stunden und mehr die Woche dafür ackert, es halten zu können. Und wenn sie es bei diesem Workload einmal schafft, etwas für uns beide zu kochen, habe ich meine Klappe zu halten und es zu essen.

In einem letzten Versuch, die Diskussion zu entschärfen – haha, wie passend –, pikse ich ein Stück Ei auf und schiebe es mir in den Mund. Doch Mama hat bereits ihr Besteck neben den Teller gelegt, um mir zu demonstrieren, wie sehr ich sie verletzt habe.

»Ich will nur dein Bestes, Polly.« Puh, ein Euro für jedes Mal, das sie mir in wohlwollender Absicht etwas Fragwürdiges an den Kopf geworfen hat, und ich könnte Jonas seine Wohnung abkaufen.

»Schön«, entgegne ich gezwungen ruhig. »Dann sieh doch einfach mal ein, dass das, was du für dich selbst als das Beste erachtest, für mich nicht das Richtige ist.«

»Ich weiß doch, wie es ist, als Frau in einer Männerdomäne zu arbeiten. Da wird man einfach nicht ernst genommen, wenn man sich gehen lässt.« Sie gestikuliert mit der flachen Hand in Richtung des rot besprenkelten Eis, als wäre dieses Scheißomelett repräsentativ für alles, was ich in meinem Leben bisher falsch gemacht habe.

»Was genau meinst du jetzt mit Männerdomäne? Buchhaltung oder Sextoys?«

»So redest du nicht mit mir!« Mama hat den Zeigefinger erhoben. »Du schaust immer bloß auf meine Arbeit herab. Dabei tue ich das alles für dich!«

»Meinetwegen musst du bestimmt keine Dildos verkaufen, Mama!« Die Lautstärke meiner Stimme ist parallel zu ihrer gestiegen. Wir haben uns schon oft gestritten. Unzählige Male, es gehört zu einer normalen Woche im Hause Mühlford dazu. Doch etwas an dieser Diskussion ist anders. Wo sonst für gewöhnlich ein schwacher Brand schwelt, brennt heute die Zündschnur einer ganzen Wagenladung Dynamit ab.

»Na schön!« Sie springt vom Stuhl auf und kracht dabei gegen die Tischplatte, sodass die verhängnisvolle Pulle Flying-Goose-Sriracha umkippt und wie beim Flaschendrehen auf mich deutet. »Wenn du so über mein hart verdientes Geld denkst, dann brauchst du es ja wohl auch nicht, wenn du irgendwann auszieht!«

Ich springe ebenfalls auf und schreie zurück: »Liebend gern! Denn weißt du, was? Ich bin ab Montag weg hier.«

»Was heißt das, du bist weg?«

»Das heißt, dass ich eine Wohnung gefunden habe und sie mit dem Geld, das ich bei meinem Job verdiene, bezahlen werde. Dann kannst du dir deine Dildokohle in die eigene

Tasche stecken und ich muss mir nie wieder anhören, dass ich ein undankbares, fettes Kind bin, das die falschen Blazer trägt oder zu viel bescheuerte Sriracha-Sauce benutzt!« Bei den letzten Worten greife ich wutentbrannt nach der roten Plastikflasche, reiße sie an mich und poltere aus der Küche. Mein Stuhl donnert hinter mir zu Boden und die Türen krachen, so fest werfe ich sie zu, erst die zur Küche, dann die meines Zimmers.

Dort feuere ich die Sriracha mit aller Kraft in den Koffer, den ich gerade erst wieder zu packen begonnen hatte. Ich werde sie mitnehmen. Ich werde dieser Flasche Chilisoße in der Ecke meines neuen Zimmers einen fucking Schrein bauen und zweimal täglich dafür beten, dass ich nie, nie, nie wieder mit dieser Frau unter einem Dach leben muss.

EIN LACHEN MIT CRISPY-STÜCKCHEN

LANSBERG AN DER WUPPER, 16. OKTOBER
HAUS DER MÜHLFORDS

Ich reiße Kleidung aus meinem Schrank und werfe sie blind in den Trolley, stopfe Blusen und Blazer in alte Sporttaschen, ohne sie vom Bügel zu nehmen, verwandle Bundfaltenhosen in komplett zerknitterte Überallfaltenhosen, indem ich sie wahllos in die Zwischenräume knülle. Meine Stirn tut weh, so sehr habe ich auch sie in Falten gelegt, meine Nasenwurzel drückt unter einem pochenden Kopfschmerz, hinter meinen Augen baut sich ein Druck auf, der sich verdächtig nach herannahenden Tränen anfühlt. Aber das ist unmöglich. Ich weine nicht. Ich weine nie.

Ich knalle den Koffer zu. Auf seinem grauen Stoff landet ein dunkler Fleck, der in dem groben Bezug des Deckels verläuft und größer und verästelter wird. Ein zweiter landet direkt daneben, die kleinen Äste greifen nacheinander und verschmelzen. Ich reibe mir über die Augen, will verhindern, dass noch mehr Tropfen auf dem Koffer landen, und bemerke erst, dass ich damit Eyeliner auf meinen Handflächen verteilt habe, als die schwarze Farbe auf mein weißes Oberteil abfärbt.

Ich weine nicht. Ich weine nie.

Schnell ziehe ich eine herumliegende Strickjacke über, obwohl mir sowieso schon heiß ist. Die schwarze Tinte auf meinen Händen entferne ich mit einem Taschentuch. Wenn ich die Flecken nicht mehr sehe, ist es fast so, als würde das hier nicht passieren.

Ich weine nämlich nicht.

Nicht wegen ihr. Nicht wegen diesem Scheiß. Nicht wegen einer Frau, die in neunzehn Jahren nicht einmal mit mir am Esstisch sitzen und einfach nur fragen konnte, wie es in der Schule war. Was ich mit meinem Leben vorhabe. Oder wie es mir geht.

Ich sinke auf die Knie und von dort auf die Unterschenkel, hocke mich auf die Füße und starre auf die langsam trocknenden Tropfen auf dem Koffer. Ich wünschte, es wäre mir egal. Ich wünschte, es ließe mich unberührt, dass sie sich nicht für mich interessiert. Immerhin habe ich tolle Freundinnen, die es sehr wohl tun. Sollte das nicht reichen? Ihre Meinung muss mir nicht wichtig sein, nur meine Meinung zählt. Und ich finde mich gut. Daran kann kein Kommentar etwas ändern. Nicht mal, wenn er von meiner Mutter stammt.

Ich wische mir ein weiteres Mal über die Augen, weil sie – obgleich ich niemals weine – immer noch verdächtig feucht sind. Puh. Wenn so ein läppischer Spruch beim Mittagessen mich dermaßen aus der Bahn wirft, sollte ich wohl froh sein, dass meine Mutter und ich in den letzten neunzehn Jahren nicht besonders oft gemeinsam am Tisch gesessen haben.

Der Grund dafür war nicht, dass wir eine grundlegend andere Vorstellung davon haben, wie Eierspeisen am besten schmecken, sondern dass sie immer gearbeitet hat. Mein Vater hat sich aus unserem Leben verpisst, als ich ein paar Monate alt war, und ist nie wieder ein Teil davon geworden. Das Ganze klingt dramatischer, als es ist. Ich kenne ihn – oder besser gesagt: Ich weiß, wer er ist –, aber wir sind nicht wirklich bemüht umeinander. Weder im positiven noch im negativen Sinn. Ich denke nicht schlecht über ihn und er denkt vermutlich gar nicht an mich. Bis auf das eine Mal im Jahr an meinem Geburtstag, wenn er mir einen Brief schreibt. *Einen Brief!* Als wären wir ein Liebespaar in fucking 1943, das während des Krieges Kontakt halten will. Nur dass seine Umschläge keine Liebesschwüre enthalten, sondern Klappkarten mit unverfänglichen Geburtstagsmotiven und einem Hunderteuroschein. Die jährlichen hundert Euro sind der einzige Betrag, mit dem er mich unterstützt. Mehr Geld haben wir nie von ihm bekommen. Und auch das klingt nach Drama, nach unterlassenen Alimenten und einem gesalzenen Rosenkrieg. Doch die harmlose Wahrheit ist, dass meine Mutter immer zu stolz war, Unterhaltszahlungen von ihm anzunehmen. Lieber hat sie für zwei gearbeitet. Und so fing sie mit meinem Einstieg in die Kita an, vierzig Stunden die Woche als Buchhalterin zu arbeiten. Nachts und an den Wochenenden machte sie zusätzlich die Steuererklärungen von Nachbarn und Bekannten. Bis zur Einschulung war ich ganztags in der Kinderbetreuung, danach bekam ich einen Schlüssel – und die alleinige Verantwortung darüber, mir ein Mittagessen zuzubereiten. Also gab es Mikrowellengerichte, Tiefkühlkost und ab und an einen Zehner mit einem Post-it: *Hol dir einen Döner, hab dich lieb, Mama.* Diese Tage waren etwas Besonderes. Denn ich habe mit dem Geld Süßigkeiten oder Kleinigkeiten aus der Drogerie gekauft, die ich mit Anna und Anouk geteilt habe, nachdem ich bei ihnen Reste vom Mittagessen bekommen hatte. Echtes Mittagessen von echten, anwesenden Eltern. Ein selbst gekochtes Mittagessen, das beim Nachhausekommen frisch und warm auf dem Tisch steht, ist ein weitaus glaubwürdigeres *Hab dich lieb* als ein paar Buchstaben auf einem Post-it.

Dieses Mal reibe ich mir nicht mit den Händen über die Augen. Ich hebe den Saum meines bereits ruinierten Shirts an und trockne mir damit direkt die Tränen ab.

Ich weine nicht.

Ich weine nie.

Brrrmmm. Brrrmmm. Mein Blick wandert hektisch von links nach rechts. *Das ist nur dein Handy, nur dein Handy,* sage ich mir. Der brummende Vibrationsalarm des eingehenden Anrufs hat mich eiskalt erwischt. Kurz komme ich mir ertappt vor. Ausspioniert. Als hätte jemand gesehen, wie ich hier in meiner Unordnung sitze und heule – an einem Tag, an dem ich glücklich sein sollte, weil mein Leben endlich die Richtung einschlägt, die mir schon immer vorbestimmt war.

Der Anrufer lässt es außergewöhnlich lange klingeln. Doch so sehe ich wenigstens noch, wer es ist, als ich das Handy endlich unter einem Stapel alter Deutschklausuren finde. *Jonas Jagoda ruft an.* Jonas Jagoda. Vor- und Nachname, weil Anna ihn so abgespeichert hat.

Ich muss grinsen. Trotz allem.

»Hey, Mitbewohner«, posaune ich heraus, in der Hoffnung, dabei so Polly-mäßig wie möglich zu klingen. Doch meine Stimme bricht irgendwo zwischen den Silben *Mit-* und *-be* und lässt den Rest des Wortes zu einem verräterischen Krächzen verkommen.

»Ähm ... ist alles okay?«

»Klaaar.« Ich ziehe meine Antwort gut drei Sekunden lang, was definitiv nicht die richtige Methode ist, wenn man eigentlich so klingen will, als wäre alles in Ordnung.

»Du hörst dich fertig an.«

»Bin ich auch. Weil du mich nicht mit *Hallo, Mitbewohnerin* begrüßt hast. Das verletzt meine Gefühle.«

Am anderen Ende der Leitung ertönt ein Lachen. Ein perfektes Lachen mit Schmelz und einem gewissen Kratzen. Wenn Jonas' Lachen Schokolade wäre, dann weiße Ritter Sport mit Crispy-Stückchen.

»Hallo, Mitbewohnerin«, sagt er also verspätet und ich kann förmlich hören, dass er immer noch lächelt. »Du musst mir auch nicht erzählen, was los ist. Ich rufe eigentlich nur an, weil ich fragen wollte, ob du morgen Hilfe beim Umzug brauchst. Ich bin in Lansberg und könnte Paul bestimmt dazu bringen, ein bisschen was zu schleppen, wenn ich ihn damit aufziehe, dass sein Bizeps neuerdings erschreckend dünn aussieht.«

Ich bin durch. Ich bin einfach durch. Ich muss es sein, weil ich schon wieder anfange zu heulen. Und dieses Mal gebe ich es zu: Ich weine. Ich weine wie ein Baby, weil Jonas der netteste Mensch auf dem Planeten ist und weil sein Lachen nach Schokolade mit Crisp klingt und weil diese Person mein Mitbewohner wird.

Ich bin überfordert, ich kann nicht mehr.

»Hey, hey, hey, Polly«, sagt Jonas alarmiert. Wenn er jetzt neben mir wäre, läge sein Arm bestimmt schon auf meiner Schulter. Scheiße ... wieso ist er so lieb?

»Nichts. Es ist … nichts.« Halt suchend schnappe ich nach Luft. Aber ich finde keines von beidem, weder Halt noch Luft. Ich japse auf und fächle mir mit der Hand zu wie eine viktorianische Lady, die kurz davor ist, in Ohnmacht zu fallen.

Jonas zögert einen Moment, dann wiederholt er: »Na gut. Was ist mit dem Umzug? Sollen wir morgen bei dir vorbeikommen und ein, zwei Sachen einpacken?«

Irgendwie gelingt es mir, eine Antwort herauszubringen, ohne komplett auseinanderzufallen. »Ja. Ja, das wäre toll.«

EIN THAI-CURRY UND EIN IDIOTENSANDWICH

KÖLN, 18. OKTOBER
RECHTSWISSENSCHAFTLICHE FAKULTÄT

»Na, heute wird's ernst, oder?« Mel ist neben mir im Audimax der Uni aufgetaucht.

»Heeey«, sage ich erfreut, weil sie den Weg durch die Hunderten von Jurastudierenden zu mir gefunden hat. Nach unserer gemeinsamen Einführungswoche würde ich niemanden lieber an diesem ersten richtigen Unitag an meiner Seite wissen wollen. Ich ziehe meine durchsichtige Tasche von dem freien Platz neben mir und tippe einladend mit den Fingernägeln darauf.

Am Freitag haben Mel und ich zusammen unseren Stundenplan erstellt und uns für sämtliche Seminare und Vorlesungen unseres ersten Semesters eingetragen. Dass die erste Vorlesung der Woche, meine erste Vorlesung *jemals*, ausgerechnet Grundrechte I ist, finde ich besonders passend. Es legt die richtige Stimmung für die Jahre, die vor uns liegen.

Es ist gerade einmal acht Uhr, was weniger schön ist – Konrad zufolge legt man sich montags um acht nur eine Vorlesung, wenn man sie nicht mehr alle hat –, allerdings will auch niemand diese Pflichtveranstaltung erst im nächsten Jahr belegen. Und so platzt das Audimax nun aus allen Nähten.

Mel hat sich mittlerweile neben mir niedergelassen. Heute trägt sie einen weiten Pullover, der ein bisschen aussieht, als sei er aus Scherzartikelspinnweben gefertigt worden. Große Risse zerklüften den Stoff, lose Fäden hängen daran herunter. Passend dazu hat sie einen Lippenstift aufgetragen, dessen dunkler Rotton fast schwarz schimmert.

»Wie war dein Wochenende? Mal wieder irgendwelche Hütten von Serienkillern besichtigt?«

»Oh!«, mache ich und haue ihr bei meiner Erkenntnis sacht auf die Schulter. »Das habe ich dir am Freitag komplett vergessen zu erzählen! Ich kann bei Jonas wohnen bleiben!« Was ich auch *vergesse*, ihr zu erzählen: Dass mein Wochenende die Hölle war und aus vorwurfsvollem Anschweigen und aggressiven Blicken bestand, bis die beiden Jagoda-Brüder zum Möbelpacken bei mir aufgetaucht sind, wobei meine Mutter sie angeschmachtet hat wie einen leckeren Snack.

Mel schauspielert einen Schockzustand und schiebt sich in Zeitlupe die Hand vor den geöffneten Mund. »Wer hätte das nur gedacht?«

»Come on!«, mahne ich sie mit erhobenem Zeigefinger. »Sein eigentlicher Mitbewohner hat eine Spanierin kennengelernt und kommt deswegen erst mal nicht zurück. Das konnte vorher keiner wissen.«

Mel antwortet nicht. Sie wiederholt nur ein weiteres Mal die gekünstelte *Das-gibt-es-ja-nicht!*-Geste und kichert sich dann einen über meinen genervten Gesichtsausdruck.

»Freu dich doch einfach darüber, dass ich jetzt ein Zuhause habe und es in naher Zukunft keine *ZEIT-Verbrechen*-Folge über mich geben wird.«

»Glaub mir, das freut mich sehr. Aber ich freue mich noch mehr auf den Tag, an dem du vor mir zu Kreuze kriechen und mir gestehen wirst, dass du mit ihm im Bett warst.«

»Mit wem?«, frage ich.

»Mit deinem Hottie von Mitbewohner natürlich.«

»Mit Jonas? Na, da warte mal schön drauf. Eher komme ich jeden Montag nackt in diese Vorlesung, als noch einmal was mit einem Typen anzufangen, der nach allgemeiner Ansicht in die Kategorie *Hottie* fällt. Das ist eine absolute Red Flag für mich.«

Mels falsche Überraschungsmiene verwandelt sich in einen Ausdruck echten Mitgefühls mit einem Hauch von Neugier. »Oh. Wittere ich da ein Trauma?«

»Pff«, schnaube ich laut und werfe einen Blick auf meine Handyuhr. Zehn nach acht, die Veranstaltung beginnt c.t., also bleiben uns noch fünf Minuten, um zu quatschen. Das ist eindeutig zu wenig, um das Kapitel Laurenz abzuhandeln. Obwohl dieser Typ mir nicht mal zwei Minuten meiner Zeit wert sein sollte. »Kein Trauma. Nur eine Lektion. Ich bin mir selbst zu gut für Fuckboys.«

»Nur weil er gut aussieht, ist er ein Fuckboy?«

Ich drehe mich auf meinem unbequemen Klappstuhl zu ihr und stemme vorwurfsvoll eine Hand in die Taille. »Mel! Ich hätte dich echt nicht für eine Frau gehalten, die Männer verteidigt.«

»Uff«, macht sie, »keine Sorge, das bin ich auch nicht. Aber Jonas ist so …« Sie greift mit gespreizten Fingern in die Luft, durchsiebt sie nach einem geeigneten Adjektiv.

»Das Wort, das du suchst, ist nett. Er ist saumäßig nett.«

»Und weil er nett ist, erinnert er dich an einen Verflossenen?«

»Nein.« Ich drehe mich wieder nach vorn und beginne anschließend geistesabwesend, auf dem Trackpad meines aufgeklappten Notebooks herumzuwischen, wobei ich aus Versehen den Browser öffne, der noch immer die Startseite von *Gayleway & Gabel* anzeigt. Bevor es morgen losgeht, wollte ich mir noch einmal die Statements zur Unternehmenskultur durchlesen und einige Namen auswendig lernen.

»Weil er *heiß* ist, erinnert er dich an einen Verflossenen?«

»Er erinnert mich an niemanden«, sage ich bestimmt, um dieses Thema endlich abzuschließen.

Doch Mel scheint eine zu interessante Geschichte zu wittern und bohrt weiter nach. »Na, dann steht der Sache doch nichts mehr im Wege. Also, ich shippe euch. Ihr habt irgendwie eine Ross-und-Rachel-Energie.«

»Ist Ross nicht total scheiße, toxisch eifersüchtig und besitzergreifend?«

»Na gut. Ihr habt Ross-und-Rachel-Energie, wenn man all die Momente außen vor lässt, in denen Ross durchdreht.«

»Und wenn man sich vorstellt, dass Rachel so viel wiegen würde wie zwei Jennifer Anistons.« Noch bevor die Worte aus meinem Mund sind, möchte ich mich selbst dafür schlagen. Die Person, die ich sein möchte – die Person, die ich *bin* –, sagt solche Dinge nicht über sich selbst. Ich beurteile mich nicht danach, wie viele Jennifer Anistons ich auf die Waage bringe, weil mein Wert komplett unabhängig davon ist. Irgendetwas ist in den letzten Tagen vorgefallen, das mich ins Wanken gebracht hat. Irgendetwas namens Silke.

»Wow. Stopp.« Mel macht eine abwehrende Geste mit den Händen. »Du erzählst mir jetzt nicht im Ernst, dass du glaubst, nicht gut genug für diesen Schönling zu sein, weil du mehr wiegst als er?«

Ich mag es, wie nonchalant Mel sich ausdrückt. *Weil du mehr wiegst als er* – genauso ist es. Ganz einfach. Die meisten Menschen werden verkrampft, wenn es um meine Figur geht. Sie drucksen mit Formulierungen wie *kurvig* oder *Plus Size* herum – selbst Anna und Anouk können mich diesbezüglich nicht verstehen. Mel hingegen spricht mit der Erfahrung einer Person, die Menschen ebenfalls satthat, die vermeintlich schmeichelnde Umschreibungen für die simple Tatsache finden wollen, dass du ein höheres Gewicht hast.

»Nein!«, rufe ich aus. So laut, dass die Studierenden über und unter uns auf mich aufmerksam werden und neugierig die Köpfe recken. »Nein«, wiederhole ich etwas leiser und merke, dass mit meiner Lautstärke auch meine eigene Überzeugung abgenommen hat. Noch einmal sehe ich auf die Uhr. Die Professorin verspätet sich, doch da es inzwischen jeden Moment losgehen kann, sage ich bloß hastig: »Ich will lediglich sichergehen, mit Männern in Zukunft auf derselben Wellenlänge zu sein.«

In diesem Moment geht ein Ruck durch die Studierendenschar. Alle drehen wie auf Zuruf den Hals und beobachten die Professorin dabei, wie sie die Tür zum Audimax hinter sich zufallen lässt und die Stufen hinab zum Pult tritt.

»Also suchst du was Festes?«, zischt Mel mir zu.

Ich runzle die Stirn und mache ein angewidertes Gesicht. »Gott, nein. Die einzige feste Bindung, die ich einzugehen gedenke, ist diese da.« Damit deute ich auf die Website auf meinem Laptop-Bildschirm, auf der das Chromlogo von *G&G* prangt.

»Tust du mir trotzdem einen Gefallen?«, flüstert Mel. »Wenn zwischen dir und Jonas doch etwas läuft, dann schreib mir. Ich liebe es, recht zu haben.«

»Wird nicht passieren.«

»Ich sag ja nur. Du schickst mir dann …« Sie beißt sich nachdenklich auf die Gothic-rote Unterlippe. »… ein Hummer-Emoji.«

»Ein Hummer-Emoji?«

Die Professorin ruft nun eine PowerPoint-Präsentation auf und räuspert sich in ein Mikro hinein.

»Na, wegen Ross und Rachel. *He is her lobster* und so?« Sie verdreht die Augen über meine planlose Miene. »Schick mir einfach ein Hummer-Emoji, falls du irgendwann morgens in seinem Bett aufwachst statt in deinem.«

Ich drehe den Schlüssel im Schloss herum und atme den Geruch der Wohnung ein, die sich noch nicht wirklich nach meiner eigenen anfühlt. Es riecht nur nach Jonas. Wie lange wird es wohl dauern, bis sich unsere Düfte vermischen? Wie lange, bis ich gar nichts Auffälliges mehr wahrnehme, wenn ich eintrete?

Den Auszug bei Mama habe ich mir in den vergangenen Jahren feierlicher ausgemalt, als er letztendlich war. In meiner Vorstellung bin ich nicht im Bösen bei ihr ausgezogen. Klar, wir waren nie die besten Freundinnen. Aber eine gewisse Distanz und das gegenseitige Einverständnis, dass wir einfach zu verschieden sind, hat sich für mich okay angefühlt. Doch die jetzige Stimmung verdirbt mir den Start in mein *new life*.

Während ich meinen Mantel und die Klarsichttasche an der Garderobe aufhänge, denke ich an sie in ihrem Tennissockenoutfit. Beim Inspizieren des leeren Wohnzimmers höre ich das imaginäre Quietschen eines uralten Crosstrainers. Als ich feststelle, dass ich allein bin, suchen mich Flashbacks an meine Schulzeit heim. Nach Hause kommen und allein sein ... Das habe ich doch immer gewollt, oder? War es nicht der Wunsch nach dem Alleinsein, der mich zuvor davon abgehalten hat, in eine WG zu ziehen? Wollte ich nicht weniger von meiner Mutter mitbekommen? Wieso wirken das Alleinsein in Jonas' Wohnung und die Tatsache, dass sie sich seit dem Streit nicht mehr gemeldet hat, plötzlich wie Einsamkeit?

Es ist vier Uhr am Nachmittag und Jonas arbeitet heute in der Werbeagentur. Keine Ahnung, wie seine Arbeitszeiten sind, aber vor sieben wird er sicher nicht hier sein. Ich gehe in die Küche und begutachte die polierte Kaffeemaschine, stelle mir vor, wie ich versuche, damit einen Cappuccino zu kochen. Das Gerät zerfällt praktisch schon in seine Einzelteile, wenn ich mich ihm nur auf weniger als einen Meter nähere. Ich bin derart unbegabt in allem, was sich in der Küche abspielt, dass ich es gerade so schaffe, ein Kaffeepad in eine Senseo-Maschine einzulegen.

Gedankenverloren drehe ich mich zu dem großen Edelstahlkühlschrank um und öffne die obere Tür. Wie alles andere in Jonas' Lifestyle entspricht auch sein Kühlschrank nicht dem Klischee eines schlecht ausgestatteten, am Hungertuch nagenden Studenten. Die Fächer sind gut gefüllt mit

Fisch und Fleisch von der Theke, die sorgsam in Frischhaltedosen einsortiert wurden und je nach Kühltemperatur weiter oben oder unten positioniert sind. Auf dem Getränkegitter liegt fast nur Wasser, das Gemüsefach quillt über vor Zucchini, Gurken und Salat. In der Tür stehen Milch, fettreduzierte Sahne und ein paar Dips. Bei dem Anblick fällt mir die Sriracha ein, die seit Samstag ungekühlt in meinem Koffer vor sich hin gärt. Das kann nicht gesund sein.

Also gehe ich in mein Zimmer – in *mein* Zimmer –, das bis auf das Bett aus meinem alten Kinderzimmer und meine Kleidung, die ich bisher mangels Mobiliar an der Wand entlang aufgestapelt habe, fast leer ist. Ich krame die rote Flasche aus dem Trolley, stelle sie in den Kühlschrank und fühle mich auf einmal sehr viel eingezogener. Kurz entschlossen nehme ich meinen Laptop aus der Bibliothekstasche, setze mich damit an die Theke und beginne, auf eBay Kleinanzeigen nach Möbeln zu suchen. Die gut organisierte Polly, die ihr Leben im Griff hat und es nicht mit Heulattacken verschwendet, ist zurück.

Um kurz vor acht werde ich von der zufallenden Wohnungstür hinter mir überrascht. Ich zucke zusammen und wirble auf dem Barhocker herum, dessen Drehgewinde so gut geschmiert zu sein scheint, dass ich fast herunterpurzle.

»Sorry!« Jonas hält die Handflächen ausgestreckt vor sich. »Ich bin's nur.«

Ich greife mir scherzhaft aus der Puste ans Herz. »Hättest du mich, wie verlangt, mit *Hallo, Mitbewohnerin* begrüßt, wäre das nicht passiert.«

Jonas lässt seine Sporttasche zu Boden gleiten und erst da fällt mir auf, dass er unter seiner Lederjacke eng anliegende Sweatpants und ein Fitnessshirt trägt. Nachdem er die Jacke ausgezogen und direkt neben meinen Mantel gehängt hat, stellt sich heraus, dass die Ärmel des T-Shirts großzügig abgeschnitten wurden, sodass Jonas' Arme und Flanken nackt sind. In diesem Moment sieht er aus wie das Paradeabziehbildchen eines Fitnessinfluencers. Seine Oberarme sind so definiert, dass sie gedrehten Luftballontieren gleichen, und schräg unterhalb seiner Achsel kann man – eingepfercht zwischen Rücken- und Brustmuskulatur – diese seitlichen Muskelstränge hervortreten sehen, wie sie nur besonders fitte Menschen vorweisen können. Jonas sieht aus wie Michelangelos David. Wenn Michelangelo seinem David ein sehr proletenhaftes Shirt angemeißelt hätte.

Wenn es so proletenhaft ist ... dann kann ich doch auch einfach wieder wegschauen. Oder? ODER?

Weil mir nichts Besseres einfällt, drehe ich die Pupillen gen Decke, was Jonas dazu verleitet, erwartungsvoll in dieselbe Richtung zu blicken. Nach einer Sekunde, in der er dort oben nichts Spektakuläres entdeckt, scheint er sich jedoch damit abzufinden, dass ich nur Probleme mit den Augen habe, und fährt fort, Kleidungsstücke abzulegen. Seine Schuhe wandern auf die dafür vorgesehene Ablage unter der Garderobe, bevor er zu meinem Schreck auch noch die Hose runterzieht!

»Entschuldige den etwas stinkigen Auftritt«, sagt er dabei.

Ich halte den Atem an. Was zum Teufel tut er da? Oh ... er trägt Workout-Shorts unter den Jogging-Pants. Na klar. Das wäre sonst auch echt weird gewesen.

»Kein Problem«, bringe ich heraus und wie durch ein Wunder klingt meine Stimme sogar so, als hätte ich gerade wirklich kein Problem.

»Die hatten kein heißes Wasser im Fitnessstudio«, erklärt

Jonas, während er auf mich zukommt, den Tresen umrundet und sich eine Wasserflasche aus dem Kühlschrank schnappt.

»Ich dachte, du warst auf der Arbeit?«

»War ich auch. Aber nur bis halb sechs. Danach war ich mit Adem trainieren.«

»Ah.« *Ah* ... Wie eloquent.

»Und du? Wie war der erste Tag? Machst du schon fleißig Hausaufgaben?« Er schielt über den Flaschenrand hinweg auf meinen Laptop. Mein Herz beginnt schneller zu klopfen. Ich würde mir gern einreden, dass das nur an seinem entblößten Körper liegt. Aber das tut es nicht. Es liegt an dem ehrlichen Interesse, das seinen Fragen innewohnt. Daran, dass er nach dem Heimkommen zuerst wissen will, wie es mir geht, bevor er von seinem Tag berichtet.

»Konrad hat gesagt, an der Uni nennt man es *Nachbearbeitung*.«

»Wooow, Konrad, der weiß ja richtig Bescheid.« Jonas zieht eine sarkastische Schnute, bevor er die Wasserflasche ansetzt und sie in einem Zug halb austrinkt. Sein Adamsapfel macht dabei viele kleine Hüpfer, die mich einen Augenblick lang all meiner Konzentrationsfähigkeit berauben.

Ich beschließe, nicht auf seine Spitze einzugehen. »Außerdem mache ich nichts für die Uni. Ich bin auf der Jagd nach Möbeln.« Ich drehe ihm den Screen zu und deute auf das vergrößerte Foto eines gebrauchten Schreibtischs. »Mögen wir den?«

Jonas lacht auf. »Wir?«

»Ja. Wir. Ich als Mensch, der einen Schreibtisch benötigt, und du als jemand, der mehr Einrichtungstalent im kleinen Finger hat als ich im gesamten Arm.«

»Ach, Schmolly.« Jonas kommt mit seiner Wasserflasche um die Theke herum. »Du musst dich wirklich immer niedermachen, oder?«

»Niedermachen? Ich? Mich? Quatsch. Man sagt mir eher nach, ich wäre zu sehr von mir selbst überzeugt.« Ich drehe den Laptop wieder zu mir und mustere noch einmal das Inserat auf eBay Kleinanzeigen.

»In akademischen Dingen vielleicht.« Jonas stützt den freien Arm neben mir auf und beugt sich ein wenig zu mir herüber, um den gebrauchten Ikea-Schreibtisch genauer zu betrachten. Man kann wirklich nicht leugnen, dass er gerade vom Sport kommt. Er ist verschwitzt, sein Shirt trotz der großzügig ausgeschnittenen Achseln an einigen Stellen noch feucht. Aber erschreckenderweise riecht er auch diesmal überhaupt nicht unangenehm. Eher ... maskulin. Sexy. Oder besser gesagt: nach Sex.

Ich atme lang und hörbar ein, will den Duft so tief in mich aufnehmen, dass er sich in meinem Gehirn einnisten kann. Doch als mir bewusst wird, was ich da tue, mache ich schnell eine wedelnde Geste mit der Hand. Verscheuche den Geruch, verscheuche Jonas, verscheuche die Flausen in meinem Kopf.

»Hey! Dein Moschus und du können gern in deinem Tanzbereich bleiben.«

Er lacht auf. »Sorry. Ich sollte echt duschen.« Mit der flachen Hand klopft er entschieden auf die Theke und schlägt dann vor: »Bock auf Thai danach?«

»Ja, wieso nicht?«, antworte ich überrascht.

»Nice. Dann sehen wir uns in einer halben Stunde in der Küche. *Mitbewohnerin.*« Das letzte Wort ergänzt er mit einem Grinsen. Und vielleicht ruft mein Gehirn dabei bereits die gespeicherte Duftprobe seines Körpergeruchs auf.

Die Zeit, in der Jonas duscht, verbringe ich damit, mein Zimmer auszumessen und einen maßstabsgetreuen Plan davon zu zeichnen. In den skizziere ich dann die Möbel, die ich bei eBay Kleinanzeigen angefragt habe, sowie ein paar Ikea-Funde, die ich mir mit meinem knappen Budget leisten kann. Auf Schnickschnack wie Vorhänge, Pflanzen und Deko werde ich noch einige Monate verzichten müssen. Aber mit dem Gehalt von *Gayleway & Gabel* werde ich mir nach und nach ein paar schöne Dinge zulegen können. Immerhin habe ich schon meine liebste Bergamotte-Duftkerze hier, die während meiner Planungsaktion vor sich hin flackert.

Dabei fällt mir auf, wie viele Aromen mein olfaktorisches Gedächtnis nun schon mit Jonas assoziiert: sein Parfüm, sein Eau de Workout, den Geruch seiner Wohnung ... Aber so ist das wahrscheinlich, wenn man zusammenwohnt und sein Leben auf so intime Weise mit einem anderen Menschen verbringt. Zusammenwohnen ist scheißintim.

Ich gehe zurück in den Wohnbereich, nachdem ich von dort aus gedämpfte Rockmusik hören kann. Zuvor habe ich noch einmal meinen Kontostand gecheckt und festgestellt, dass ich mir beim Thai maximal gebratenen Reis ohne alles leisten kann, wenn ich mir noch Möbel kaufen will. Aber das ist okay. Morgen ist bereits mein erster Arbeitstag und dann dauert es nicht mehr lange bis zum ersten Gehalt. Ein paar Tage mit trockenem Toast werde ich schon überleben.

Doch direkt nachdem ich die Tür zum Flur aufgestoßen habe, begrüßen mich das aufgeregte Brutzeln von Öl in einer Pfanne und der unverwechselbare Duft von Reis. Ich schaue um die Ecke und sehe Jonas am Herd stehen. Sein

Kopf inklusive nassem Shawn-Mendes-Haar und seine in grauen Sweatpants steckenden Hüften wiegen sich im Takt der Musik, während er in einem Wok rührt.

»Äh ... ich dachte, wir bestellen beim Thai?«

Jonas sieht sich zu mir um, schaut verdutzt und grinst dann atemberaubend. »Ach so. Ich meinte eigentlich, dass ich kochen will. Ähm ... passt Rotes Curry oder hattest du dich auf was anderes gefreut?«

»Ob das *passt*? Ich hatte mich auf trockenen Reis eingestellt, so pleite bin ich.«

Jonas zwinkert, zeigt mit dem Kochlöffel auf mich und sagt nach einem Zungenschnalzen: »I got you!«

Und ... irgendwie ... hat er das wirklich.

»Et voilà.« Jonas schiebt einen Teller vor mich, auf dem er das Gericht perfekt drapiert hat: eine Kugel Reis ragt aus einem See rötlich schimmernder Kokosmilch hervor, in dem Bambus, Brokkoli und Karottenscheiben schwimmen. Es sieht himmlisch aus und meine Nase informiert meine Speicheldrüsen sofort darüber, dass sie für ordentlich Wasser im Mund sorgen sollen. »Passt nicht wirklich zum Essen, aber mein Thailändisch ist ... eingerostet.«

»Na, solange dein Französisch noch fließend ist.« Gierig nehme ich mein Besteck auf.

»Wow, du hast zu viel Zeit mit Adem verbracht.«

»Mit Adem ...?« Doch dann fällt der Groschen. »Oh! So war das nicht gemeint. Aber hey, klar, ich freu mich für dich, wenn dein Oralsex gut ist, herzlichen Glückwunsch.«

Wieso genau rede ich jetzt über Oralsex? Ausgerechnet an dem Tag, an dem ich bemerkt habe, dass der After-Fitness-Jonas auffallende olfaktorische Ähnlichkeiten mit einem After-Sex-Jonas hat. Nicht, dass ich wüsste, wie Letzterer riecht.

So stelle ich es mir nur vor. Nicht, dass ich es mir vorgestellt hätte. *Arrrg, oh Mann!*

»Gut, dass wir das klären konnten«, höre ich Jonas sagen und bin mir nicht sicher, ob er es ironisch meint oder ob ihm das Thema nun doch zu unangenehm geworden ist. »Bist du schon nervös wegen morgen?« Er setzt sich neben mich und beginnt, seinen Reis mit der Currysoße zu vermengen.

»Wenn ich nicht drüber nachdenke, geht es.«

»Du wirst es rocken.«

»Ja, vermutlich.« Jonas blickt mich an und sucht wahrscheinlich nach einer Spur Sarkasmus in meinem Gesicht. »Was?« Ich zucke mit den Schultern und tauche meinen Löffel in das Curry. »Ich hab doch gesagt, man wirft mir immer zu viel Selbstüberzeugung vor.«

»Und ich hatte recht damit«, Jonas lässt seinen Löffel über dem Essen kreisen, »dass diese Annahme nur in Bezug auf Akademisches zutrifft.«

»Das stimmt nicht«, dementiere ich und schiebe mir den ersten Bissen in den Mund. Kaum hat meine Zunge näheren Kontakt mit dem Gericht gemacht, stoße ich ein lang gezogenes »Fuuuck« aus.

»Was? Zu heiß? Zu scharf?«

»Zu geil!«, korrigiere ich. »Ich wusste nicht, dass ich bei Gordon Ramsay einziehe.«

»Gordon Ramsay?« Jonas sieht ernsthaft beleidigt aus. »Womit habe ich denn den Vergleich verdient? Kein einziges Mal in den letzten Tagen habe ich deinen Kopf zwischen zwei Scheiben Toast gepackt und dich ein *Idiot Sandwich* genannt.«

»Hast du nicht«, bestätige ich, schiebe meinen Barhocker

nach hinten und stehe zu Jonas' Verwunderung auf, um zum Kühlschrank zu gehen. »Aber du wirst es tun, wenn du irgendwann von mir verlangst, den Gefallen zu erwidern und für dich zu kochen.«

Jonas lacht laut auf, wirft den Kopf ein wenig in den Nacken und zeigt mir schon wieder seinen viel zu schönen Kehlkopf. Du weißt, dass die Scheiße ernst ist, wenn selbst ein Kehlkopf plötzlich attraktiver auf dich wirkt als alle anderen Kehlköpfe, die die Menschheit je hervorgebracht hat.

»Wieso?«, will er wissen.

»Weil ich die schlechteste Köchin der Welt bin.«

»Du machst es schon wieder!« Er wirft gespielt verzweifelt die rechte Hand mitsamt Gabel in die Luft und schleudert dabei einige Reiskörner durch die Gegend.

»Nope. Keine falsche Bescheidenheit, kein fishing for compliments.« Ich hole die Sriracha aus dem Türfach, in dem ich sie vor wenigen Stunden verstaut habe, und setze mich damit zurück neben ihn. »Nicht mein Stil.« Mit einem Schulterzucken stelle ich die Flasche über meinem Teller auf den Kopf. Doch bevor ich etwas von der Chilipampe herausdrücken kann, halte ich inne, weil Jonas mich anstarrt, als hätte ich soeben ein lebendiges Huhn aus der Gemüseschublade geholt.

»Das tust du jetzt nicht im Ernst?« Seine blauen Augen fixieren die rote Flasche wie einen Erzfeind.

»Ich ... doch?!« Seine Augen weiten sich noch mehr, also ergänze ich: »Dachte ich eigentlich, aber jetzt habe ich Angst, dass du mich dann wieder vor die Tür setzt?«

»Zumindest glaube ich dir das mit dem mangelnden Kochtalent jetzt.«

»Sriracha und ich – wir lieben uns«, rechtfertige ich mich und umarme die Flasche.

»Das freut mich für euch beide, aber … mein armes Curry!« Er zieht eine beleidigte Flunsch und erinnert mich dabei so sehr an ein trauriges Kleinkind, dass ich die Sriracha unbenutzt auf dem Tresen abstelle.

»Tut mir leid, Gordon.«

»Schon okay … *Idiot Sandwich*.«

Wir brechen in Gelächter aus und zanken uns, bis unsere Teller leer sind, um die Relevanz meiner liebsten Würzsoße, die man – laut Jonas – nur auf sehr schlechten Bratnudeln verwenden darf.

Nach dem Essen räume ich als Gegenleistung und zur Wiedergutmachung des Sriracha-Zwischenfalls die Spülmaschine ein und mache mich anschließend mit einem Schwamm an die Töpfe.

»Noch Bock auf ein bisschen Netflix?«, fragt Jonas, der mir dabei zusieht. »Oder musst du dich seelisch und moralisch auf deinen ersten Arbeitstag bei den Superanwälten vorbereiten?«

»Netflix klingt gut.«

Jonas steht auf und schwingt seinen joggingbehosten Stahlhintern vor den Fernseher, der so groß ist, dass man beinahe schon ein Kinoticket kaufen müsste. Sekunden später erklingt der epische Startton des Streamingdienstes – zwei Töne, die vermutlich fast jeder Mensch auf der Erde erkennt. »Was schaust du gerade?«

»Ich rewatche zum siebten Mal *Suits*. Und nebenbei schaue ich immer *Riverdale* mit Anna – um Anouk in den Wahnsinn zu treiben.«

»Mhm. Ja. Ergibt Sinn. Anouk scheint mir nicht der typische Archie-Andrews-Fan zu sein.«

»Na, sieh an«, sage ich, schleudere das Geschirrtuch über

meine Schulter und stemme mir kokett eine Hand in die Taille. »Da kennt sich aber jemand erschreckend gut mit Teen-Drama-Serien aus.«

»Hallo?« Jonas streckt verteidigend die Hände von sich. »Er ist ein gut aussehender Typ! Klar ist der bei mir hängen geblieben. Und die erste Staffel war echt gut, ehe sie ... alles ein bisschen ...«

»Ehe sie sich darauf spezialisiert haben, den gut aussehenden Typen möglichst oft oben ohne zu zeigen?« Mit hochgezogenen Brauen und einem Dauerschmunzeln auf den Lippen beende ich meine Spülsession und gehe auf Jonas zu. Er tätschelt auf den freien Platz neben sich und ich folge der Einladung. Der Bergamotteduft, der zuvor vermutlich von den starken Gewürzen des Currys überdeckt wurde, ist jetzt wieder omnipräsent. Hat er ... zum Kochen Parfüm aufgetragen? Oder ist er so ein verrückter Mensch, der das passende Designerduschgel zu seinem Eau de Toilette besitzt?

»Also ... wenn ich so aussähe wie Archie, würde ich auch ständig blankziehen.« Ohne die geringste Regung im Gesicht, die verraten würde, dass er es ironisch meint, legt Jonas die Füße auf dem Couchtisch ab, zeigt mit der Fernbedienung auf den Bildschirm und fragt beiläufig: »Welche Folge *Suits* darf's sein?«

»Boooah, machst du Witze?«, platzt es aus mir heraus. »Wer betreibt denn jetzt fishing for compliments?« Sofort habe ich einen Flashback von Laurenz, der ebenfalls gar nicht oft genug hören konnte, dass er einen Traumkörper besitzt. Ich kann es nicht leiden, wenn sich alles immer ums Aussehen dreht. Kann man nicht wenigstens nach Komplimenten für sein Gehirn fischen?

Der fragende Blick, den Jonas mir daraufhin zuwirft, ist jedoch durch und durch ehrlich.

»Du *siehst* aus wie fucking Archie Andrews.«

Jonas hebt eine Augenbraue und lacht dann, als könne er das nicht glauben. »Der Typ ist so shredded, der ernährt sich wahrscheinlich das ganze Jahr über nur von Hüttenkäse.«

Ich mache ein beinahe angeekeltes Gesicht. Nicht wegen des Hüttenkäses. Sondern wegen seiner Wortwahl. *Shredded.*

Erst als die plötzliche Stille zwischen uns mehrere Sekunden anhält, wird Jonas stutzig. »Das ... sorry, da hat eben der Typ aus mir gesprochen, der sonst nur in der Umkleidekabine zu Wort kommt.«

»Und dieser Typ realisiert nicht, dass er ...« Ich mache eine ungeplante Pause, weil ich unsicher bin, welches Adjektiv in diesem Moment am unverfänglichsten ist. Schließlich entscheide ich mich für: »... dass er recht gut gebaut ist?«

Jonas schlägt die Augenlider nieder und sein Gesicht wird zu einer Maske, die ich nicht eindeutig lesen kann. Ist er peinlich berührt? Oder geschmeichelt? Vielleicht ein bisschen. Aber ... da ist noch etwas anderes. Die Andeutung von etwas, das größer ist als falsche Bescheidenheit. Hinter Jonas' absoluter Fehleinschätzung seiner eigenen Präsenz scheint etwas zu stecken, das ich nicht einmal erahnen kann.

EIN TOXISCHER GEDANKENSTRUDEL

KÖLN, 19. OKTOBER
GALEWAY & GABEL

»Das Wichtigste ist, dass du den Tab immer in das Besteckfach legst. Nicht in die dafür vorgesehene Klappe, verstanden?«

Mein erster Arbeitstag bei *Gayleway & Gabel* beginnt zugegeben ein wenig ernüchternd. Mir war zwar bewusst, dass meine Trojanisches-Pferd-Nummer bedeutet, dass ich an Tag eins nicht unbedingt den Steuerbetrug eines Milliardenunternehmens verhandeln werde, aber dass Sarina mir seit nunmehr zehn Minuten erklärt, wie man eine Spülmaschine bedient, unterbietet meine Erwartungen dann doch.

»Verstanden«, wiederhole ich.

»Das musst du dir wirklich merken. Das Ding ist nämlich kaputt, und wenn der Tab stecken bleibt, wird das Geschirr nicht richtig sauber.«

Sarina macht mehr als deutlich, dass sie sich für überlegen hält. In der Hierarchie der Firma ist sie das natürlich auch.

Aber sie tritt auf, als wäre ich ein Höhlenmensch und sie eine verfluchte Nobelpreisträgerin.

»Tab immer ins Besteckfach, sonst nicht richtig sauber.« Ich male einen Haken in die Luft, um wenigstens irgendetwas zur Erheiterung der Stimmung beizutragen.

Sarina ignoriert mich. »Wenn die Maschine durchgelaufen ist, machst du die Klappe auf«, sie öffnet die Tür des Geschirrspülers einen Spalt, »und hängst ein Handtuch hinein. So.« Sie faltet ein Geschirrtuch in der Mitte und steckt es in das geöffnete Gerät. »Verstanden?«

Ich nicke. Gott, wie bescheuert müssen vorherige studentische Aushilfen gewesen sein, wenn sie es für nötig hält, mir einfachste Aufgaben wie diese zu erklären?

»Dann holst du das Geschirr raus, trocknest es ab und polierst es, falls nötig. Das ist äußerst wichtig!«

»Okay«, bestätige ich. Klar. *Äußerst wichtig.* Nicht, dass die Juristen aus der Chefetage auf einen gewonnenen millionenschweren Fall mit wasserfleckigen Champagnerflöten anstoßen müssen.

Ich scheine Sarina davon überzeugt zu haben, dass ich den Agendapunkt *Spülmaschine* hinreichend verstanden habe. Denn sie fährt nun damit fort, mir den übrigen Facility-Raum zu erklären. Zwar sind an allen Türen und Schubladen kleine Labels befestigt, die unmissverständlich ihren Inhalt verraten, aber nur zur Sicherheit öffnet sie trotzdem jedes einzelne Fach. Zuckerdosen, Steviatütchen, Keksschachteln und Kaffeefilter tauchen vor meinen Augen auf und verschwinden wieder, wenn Sarina die Türen mit einem Krachen zuschmeißt.

Ich frage mich, wieso sie bei allem so angespannt und streng ist. Die Situation erfordert eine solch passive Aggressivität eigentlich gar nicht. Soweit ich es beurteilen kann, herrscht heute auch keine angespannte Stimmung. Was ist also ihr Problem? Ist es einfach ihr Charakter? Belastet sie ihr Privatleben? Schneidet ihre Perlonstrumpfhose am Bund auch so sehr ein wie meine? Wenigstens sieht *sie* hammermäßig aus in ihrem Kostüm und den schwarzen Lederpumps. Ich wirke daneben, als hätte ich mich zum Karneval als Sarina verkleidet. Dabei habe ich lediglich, wie von ihr verlangt, förmliche Kleidung gewählt. Ich trage eine marineblaue Culotte, eine Bluse mit Schleifenapplikation am Kragen und schwarze Lack-Budapester. Heute Morgen vor dem Spiegel habe ich mich darin gefühlt wie der absolute Boss. Nicht Girl Boss. *Boss*. Ich hasse die Bezeichnung *Girl Boss*. Schließlich käme auch kein erwachsener Mann jemals auf die Idee, sich *Boy Boss* zu nennen.

»Jeden Morgen um Punkt acht Uhr treffen wir uns hier.« Sarina ist mir voran aus dem fensterlosen Raum gegangen und deutet nun auf die Tür direkt daneben. »Daran kannst du natürlich nur an …« Sie greift nach ihrem Handy, das quer über ihrem Oberkörper an einer Kette baumelt.

»Nur freitags«, werfe ich ein.

»… nur an Freitagen teilnehmen«, setzt sie nach einem Blick auf den Zeitplan auf ihrem Display hinzu, als hätte sie mich überhaupt nicht gehört. Ich habe meinen Stundenplan an der Uni so legen können, dass ich freitags gar keine Präsenzveranstaltungen habe und den ganzen Tag arbeiten kann. Zusätzlich komme ich dienstags von vierzehn bis achtzehn Uhr.

»Damit du Bescheid weißt, was an den anderen Tagen ansteht, musst du unbedingt in das Protokoll der Acht-Uhr-Meetings gucken. Es wird immer um halb neun verschickt.«

»Okay.« Ich eile weiter hinter ihr her.

»Da vorn«, sie nickt zu dem Empfangstresen am Ende des Flurs, an dem wir bereits vorbeigekommen sind, als wir die dreizehnte Etage betreten haben, »sitzt deine beste Freundin in dieser Kanzlei.« Im Stechschritt überwindet Sarina die Distanz zum Tresen, dreht sich auf den hauchdünnen Absätzen ihrer Pumps zu mir um und sagt durch spitze Lippen: »Benisha Das.« Sie deutet mit der flachen, nach oben gerichteten Hand auf die Frau am Empfang. Diese sieht lächelnd zu mir auf. Sofort fällt mir ein Stein vom Herzen, denn Benisha Das ist die erste Person, die offen freundlich auf mich reagiert. Sie steht sofort auf und reicht mir die Hand, an der viele Goldringe auf der dunklen Haut glänzen. »Benisha schreibt das Protokoll. Bei ihr musst du dich einschleimen, wenn du etwas an der Tagesplanung ändern willst.«

»Normale Höflichkeit reicht vollkommen«, korrigiert Benisha mit einem plötzlich viel schmallippigeren Lächeln. Vielleicht bin ich nicht die Einzige, die auf Sarinas schnippische Art eher genervt als eingeschüchtert reagiert.

»Ich bin Polly«, stelle ich mich vor, weil mir aufgefallen ist, dass Sarina meinen Namen gar nicht genannt hat. »Die neue studentische Aushilfe.«

Plötzlich taucht eine große behaarte Hand an Sarinas Taille auf. Sie bugsiert sie zur Seite, wodurch Sarina auf ihren hohen Hacken ein wenig strauchelt, und gibt den Blick frei auf den Mann, der schon bei meinem Erstgespräch mit ihr hereingeplatzt ist. Er ist groß und dunkelhaarig, glatt rasiert, mit einigen alten Aknenarben auf den Wangen, und seine schlanke Figur ist auf eine Günther-Jauch-Art dafür gemacht, einen Anzug zu tragen.

Patrick ... So hat Sarina ihn letzte Woche genannt. Eine Strähne hat sich aus seinem Seitenscheitel gelöst und hängt ihm nun rebellisch in die Stirn. Es würde fast verwegen aussehen, wenn er mir nicht ganz große Arschloch-Vibes geben würde.

»Ach, sieh an. Ich wollte eigentlich nur wegen einer Essensbestellung herkommen und jetzt kriege ich das Dessert gleich dazu.« Er fährt tatsächlich über die Kurve von Sarinas Hüfte und klatscht ihr auf den Hintern.

Oh. Mein. Gott. Das ist too much. Ja, ich hatte beim letzten Mal schon den Verdacht, dass zwischen den beiden eine gewisse sexuelle Spannung liegt. Aber selbst wenn sie verheiratet wären, wäre es absolut respektlos, Sarina vor ihren Kolleginnen derart zu objektifizieren. Ich nehme mir vor, in jeden Kaffee zu spucken, den ich diesem Lackaffen vor die Nase stellen muss.

»*Patrick!*«, zischt Sarina spitz und schlägt gegen seinen Arm.

Zur Verteidigung hebt er beide Hände und mault: »War doch nur ein Kompliment. Beruhig dich.«

Dann findet sein Blick mich. Ich kann förmlich spüren, wie er an mir hinabgleitet wie eine Hand an beschlagenem Glas. Sein Blick hinterlässt eine Spur, die ich nicht so schnell loswerde. Eine Millisekunde zu lang bleibt er an meinen Hüften hängen und ich bin drauf und dran, ihn zu ermahnen, dass er seinen Eiern Lebewohl sagen darf, sollte er es wagen, mich ebenfalls zu betatschen.

»Neue ... Kollegin?«

Sarina verdreht die Augen. Benisha springt ein und stellt mich vor. Dass wir uns bereits begegnet sind, scheint er vergessen zu haben.

»Ah! Wenn in meinem nächsten Konfi keine Kekse auf den Untertassen liegen, weiß ich also, wer schuld ist.« Er zwinkert mir zu.

Wie meint er das?, will eine unsichere Stimme in meinem Kopf wissen. Sofort fängt sie an, die Sache überzuinterpretieren. Meint er damit lediglich, dass er in diesem Fall wüsste, dass ich diejenige bin, die vergessen hat, Kekse zum Kaffee zu bringen, oder dass ich sie … aufgegessen habe? Weil ich … aussehe wie jemand, der … gern Kekse isst?

Fuck. Ich hasse diesen toxischen Gedankenstrudel, den ich der latent fettphobischen Erziehung meiner Mutter zu verdanken habe. Denn … wenn alles in deinem familiären Umfeld ein Angriff auf deine Figur ist, ist es kein Wunder, dass du auch in deinem erweiterten Alltag in jeder Aussage einen Angriff auf deine Figur siehst.

Doch ich muss ruhig bleiben. Dieser Job ist meine Chance. Ich werde sie bestimmt nicht in die Luft jagen, nur weil ein Typ wie Patrick das Gefühl braucht, mir überlegen zu sein. Solchen Persönlichkeiten werde ich auf meinem Karriereweg vermutlich noch zigtausend Mal begegnen. Und ich werde über ihnen stehen. Also lächle ich tapfer über Patricks Kommentar und versuche, dabei so zu wirken, als wäre mir die Doppeldeutigkeit seines Spruchs gar nicht aufgefallen.

»So.« Der Lackaffe haut mit der Hand zweimal auf die Theke vor Benisha und sagt: »Bestellen Sie mir und Fischer was beim Inder?«

»Natürlich, Herr Döring«, entgegnet sie und ich sehe, wie ihr Augenlid dabei zuckt.

»Suchen Sie einen guten aus. Was Authentisches. Da kennen Sie ja bestimmt jemanden.« Er zwinkert, schnalzt mit der Zunge und macht nach einem weiteren Klopfen auf das Pult einen Abgang.

Mir klappt fast die Kinnlade herunter. Sexistisch, rassistisch und mutmaßlich dickenfeindlich – dieser Typ ist das Komplettpaket.

»Wäre ja auch zu viel verlangt, einfach etwas bei Lieferando zu bestellen«, murmelt Benisha, sobald er außer Hörweite ist. Und damit befördert sie sich bei mir direkt auf Platz eins meiner liebsten Kolleginnen.

Die restliche Woche verläuft ziemlich glatt. Ich treffe Anna auf einen Kaffee auf ihrem Campus, sammle hie und da Secondhandmöbelstücke von ebay Kleinanzeigen ein und revanchiere mich bei Jonas für sein Kochgelage mit dem einzigen Abendessen, das nicht einmal ich ruinieren kann – belegten Broten mit Gürkchen, die eine hitzige Diskussion darüber auslösen, ob eingelegte Gurken lecker oder widerlich sind. Jonas findet sie zum Kotzen, womit er natürlich unrecht hat.

Alle meine Kurse sind spannend. Spannend und brechend voll. In zwei Seminaren müssen Mel und ich aus Platzmangel auf dem Boden sitzen, was mich an Konrads Prognose erinnert, dass die Begeisterung schon bald abflauen werde und die Stuhlreihen ausdünnen würden.

Jeden Morgen lese ich die Protokolle, die Benisha per Mail verschickt – ich erhalte sie auf eine generische Adresse namens student230@gaylewayandgabel.com. Für eine personalisierte E-Mail-Adresse bin ich anscheinend noch nicht wichtig genug. Aber das sehe ich lediglich als Ansporn.

Am Freitag verbringe ich meinen ersten vollständigen Tag auf der Arbeit und es macht mir wirklich Spaß, die Luft des *Big Business* zu schnuppern. Auch wenn ich gut auf die Patrick-Mentalität verzichten könnte, die dort an der Tagesordnung zu sein scheint. Auf das Office Management blicken viele der hohen Tiere herab. Schon die Tatsache, dass sich nur ein einziger Mann im Team befindet, spricht Bände darüber, dass die HR-Abteilung von *G&G* unsere Arbeit für einen typisch weiblichen Job hält. Wieso es als unmännlich gilt, Kaffee zu kochen, Bestellungen zu tätigen oder den hauseigenen Reinigungsservice zu koordinieren, kann ich allerdings nicht verstehen. Das sind schließlich grundlegende Fähigkeiten, die absolut jeder Mensch draufhaben muss, der nicht im Dreck ersticken oder verhungern will.

Anna und Anouk teilen meine Ansicht, als ich mich in der Mittagspause bei ihnen auf WhatsApp darüber aufrege – und noch bevor ich am Freitagabend die Kanzlei verlasse, geht eine neue Illustration auf unserem Instagram-Account online. Sie zeigt einen Mann mit Seitenscheitel, der Patrick Döring erstaunlich ähnlich sieht. Nur trägt er auf seinem LinkedIn-Profilfoto, das Anouk als Vorlage herangezogen hat, nicht die klischeehafte Schwarz-Weiß-Uniform eines Hausmädchens. Seine Hand schließt sich auch nicht um einen Staubwedel und ganz sicher ranken sich nicht die Worte um ihn, die Anouk dazu kalligrafiert hat: *Cooking and cleaning are for women*, heißt es auf der Zeichnung, wobei die letzten beiden Worte durchgestrichen sind und durch die schräg darüber stehende Korrektur *BASIC HUMAN SKILLS* ersetzt wurden.

Es ist nach dem Trojanischen Pferd nun schon der zweite Post, der von meinem Leben inspiriert wurde, was sich unerwartet gut anfühlt. Zwar ist der Account noch nicht riesig, aber er wächst beständig.

Ich hoffe wirklich, Anouk gibt sich nicht ewig damit zufrieden, die Dosenwurst ihrer Eltern auszufahren, sondern reicht endlich ihre Bewerbung bei renommierten Kunstunis ein. Sie hätte es so was von verdient, ebenfalls die ihr gebührenden Places zu infiltrieren!

EIN ELEFANT AUF DER KÜCHENINSEL

KÖLN, 25. OKTOBER BIS 8. NOVEMBER
RECHTSWISSENSCHAFTLICHE FAKULTÄT

Als ich am folgenden Montag auf dem Weg zur ersten Vorlesung bin, in einer Hand einen Coffee-to-go-Becher mit Jonas' einmaligem Cappuccino, in der anderen mein iPhone, auf dem noch ein WhatsApp-Verlauf in der *Annapolonianouk*-Gruppe zu lesen ist, laufe ich Mel in die Arme.

»Hey! Oh, hoppla!« Sie stützt meine schwankende Hand, um meinen Kaffee vor dem unweigerlichen Tod durch Überschwappen zu retten.

»Jesus«, fluche ich und justiere Becher, Handy und die Tasche über meiner Schulter neu.

»Du träumst wohl noch? Ist am Wochenende etwas … Interessantes passiert?« Die kleine Pause, die sie zwischen diesen Worten macht, lässt keinen Zweifel, was sie damit suggerieren will.

»Klar. Jonas und ich sind übereinander hergefallen und haben es drei Stunden auf seiner Kücheninsel getrieben.«

Mel sieht mich schockiert an. Und obwohl ihr Gesichtsausdruck wirkt, als schließe sie nicht aus, dass ich die Wahrheit sage, ächzt sie: »Du verscheißerst mich? Du musst mich verscheißern, ich habe immerhin kein Hummer-Emoji erhalten.«

»Natürlich verscheißere ich dich. Ich würde es niemals drei Stunden auf einer Kücheninsel aushalten.« Lachend gehe ich weiter und nicke ihr zu, damit sie sich beeilt und nicht vor lauter Pornofantasien die Vorlesung verpennt.

»Aber du glaubst, Jonas würde drei Stunden durchhalten?«

»Bääääh«, mache ich, obwohl ich mir dadurch unweigerlich dieselbe Frage stellen muss. Es ist eine klassische *Denk-jetzt-nicht-an-einen-rosa-Elefanten!*-Situation. Jonas im Bett – oder auf der Kücheninsel – ist bestimmt eine spannende Mischung aus einfühlsamem Softie und knallharter Muskelkraft. Jemand, der dich in abenteuerlichen Positionen vögeln kann, während er für jeden Kuss um Erlaubnis bittet und nach dem Orgasmus ein bisschen weint.

Oh nein. Shit, shit, shit. Dieser rosa Elefant muss ganz schnell wieder aus meinem Kopf verschwinden. Er benimmt sich dort nämlich wie im sprichwörtlichen Porzellanladen und macht alles kaputt. Alles!

»Bringst du ihn auf die Juristenparty am 11.11. mit?«

»Die was am was?« Ich stoße die Tür zum Hörsaal auf und warte darauf, dass Mel eintritt. Doch sie steht zwei Schritte hinter mir und starrt mich erneut an, als hätte sie eine Erscheinung.

»Jetzt sag mir bitte, dass du weißt, was am 11.11. ist?«

»Sankt Martin?«, frage ich und tue unwissend. Doch weil sie ihren Mund so weit aufreißt, dass ich mir Sorgen um ihr Kiefergelenk mache, gebe ich nach und löse meinen schlechten Scherz auf: »Das war ein Witz. Ich komme aus dem Rheinland, nicht vom Mond. In Lansberg feiern wir auch am 11.11. Karnevalsbeginn.« Und manchmal lernen wir dabei absolute Riesenarschlöcher kennen, die dir den Glauben daran nehmen, je wieder mit einem Mann zusammen sein zu können, der ein richtiges Sahneschnittchen ist.

Jetzt denk bloß nicht schon wieder an Jonas, du dummes Gehirn.

»Also ... gehst du hin?« Wie auf Kommando zeigt sie in diesem Moment auf ein Plakat an der gegenüberliegenden Wand. Darauf ist das Bild eines Funkenmariechens zu sehen, dem jemand, der offenkundig nicht besonders gut in Photoshop ist, den Kopf eines Demogorgons und einen Dreispitz aufgesetzt hat. Somit sieht das Ungeheuer aus *Stranger Things* aus, als hätte man es in Glanzstrumpfhosen und plissierte Röcke gesteckt. NETFLIX AND BÜTZ steht in der Schriftart des Netflix-Logos über der Fotomontage und darunter heißt es:

Mit einem donnernden Alaaf und Hurra
begrüßt euch die Fachschaft Jura
am 11.11. um 16 Uhr 11
vorm Hörsaal B, wir hoffen, euch gefällt's.
NETFLIX AND BÜTZ lautet das Thema dies Jahr,
also kommt als euer liebster Serienstar.

»Hätten sie das Reimen nicht der Fachschaft Germanistik überlassen können?« Ich schüttle mich demonstrativ. »Hurra – Jura?«

»Boah, Polly, du bist echt kritisch.« Damit stößt Mel mich in den gigantischen Vorlesungssaal, der in drei Wochen schon Schauplatz des schlecht gereimten Spektakels werden soll.

»Ich kann eh nicht! Freitags muss ich arbeiten und Sarina

Panzer fährt bestimmt ihr Kanonenrohr aus, wenn ich verkatert auftauche.«

»Jeder Mensch in Köln ist am zwölften November verkatert. Du *musst* kommen! Wer weiß, vielleicht findet sich ja jemand anderes zum Bützen, wenn du Jonas nicht willst.« Sie formt einen Kussmund und lässt ihre tiefschwarzen Augenbrauen auf und ab hüpfen.

»Du kannst mal meinen Allerwertesten bützen!«

»Würde ich ja gern.« Mel zuckt mit den Schultern und schiebt sich in eine Stuhlreihe im Mittelfeld, obwohl ich eigentlich gern weiter vorn sitzen würde und daher schon ein paar zusätzliche Stufen hinabgestiegen bin. Ich knicke ein und gehe wieder zu ihr nach oben. »Allerdings hatte ich ein ziemlich vielversprechendes Tinder-Date am Wochenende und will der Sache mal eine Chance geben.«

»Uuuh«, mache ich. »Und da reden wir noch über *mein* nicht existierendes Liebesleben? Erzähl mir mehr!«

»Sie ist eine Medizinstudentin und echt heiß.« Ich hatte bisher keine Ahnung, dass Mel auch oder ausschließlich auf Frauen steht, aber ich finde es cool, wie nebenbei sie es fallen lässt. Genauso sollte es laufen, wenn man bereit ist, mit Freunden über seine Sexualität zu reden.

»Hat sie ein bützenswertes Hinterteil?«

»Sie hat ein seeehr bützenswertes Hinterteil!«

»Nice. Aber ich muss am zwölften November trotzdem arbeiten und meine Vorgesetzte hat mich sowieso schon auf dem Kieker.« Ich zucke mit den Schultern. Noch sehe ich Sarinas kühle Art als Herausforderung. Doch dass sie nicht einmal ein Lächeln für mich übrig hat, verunsichert mich zunehmend. Ich frage mich, wieso man mir die Stelle gegeben hat, wenn sie mich so wenig leiden kann – und etwas sagt mir, dass diese Stelle nicht von langer Dauer sein wird, wenn ich am Tag nach Karnevalsbeginn mit Restalkohol im Blut und Restglitter im Haar aufkreuze.

»Ich bearbeite dich schon noch. Du kannst in deinem ersten Semester nicht nicht hingehen. Keine Widerrede.«

Und als hätte sie Mäuschen gespielt, entdecke ich bei einem routinemäßigen letzten Blick auf mein Handy plötzlich eine Nachricht von Anna in unserem Gruppenchat.

> **Anna**
> POLLY! Wieso hast du uns nicht gesagt, dass die Juristen die legendärste Party des Jahres schmeißen?

> **Anna**
> Ich konnte noch nie ein Pärchenkostüm tragen.

> **Anna**
> Das ist meine Chance. UND DU NIMMST SIE MIR???

Frau Jagoda haut die Informationsbrocken mal wieder raus wie bei einem Telegramm.

> **Anouk**
> Pärchenkostüme – ein klassischer Fall von: Klingt romantisch, sorgt aber immer für Streit.

> **Polly**
> Ich nehme sie dir? Es gibt doch eine Million Partys am 11.11., auf die ihr in Pärchenkostümen gehen könnt.

> **Anna**
> Als würde Fynn da mit mir hingehen …

> **Polly**
> Aber auf die Mottoparty der Juristen geht er??

> **Anna**
> ES IST EINE MOTTOPARTY?

> **Anna**
> Ich liebe Mottopartys! Ratet, wer Mottopartys hasst! Ratet, wer *Karneval* hasst!

> **Anouk**
> Fynn?

> **Polly**
> Fynn?

Zugegeben: Ich kenne Annas Freund noch nicht sehr lange. Aber bei unseren Begegnungen und in all ihren Erzählungen wirkte er nicht gerade wie ein Fan von Funkenmariechen und Co. Sondern eher wie der Typ Mensch, für den ein Abend am Lagerfeuer mit drei oder vier engen Freunden das höchste der sozialen Gefühle ist.

> **Anna**
> Fynn … Er kann von Glück reden, dass ich so verknallt in ihn bin.

In der Woche des elften Novembers gibt es im ganzen Studiengang nur noch ein Thema: die *NETFLIX-AND-BÜTZ*-Party am Donnerstag. Und damit nicht genug: Annas Enthusiasmus hat dafür gesorgt, dass auch mein gesamter Freundeskreis von nichts anderem mehr redet. Nicht einmal Anouk stimmt der Karnevalsbeginn noch zynisch – und das, obwohl sie dieses Spektakel in den vergangenen Jahren bestenfalls aus Pflichtgefühl mitgemacht hat. Doch seit sie das Motto gehört und gemerkt hat, dass der Termin auf eines von Kayas verlängerten Wochenenden in der Heimat fällt, plant sie mit Begeisterung ihre Kostümierung. Ganz zu Annas Missfallen. Denn Kaya und Anouk sind ein eingespieltes Team in Sachen Serien. Sie haben exakt den gleichen Geschmack und schauen seit drei Jahren alles gemeinsam – selbst jetzt, wo er in München lebt, nur eben via Skype. Daher waren sie sich schnell einig, sich als Mike und Eleven im Stil der ersten *Stranger-Things*-Staffel zu verkleiden. Bei Anna und Fynn läuft die Vorbereitung weniger reibungslos. Sie konnten sich bisher nicht auf ein Serienpaar einigen und sind daher zu dem Schluss gekommen, dass es Kompromiss genug sei, wenn Fynn überhaupt mitgeht.

Am Dienstag kann ich all die Unterhaltungen und Nachrichten kaum mehr ertragen, so sehr befürchte ich, auf der

Party etwas zu verpassen. Doch ich kann wirklich nicht hingehen! Nächste Woche muss ich bereits mein erstes Referat halten. Bei *Gayleway & Gabel* habe ich an jedem Arbeitstag so viel zu tun, dass ich mir nicht ausmalen will, was Sarina mit mir anstellt, wenn ich nicht in Topform auftauche. Ich könnte natürlich auf die Party gehen und früh wieder abhauen. Immerhin beginnt der Ausnahmezustand in der Stadt schon am Vor- und das Gelage in der Rechtswissenschaftlichen Fakultät am Nachmittag. Ich könnte ... ich sollte ... hach ... Ich habe sowieso kein Kostüm und dafür, eins zu besorgen, ist es inzwischen zu spät.

Ich beschließe, mich mit Arbeit abzulenken. Dummerweise komme ich auf dem Weg zu meiner Schicht bei *G&G* an Abertausenden Hinweisen auf das bunte Treiben vorbei. Von Schildern, die Straßensperrungen ankündigen, bis zu Dixi-Klos, die an jeder Ecke aus dem Boden sprießen – die Vorboten des Karnevals sind überall. Als ich direkt neben der U-Bahn-Station, an der ich aussteige, auch noch an einem Kostümgeschäft vorbeikomme, brennt mir fast die Sicherung durch. Der Shop ist mir bisher nie aufgefallen. Doch gerade jetzt muss mein Blick ins Schaufenster fallen, in dem muffige Gardeuniformen und karierte Clownsfräcke ausgestellt sind. Ganz vorn steht eine gruselig aussehende Schaufensterpuppe mit Kopf und aufgemaltem Gesicht – was mir klarmacht, wieso die meisten Geschäfte auf enthauptete Mannequins setzen. Die Figur sieht aus wie aus einem Horrorfilm, da hilft auch die orangefarbene Pagenschnittperücke nicht, die im Gegensatz zu den übrigen Ausstellungsstücken erstaunlich gepflegt und hochwertig aussieht. Doch bei diesem Anblick kommt mir auf einmal eine Idee ...

Ich betrachte das Schaufenster gewordene Horrorkabinett

und werfe dann einen Blick auf mein Handydisplay. Ein paar Minuten habe ich theoretisch noch. *Ach, fuck it.*

Ich schiebe mir den Träger meiner Umhängetasche so hoch über die Schulter wie möglich und trete beschwingt in das albtraumhafte Geschäft ein.

EIN WALROSS
MIT SEEIGELBLUT

KÖLN, 9. NOVEMBER
GAYLEWAY & GABEL

Nachdem ich Mantel, Tasche und die Papiertüte aus dem Karnevalsladen in einem in der Wand versteckten Kleiderschrank verstaut habe, finde ich mich in der Teeküche von *Gayleway & Gabel* ein. Der E-Mail mit dem Protokoll von heute Morgen konnte ich entnehmen, dass ich diese Woche in allen Konferenzräumen eine Art Inventur durchführen und sie anschließend entsprechend ausstatten soll. Alle Konfis verfügen über kleine Kühlschränke, die immer mit Getränken und Snacks bestückt sein müssen. Außerdem sollen Kabel und Adapter für alle möglichen Laptop- und Handyanschlüsse vorhanden sein sowie Laserpointer und anderer Technikkram, den man für Präsentationen gebrauchen kann.

Ich winke Benisha auf dem Weg zum ersten Konferenzraum in der dreizehnten Etage im Vorbeigehen zu. Sie ist gerade am Telefon und kann deshalb nicht antworten, schenkt mir aber ein freundliches Lächeln. Ich laufe den großzügigen Flur entlang, vorbei an seltsamen Statuen, die zu jener Art moderner Kunst gehören, die ich noch nie verstanden habe, und gläsernen Büros, in denen fast überall mit der cleveren Knopfdrucktechnik für Privatsphäre gesorgt wurde.

Noch immer sehe ich viele Mitarbeiter der Kanzlei zum ersten Mal. Egal, wann ich hier bin, es tauchen jedes Mal neue Gesichter auf: internationale Kollegen, Klienten, eine nicht enden wollende Schar an studentischen Aushilfen. Die meisten von ihnen nehmen mich gar nicht wahr. Und wenn ich ehrlich bin, ist es mir sowieso lieber, übersehen zu werden, anstatt mich unter den Blicken von Patrick und Sarina *über*präsent zu fühlen. Wenn mich meine Vorgesetzte abscannt mit ihren perfekt geschminkten Augen mit bissigem Ausdruck, fühle ich mich, als wäre ich mehr als eine Person. Hundertfünfzig Prozent Frau, sozusagen.

Es ist kein gutes Gefühl.

Konfi 1 ist ein imposanter Raum, der zur Straße rausgeht. Die Front ist vollständig verglast, davor stehen steif wirkende graue Designersofas mit halbmondförmigen Lehnen. Die Möbel scheinen eher ein unbequemes Statement und nicht wirklich dafür gemacht zu sein, sich auf ihnen niederzulassen. Sollte man es trotzdem wagen, würde einem der Dom, der über den Häusern im Hintergrund emporragt, zwei schwarze Teufelshörner verpassen.

Ich kichere ein wenig über diese ironische Beobachtung und mache mich dann daran, die weißen USM Haller Sideboards zu inspizieren. Schon hinter der ersten Klapptür verbirgt sich ein einziges Chaos. In einem alten Schuhkarton liegen verknotete Verbindungskabel aus vier Jahrzehnten. Ich erkenne USB- und HDMI-Kabel sowie unzählige veraltete

Stecker, deren dazugehörige Medien längst ausgestorben sind. Ich mache eine Notiz auf dem iPad, das Sarina mir unter Androhung meiner Kündigung – zumindest konnte ich das in ihrem Blick lesen – anvertraut hat, dass man die alten Teile mal aussortieren könnte. Doch dann beschließe ich, Eigeninitiative zu zeigen, und bereite diese Aufgabe direkt vor. Ich gehe vor dem Sideboard auf die Knie und beginne, den Kabelsalat zu entwirren.

Als ich eine halbe Stunde später das letzte USB-C-Kabel von einem uralten Laptopnetzteil trenne, tun mir allmählich die Knie weh. Dennoch krabble ich eine Tür weiter, um mir auch diesen Schrank vorzuknöpfen. Darin befindet sich Verschiedenstes zur Bewirtung von Kunden. Ich finde eine Tasse mit Sprung, die ausrangiert werden muss, eine angebrochene Packung Kekse, die das Mindesthaltbarkeitsdatum überschritten hat, und bemerke, dass die Zuckertütchen neu aufgefüllt werden müssen. Ich raffe die Packung Kekse und die kaputte Tasse zusammen, klemme beides unter meinen Arm und rapple mich auf, um meine Bestandsaufnahme auf dem Tablet zu notieren.

Während ich die Inventurliste aufrufe und die ersten Buchstaben eingebe, fällt mein Blick auf die *Feine Auswahl Deluxe* – wie sich die bunte Mischung aus Buttergebäck schimpft. Ich habe mir irgendwann einmal vorgenommen, niemals heimlich zu essen. Ich sollte mich nicht verstecken müssen, wenn ich einen Keks esse, nur weil ich mich wegen meines Gewichts dabei kritisch beobachtet fühle. Trotzdem werfe ich in diesem Moment zur Sicherheit einen Blick über jede Schulter, ehe ich in die Schachtel greife und zwei kleine Waffelröllchen herausziehe. Mein einziger Zeuge ist der Kölner Dom. Und es wäre doch wirklich zu schade, die

Nascherei zu entsorgen, nur weil sie erst kürzlich abgelaufen ist.

Ich beende meine Einträge und zerkaue die buttrigen Teilchen, da wird die Tür zum Konfi plötzlich aufgestoßen. Ich zucke so heftig zusammen, als hätte mich der Eindringling dabei erwischt, wie ich eine Leiche verbuddle. Meine Kaumuskeln gefrieren zu Eis, während die Muskulatur in meinem Unterarm eine Art Spastik erleidet, die dafür sorgt, dass ich die verräterische Kekspackung im hohen Bogen von mir schleudere. Sie segelt über die Kante des Luxussideboards und verschandelt den Luxusteppichboden mit einer Salve von Luxuskrümeln.

»Was machst du denn da?«

Scheiße, scheiße, scheiße.

Ich begegne Sarinas Blick, die halb im Türrahmen steht und mich voller Entsetzen ansieht.

»Ich ... ich mache die Inventur.« Ich hasse es, wie meine Stimme bricht, ich hasse mein Zögern, ich hasse, dass ich ihre Bissigkeit nicht mit Selbstbewusstsein kontere.

»Und wo genau habe ich erwähnt, dass du das Inventar in dich reinstopfen darfst?«

In dich reinstopfen ... Diese Formulierung triggert Erinnerungen an all die unzähligen Male, die meine Mutter auf diese Weise mein Essverhalten kommentiert hat. Wenn du mehr wiegst, als irgendeine beschissene BMI-Skala es empfiehlt, ändert sich nämlich auch das Vokabular. Du isst Kekse nicht mehr wie ein zivilisierter Mensch, nein, du *stopfst* sie in dich hinein. Auch dann noch, wenn es nur zwei waren ...

»Ich habe nur zwei Stück gegessen. Sie sind abgelaufen und müssten sonst ent...«

Sarina stemmt die Hände in ihre Wespentaille und macht ein Gesicht größter Abscheu. »Wieso isst du abgelaufene Kekse?« Sie schüttelt den Kopf.

»Es ist doch …« Ich gebe es auf. Warum sollte ich ihr erklären, dass Lebensmittel sich zwei Wochen nach Ablauf ihres Mindesthaltbarkeitsdatums nicht automatisch in Biowaffen verwandeln? Sarina weiß das mit Sicherheit sehr gut. Hier geht es um etwas anderes.

»Ich erinnere dich jetzt nicht daran, dass auch abgelaufene Kekse Firmeneigentum sind. Und Firmeneigentum hat in deinem Magen nichts zu suchen. Das mag schockierend für dich klingen, aber es ist so!«

Jedes Wort sitzt. Und jedes Wort sticht. Es ist ein bekannter Schmerz und dennoch bin ich vollkommen überfordert damit, ihn in diesem Moment zu empfinden. Ich wurde schon oft geradeheraus beleidigt, aber diese messerscharfen Provokationen, die so klein sind, dass sie durch die winzigen Ritzen meines Selbstbewusstseins passen, sind sonst meiner Mutter vorbehalten. Sarinas erhobene Augenbraue und die Hände in ihrer Taille wirken jedoch auf so subtile Art bedrohlich, dass ich es nicht wage, sie auf ihre Grenzüberschreitung hinzuweisen. Ich will diesen Job nicht verlieren. Ich *darf* nicht scheitern. Scheitern ist nicht mein Ding.

Ein Klopfen am Rahmen der offen stehenden Tür unterbricht die unangenehme Atmosphäre. Jedoch nur kurz. Denn dann sehe ich, dass es Patrick und ein Kollege sind, und mein ohnehin schon rasender Puls beschleunigt noch mehr. Sein Kollege, kleiner und kräftiger als Patrick, hat ein süffisantes Grinsen auf den schwülstigen Lippen und schiebt die Zunge vor, als er Sarina und mich sieht.

Patrick hingegen wirkt angepisst. »Hey!«, zetert er. »Wir haben den Raum gebucht! Was macht ihr noch hier?«

»Gute Frage.« Sarina wendet sich an mich. »Wenn du in jedem Konfi eine Stunde brauchst, weil du die Kekse essen musst, wirst du dieses Jahr nicht mehr fertig.«

»Ich habe ... die Kabel ...« Doch meine Erklärung geht in einem bissigen Lachen des kleineren Anwalts unter.

Patrick selbst scheint zu gestresst zu sein, um sich über die dicke Polly lustig zu machen. »Raus hier! Wir haben ein Meeting mit den Partnern.« Er macht eine unmissverständliche Geste gen Flur.

Fuck. Ich hatte keine Ahnung von dem Meeting. Aber was hätte ich tun sollen? Weniger sorgfältig arbeiten? Den Kabelsalat zu einem noch größeren Knödel werden lassen?

Beschämt nehme ich die Tasse, hebe die Plätzchenpackung auf und eile mit glühendem Kopf und einem medizinballgroßen Kloß im Hals an Sarina, Patrick und seinem Kollegen vorbei. Auf dem Gang mache ich mich klein, versuche, jeder Person, die mir entgegenkommt, auszuweichen – oder besser noch: zu verschwinden. Doch etwas in meinem Inneren versichert mir, dass mir drei Augenpaare folgen und die dazugehörigen Köpfe sich das Maul über mich zerreißen.

Erst als ich wieder bei Benisha bin und einen gänzlich unbetroffenen, gänzlich falschen Gesichtsausdruck aufsetzen will, fällt mir auf, dass ich das verflixte iPad liegen gelassen habe. *So eine Scheiße ...*

Benishas Lächeln erlischt, als ich wie von der Tarantel gestochen die kaputte Tasse und die vollgekrümelte Schachtel vor ihr ablade und kehrtmache.

»Alles okay?«, ruft sie mir noch hinterher, aber ich jage schon in die entgegengesetzte Richtung davon. Der Medizinball in meinem Hals hat Feuer gefangen.

»Ich hab's euch doch gesagt: *Ich* habe dieses Walross nicht angestellt.« Augenblicklich erstarre ich hinter der Tür zum Konfi, unsicher, ob ich froh darüber sein soll, dass dieser Raum nicht zum Gang hin verglast ist oder nicht. Wäre ich lieber gesehen worden, sodass Sarina sich diese Worte noch rechtzeitig hätte verkneifen können? Oder ist es besser, dass ich jetzt weiß, wie sie über mich denkt? »HR hat mir die einfach vor die Nase gesetzt! Haben ihr zugesagt, ohne ein fucking Bewerbungsgespräch zu führen.«

»Na, da war das Bewerbungsfoto bestimmt ordentlich gephotoshopt.« Das ist Patrick. Gott, wie eklig ich diesen Typen finde.

»Lagen wahrscheinlich diverse Filter drüber.« Eine dritte Stimme. Das muss Patricks Kollege sein. Bisher habe ich ihn fast nur dumm grinsen sehen, ohne dass Geräusche hinter seinen kräftigen Lippen hervorkamen. War vielleicht besser so.

Mein Gehirn übersteuert. Witze machen. *Einfach Witze machen, Polly. Witze regeln.*

Ein Kichern und das schallende Geräusch einer Ohrfeige ertönen und ich vermute, dass Sarina einen der beiden Männer – vielleicht auch beide – sarkastisch für ihre Kommentare gescholten hat. Mir rauscht längst kein Blut mehr durch die Adern. Sämtliche Erythrozyten haben sich in Seeigel oder etwas ähnlich Stacheliges verwandelt. Anders kann ich mir nicht erklären, warum mein ganzer Körper in Aufruhr ist.

Ich will wegrennen. Heulen. Nie mehr hierher zurückkommen.

Das Schlimme an Lästereien wie diesen ist nicht ihr Inhalt. Es überrascht mich nicht, dass man mich mit einem schweren Tier vergleicht – diese Vergleiche habe ich alle schon gehört und ich hab's verstanden: Ich bin dick.

Die Erniedrigung. Die ist das Schlimme.

Ich schlucke schwer und hoffe, dass sich der kurze Anfall von Schwäche damit erledigt hat. Ich gehe da jetzt rein und hole das iPad, lasse sie wissen, dass ich jedes Wort mit angehört habe, bin die moralisch Überlegene, ein Walross mit Integrität sozusagen. Am besten ich pfeife dazu noch *I Am The Walrus* von den Beatles. Doch dummerweise ... will mir die Melodie nicht einfallen. Und auch mein Fuß will sich nicht vorwärtsbewegen. Ich bin erstarrt.

Erstarrt.

Er...

Sarina kommt aus dem Konferenzraum und stößt dabei fast mit mir zusammen. Ihr Gesicht verwandelt sich in ein Pokerface, die Augen weit und matt, ihre Arme wirken plötzlich steif. Das ist meine Chance, sie wissen zu lassen, dass ich alles mit angehört habe. Meine Chance, sie so sehr zu beschämen, wie sie es eben mit mir getan hat.

Doch was, wenn sie mich feuert? Sie steht mir ganz offensichtlich schon feindlich genug gegenüber, weil jemand bei HR sie übergangen hat. Wenn ich sie jetzt auch noch blamiere ...

»Polly ...«, fängt sie an.

Doch ich schaffe es gerade rechtzeitig, das falsche Gesicht, das ich Benisha eben zeigen wollte, hervorzukramen. Ich habe entschieden. Und nehme Sarina die Peinlichkeit ab.

»Ich habe nur das iPad vergessen«, sage ich in einem Tonfall, der gute Laune suggeriert. Wenn mich nicht alles täuscht, ist da sogar ein Grinsen auf meinen Lippen.

Der Stein fällt Sarina fast hörbar vom Herzen. Sie zeigt ein seltenes Lächeln, räuspert sich und weist dann wieder streng an: »Beeil dich. Das Partnermeeting wartet nicht auf dich.«

EINE SCHWARZE WITWE

KÖLN, 11. NOVEMBER
RECHTSWISSENSCHAFTLICHE FAKULTÄT

»Ihr! Seht! Absolut! Geil! Aus!« Ich kann die Applaus-Emojis nach jedem von Annas Worten regelrecht sehen. Seit sie in Jonas' Wohnung angekommen ist, ist sie komplett überdreht und kann keine Sekunde still sitzen. Sie hat unruhige Kreise gedreht, die Kücheninsel umschwirrt und mich mit Fragen nach meinem Kostüm genervt. Und jetzt belagert sie Kaya und Anouk, die eben angekommen sind. Ihre kindliche Hingabe steht dabei im krassen Gegensatz zu ihrem Kostüm. Anna trägt ihre langen blonden Haare in einer komplizierten Flechtfrisur, dazu ein gekreuztes bauchfreies Top, einen ausschwingenden Lederrock und Stiefel aus demselben Material. Selbst ein Blinder würde erkennen, dass sie Daenerys Targaryen aus *Game of Thrones* darstellt – doch um alle Zweifel auszuräumen, führt sie einen kleinen Plüschdrachen an einer Kette am Gürtel mit sich.

»*Du* siehst absolut geil aus!«, entgegnet Kaya und tritt in den Flur. Er spitzt die Lippen und reibt anerkennend mit dem Zeigefinger über sein neuerdings bärtiges Kinn. Ich kenne Kaya nur glatt rasiert. Der sauber gestutzte Vollbart muss eine Requisite aus seinem neuen Leben als artsy Filmstudent sein, wirkt bei seiner heutigen Kostümierung aber seltsam fehl am Platz. Er trägt ein zugeknöpftes Poloshirt, das geradewegs aus den Achtzigerjahren stammen könnte, darüber eine Jeansjacke und recht enge, ein wenig zu kurze Jeans. Die Krönung ist jedoch die Föhnfrisur, mit der eine talentierte Hobbyfriseurin – vermutlich Anouk – seine sonst so wirren Haare in den Topfschnitt von Mike aus *Stranger Things* verwandelt hat.

»Es sähe noch besser aus, wenn sich ein gewisser Jemand rasiert hätte!«, ruft Anouk, die nach Kaya die Wohnung betritt, und zieht genervt die Augenbrauen hoch. Ich kann ihr ansehen, dass dieses Thema wohl schon zuvor für einige Diskussionen gesorgt hat.

»Ich find's irgendwie witzig«, kommentiert Anna und wuschelt Kaya im Vorbeigehen durch den Topfschnitt.

Ich drücke ihn und frage: »Na? Darfst du als Neubayer überhaupt Karneval feiern?«

»Ja, sischer, sischer.« Er betont seine Worte in einem besonders platten rheinischen Dialekt, über den wir uns zusammen kringelig lachen. Ich mochte Kaya schon immer. Er ist nerdig, lustig und trotz all seiner Kreativität auf eine gute Art pragmatisch.

Ich breite die Arme nun für Anouk aus, die in ihrem rosa Kleid, der blauen Jacke und den hochgezogenen Tennissocken die perfekte Eleven abgibt. Vor allem, weil sie ihre sowieso schon kurzen Haare für die Verkleidung einfach nur glatt zur Seite kämmen musste.

»Verrätst du uns nun endlich, wen du darstellst?«, fragt Anouk, nachdem sie sich aus meiner Umarmung gelöst hat.

»Wenn nicht mal du Serienqueen das erraten kannst, sollte ich mein Outfit vielleicht noch mal überdenken.« Ich zwinkere ihr zu. »Ich bin noch nicht ganz fertig. Sobald ich mir den Feinschliff verpasst habe, wisst ihr Bescheid.« Ich streiche über den Stoff meines dunkelroten Kleides mit Bubikragen. Zugegeben: Bisher ist es recht schwierig, meine Identität zu erraten, da neben dem Kleid nur der schwarze Lidstrich und der leuchtend rote Lippenstift Aufschluss geben könnten.

»Wo sind die Männer?«, will Kaya, der gerade die Wohnung inspiziert und dabei unverhohlen Jonas' Kaffeeecke mustert, mit einem ironischen Grinsen wissen. Wenn Kaya eines nicht ist, dann der Typ, der bei einem Besuch nach den Männern Ausschau hält, um über Fußball, Craftbeer und den neuesten Weber-Grill zu diskutieren.

»Fynn kommt nach«, antwortet Anna, der diese Ironie entgangen zu sein scheint. »Es gibt anscheinend keine große Schnittmenge zwischen Karnevalisten und Wandersleuten, deswegen muss er heute arbeiten.« Und als Kaya sie fragend ansieht, ergänzt sie: »Fynn arbeitet in so einem Outdoorladen.«

»Oh«, macht Kaya, der durch und durch ein Indoormensch ist. Genau wie Anouk. Er will Regisseur werden und sitzt am liebsten stundenlang vor dem PC, wo er seine Kurzfilme schreibt und nach den Aufnahmen schneidet. »Na, wenigstens kann er sich da ein paar Kletterseile ausleihen, mit denen er sein Pferd zäumen kann.« Kaya hebt und senkt die Brauen ein paarmal anrüchig.

»Welches Pferd?«, fragen Anna und ich fast gleichzeitig.

Kaya wirkt beleidigt. »Na, geht er denn nicht als Khal Drogo?« Er deutet an Anna auf und ab.

»Uh, damit hast du ein Fass aufgemacht.« Ich schüttle mir die Hand aus, um anzudeuten, dass er sich an diesem Thema leicht verbrennen kann.

»Fynn möchte sich nicht verkleiden«, erklärt Anna. »Und ich respektiere das.« Sie winkelt beide Unterarme an und führt Daumen und Zeigefinger jeder Hand zu einer meditativen Ommm-Geste zusammen.

»Anna hat jetzt eine Erwachsenenbeziehung«, ergänzt Anouk spitz und sieht Kaya eine Spur zu ernst an. Doch dieser ist damit beschäftigt, die Etiketten auf den verschiedenen Kaffeepackungen zu studieren. Irgendetwas ist im Busch. Und es hat sicher nur bedingt mit der Tatsache zu tun, dass Kaya den elfjährigen Mike mit einem Fünftagebart verkörpert. Anna und ich tauschen einen Blick, bevor wir beide zu Anouk schwenken. Sie schüttelt kurz den Kopf. »Nicht jetzt«, scheint sie sagen zu wollen, was in mir einerseits Neugierde, aber auch einen Beschützerinstinkt weckt.

»Und was ist mit deinem Mann?«, fragt Kaya plötzlich.

Ich drehe mich zu ihm um. »Meinst du mich?«

»Ja. Kommt Jonas nicht mit?« Kaya und Jonas kennen sich – allerdings nur flüchtig, weil in Lansberg nun mal alle einander mindestens flüchtig kennen.

»Ich wusste nicht, dass ihr geheiratet habt«, gluckst Anna, die sich gerade am Kühlschrank an einer Flasche Prosecco bedient, die ich zuvor kalt gestellt habe.

»Ist mir auch entgangen«, witzle ich. »Scheint ja keine besonders gute Hochzeitsnacht gewesen zu sein, HAHAHA.« Das Letzte war definitiv zu laut und too much. Doch da ich immer zu laut bin, fällt dieser Ausbruch nicht besonders aus der Reihe.

Kaya wirft mir ein Grinsen zu. Anna macht das scherzhafte

»Iiih, ekelhaft«, mit dem ich gerechnet habe. Nur Anouk sieht mich eindringlich an. Diesmal sagt ihr Blick: »Darüber reden wir dann auch später.«

»Jedenfalls«, fahre ich nun betont gelassen fort, um von Anouk und ihren wissenden Augen abzulenken, »Jonas ist schon den ganzen Tag mit Freunden unterwegs. Die geben sich die volle Karnevalsdröhnung.«

Jonas ist heute ziemlich früh aufgebrochen, um mit Adem und ein paar anderen pünktlich ab elf Uhr in der Altstadt zu feiern. Diesen Menschenauflauf wollten wir uns allerdings sparen. Alkohol am Vormittag endet nie gut – das beweist mein Präzedenzfall mit Laurenz. Die Geschichte zwischen uns wäre nie passiert, wenn Day Drinking an Karneval nicht so gesellschaftlich akzeptiert wäre. Außerdem will ich morgen nicht verkatert in der Kanzlei auftauchen. Erst recht nicht nach Dienstag …

Ich sehe mich nach meinen Freundinnen um und überlege kurz, ihnen von Sarinas Beleidigungen zu erzählen. Doch etwas an der Sache ist mir schrecklich peinlich. Vielleicht, weil ich so große Töne über meinen neuen Job gespuckt habe. Vielleicht liegt es aber auch nur daran, dass ich mir noch nicht eingestehen kann, wie nah mir die Lästerei wirklich gegangen ist …

Als wir um halb fünf ankommen, bezweifle ich, dass es in der Innenstadt voller sein kann als hier. Die Rechtswissenschaftliche Fakultät platzt bereits jetzt aus allen Nähten. Auf dem Weg zur Bar begegnen uns unzählige *Squid-Game*-Teilnehmer, *Haus-des-Geldes*-Fans mit Salvador-Dalí-Masken und Handmaids in roten Roben. Eine zweite Beth Harmon aus der Serie *Das Damengambit* habe ich allerdings noch nicht getroffen. Kurz vor unserem Aufbruch aus der Wohnung habe ich mein Outfit mit der roten Pagenkopfperücke und einem Schachbrett unter dem Arm vervollständigt, was dazu geführt hat, dass Kaya und Anouk auf der Bahnfahrt jede Episode der Serie analysiert und darüber die Bartdiskussion vergessen haben.

An einer der Theken, die rund um die Hörsäle errichtet wurden, kauft Anna Kölsch für alle. Sie zieht dabei so viele Blicke auf sich, dass sie aus ihren Bewunderern – ganz wie ihr Vorbild Daenerys – problemlos eine Armee rekrutieren könnte. Ich versuche, niemals neidisch auf andere Frauen zu sein, weil sie mehr dem Schönheitsideal entsprechen als ich. Vor allem auf Anna oder Anouk würde ich deswegen niemals einen Groll hegen. Aber an manchen Tagen ist es hart. An manchen Tagen frage ich mich, wie es sein muss, eine Anna zu sein. Und ich weiß, dass das unfair ist, weil auch Annas Leben nicht makellos ist. Doch mein Selbstwertgefühl ist an einem Punkt angekommen, an dem es das nicht mehr erkennen kann. Anna wurde bestimmt noch nie *Walross* genannt, nur weil sie sich erdreistet hat, in der Öffentlichkeit einen Keks zu essen.

Walross ... Wieso habe ich sie so über mich reden lassen?

Walross ... Weshalb habe ich Sarina damit durchkommen lassen?

Walross!

Ich will mit Bedacht trinken, doch auf einmal ist der Pfandbecher in meiner Hand leer. Verflucht. Wieso hat die Kölner Brauereiszene ausgerechnet winzig kleine Portiönchen zu ihrem Markenzeichen machen müssen? Mit einem bayerischen Weizen wäre mir das mit Sicherheit nicht passiert ...

Ich schaue von meinem Becher auf und mustere Anna neben mir. Ihr Blick wechselt im Sekundentakt zwischen ihrem Handy und der Menschenmenge hin und her. Sie sucht Fynn, mit dem sie sich offenbar via WhatsApp zu verständigen versucht. Immer wieder geht sie auf die Zehenspitzen und fragt mich schließlich: »Siehst du ihn?«

Aber ich kann seinen Blondschopf in der Menge nicht ausmachen. Dass ich eben ein Kölsch geext habe, ist meiner Konzentration vermutlich nicht gerade zuträglich. Von der Erinnerung daran, wie Sarina das Wort *Walross* ausgespuckt hat, einmal ganz zu schweigen.

»Oh nein!«, tönt Anna auf einmal und schlägt sich gerührt die Hände vor den Mund.

»Hi!«, schreit plötzlich jemand vor uns gegen die Lautstärke des DJs an. »Anna Targaryen, Mutter der Drachen, Erste ihres Namens und so weiter und so fort?« Fynn ist in einem gigantischen Pelzmantel samt Kapuze vor uns aufgetaucht, der ihn so sehr verschluckt, dass ich ihn beinahe nicht erkannt hätte. Er streckt Anna die Hand entgegen, doch diese wirft sich direkt in seine Arme, sodass der Rest von uns ihn nur noch mit einem flüchtigen Winken begrüßen kann.

Ich wende mich augenrollend, aber lachend zu Anouk um, die eben noch mit Kaya zusammen hinter uns gestanden hat. Doch jetzt ist sie allein.

»Diese beiden, oder?«, stelle ich schmunzelnd fest. »Die brauchen es irgendwie, sich zu streiten.«

»Jap«, macht Anouk. »Und am Ende knutschen sie als Daenerys und Jon Snow auf 'ner Studentenparty rum.«

»Komplette Spinner.«

»Jap«, wiederholt sie. »Aber irgendwie beneidenswert.«

Ich hebe die Augenbrauen. »Kein Grund für Neid. Mike und Eleven stechen Jon und Dany locker aus.«

»Na ja. In Staffel drei macht Eleven Schluss, wenn ich mich recht erinnere.« Sie presst die Arme noch enger an ihr mit Rüschen besetztes Kleid.

»Anouk?«, frage ich lang gezogen. »Ist alles in Ordnung bei euch?«

»Klar«, erwidert sie. Ihr Gesichtsausdruck wirkt plötzlich, als wäre sie aus einem Tagtraum erwacht. »Kaya ist nur auf dem Klo.«

Das habe ich nicht gemeint, will ich sagen, doch Anouk kommt mir mit einem Gegenangriff zuvor: »Jetzt, wo Anna beschäftigt ist – wollen wir vielleicht mal darüber reden, dass du jedes Mal Herzaugen bekommst, wenn Jonas' Name fällt?«

»Entschuldigung?«, brülle ich ihr entgegen. Zu laut. Too much. »Können Männer und Frauen nicht miteinander befreundet sein? Kann man sich nicht eine Wohnung teilen, ohne sich ständig rechtfertigen zu müssen?«

»Ach, komm mir nicht auf die emanzipierte Art«, hält Anouk zwinkernd dagegen. »Ich kenne dich seit der fünften Klasse. Und so«, sie deutet auf meine Augen, in denen sie anscheinend etwas zu erkennen glaubt, »hast du nicht mal geschaut, als du uns das erste Mal von Laurenz erzählt hast.«

»Oh mein Gott, habe ich da gerade etwa den verbotenen Namen gehört?« Annas Kopf taucht vor mir auf. Es wundert mich, dass sie überhaupt etwas verstehen konnte, wo sie doch a) bis zum Hals in Fynns Kapuze verschwunden war und b) der DJ die Lautstärke eines Flugzeugstarts anstrebt.

»Sein Name ist nicht verboten«, schmolle ich.

»Stimmt. Du wirst nur jedes Mal absolut miesepetrig, wenn wir ihn erwähnen.« Anna legt mir das aufwendig geflochtene Haupt auf die Schulter und drückt mir anschließend einen versöhnlichen Kuss auf die Wange. »Vollkommen zu Recht natürlich.«

Nachdem Kaya von der Toilette zurückgekommen ist, wenden sich die beiden Paare einander zu und beginnen, zur Musik zu tanzen. Vielleicht liegt es an dem Anblick der trauten Zweisamkeit inmitten des tosenden Mobs. Oder daran, dass der 11.11. mich unweigerlich an Laurenz erinnert. Aber ich kann Annas Kommentar nicht einfach locker wegstecken. Ist es wirklich miesepetrig, nicht gut auf einen Menschen zu sprechen zu sein, der alles, wofür du stehst, ins Wanken gebracht hat? Der dir Stolz, Mut und Würde nehmen wollte, weil *er* – nicht du – ein Problem mit dem Selbstbewusstsein hat? Wie kann es sein, dass sich Typen wie Laurenz, ohne mit der Wimper zu zucken, als *ganze Kerle* bezeichnen, wo sie schon zu fragil für eine Frau sind, die keine Size Zero trägt? Wie *ganz* kann jemand sein, wenn er derart kaputt ist?

Plötzliches Gegröle unterbricht meinen inneren Monolog und holt mich aus Laurenz' kalten Bettlaken zurück in das stickig heiße Unigebäude. Im Gewusel ist es schwer auszumachen, wer und wie viele Personen sich meinen tanzenden Freunden angeschlossen haben. Menschen begrüßen sich, stoßen mit kleinen Kölsch-Bechern an und sprechen einander Komplimente für die Kostümierungen aus. Ich bin während meines Tagtraums sowohl mental als auch räumlich von ihnen weggedriftet, sodass ich mich erst wieder zu der Gruppe hindurchdrängeln muss, ehe ich einen stark tätowierten schwarzen Mann in Regency-Anzug, eine ebenso tätowierte Frau in Laboranzug und eine dritte Person in einem gelben Regenmantel erkenne, die mir den Rücken zugewandt hat.

»Bist du der Duke aus *Bridgerton*?«, quietscht Anna und hüpft auf und ab.

»Adem hat diesen Softporno an einem Abend weggebinged«, erklärt Fynn und verdreht lachend die Augen.

»Anglizismus!«, ruft Anna und zeigt gespielt anklagend mit einem Finger auf ihren Freund. Es ist so eine Art Insider zwischen ihnen, dass Fynn Anglizismen eigentlich verabscheut, sie aber ab und an doch aus Versehen verwendet. Fynn verdreht noch einmal die Augen, zieht Anna dann aber in einen Kuss. *Diese beiden ...*

Ich wende mich ab, um Adem in seinem beachtlichen Regency-Anzug genauer zu mustern. Das gute Stück hat er definitiv bei einem teureren Verleih erstanden als dem, aus dem meine Perücke stammt.

»Polly!«, ruft Adem mir zu. »Schau mal, wen wir aufgegabelt haben!« Er schiebt mir die Person im Laboranzug vor die Nase, die sich als Mel entpuppt. Um Walter White aus *Breaking Bad* gerecht zu werden, hat sie sich sogar einen Ziegenbart aufgemalt. Wir umarmen uns jubelnd und loben unsere Maskeraden. Anna und Anouk sind begeistert, endlich ein Gesicht zu meinen Erzählungen kennenzulernen, als ich ihnen Mel vorstelle.

In diesem Moment dreht sich die gelbe Regenjacke um. Es ist Jonas. Natürlich. Immerhin ist er heute früh mit Adem losgezogen. Da trug er allerdings noch keinen Regenmantel, sondern war überhaupt nicht erkennbar verkleidet.

Er winkt mir etwas verhalten zu, worauf ich mit einem

angestrengten Grinsen reagiere. Was ist los mit ihm? Wo ist das HAHAHA-Lachen? Das Modelgesicht mit mehr Zähnen als ein Leibniz-Keks?

»Jonas, bist du Jonas?«, fragt Anouk komplett aus dem Häuschen, was dieser mit einem Nicken bestätigt.

»Jonas ist Jonas?«, hakt Mel skeptisch nach.

»Aus *Dark*!!« Die sonst so zurückhaltende Anouk wirkt, als wolle sie Jonas dafür einen Orden in Kreativität verleihen. Dabei hat er lediglich einen gelben Regenparka übergeworfen.

»Oh, hi!«, höre ich auf einmal Annas helle Stimme über einen schrecklichen deutschen Rapsong hinweg. Sie beugt sich an ihrem Bruder vorbei, um die Frau zu umarmen, die in diesem Moment hinter Jonas auftaucht. Sie hat langes, perfekt gewelltes dunkelrotes Haar und trägt einen weißen Catsuit, in dem sie aussieht wie eine mit Latex überzogene Sanduhr. Anna und die hourglassförmige Fremde tauschen ein paar Worte, bevor sich meine Freundin verschwörerisch auf den Weg zu mir macht. Adem ist mit Kaya ins Gespräch gekommen, Fynn quatscht mit Mel. Wahrscheinlich bonden sie darüber, wie scheiße sie die Musik hier finden. Anouk hat sich Anna angeschlossen und bewegt sich gleichzeitig mit ihr auf mich zu. Keine Ahnung, was das mit uns ist. Wir sind so eine Art dreipoliger Magnet.

»Das ist Isabella«, murrt Anna aus dem Mundwinkel – gerade so laut, dass ich es verstehen kann. *Das* ist ... Isabella. Die Ex. Die Ex, die laut Anna nicht ganz so der Vergangenheit angehört, wie es dieser Ausdruck eigentlich impliziert.

»Was?«, brüllt Anouk über den urplötzlich anschwellenden Bass hinweg. »Die *Black Widow* da?«

»Aha«, mache ich gespielt desinteressiert. »Echt eine schöne Frau.«

»War sie in den letzten Wochen mal bei Jonas?«

»Wer ist das denn?«, bohrt Anouk nach.

»Nicht, dass ich wüsste. Vielleicht hat sie sich aber auch nachts reingeschlichen. Oder wenn ich in der Uni war.«

»Seltsam«, grübelt Anna.

»Muss ich sie erst selbst fragen, wieso ihr über sie tuschelt?« Anouk verschränkt die Arme vor der Brust.

»Das ist Jonas' Ex.«

»Mit der er noch schläft«, ergänze ich und ignoriere dabei das Brennen in meiner Brust. »Angeblich.«

»Oh«, macht Anouk und sucht meinen Blick. Ich weiche ihr aus, doch unglücklicherweise landen meine Pupillen bei dem Manöver wieder auf dem Pärchen aus *Black Widow* und *Gelber Regenmantel*. Isabella ist einen Kopf kleiner und einen halben Oberkörper schmaler als Jonas. Sie ist zart, wunderschön und wurde in ihrem ganzen Leben sicher noch nie als Walross bezeichnet oder wegen eines eng anliegenden Oberteils schief angeguckt. Jonas hört ihr gerade zu. Wieder und wieder berührt sie seinen Oberarm. Sie wirkt zutraulich und Jonas' Lächeln gequält. Ob ich hier gerade eine Ex beobachte, die ganz casual über die gemeinsame Freundschaft Plus redet, während der Verflossene es über sich ergehen lässt, weil er insgeheim immer noch Gefühle für sie hegt?

Wieso beschäftigt mich das so sehr? Wieso ist da ein Druck in meinem Bauch, der spürbar anschwillt, wenn ich die beiden beobachte? Wieso fühlt es sich so falsch an, Jonas mit einer Frau zu sehen, für die er vielleicht immer noch Gefühle hat? Zu sehen, dass er sich quält. *Stopp.* Das ist nicht mein Problem. Das Drücken in meinem Bauch? Nicht. Mein.

Problem. Jonas ist ein erwachsener, zweiundzwanzig Jahre alter Mann. Er darf so viel mit seiner Ex reden, wie er will. Auch wenn es ihn unglücklich macht. Er darf sie sogar abschleppen und auf unserer Küchenzeile vernaschen. Auch wenn es mich unglücklich macht.

»Geht jemand mit mir aufs Klo?«, frage ich meine Freundinnen, obwohl ich überhaupt nicht muss.

»Ich!«, meldet sich Anouk sofort zu Wort. Und ehe Anna auch nur reagieren kann, schleift die kleine Eleven mich davon.

Während wir uns durch *Walking-Dead*-Zombies und weitere *Game-of-Thrones*-Charaktere kämpfen, zieht Anouk mich wortlos mit sich zu den ausgeschilderten Toiletten. Vor der Tür knutscht ein Avatar mit einem Highlander. Kaum haben wir es an den beiden vorbeigeschafft und uns in der Schlange zu den Kabinen eingereiht, konfrontiert mich Anouk mit einer Intensität, die Elevens Telekinesefähigkeiten in nichts nachsteht.

»Jetzt sag endlich: Wann wolltest du uns darüber informieren, dass du in Jonas verknallt bist?«

Ich bemühe mich um eine gelassene Reaktion. Also lege ich in einer Seelenruhe mein Schachbrett auf dem Waschbecken ab, krame einen Lippenstift aus meinem Umhängetäschchen hervor und ziehe meinen roten Mund nach. »Ich bin nicht in Jonas verknallt.«

Anouk sieht finster drein. »Doch, bist du. Weiß Anna es schon?«

»Neiiin«, entgegne ich untypisch kleinlaut. »Ganz ehrlich? *Würde* ich auf ihn stehen, wäre Anna wahrscheinlich die Letzte, der ich es erzählen würde. Er ist ihr Bruder.« *Ihr Bruder* ... Mein Herz schlägt schneller. Ich kriege das Bild von ihm mit Isabella nicht aus dem Kopf. Dabei war mir doch klar, dass Jonas Frauen trifft. Gott, ich habe selbst Witze darüber gerissen, dass Tinder abstürzt, wenn er sich einloggt. Was stimmt nicht mit mir? Wird mir das Hirn von der muffigen Perücke abgeschnürt?

»Anouk. Ich schwöre es dir. Sollte ich mich in Jonas verknallen, erfährst du es als Erste.« Die ganze Zeit über habe ich sie im Spiegel fixiert, doch für meinen nächsten Schlag drehe ich mich zu ihr um. »Aber wo wir schon bei unangenehmen Fragen sind: Was ist bei dir und Kaya los?«

Ich erwarte, dass sie es abtut, verschlossen wie immer reagiert, schlechte Laune vorschiebt oder eine anstrengende Arbeitswoche auf dem Hof. Doch stattdessen zuckt sie mit den Schultern und stöhnt leise: »Weißt du noch, als ihr gesagt habt, wenn es irgendjemand schafft, eine Fernbeziehung zu führen, dann wir?«

Mit einer bösen Vorahnung presse ich die Lippen zusammen und nicke.

»Ich bin mir nicht mehr sicher, ob das stimmt.«

»Oh, Anouk …«

Sie winkt ab. »Keine Sorge. Es wird wieder. Es ist okay. Und weißt du, was auch okay ist?« Sie rückt in der Schlange eine Position vor, als ein ziemlich erledigtes Mädchen eine Kabine verlässt, die sofort wieder besetzt wird.

»Was?« Ich packe meinen Lippenstift ein und hole zu ihr auf.

»Es ist okay, eifersüchtig auf die wunderschöne Ex deines Mitbewohners zu sein. Es macht dich nicht zu einer schlechten Feministin.«

»Gut zu wissen. Sollte ich aus unerfindlichen Gründen eifersüchtig werden, verrate ich also wenigstens nicht meine

Ideale.« Ich klimpere ein paarmal demonstrativ mit den Wimpern.

Anouk verfällt in ein kopfschüttelndes Lachen, rückt einen weiteren Platz auf und verschwindet schließlich in einer der Kabinen.

Als wir wieder zu unserer Gruppe stoßen, ist sie nicht mehr komplett. Mein Herz flattert unangenehm, als ich erkenne, dass Jonas fehlt. Und noch unangenehmer, als mir auch Isabellas Abwesenheit auffällt. Vielleicht sind sie nur kurz an die Bar? Oder gemeinsam gegangen? Wenn ja, wohin? Und kommen sie wieder? Oder höre ich sie, wenn ich in ein paar Stunden in mein Zimmer in Jonas' Wohnung schleiche? Werde ich Isabella morgen am Frühstückstisch begegnen? Oder heute Nacht im Bad? In Unterwäsche? Mit verstrubbelten Haaren? Mit diesem Frisch-gevögelt-Ausdruck im Gesicht, der irgendwo zwischen Glückseligkeit und Schwachsinn liegt?

Fuck ... mein Gehirn dreht völlig durch ...

Ich muss es nüchtern betrachten. Beweise, keine Indizien. Sie sind lediglich beide nicht mehr zu sehen. Sie könnten – getrennt voneinander – auf Toilette gegangen sein. Oder Jonas ist, wie sein Serien-Alter-Ego, in eine andere Zeit gereist. In eine Zeit, in der er noch mit seiner Ex rummacht.

Fuck, fuck, fuck.

Kopflosigkeit sieht mir überhaupt nicht ähnlich. Ich bin sachlich. Und realistisch. Und knallhart, wenn ich es sein muss. Nicht umsonst will ich Anwältin werden. Ich darf mich später in meinem Job niemals so sehr von meinen Gefühlen leiten lassen wie jetzt.

Ich bin nicht eifersüchtig. Ich habe mich nur an Jonas gewöhnt, das ist alles. Daran, dass er bei mir anders lacht. Dass er mir jeden Morgen Kaffee macht. Dass er verführerisch nach Bergamotte riecht und mich bis ans Ende aller Tage damit aufziehen wird, dass ich Sriracha an sein Curry machen wollte. Es ist doch völlig normal, dass man Bauchschmerzen bei dem Gedanken bekommt, einen solchen Menschen teilen zu müssen. Oder?

Hilfe suchend wendet sich das wütende Monster in meinen Eingeweiden an Mel, die ausgelassen tanzt. Noch bevor ich ein Wort sagen kann, ruft sie mir zu: »Ich glaube, dein Hottie und die schöne *Black Widow* sind zur Bar gegangen!«

Ich möchte meiner Grundhaltung treu bleiben und Isabella nicht dafür hassen, dass sie gut aussieht. Doch wenn alle ständig erwähnen, wie schön sie ist, macht es mir das nicht leichter. Ich will so nicht sein. Menschen sind mehr als ihr Aussehen! Aber es hilft auch nicht, dass ich gestern mit einem Tier verglichen wurde, das mindestens eine Tonne wiegt.

Kurz ziehe ich die Augenbrauen hoch, möchte die Annahme hinter Mels Aussage ad absurdum führen, aber dann winke ich resigniert ab. Mel streckt mir die Zunge raus und wirft dann wieder die Arme in die Luft, um ausgelassen weiterzufeiern. Adem shakert auf Mel zu und dreht sie einmal um die eigene Achse, ehe er sie in einen engen Tanz zieht. Schon kurze Zeit später sind sie nur noch als wirbelnde Farbkleckse in der Menge auszumachen.

Ich sehe mich um. Fynn Snow und Anna Targaryen knutschen eng umschlungen und auch Kaya und Anouk scheinen die Anstrengungen ihrer Fernbeziehung für einen Moment hinter sich gelassen zu haben.

Für gewöhnlich bin ich echt gut darin, Single zu sein. Ich muss keine Kompromisse schließen, nie mit jemandem über ein Pärchenkostüm streiten, und wenn ich Bock auf Romantik habe, tausche ich die Mörderpodcasts für einen Abend gegen etwas Neues von Taylor Swift und zünde mir eine verfluchte Kerze dazu an. Ich vermisse nichts. Weder Bestätigung noch Gesellschaft. Herrgott, meine Mutter verkauft Sextoys, ich müsste mich also nicht mal auf jemanden einlassen, um körperliche Befriedigung zu finden.

Doch jetzt gerade, in diesem Augenblick ... fühle ich mich nicht wie ein Single. Ich fühle mich einfach nur allein.

»Na, wenn das mal nicht Apolonia-nennt-mich-nur-meine-Mutter ist!«

EIN KUSS WIE FAHRRADFAHREN

KÖLN, 11. UND 12. NOVEMBER
RECHTSWISSENSCHAFTLICHE FAKULTÄT

Noch nie in meinem Leben ist mir ein Typ, der auf einer Karnevalsfeier einen Anzug und einen Seitenscheitel trägt, gelegener gekommen.

Konrad hat mich von hinten an beiden Oberarmen gepackt und zu sich herumgedreht. Keine Ahnung, wie er mich in meiner *Damengambit*-Perücke erkannt hat – vielleicht hat er sich meine Hüfte, die alte attention whore, besonders gut eingeprägt. Jedenfalls starre ich jetzt in sein rundes, glatt rasiertes Gesicht und wundere mich, wen er darstellen soll. Welche Serienikone trägt das Haar extradunkel und glänzend gescheitelt? Ist die Packung Lucky Strike, die aus seiner Brusttasche herausschaut, ein Accessoire wie mein Schachbrett oder ist es einfach die Marke, die Konrad raucht, wenn er – wie heute – ganz offensichtlich mächtig einen im Tee hat? Ich wusste bisher nicht, dass er raucht, und ich weiß ebenfalls nicht, wie ich zum Rauchen stehe. Kein Mensch küsst gern einen Raucher – nicht einmal, wenn man selbst einer ist –, aber ich kann auch nicht leugnen, dass ich Schwarz-Weiß-Fotografien von alten Hollywood-Schauspielern mit einer glühenden Kippe im Mundwinkel irgendwie sexy finde. Es ist in allen Lebenslagen das Gleiche: Man findet Dinge gut, von denen man eigentlich weiß, dass sie Schrott sind. Rauchen ist ein Beispiel. Die Ex deines Mitbewohners auf ihre normschöne Figur zu reduzieren, obwohl du einen Fick auf Schönheitsideale geben willst, ein anderes.

»Konrad ... hey! Wollten wir die Apolonia nicht wirklich meiner Mutter überlassen?«

»Stimmt!« Für einen kurzen Moment dreht er sich suchend in der Menge um, doch die Kumpels, nach denen er vermutlich Ausschau hält, sind nicht mehr in Sichtweite.

Ich mustere ihn erneut. Er sieht gut aus in seinem grauen Anzug, ziemlich gut sogar. *Stattlich* ist das Wort, das man für Männer wie ihn benutzt. Schon irgendwie gemein, dass man kräftig gebaute Männer stattlich nennt, während man kräftige Frauen bezichtigt, sich unerlaubt am Keksvorrat der Firma zu bedienen. Ich liebe das Patriarchat.

»Mit wem bist du hier?« Er zeigt auf mich und lächelt.

Ich deute beiläufig in die Runde. »Im Prinzip mit allen, denen du neulich Pizza gebracht hast.« Noch einmal sieht er sich scheinbar unwillkürlich um, als dürfte niemand mitbekommen, dass er nicht 24/7 im Dreiteiler rumläuft, sondern sich seine Brötchen mit dem Ausfahren von Quattro Formaggi verdient.

»Ah ja, ach so. Und ... wie ... sind die ersten Wochen an der Uni so gelaufen?«

»Ziemlich gut. Viel zu tun, aber ich schaffe es ganz gut, meinen Stundenplan und den Job unter einen Hut zu bringen.«

»Ah, stimmt.« Er nickt ein paarmal andächtig. »Der sagenhafte Job bei *Gayleway & Gabel*.«

»Genau«, sage ich und zeige mit dem Finger auf ihn, imitiere seine Geste von eben. Konrad beginnt von einem Fall zu erzählen, mit dem *G&G* kürzlich in Fachkreisen für Furore gesorgt hat. Da er ihn in einem Seminar zum Thema Kartellrecht durchgenommen hat, scheint Konrad eine Menge darüber zu wissen – und gleichzeitig anzunehmen, dass ich noch nie davon gehört habe. Dabei habe ich in meiner Vorbereitung auf die Stelle so ziemlich alles durchgelesen, was die Presse im letzten Jahr über die Kanzlei publiziert hat.

»Müsst ihr echt über Jura quatschen?« Mel hat sich zwischen uns gedrängt und tanzt uns abwechselnd wild an, um uns zum Mitmachen zu animieren. Ihren Laboranzug hat sie bis zum Bauchnabel geöffnet, wodurch ein schwarzes Top und das große Tattoo über ihrem üppigen Dekolleté zum Vorschein gekommen sind. Ich kann von hier aus sehen, dass Adem ihr hinterherstarrt und die Tätowierung von zwei auf Apfelzweigen sitzenden Vögeln wohl zu gern bis ins letzte Detail untersuchen würde.

»Es ist ein Lifestyle«, meint Konrad und klingt dabei nur halb ironisch.

Mel zieht die Brauen hoch. »Stimmt. Wer im Anzug auf einer Karnevalsfeier auftaucht, muss es wirklich fühlen.«

»Hey! Ich bin Don Draper aus *Mad Men*.«

»Nie gesehen.« Schulterzuckend macht Mel einen Abgang und lässt sich von Adem in eine erneute Pirouette eindrehen. Obwohl der Vorraum zu den Hörsälen noch voller ist als bei unserer Ankunft, wir gedrängt stehen und der Geruch nach fremdem Schweiß omnipräsent ist, wird mir durch den Anblick von Mel und Adem eine Lücke bewusst. Die Abwesenheit von Jonas und Isabella wird drückend und unübersehbar, fast wie eine Leuchtschrift, die blinkend verkündet: *Hier sind zwei abgezischt, um allein zu sein.*

»Sie hat *Mad Men* nie gesehen ...« Mit entrüsteter Stimme und einem Kopfschütteln holt mich Konrad zurück in die Realität.

»Ich auch nicht«, gebe ich zu, froh, über etwas Belangloses wie Serien reden zu können. Über Konrad blinkt keine Leuchtschrift. Konrad ist hier. Er trägt sogar einen Anzug, was mein liebstes Outfit auf der ganzen Welt ist. Und er findet Kartellrecht genauso spannend wie ich. Auch wenn er ein klein wenig so getan hat, als wäre er der Einzige von uns beiden, der weiß, was ein Kartell ist. Aber darüber kann ich für den Moment hinwegsehen, weil ich in seiner Gegenwart nicht nur weniger an Jonas denke, sondern auch den Walross-Zwischenfall besser verdrängen kann.

»Nicht dein Ernst!« Er legt den Kopf schief und fährt dann über meinen Bubikragen, um wie beiläufig ein wenig verirrtes Konfetti davon abzuzupfen. Irgendetwas liegt in der Luft. Es mag nicht der Geruch von Bergamotte sein. Aber es ist etwas, mit dem ich sehr viel besser umgehen kann.

»Du hast doch nur nach einer Ausrede gesucht, um deinen Anzug ausführen zu können.« Ich zwinkere ihm zu.

Konrad reagiert sofort: »Gefällt er dir?«

»Ich *liebe* ihn.«

Gut dreißig Sekunden später liebe ich den Anzug so sehr, dass meine linke Hand das Revers auf und ab streicht. Konrad interpretiert die Geste korrekterweise als Einladung und zieht mich zu sich. Unsere Münder finden einander und lassen sich nicht lange Zeit, ehe sie den Zungen den Vortritt geben. Vor einem Jahr habe ich am 11.11. Laurenz geküsst, heute küsse ich Konrad. Vielleicht ist es leichter, sich jemandem anzunähern, wenn man eine Maske trägt.

Konrads Atem schmeckt nach Bier und nach den Zigaretten, die er offenbar nicht ausschließlich als Requisite bei sich trägt. Seine Hände greifen nach meiner Taille, meinem Hintern und unter mein Kleid. Es fühlt sich schön an, gegen seinen Oberkörper zu sinken, schön und ganz und gar unwalrosshaft. Er ist wie ein Teddy, kuschelig mit einer gewissen Festigkeit. Es ist lange her, dass jemandes Lippen auf meinen, jemandes Finger unter meiner Kleidung gelegen haben, aber es ist – wie alle immer sagen – wie Fahrradfahren. Man verlernt es nicht, man strampelt einfach, um nicht umzukippen.

Ein Räuspern unterbricht uns. Diese beispiellose Verlegenheit, die du nur empfindest, wenn du bei intimen Handlungen in der Öffentlichkeit gestört wirst, ergreift Besitz von mir. Ich öffne meine in Konrads Jackettkragen gekrallten Fäuste und mustere ihn unsicher. Mein Lippenstift ist in seinem gesamten Gesicht verteilt. Konrad sieht dadurch aus wie ein Kleinkind, das es geschafft hat, ganze fünf Kugeln Waldbeereis zu verdrücken, und wirkt ziemlich stolz auf sich. Mit spitzen Fingern reibe ich mir das restliche Rot von den Lippen und drehe mich zu dem Störenfried um.

Doch der Störenfried ... trägt einen gelben Regenmantel. Und im Gesicht ein ... ein Lachen. »HAHAHA«, macht Jonas schallend. »Ich wollte nicht stören, aber wir gehen jetzt. Du findest nach Hause?«

Nach Hause ... nach Hause ... wir gehen jetzt ... *wir* ... HAHAHA.

»I...i...ich ...« Meine Worte sind nicht mehr als ein Stammeln. Dabei stammle ich nie. Ich bin laut und too much und nie um einen Konter verlegen. Doch auf einmal, mit Jonas' grinsendem Pfannkuchengesicht vor meinem, weiß ich nicht mehr, was ich sagen soll. Es hat mich komplett umgehauen, dass er auf einmal mit Isabella abgezischt ist, und jetzt holt er mich *lachend* aus einer engen Fummelei mit Konrad. Er ... ich ... Überhaupt! Ich habe gerade Konrad geküsst, ich wollte Konrad küssen. Konrad. *Konrad*, nicht *ihn*! Wie kann Jonas einfach gut gelaunt nach Hause gehen? Wie können *sie* gehen? Ich kann Isabella nirgends sehen, aber natürlich meint er damit auch sie, oder? Wieso ärgere ich mich also darüber, dass er nicht ebenfalls ein Monster im Bauch trägt, das sich grün und blau über die Konkurrenz ärgert? Dass er einfach so lachen kann?

»Ich sorge dafür, dass sie heute Abend sicher im Bett landet.« Dass Konrad an meiner Stelle antwortet, würde mich normalerweise in den Wahnsinn treiben, doch jetzt bin ich fast dankbar darüber, dass er die Stille füllt. Beziehungsweise das, was sich wie Stille anfühlt, obwohl eintausend Leute zu Après-Ski-Musik »Hölle, Hölle, Hölle!« brüllen.

»Oh, da bin ich mir sicher«, entgegnet Jonas zerknirscht, nun wieder ganz der *große Bruder*. »Anna?« Er dreht sich zu seiner tatsächlichen Schwester um, die sich außer Atem und mit aufgelöster Flechtfrisur zu uns gesellt hat. »Ich mach mich auf.«

Die Geschwister umarmen sich einen Moment länger als nötig, wobei ich sehe, dass Jonas etwas in Annas Ohr sagt. Ich würde meinen rechten Arm dafür geben, sie in dieser Sekunde zu belauschen. Und das bedeutet etwas, schließlich wollte ich mit diesem Arm in ein paar Jahren mein Staatsexamen schreiben.

Während Jonas zu einem gelben Schatten in der Menge

wird und kurz darauf ganz mit ihr verschmilzt, kommen Anna und Anouk auf mich zu. Kaya, der betrunkener zu sein scheint, als gut für ihn ist, bleibt Anouk dicht auf den Fersen. Anna schenkt Konrad ein offenes Strahlen und mir eine neugierig hochgezogene Braue. Anouk hingegen ist die pure Skepsis, was ich nicht nur darauf schiebe, dass sie es hasst, wenn ihr Freund sich besäuft.

»Na?«, fragt Anna mit dem geballten Charme der Jagodas. »Alles gut?«

»Wieso hast du einen Anzug an?«, will Anouk lediglich von Konrad wissen.

»Er ist Don Irgendwer aus Mad Irgendwas«, winke ich ab. Gerade fühle ich mich wie ein Flitzer auf dem Fußballfeld, dem erst auf der Mittellinie auffällt, dass er eigentlich gar keine Freude dabei empfindet, von anderen nackt gesehen zu werden. Entblößt und fehl am Platz.

»Ah, Don Draper aus *Mad Men*«, korrigiert Kaya lallend und deutet auf die Packung Lucky Strike. »Ha! Das Detail ist nice.« Kaya driftet in eine Lobeshymne auf die Fernsehserie ab und ich verliere den Faden. Die Stimmen meiner Freunde, die Stimmen aller, selbst die von Wolfgang Petry, rücken in den Hintergrund. War der Kuss eine gute Idee? Was denken die anderen jetzt? Was denkt Jonas jetzt?

Nichts ... Jonas denkt nichts. Er ist weg. Mit Isabella. Er denkt vermutlich an sein Gesicht zwischen ihren Beinen. Iiih. *Nein. Stopp. Gooott*, was ist nur los mit meiner Fantasie? Ich verpasse ihr für den Rest des Abends einen FSK-12-Sticker und streiche Jonas aus der Besetzung meines Kopfkinos.

> **Polly**
> Leute. Mein Schädel dröhnt so sehr, ich schlage ihn mir ab.

> **Anouk**
> Könnten wir ihn dann auf Kayas Schultern setzen? Ich kann mir nämlich nicht vorstellen, dass er seinen Kopf nach gestern jemals wieder gebrauchen kann.

> **Polly**
> Hey! Cool! Du bist schon wach.

> **Anouk**
> Überraschenderweise war das Matratzenlager in Fynns Küche nicht ganz so bequem. Außerdem hatte irgendwer Sex. Ich war's aber nicht. Mein Liebster hat bloß geschnarcht.

> **Polly**
> Ich setze mein Geld auf Fynna.

Fynna ist meine beste Wortschöpfung seit *Annapolonianouk*.

> **Anouk**
> Ich bin immer noch dafür, uns in das A-Team umzubenennen, aber Fynna geht klar für mich. Allerdings kam der männliche Teil von Fynna zum Wassertrinken in die Küche, während das Stöhnkonzert noch lief.

> **Polly**
> Vielleicht hat Anna allein weitergemacht.

> **Anna**
> Ihr seid ekelhaft.

> **Polly**
> DU BIST JA AUCH WACH!
> Obwohl du Sex hattest.

> **Anna**
> Ich wollte nur kurz auf die Uhr schauen und dann direkt weiterpennen, aber das muss ich vorher klarstellen:

> **Anna**
> WIR WAREN ES NICHT!

> **Anna**
> Nicht, dass du es jetzt noch verdient hättest, aber ich frage trotzdem: Bist du gut allein heimgekommen?

Ich sehe mich in dem Zimmer um, das sich mehr und mehr zu einem Zuhause mausert. Jonas hat mir sogar eine Pflanze geschenkt. Sie steht auf dem Secondhandschreibtisch und macht den Raum mit ihrem Blätterkleid deutlich wohnlicher und grüner. Daran sollte ich mich aber besser nicht gewöhnen, denn vermutlich wird sie in wenigen Wochen schon meinem schwarzen Daumen zum Opfer gefallen sein.

Nur einen Meter neben der Tür befindet sich mein Kleid. Da ich es gestern in einem Rutsch ausgezogen habe, liegt es zu einem Ring zusammengeknüllt auf dem Boden, in der Mitte die aufgerollte Strumpfhose und die Schuhe. Mein Schachbrett hat es nicht wieder mit nach Hause geschafft. Keine Ahnung, wo es geblieben ist. Ich habe es wahrscheinlich mitsamt Konrad abgeschüttelt, als ich mich um halb eins endlich aus dem Staub gemacht habe.

Wieso kann ich nicht auch den Gedanken abschütteln, dass der Kuss eine saublöde Idee war? Wieso denke ich nicht: *Cool, ich habe gestern einen attraktiven Kerl geküsst, mit dem ich viel gemeinsam habe, ich sollte es bald wieder tun?* Wieso denke ich stattdessen: *Warum hat Jonas nicht mal ein kleines bisschen so geguckt, wie ich mich gefühlt habe, als Isabella aufgetaucht ist?* Ganz einfach: Weil Jonas nicht auf diese Weise an mir interessiert ist. Wir sind Mitbewohner. Mehr nicht. Mit-be-woh-ner!

Um dieses Mantra unveränderbar in mein System einzuprogrammieren, schreibe ich eine weitere WhatsApp-Nachricht. Dieses Mal an die Nummer, die Konrad mir gestern regelrecht aufgezwungen hat.

> **Polly**
> Guten Morgen. Dieses Date ... lass uns das machen! Nächstes Wochenende?

EIN VERSPROCHENES DATE

KÖLN, 12. NOVEMBER
LIBANESE AMIRS GRILL

In der Kanzlei hat der 11.11. nie existiert. Nichts deutet darauf hin, dass am Vortag die fünfte Jahreszeit eingeläutet wurde, die vielen Kölnern so heilig ist. Die einzigen Kostüme, die hier gestern getragen wurden, bestehen aus Bundfaltenhosen und Bleistiftröcken, und ganz sicher wird auch keinem der Herren – wie es sonst an Weiberfastnacht Brauch ist – die Krawatte abgeschnitten. Das einzige Indiz auf das närrische Treiben ist ein kleiner Glitzerpartikel, der sich irgendwann gestern Nacht in meiner Augenbraue festgesetzt hat.

Bei meiner Ankunft im Morgenmeeting hat sich Sarina schon in ihrer üblichen Pose aufgebaut. Sie klopft so getrieben mit dem digitalen Stift auf den Rahmen ihres iPads, dass sie bereit scheint, jemanden damit zu erdolchen. Nach mir treffen noch zwei weitere Personen ein, die eingeschüchtert ihren Blick suchen, weil sie sich um etwa dreißig Sekunden verspätet haben. Es wäre definitiv lustiger, wenn wir uns jetzt alle erzählen würden, wie geschlaucht wir von gestern sind, von ein paar Eskapaden berichteten und Kostümideen austauschten. Das würde mir sicher auch dabei helfen, über das immer stärker werdende Drücken in meiner Magengegend hinwegzusehen. Mein Körper will nicht hier sein, ich muss ihn regelrecht zwingen, sich im selben Raum aufzuhalten wie Sarina. Dass ich nicht auf Konfrontation gehe, mich mit ihr ausspreche oder sie wenigstens unterschwellig wissen lasse, dass ich jedes Wort gehört habe, ist so wider meine Natur, dass mein Organismus in den Fluchtmodus geschaltet haben muss.

Ich reihe mich neben Benisha ein und bedaure es sehr, dass wir bei diesem Meeting nicht sitzen dürfen. Vermutlich hat das etwas mit Zucht und Ordnung zu tun oder soll uns dazu anhalten, Sarina gebannt zuzuhören. Doch gerade würde ich töten für einen Stuhl. Oder auch nur einen Schemel, so sehr dröhnt mein Kopf. Was ich für eine maßlose Übertreibung von ihm halte, immerhin war ich schon weitaus schlimmer betrunken. Keine Ahnung, wieso er es mir ausgerechnet heute aufs Übelste heimzahlt. Vielleicht zur Strafe für all die abwegigen Gedanken, die ich mir über Jonas gemacht habe.

Keine Sorge, Kopf. Es ist vorbei. Wir denken nie mehr auf diese Weise an ihn.

Als Sarina beginnt, ihre Agenda herunterzurattern, und fallen lässt, dass ich heute mit der Bestandsaufnahme fortfahren soll, verstärken sich meine Katersymptome um ein Vielfaches. Meine dehydrierten Organe kommen mir plötzlich zugeschnürt vor, mein Magen, der sich nicht entscheiden kann, ob er einen Burger oder eine Aspirin braucht, wird bleischwer. Und meine Drama Queen von einem Kopf denkt nun nicht mehr an Jonas oder die Nachricht, die ich

Konrad geschickt habe, sondern nur noch an vergangenen Dienstag.

Erst als Sarina »Verstanden?« fragt, bemerke ich, dass ich ihr nicht richtig zugehört habe. Meine Lider sind schwer und würden zu gern für heute die Schotten dichtmachen. Ich hoffe inständig, dass Benisha, die alles im Stehen mitstenografiert hat, wie immer eine perfekte Zusammenfassung herumschickt.

Der junge Mann, der nach mir den Raum betreten hat, meldet sich zu Wort. »Ich wollte noch durchgeben, dass das Catering für die Neujahrsfeier bis auf die Nachspeisen steht.« Er spitzt die Lippen und wirkt ziemlich stolz auf sich. Muss eine große Sache sein, diese Neujahrsfeier.

»Ah. Danke, Sven. Die Designs für die Einladungen kommen nächste Woche von der Werbeagentur.« Sarina tippt auf das iPad. »Das hatte ich noch nicht erwähnt.«

Alle anderen scheinen zu wissen, worum es geht. Manche schmunzeln sogar, Sven und seine Nachbarin tuscheln aufgeregt. Ich blicke mich fragend um in der Hoffnung, dass jemand die Initiative ergreift und mich aufklärt. Doch Sarina leitet mit einem »War's das?« das Ende der Runde ein.

»Was ist denn das Besondere an dieser Neujahrsfeier?« Meine Hand ist wie im Deutschunterricht nach oben geschnellt, was Sven und seine Nachbarin amüsant zu finden scheinen.

»Anfang Januar veranstaltet *Gayleway & Gabel* traditionell eine Neujahrsfeier«, lautet Sarinas knappe Antwort. Dann entlässt sie das Office-Management-Team in den Arbeitstag. Ich bin kein bisschen schlauer als vorher. Diese Information hätte ich mir selbst zusammenreimen können, aber vermutlich war es Sarinas Absicht, mich genau dies spüren zu lassen.

»Es ist *das* große Firmenevent«, erklärt mir Benisha, die beim Verlassen des fensterlosen Raums plötzlich neben mir aufgetaucht ist. »Quasi eine Art verspätetes Weihnachtsgeschenk an die Angestellten. Wir dürfen alle jemanden mitbringen, es gibt richtig gutes Essen und die Location ist immer ...« Sie formt Daumen und Zeigefinger zu einem Kreis und haucht einen Kuss in die Luft.

»Uuh«, mache ich, »das klingt ja richtig edel.«

Benisha lacht. »Das ist eine Untertreibung.« Ich folge ihr den Gang hinunter in Richtung Empfangstresen. »Was auch immer du dir gerade vorstellst, verzehnfache das. *So* edel ist es.«

»*Damn*«, mache ich – ein Slangwort, das ich mir hier normalerweise verkneifen würde. Auf der Liste von Sarinas No-Gos kommt es bestimmt direkt hinter Zehensandalen und unbedeckten Schultern. »Also ... gehen wir da alle im Ballkleid hin?«

Benisha nickt, während sie sich mit einem Grinsen im Gesicht auf dem Stuhl hinter dem Empfangspult positioniert. »Könnte man so sagen.«

»Hey.« Jonas lehnt im Rahmen meiner geöffneten Zimmertür.

»Oh ... hi!« Plötzlich ist es mir peinlich, dass ich vor dem neuen bodentiefen Spiegel stehe und mir gedankenverloren mein Abiballkleid über das graue Sweatoutfit halte. Doch die Neujahrsfeier klingt wie der ideale Anlass, um das kleine Schwarze noch einmal auszuführen.

»Hast du was vor?«, fragt er mit einem Nicken zu dem dunklen Bodycon-Kleid.

»Wieso?«, frage ich verdattert.

Schulterzuckend stemmt er sich vom Türrahmen ab und verschränkt die Arme. »Keine Ahnung. Vielleicht, weil Freitag ist und du mit einem heißen Fummel vorm Spiegel stehst.«

Mit einem heißen Fummel ... Ich erinnere mich an das Versprechen, das ich meinem Kopf gegeben habe, und halte mich daher krampfhaft davon ab, zu viel in Jonas' Worte hineinzuinterpretieren.

»Das ... nein. Im Januar gibt es einen Empfang bei *G&G* und wir sollen in Abendkleidung kommen. Da dachte ich ...«

»Oh ...« Jonas greift sich auf eine nahezu unwillkürlich wirkende Art mit einer Hand in den Nacken, massiert sich dort kurz selbst und lässt die Hand dann über die Schulter nach vorn gleiten. Er setzt zu etwas an, aber die Worte kommen nicht über seine Lippen. Nach einem Räuspern fährt er schließlich doch fort: »Du musst es auf jeden Fall anziehen. Es sieht ... « Er macht dieselbe Kussgeste wie Benisha vorhin und lächelt dazu atemberaubend.

Nicht. Zu viel. Hineininterpretieren.

»Bist du gestern gut heimgekommen?«

Ich reagiere mit einem erneuten Zögern auf Jonas' schnellen Themenwechsel. Wir sind uns heute Morgen nicht begegnet, weil ich sehr früh zu *Gayleway & Gabel* aufgebrochen bin. Seine Zimmertür war geschlossen und an der Garderobe keine Spur von einem gelben Regenmantel. Das Engelchen auf meiner Schulter säuselt, dass der Mantel dort auch zuvor nie gehangen hat, Jonas ihn beim Heimkommen also logischerweise wieder im Schrank in seinem Zimmer verstaut hat. Das Teufelchen auf der gegenüberliegenden Seite ist sich hingegen sicher, dass Jonas bei Isabella übernachtet hat.

»Ja, ich bin gelaufen.«

»Warst du ... allein?«

Da! Siehst du!, triumphiert das Teufelchen. *Wenn er zu Hause gewesen wäre, wüsste er, dass du allein gekommen bist.*

Aber nein, kontert der Engel, *er hat bloß einen geruhsamen, festen Schlaf!* Und dann schaltet sich auch noch mein Kopf ein: *Was, wenn Jonas das nur fragt, weil er ...*

Entschieden schneide ich allen dreien das Wort ab: »Natürlich war ich allein.« Mir liegt auf der Zunge, ihn zu fragen, ob er das auch von sich behaupten kann. Aber ich will die Antwort gar nicht hören.

Jonas nickt ein paarmal stumm, dann wechselt er schon wieder das Thema. »Hattest du das nicht auf eurem Abiball an?«

»Mhm«, bestätige ich und denke an den Abend zurück. An unser Gespräch. An die Tatsache, dass er mich Pollyschmolly genannt und mir versprochen hat, mich auf Falafel einzuladen, wenn ich in Köln studiere.

»Hey!« Er zeigt mit dem Finger auf mich. »Schulde ich dir nicht noch ein Date beim Libanesen?«

»Und?« Das Fragezeichen hinter diesem Wort ist noch nicht ganz verklungen, da schlägt Jonas schon die Zähne in sein Falafelsandwich. Wir sitzen in der hintersten Ecke eines kleinen libanesischen Imbisses, der von der Bodenleiste bis zum abbröckelnden Stuck an der Decke mit Postern, Postkarten und Stickern zugeklebt ist. Jonas hat mich davon abgehalten, mich in ein anderes Outfit zu schmeißen, und so tragen wir nun beide Jogginghosen und Schlabberpullis. In diesem Aufzug würde ich normalerweise nie vor die Tür gehen. Doch heute, hier und jetzt in *Amirs Grill*, fühlt es sich richtig an. Die ganze Stadt scheint verkatert zu sein. In der Schlange vor der Theke stehen sogar einige Personen an, die noch ihre Kostüme vom Vortag tragen.

»Was und?«

»Hast du es dir so vorgestellt? Das neue Leben in der Großstadt? Traumstudium, Traumjob? Traummitbewohner, natürlich!«

»Meinen Mitbewohner hätte ich mir ein bisschen heißer vorgestellt, um ehrlich zu sein.« Ich strecke ihm die Zunge raus. *Ja klar.* Noch heißer als Jonas und ich würde mir mit einer Supernova die Wohnung teilen.

Jonas zeigt mit der freien Hand an sich hinunter und tätschelt sich dann doch tatsächlich damit den Bauch. »Verständlich! Bin ein bisschen außer Form.« Er versucht, es wie einen Witz klingen zu lassen. Doch es fehlt jegliche Spur Humor in seiner Stimme und er lässt das Sandwich sinken, als hätte er auch seinen Appetit eingebüßt.

Ich lege den Kopf zur Seite. »Also, ich habe das Konzept von In-Form- und Außer-Form-Sein noch nie verstanden – irgendwie haben wir doch alle eine Form, oder? Bei manchen ist das eben die Form eines Laufstegmodels und andere sind eher … na ja, blobbförmig.«

Ein Grinsen erobert Jonas' von Soße umschmierten Mund, aus dem seitlich ein Petersilienblatt herausguckt. Ich wäre noch nie so gern in meinem Leben ein Petersilienblatt gewesen. *Stopp!* Ich wollte doch aufhören, mich sinnlos in diese Verknalltheit hineinzusteigern. Und überhaupt: Hat Jonas nicht gerade bewiesen, dass er für meinen Geschmack viel zu besessen von Körperformen ist? Ungut. Ungut finde ich das.

»Blobbförmig?«, wiederholt er mit einem schelmischen Grinsen.

»Ja. Ganz richtig.«

»Was genau darf ich mir unter einem Blobb vorstellen?«

Ich zucke mit den Schultern und nehme endlich mein Falafelsandwich auf. »Kennst du das, wenn man eine Kelle voll Tütenkartoffelbrei aus dem Topf nimmt und auf den Teller klatscht? Das ist ein Blobb.« Der erste Biss in die knusprigen Falafel und das weiche Brot ist so gut, dass meine Augen sich genüsslich in die Höhlen drehen.

»Weißt du, was? Ich glaube, ich habe noch nie Kartoffelbrei aus der Tüte gegessen.«

Entgeistert reiße ich die Augen auf. Natürlich hat der Fitnessbursche noch nie Püree aus Pulver verdrückt. Dabei verkaufen seine Eltern Proteine in Pulverform. Das ist auch nicht viel besser.

»Ich koch dir mal welchen. Als Gegenleistung für das hier.« Ich deute auf das libanesische Fast-Food-Festmahl vor uns. Einen Beutel pulverisierter Kartoffeln in Milch schütten – das kann nicht einmal ich verkacken.

»Mit Sriracha?«

»Oh yes, Baby.«

Jonas lacht schallend und sieht sein Abendessen wieder etwas wohlwollender an. Nachdem er einen weiteren Bissen genommen hat, bei dem links und rechts Salat aus seinem Brot gefallen ist, fügt er hinzu: »So. Und jetzt die ehrliche Antwort.«

Ich hindere einen Tropfen Soße daran, über meine Hand zu fließen, und erwidere ausweichend: »Ich war nicht unehrlich.«

»Du weißt genau, was ich meine. Eine Antwort, bei der du dich nicht hinter Humor versteckst.« Wird das hier jetzt eine *Wie-geht-es-dir-wirklich*-Nummer?

»Ich verstecke mich nicht hinter Humor.« Ich zwinge mich, Jonas in die Augen zu sehen. Was nicht so leicht ist. Einerseits, weil ihm immer noch Petersilie am Kinn klebt, und zum anderen, weil Jonas' babyblaue Augen es mir praktisch unmöglich machen, meine Gefühle für ihn zu verdrängen.

Meine Gefühle für ihn?

Was für ein Stuss. Ich habe keine Gefühle für Jonas. Ich habe Gefühle für dieses Falafelsandwich hier. Jonas ist einfach nur ... heiß. Es ist keine Romantik, es ist Biologie. Ich sehe einen breitschultrigen Kerl mit gutem Erbgut und denke an Fortpflanzung. Das ist nicht gefühlvoll, das ist einfach nur ... *eierstockgesteuert*!

»Ich kann mich gar nicht hinter Humor verstecken«, bringe ich hervor. »Humor ist keine Mauer, Humor ist das Ergebnis, wenn dein Schutzwall ein paarmal zu oft eingerissen wurde.«

Für eine quälend lange Sekunde ist Jonas ganz still. Und plötzlich kommt es mir vor, als hätte man in dem Imbiss den Volume-Regler hochgeschoben. Die Freundinnen hinter uns, die sich über die neueste Folge *Grey's Anatomy* unterhalten, das Brutzeln in der Fritteuse, die im Akkord Falafelbällchen produziert, der Koch hinter dem Tresen – Amir vermutlich, der seit Minuten abwesend *Viva Colonia* trällert –, es dröhnt mir geradezu in den Ohren.

Ich würde nie freiwillig zugeben, dass mein Humor etwas anderes ist als ... nun ja ... Humor eben. Eine Charaktereigenschaft, die praktischerweise als recht positiv angesehen wird. Doch soeben ist mir – bei dem Versuch, sie zu vertuschen –, tatsächlich die Wahrheit herausgerutscht.

»Was hat deinen Schutzwall eingerissen?« Jonas' Stimme klingt unspektakulär, fest und ebenso wahrhaftig wie mein Geständnis. Als wäre es normal, sich solche Fragen zu stellen, während man in Jogginghosen Fast Food isst und ein Falafelkoch in Endlosschleife »Da simmer dabei, dat es prima!« trällert.

»Ach, ich bin nur melodramatisch. Da bekommt man als Kind bloß Tütenpüree und schon glaubt man, ein Trauma zu haben – du kennst die Gen Z doch.«

Jonas lässt sein Sandwich sinken und lehnt sich zurück. Der ganze Imbiss ist mit nicht zueinanderpassenden Sitzgelegenheiten ausgestattet. Jonas hat einen drahtigen Balkonstuhl erwischt, der irre unbequem aussieht und bestimmt rillenförmige Abdrücke auf seinen Pobacken hinterlässt.

»Das Verhältnis zu deinen Eltern ist nicht besonders gut, oder?«

»Das hast du aus dem Kartoffelbrei herausgelesen?« Ich hebe ironisch die Augenbrauen und forme mit den Lippen ein *Wow*.

Jonas streckt halb entschuldigend, halb abwehrend die Handflächen vor sich und gibt mich frei: »Wir müssen nicht darüber reden. Sorry. Ich bin zu weit gegangen.«

Ich kneife die Augen zusammen und wedle eine Papperlapapp-Geste, um zu verhindern, dass er merkt, wie richtig er damit liegt. Doch dann ... ganz plötzlich ... stimmt mich das Petersilienblatt in seinem Mundwinkel um. Die Vorstellung von dem Rillenmuster auf seinem Po. Sein warmes Lächeln und seine babyblauen Augen. Das alles erzeugt in mir das undefinierbare Gefühl, ihm vertrauen zu können.

»Ich ... ich bin nicht gut in dieser Sache. Du weißt schon: abends zusammen am Tisch sitzen, gemeinsam essen und über den Tag sprechen. Das stand bei uns irgendwie nie auf der Agenda.« Ein leichtes Kopfnicken ist Jonas' einzige Antwort darauf. Doch das reicht. Es bringt mich dazu weiterzusprechen. »Seit ich in Köln bin, hat meine Mutter nicht einmal angerufen oder gefragt, wie der Umzug war. Wie das Studium bisher läuft. Oder mein Job. Es nervt mich. Und es nervt mich, dass es mich nervt. Weil ... ich will keine verlorene Seele sein, die sich darüber aufregt, dass ihre Mami ihr nicht genug Aufmerksamkeit schenkt. Ich bin ich. Und ich krieg das hin.«

»Es ist nicht verwerflich, andere zu brauchen.« Seine Stimme klingt tief und satt und beinahe mehrstimmig vor lauter Bedeutung.

Wie zum Teufel sind wir hier gelandet?, denke ich. In diesem Gespräch, in dieser Umgebung, wir zwei ... Doch mein Mund plappert einfach weiter: »Ich brauche andere Menschen, so ist es nicht. Ich will nur meinen Selbstwert nicht von ihnen abhängig machen.«

»Es sind aber nun mal unsere Eltern, von denen wir so etwas wie Selbstwert lernen.« Jonas zuckt mit den Schultern. »Deswegen sind Anna, Paul und ich alle drei kleine Grinsebacken, die nie sagen können, wie es ihnen wirklich geht. Und du ...«

»Ich bin eine dicke Streberin, die alles immer allein hinkriegen will, weil sie ihr Selbstbewusstsein aus Unabhängigkeit zieht.«

Jonas hebt beinahe vorwurfsvoll die Schultern. »Was soll ich darauf antworten? Dass du das nicht nötig hast? Dass du nicht so über dich reden solltest?«

»Du verstehst das nicht!« Ich bin plötzlich viel aufbrausender, als ich es vorhatte. Das hier wird mir viel zu eng. Zu nah. Zu echt. Zu *wahr*. »Musstest du je auch nur darüber nachdenken, wo du dein Selbstbewusstsein hernehmen sollst? Du bist ein Jagoda!«

Jonas entfährt ein unwillkürliches Schnauben. »Und was hat mir das gebracht? Meine Eltern haben mich jeden Tag gefragt, wie mein Tag war. Und sie haben frische Kartoffeln zu Brei gestampft. Und trotzdem ist aus mir ein Typ geworden, der glaubt, nie für irgendetwas gut genug zu sein.«

Wir schauen uns an. Beide überfordert mit der unvorhergesehenen Wendung, die dieses Gespräch genommen hat. Vom Sandwichgelage zum Seelenstriptease. Überfordert mit den rohen Emotionen, die wir aufgekratzt haben, weil wir nicht vernünftig genug waren, um an einem verkaterten Freitagabend daheimzubleiben. Eine Frau, die ihren eigenen Wert nicht kennt. Und ein Typ, der sich nie gut genug für irgendetwas fühlt. Eins steht fest: Der Jonas Jagoda, den ich zu kennen geglaubt habe, und der, der gerade vor mir sitzt, sind zwei vollkommen unterschiedliche Personen.

EIN TIEFSCHÜRFENDER KAKAO

KÖLN, 12. NOVEMBER
WG

Es ist schwierig von einem bedeutungsvollen Gespräch zu business as usual zurückzukehren. Eigentlich. Doch nicht für uns. Wir essen auf, verlassen den Imbiss, nehmen bei einem benachbarten Kiosk zwei Tetra Pak Chocomel mit und gehen damit nach Hause. Dort schüttet Jonas den Kakao in Tassen und erwärmt ihn in der Mikrowelle. Ehe er mir die warme Tasse in die Hand gibt, sagt er: »Komm mit«, und lotst mich zu meiner Verwunderung in sein Zimmer. Mein Herzschlag beschleunigt für einen Sekundenbruchteil beim Anblick von Jonas' schlichtem Bett aus dunklem Walnussholz, auf dem eine zerknüllte grüne Bettdecke andeutet, wo er gestern Nacht gelegen hat. Oder auch nicht gelegen hat. Doch wenn mir nicht sowieso schon klar war, dass Jonas mich nicht hierherführt, um mir seine Bettdecke von unten zu zeigen, so wird es sehr deutlich, als er die Tassen auf seinem Nachttisch abstellt, einen Stuhl besteigt und eine Luke in der Decke öffnet. Mit einer fließenden Bewegung zieht er eine Treppe daraus hervor, die den Weg zu einem muffigen Speicher freigibt. Ich. Hatte. Keine. Ahnung! Was verbirgt sich dort oben? Viele Jahre mit True-Crime-Dokumentationen, in denen Mörder ihre Opfer an entlegenen Orten verscharren, haben mir wenig Vertrauen in unbekannte Dachböden gegeben.

»Hey! Wenn ich von meinem Mitbewohner zerstückelt werden wollte, wäre ich bei Herrn Schmitt ins Klohäuschen gezogen!«

Jonas, der mir meine Tasse abnimmt und das Kunststück vollbringt, freihändig mit zwei Kakaotassen die Leiter hinaufzuklettern, lacht nur kurz auf und drängt dann: »Nun mach schon, Pollyschmolly.«

In Klappleitern habe ich ähnlich viel Vertrauen wie in verlassene Dachstühle. Doch ich gebe mir einen Ruck und kraxle ihm mit beiden Händen fest an den Sprossen hinterher. Zu meiner Erleichterung beherbergt der Boden keine Leichenteile. Und auch sonst nichts. Nicht mal leere Umzugskisten, Christbaumschmuck oder ein Raclettegerät – typische Dachbodendinge eben. Ich folge Jonas in geduckter Haltung zu einer Gaube, in die eine schlichte Holztür eingelassen ist. Er stößt sie auf und auf einmal überblicken wir die Dächer der Stadt.

»Warte hier.« Er reicht mir die Tassen, aus denen weiße Wölkchen in die Nachtluft aufsteigen wie heißer Atem in der Kälte. »Ich komme mit einer Decke wieder.«

Mir steht wortwörtlich der Mund offen. Die ganze Zeit befand sich nicht nur dieser Boden über unserer Wohnung, sondern noch dazu – und viel wichtiger – ein Stück Flachdach auf der Hinterseite des Hauses, das man ohne Weiteres betreten kann? Ein kühler Wind weht mir um die Nase und in die Knöchelbündchen meiner Jogginghose. Hier oben ist es eindeutig November. Ich bekomme Gänsehaut und bin dankbar für den heißen Kakao in meinen Händen. Gleichwohl würde ich diesen Ausblick gerade gegen nichts tauschen wollen. Unzählige Lichter erhellen das Häusermeer unter mir. Ringsum ragen die Giebel der Altbauten aus dem Belgischen Viertel auf. Ich kann direkt ins Wohnzimmer des nächstgelegenen, höheren Nachbarhauses sehen, wo ein schnell geschnittener Film läuft, der vielfarbige Blitze durch die Vorhänge jagt.

»Hier.« Jonas hat seine Bettdecke mitgebracht. Grün mit Nadelstreifen, weich. Riesengroß. »Und zum Unterlegen.« Er rollt eine Fitnessmatte zu unseren Füßen aus, setzt sich darauf und streckt wie ein kleines, vorfreudiges Kind seine Hände nach der heißen Schokolade aus. Immer noch komplett verdattert reiche ich ihm das Getränk und lasse mich neben ihm nieder.

»Wieso stand das nicht in deiner Wohnungsanzeige?«

»Ähm, vielleicht, weil es keine gab? Das mit uns wurde unter der Hand verhandelt, schon vergessen?« *Das mit uns ...*

»Sei froh, dass du es mir bisher vorenthalten hast. Hier oben ist es so lächerlich kitschig und romantisch, ich hätte dir die Miete gekürzt.«

»Darauf Prost.« Er stößt seine Tasse grinsend gegen meine.

Ich hole das Handy aus meiner Hosentasche und schieße ein Panoramabild, das ich an Anna und Anouk weiterleite.

> **Polly**
> Wir haben eine geheime Dachterrasse.
> WTF???

»Wieso komme ich ausgerechnet heute zu der Ehre, dass du mich in dieses Geheimnis einweihst?«

Jonas legt mir die Decke über die Schultern und mit ihr eine Welle aus Bergamotte, die in meiner Nase sogar den zuckrig-einladenden Duft des Chocomels niederringt.

Ich habe keine Gefühle für ihn. Ich habe keine Gefühle für ihn. Ich habe keine ...

»Es hat mich überzeugt, dass du dir in einem Kiosk voller Schnaps und Bier die Schokomilch ausgesucht hast.« Er streckt lässig die Beine von sich, legt das rechte locker über das linke und stützt sich mit der freien Hand nach hinten ab.

»Ah! Das ist also dein Kriterium, um den geheimen Platz mit deinen Dates zu teilen.«

»Ich hatte noch nie ein Date hier oben.«

»Erzähl keinen Scheiß. Dieser Ort hat die höchste Sex-Energy, die ich je gefühlt habe.« Was rede ich da? Ich meine: Es ist wahr! Ich würde vermutlich selbst mit Donald Trump ins Bett gehen, wenn er mir zuvor auf der geheimen Dachterrasse über den Dächern Kölns einen heißen Kaba serviert hätte. Aber ...

»Ich wohne erst seit knapp drei Monaten hier. Du überschätzt maßlos, mit wie vielen Leuten ich ins Bett gehe«, unterbricht Jonas meinen Gedankenstrudel. Er gluckst höhnisch und nimmt einen besonders tiefen Schluck von seinem Kakao.

»Nicht, dass ich diesbezüglich jemals Schätzungen aufgestellt hätte«, stelle ich klar. Was bis zu diesem Augenblick tatsächlich der Wahrheit entsprochen hat. Doch nun schätze ich wild drauflos. »Du solltest mit Isabella hier hochkommen«, sage ich aus irgendeinem Grund, der mir selbst schleierhaft ist. Ich will nicht, dass er mit Isabella hier hochkommt. Ich will nicht mal, dass Isabella jemals über unsere Türschwelle tritt.

Ein zweites Mal lässt er ein Glucksen hören, nur dass es dieses Mal noch bitterer klingt. »Nee, lass mal. Ich bin immerhin hierhergezogen, weil es mit ihr nicht geklappt hat.«

»Sie hat dich hängen lassen«, presche ich vor, um endlich mehr über diese Sache zu erfahren. Irgendwie ist es mit Informationen über verflossene Beziehungen ein bisschen so wie mit einem aufgeschürften Knie. Du weißt, dass es besser wäre, die Sache ruhen zu lassen, ihr Luft zu geben und nicht darin herumzubohren. Aber du kannst nicht anders, als die verletzte Stelle hemmungslos aufzukratzen.

»Jap.« Er zieht die Beine an und legt beide Unterarme auf den nun angewinkelten Knien ab. Sein Blick schweift in die Ferne und ich kann erkennen, dass er auf der Innenseite seiner Wange kaut. Jesus. Irgendetwas scheint ihn wirklich zu zermürben. Wenn Liebeskummer Geräusche machen könnte, würde es aus Jonas wahrscheinlich herausschreien. Ich rechne schon damit, dass seine Erklärung nicht mehr ausführlicher wird, da setzt er nach einer kurzen Pause wieder an: »Eigentlich war alles ziemlich klar zwischen uns. Wir haben gut ein halbes Jahr übers Zusammenziehen gesprochen, Wohnungen angesehen, unsere alten Buden gekündigt. Und dann kam die Schlüsselübergabe und plötzlich …« Er schließt die Hand ohne Tasse zur Faust und lässt die Finger kurz darauf mit einem Zischen auseinanderschnellen, um eine Explosion anzudeuten. Dabei rutscht ihm die Decke von den Schultern und ich greife reflexartig danach, um ihn wieder zuzudecken.

Jonas lächelt mich dankbar an und spricht weiter: »Ich stand vor dem Haus. Mit unserem Vermieter in spe. Und sie ist nicht gekommen. Ich habe sie angerufen, sie ist nicht rangegangen. Also habe ich den Vermieter stehen lassen und bin zu ihr gefahren. Sie saß heulend auf dem Badezimmerboden und hat gesagt, dass sie nicht mehr weiß, wie sie ...« Erneut entlädt sich sein innerer Frust darin, dass er mit den Zähnen arbeitet, sich auf die Unterlippe beißt und den Kiefer anspannt.

»Wie sie ...?« Die Frage rutscht mir heraus, bevor mir bewusst wird, dass ich damit nur noch tiefer in seiner Wunde bohre.

»Wie sie mich weiter therapieren soll, ohne dass es zu schmerzhaft für sie wird.«

Perplex runzle ich die Stirn. »Dich therapieren?« Sein Geständnis kommt mir absurd vor. Der perfekte Jonas mit dem perfekten Leben gibt doch keinen Anlass zur Therapie.

Jonas zuckt mit den Schultern, tut so, als wüsste er auch nicht, wie Isabella das gemeint hat, doch ich sehe ihm an, dass er es mir nur nicht sagen will. »Isabella studiert Psychologie. Sie hat immer gern ... geredet. Wollte mich heilen, um sich nicht selbst heilen zu müssen. Es war wie in 'nem beschissenen deutschen Liebesfilm.«

»Na ja. Immerhin bist du nicht Matthias Schweighöfer.« Ich lache hohl, plötzlich unsicher, ob es wirklich so eine gute Idee war, einen Witz zu reißen. Wenn man die Wahl zwischen einem schlechten Scherz und einer emotionalen Reaktion hat, ist Ersteres einfach die leichtere Entscheidung. Doch das, was Jonas gerade von sich preisgegeben hat, kommt jetzt erst bei mir an. Wieso wollte seine Ex-Freundin ihn heilen? War etwas in ihm kaputt? Oder war Isabella nur einer dieser Menschen, die überall Probleme sehen wollen, um eine Aufgabe zu haben?

Aber dann fallen mir die Widersprüche in seinem Charakter ein, die ich in den letzten Tagen gesammelt habe. Die Niedergeschlagenheit, die zum Vorschein kommt, wenn sein freudestrahlendes HAHAHA zu Bruch geht.

Jonas dreht mir den Kopf zu, wirkt zunächst skeptisch, doch dann bricht sich ein Lachen Bahn. Sein *echtes* Lachen. Es hallt wie ein Bellen über die Dächer, ehe es von der Nacht verschluckt wird. Ich liebe es. Liebe es, dass ich der Grund dafür bin. Dass ich ihm sein echtes Lachen entlocken kann. Es fühlt sich an wie eine Superkraft.

»Ach, Mensch.« Er rempelt mich mit der Schulter an. Es ist nicht fest, eher ein sanftes Anstoßen, zu lang, um willkürlich zu sein, zu kokett, um noch als freundschaftlich durchzugehen. Und plötzlich liegt auch noch seine Hand auf meinem Oberschenkel. Ich erwarte, dass er sie wegzieht, dass er bemerkt, wie die letzten Sekunden auf mich wirken müssen. Doch als sie zwei Herzschläge später noch immer dort ruht, glüht meine Haut regelrecht und der Abstand zum nächsten Herzschlag wird besorgniserregend kurz. »Ich hätte früher eine Freundin wie dich gebraucht.«

Wow. *Autsch.*

Ich exe meinen Kakao und sage mit einem aufgesetzten Lächeln. »Tja. Du hast mich ja jetzt.«

»Allerdings.« Er zieht seine Hand zurück und grinst mich breit an. Mit diesen Lippen, an denen vorhin noch ein Petersilienblatt hing. Diese Lippen, die es jetzt so unweigerlich deutlich machen, dass wir niemals mehr als *Freunde* sein werden.

Ich bin schon immer eine All-in-Person. Ich tue nichts halbherzig. Schule, Studium, Job, Freundschaften. Wenn mein Herz für etwas brennt, gibt es keinen Feuerlöscher – ich würde das verfluchte Teil bis auf die letzte Faser ausbrennen lassen. Wenn das in Jonas' Fall bedeutet, dass ich zu einhundert Prozent seine Mitbewohnerin sein muss – dann bin ich dazu bereit. Ganz egal. Weil er mich jetzt hat. Und weil ich das Gefühl, ihn zum Lachen bringen zu können, nicht mehr missen möchte.

Also verstecke ich all seine herausragenden Eigenschaften, die ich nicht nur auf rein platonische Weise lieben kann, tief in meinem in Flammen stehenden Herzen. Seinen Geruch, sein echtes Lachen, die Art, wie er mich Pollyschmolly nennt, das kleine Muttermal über seinem Schlüsselbein, das so oft aus seinem Kragen herausblitzt. All das kommt weg. Stattdessen versuche ich, meinen Brustkorb mit freundschaftlichem Humor und unromantischer Zuneigung zu füllen. Und da gehört es wohl oder übel dazu, Jonas bei seinen Problemen zu helfen, ohne mich um meine eigenen zu scheren.

»Wie hat es sich angefühlt, Isabella gestern zu sehen?«

»Wir … wir haben eine Weile gebraucht, um einen Schlussstrich zu ziehen. Einen richtigen.«

»Ihr habt noch eine Weile miteinander geschlafen?« Ich lasse es wie eine Frage klingen, obwohl ich die Antwort längst kenne.

»Scharfsinnig«, lobt er mich. Doch Augenkontakt kann er nicht zu mir herstellen. Er murmelt das Wort in die Tasse, die eigentlich schon längst leer sein müsste.

»Sex mit der Ex ist nie gut … habe ich mir sagen lassen.«

Er zuckt mit den Schultern, was die Decke, die uns beide umhüllt, rascheln lässt, dann stellt er endlich die Tasse zur Seite. »Auf der körperlichen Ebene kann es schon gut sein. Man kennt sich immerhin.«

Es kostet mich jede Menge Disziplin, die Kommandozentrale in meinem Kopf anzufunken und ihr zu befehlen, den Schalter meines inneren Auges auf *Off* zu drehen. Denn ich will mir nicht bildlich vorstellen, was Jonas da erzählt. Das würde nicht zu meinem neuen Vorhaben passen, eine mustergültige Mitbewohnerin und Freundin zu sein. Ich will ihm den Schmerz nehmen, der seine Stimme ganz brüchig macht, auch wenn er es zu verbergen versucht. Will ihm zur Seite stehen – wirklich und wahrhaftig, ohne dass Eifersucht die Kontrolle übernimmt.

»Aber es schadet nur, wenn … da mehr im Spiel ist.« Weiterhin ist sein Blick starr von mir abgewandt. Vielleicht zählt er die umliegenden Schornsteine. Oder versucht, den Film zu erraten, der noch immer actiongeladene Lichtblitze durch den Vorhang nebenan schickt.

Er ist noch verliebt in sie … Das meint er doch, wenn er von mehr redet. Oder? Ich spüre einen heftigen Stich in der Brust, den ich mir nicht allein durch ein vor Freundschaft brennendes Herz erklären kann.

»Mal sehen, wie es weitergeht.« Jonas' Kopf kippt in den Nacken, als würde er die Sterne suchen. Doch der Himmel ist wolkenverhangen. »Sex ohne Gefühle war sowieso nie mein Ding.«

Er wirkt so weit weg. Ich weiß, was eine gute Freundin nun täte. Sie würde ihn hierher zurückholen. Hier neben sich. Auf den Boden der Tatsachen. Ich müsste etwas sagen wie, dass er nach vorn schauen soll, dass er ein klasse Kerl, das Meer voller Fische und da draußen die Eine für ihn ist. Doch das Wort Sex aus Jonas' Mund macht es mir so unendlich schwer. Die Innenseite meiner Oberschenkel prickelt, sodass die Kraft von dreißig Maultieren an dem Schalter meines inneren Auges zerrt, um ihn wieder auf *On* zu bewegen.

»In meinem dummen Kopf spielt beim Vögeln immer Geigenmusik.« Ein wenig Hilfe suchend sieht Jonas mich an.

Und ich würde ihm ja wirklich gern helfen, aber ich bin zu sehr damit beschäftigt, mich selbst zu retten. Hat er gerade *Vögeln* gesagt? Schnell. Ich muss mich ablenken. Er ist Annas Bruder! Er ist ein Jagoda. Er ist ein Sportfreak. Er deutet an, nicht gut genug auszusehen, was ganz klar fishing for compliments ist. Er ist Laurenz all over again.

Nein. Das ist er eben nicht. Er ist zart und einfühlsam. Er ist unsicher. Geprägt von einer oberflächlichen Welt, die von ihm erwartet, immer selbstbewusst zu sein. Er ist Kakao auf dem Dach und Schokolade mit Crisp. Er ist Jonas …

»Also …«, stammle ich mit enger Brust, »Geigenmusik klingt doch ziemlich … romantisch.«

»Nein. Ich bin nicht romantisch. Ich romantisiere. Das ist nicht dasselbe.«

Scheiße … Wieso muss er auch noch so kluge Sachen sagen? Kann er nicht ein bisschen weniger … in touch mit seinen Emotionen sein? Er muss ja nicht gleich ein beschissenes *No homo* anführen, wenn er so verletzlich wird, aber könnte er nicht zumindest ein kleines bisschen weniger … traumhaft sein? Wieso ist es bloß so sexy, wenn die Herren der Schöpfung keine Spur toxischer Männlichkeit aufweisen? Ich leere meinen Kakao mit einem letzten Zug und schaue dann bedröppelt den Boden der getöpferten Tasse an. Getöpferte Tassen hat er, der romantisierende Boy.

»Und du?«, fragt Jonas so leise, dass ich mir für einen Moment unsicher bin, ob es seine Stimme war oder ein Umgebungsgeräusch.

»Ich bin nicht romantisch«, erwidere ich schließlich. »Und ich romantisiere auch selten. Einander therapieren zu wollen, ist toxisch.«

Ein offenes Lachen durchschneidet die Stille der Nacht und plötzlich ist da wieder seine Hand auf meinem Oberschenkel. Wäre er nicht er und ich nicht ich, würde ich mir wahrscheinlich gar nichts dabei denken. Die Hand oberhalb meines Knies würde nur mein Bein berühren. Nicht mein ganzes verfluchtes Inneres.

»Was?«, frage ich trocken. Es kostet mich größte Überwindung, jetzt zu sprechen. Meine Kehle ist eigentlich nur noch dazu fähig, seinen Namen zu hauchen.

»Ich brauche wirklich mehr von dieser Polly-Energie in meinem Leben. Du hast wahrscheinlich auch noch nie gedacht, dass du nicht gut genug bist, wenn dich jemand stehen lässt, oder?«

Noch vor Dienstag hätte ich ihm, ohne zu zögern, zugestimmt. Jetzt zieht sich mir der Magen zusammen, weil ich mich an das überhörte Gespräch im Konfi 1 erinnere. Das Wort *Walross* wabert als gruseliges Echo durch meinen Kopf. Doch ich beschließe, als die Version von mir zu antworten, die ich war, bevor ich dieses Wort mit angehört habe. »Wieso sollte ich schuld daran sein, wenn jemand offensichtlich keinen Geschmack hat?!«

Jonas prustet noch einmal los. Doch statt mich darüber zu freuen, ihm ein Lachen entlockt zu haben, mischen sich Zweifel unter mein Selbstbewusstsein. Findet er diese Aussage etwa lächerlich? Weil er mich insgeheim auch für einen tonnenschweren Meeresbewohner hält?

Ich atme tief durch. Nein. So denkt Jonas nicht über mich. Außerdem geht es hier gerade um ihn. Um meinen Freund, dem ich aus diesem Sumpf helfen will, in den er sich verirrt hat.

»Jetzt mal ernsthaft, Jonas: Glaubst du das echt? Dass es ausschließlich an dir liegt, wenn eine Beziehung scheitert? Oder dass du nicht gut genug bist, nur weil du nach links geswipet wirst?«

Seine Antwort ist eine finstere Miene, die von tiefer Traurigkeit und Unsicherheit zeugt. Ich würde ihn am liebsten in den Arm nehmen. Und mich bei ihm dafür entschuldigen, dass ich ihn – ohne sein Wissen – in eine Schublade mit Laurenz gesteckt habe.

»Es ist doch viel naheliegender, dass man einfach nicht zusammenpasst. Oder dass man eben nicht das ist, wonach die andere Person sucht. Wieso sollte man sich darüber zermürben?« Uuuh, ich bin so eine Heuchlerin. Zwar glaube ich jede Silbe, die ich da sage – aber glauben heißt ja nicht, dass man selbst danach handelt.

»Wahrscheinlich, weil Ablehnung wehtut.«

»Nur, wenn du die schlechte Meinung, die du von dir selbst hast, in die Ablehnung hineininterpretierst.«

Jonas starrt mich von der Seite an – so lange, bis sich die Nacht überhaupt nicht mehr kalt anfühlt. Zweiundzwanzig Uhr im November in Köln verwandelt sich in die Mittagshitze an einem Ort in Äquatornähe.

»Und wie wird man die schlechten Meinungen über sich selbst los? Teile deine Weisheit mit mir!« Scherzhaft legt er die Fingerspitzen aneinander, doch das sanfte Glimmen in seinen Augen zeigt mir, dass er mit etwas in seinem Inneren kämpft.

Ich schlucke. »Du musst jeden Tag daran arbeiten, schätze ich. Und zwischendurch ab und an ein Erfolgserlebnis haben, das du dir selbst verdient hast. Ergo: Es kann nicht darin bestehen, dass sich jemand in dich verliebt.«

Ich spüre unseren Blickkontakt abreißen, noch bevor ich es bemerke. Dass ich Jonas' Aufmerksamkeit auf eine derart körperliche Art genieße, straft all meine Aussagen über externe Erfolgserlebnisse Lügen. Ich bin *wirklich* eine Heuchlerin.

»Dann sollte ich wohl Tinder löschen und mich selbstverwirklichen gehen.« Als wolle er die App hier und jetzt deaktivieren, holt er sein Handy aus der Hosentasche und entsperrt das Display.

»Oder du siehst es ein bisschen weniger als Basar, auf dem dein Wert geschätzt wird, und mehr als das, was es ist.« Ich beobachte, wie er das Flammen-Logo auf seinem Screen anklickt, und bekomme sofort Hitzewallungen. Werde ich jetzt einen Einblick in seine Damenauswahl erhalten? Was ist, wenn sein Feed aussieht wie das Line-up der nächsten Victoria's-Secret-Modenschau?

Uff! Ich bin die größte Heuchlerin überhaupt. Schließlich ist das nicht mehr als eine reine Projektion meiner eigenen Unsicherheit.

Nachdem auf Jonas' extragroßem iPhone das Profilbild einer Brünetten erschienen ist, gebe ich mir keine Mühe mehr, meine selbstzerstörerische Neugier zu verstecken, und mustere es unverhohlen. Die junge Frau trägt weder einen mit Strass besetzten Bikini noch flauschige Engelsflügel. Definitiv kein Laufstegmodel. Eine normale Lisa, 20.

»Und was wäre das?«

»Na ja. Das ist zum Beispiel einfach Lisa, 20. Vielleicht die Liebe deines Lebens, vielleicht nur eine Germanistikstudentin in fünf Kilometern Entfernung.«

»Hier steht, sie studiert Tiermedizin.«

»Boah, Jonas, nimm das doch alles nicht so ernst!«

Er macht eine verteidigende *Ist-ja-schon-gut*-Geste mit der freien Hand und wischt nach rechts.

»Du fandest sie gut? Du hast dir nicht mal ihr Profil genauer angesehen!« Erschüttert deute ich auf sein Handy. Als Jonas' Mitbewohnerin verurteile ich es, dass er sich nicht einmal eine Minute Zeit genommen hat, um ihre Bio zu lesen. Als Polly, 19 schockiert es mich, wie sehr das Aussehen ihn zu beeinflussen scheint.

»Du hast doch gesagt, ich soll keine Wissenschaft daraus machen!« Jonas sieht mich mit einer Mischung aus Belustigung und Vorwurf an.

»Gilt Lesen jetzt schon als Wissenschaft? Was, wenn in ihrer Beschreibung steht, dass sie die AfD wählt?« Ich werde regelrecht sauer auf ihn.

»Warum sollte sie das in ihre Tinder-Bio schreiben?«

»Na, keine Ahnung! Vielleicht, weil sie einen gleich gesinnten Mann sucht, mit dem sie kleine seitengescheitelte Fascho-Kinder machen kann?« Meine Stimme überschlägt sich, während ich aufgeregt mit beiden Händen wedle – dass ich dabei noch immer eine handgetöpferte Keramiktasse halte, für die Jonas bestimmt ein kleines Vermögen bezahlt hat, ist mir völlig egal.

»Bist du jetzt sauer auf mich, weil ich die Tiermedizinstudentin Lisa gematcht habe?«

»Nein. Ich bin sauer auf dich, weil du die vermeintliche AfD-Wählerin Lisa gematcht hast. Und wieso überhaupt gematcht?«

»Sie hat es eben erwidert.« Ungerührt zeigt er auf das Handy.

»Aber *ich* wollte dir eine raussuchen«, schmolle ich und meine es sogar ein kleines bisschen ernst. Wenn ich meine total abwegigen Fantasien über ihn schon begraben muss, bevor ich sie richtig zugelassen habe, will ich wenigstens dafür Sorge tragen, dass der Typ, der Mitternachtsdates mit heißer Schokolade in petto hat, nur an die bestmöglichen Lisas gerät.

»Wieso machst du dir nicht einen eigenen Account und findest dir selbst einen?«

Für eine Sekunde sehen wir uns an. Das mag nach einem verschwindend kurzen Augenblick klingen, doch eine Sekunde ist verdammt lang, wenn im Hintergrund nur die drückende Nacht und Großstadtgeräusche zu vernehmen sind. Und wenn etwas in Jonas' Gesicht seltsam, ja, beinahe provozierend ist.

»Oder bist du nach gestern vom Markt?« Ich sehe seinen Kehlkopf hüpfen, als er schluckt.

»Vom Markt?«, wiederhole ich spöttelnd, um nicht näher auf den wahren Inhalt seiner Frage eingehen zu müssen. Denn natürlich will er nur noch mehr über die Sache wissen, weil wir Freunde sind. »Klar. Ich habe mit einem Kommilitonen rumgeknutscht und nun wird er mich meiner Familie mit einem Dutzend Ziegen abkaufen!«

»Ein Dutzend Ziegen? Come on, Polly!« Jonas zuckt anrüchig mit einer Augenbraue, was mein Körper irritierenderweise mit einem Zucken im Unterleib spiegelt. »Du bist mindestens zwei Dutzend Rinder wert. Und noch dazu einige teure Schmuckstücke und ein paar Morgen Land.«

Ich ignoriere meine zuckende Mitte und besinne mich auf meine Spezialität: unangenehme Situationen mit Humor ad absurdum führen. Also imitiere ich ein Tigerknurren und schnurre dazu: »Oh Baby, es ist so heiß, wenn du mir mittelalterliche Komplimente machst.«

Dann brechen wir in schallendes Gelächter aus und erwähnen Konrad kein einziges Mal mehr.

EIN ABEND MIT ALETE-SPAGHETTI

LANSBERG AN DER WUPPER, 19. NOVEMBER
HAUS DER JAGODAS

Am Freitag darauf möchte ich zum ersten Mal seit meinem Wegzug nach Lansberg fahren. Zwar gab es in der Zwischenzeit mehrere Gelegenheiten für einen Heimatbesuch, etwa um – wie es auch für heute geplant ist – den Abend mit Anna, Anouk und Kaya zu verbringen. Doch irgendetwas hat mich bisher davon abgehalten. Vielleicht wollte ich mir selbst beweisen, wie schnell und konsequent ich mit diesem Teil von mir abgeschlossen habe. Vielleicht hatte ich aber auch nur Angst, mich meiner Mutter zu stellen. So oder so, *today is the day*. Ich muss nur noch einen Arbeitstag bei *Gayleway & Gabel* hinter mich bringen, der mit Sarinas üblicher Autorität im Morgenmeeting beginnt.

Sie ist gerade dabei, ihre abschließenden Worte herunterzurattern, als die Tür aufgeht und Patrick den Kopf hereinstreckt. Ohne sich für die Unterbrechung zu entschuldigen oder Sarina auch nur ausreden zu lassen, fragt er: »Mein Studi hat das Handtuch geworfen. Hast du wen, den ich mir leihen kann?«

Sarina, die es auf den Tod nicht ausstehen kann, in ihrer Autorität untergraben zu werden, macht ein pikiertes Gesicht und schnarrt: »Wofür denn bitte?«

»Nur ein bisschen Recherche und Ablage, das kriegt selbst ein Schimpanse hin.« Patrick sieht sich in der Runde um, als würde er jeden Einzelnen von uns einem Casting unterziehen.

»Wie wäre es mit unserer Vorzeigejuristin Polly?« Bei der Erwähnung meines Namens beginnt mein Nacken zu kribbeln. Mir würden spontan zehntausend Dinge einfallen, die ich lieber tun würde, als einen Tag lang für Patrick zu arbeiten. Darunter die eigenhändige Entfernung meiner Weisheitszähne mit Hammer und Meißel. Außerdem hat er nach einem Schimpansen gefragt. Nicht nach einem Walross. Wie immer versuche ich, lustig zu sein. Wirklich. Doch nicht einmal in meinem Kopf kann ich über mich lachen. Die Panik, die ich verspüre, ist einfach zu echt.

»I beg your pardon?«, fragt Patrick, als wolle er keinen Zweifel daran lassen, dass er mal ein Auslandssemester in Cambridge oder zumindest einen Fortgeschrittenenkurs in Business Englisch absolviert hat.

Sarina deutet mit der ausgestreckten flachen Hand auf mich.

Und was dann folgt, ist ein unverhohlenes »Oh«.

Der dickste Aktenordner, den ich jemals gesehen habe, saust vor mir nieder, sodass mein Arbeitsplatz – ein winziger Tisch, der in Patricks Büro hinter die Tür gepfercht wurde – ein wenig erzittert.

»Oh ja, Steuerhinterziehung ist ein umfangreiches Feld.«

»Was soll ich machen?«, frage ich unbeeindruckt. Ich hoffe, sachlich und zumindest halbwegs engagiert zu wirken, auch wenn mich Patricks Anwesenheit im Allgemeinen und der Duft seines schweren Parfüms im Speziellen an den Rand meiner schauspielerischen Fähigkeiten bringen. Ich werde diesem Mann nicht zeigen, dass er mich verunsichert. Werde ihm nichts als Professionalität und Neutralität entgegenbringen.

Patrick beginnt, mir einige Fakten zu dem mehrere Jahre alten Fall aufzuzählen, weshalb ich ihm notgedrungen meine Aufmerksamkeit schenken muss. Wie er schon selbst festgestellt hat, braucht es keinen Monster-IQ, um sein To-do zu bewältigen. Ich muss aus dem Ordner lediglich ein paar Daten und Zahlen heraussuchen und sie mit einer Liste abgleichen, die er mir ebenfalls vorgelegt hat. Das alles kommt mir merkwürdig undigital vor. In einem PDF oder Ähnlichem würde diese Aufgabe nur wenige Minuten dauern. Aber deswegen verrichte wohl auch ich sie und nicht er selbst oder ein anderes vollwertiges Mitglied des Kollegiums. Ich bin verleitet, ihm zu sagen, dass man das selbst als Walross hinbekommt. Doch etwas bremst mich. Auf eine Situation wie diese habe ich gehofft, als ich den Plan vom Trojanischen Pferd entworfen habe. Eine Chance, so klein sie auch sein mag, mich zu beweisen. Allerdings war ich zu diesem Zeitpunkt nicht darauf vorbereitet, nach anderen als akademischen Kriterien bewertet zu werden … Meine große Klappe – sie ist mit einer Mischung aus Mobbing und toxischer Männlichkeit zugeleimt worden.

Also tue ich, worauf ich schon immer stolz gewesen bin: Ich fokussiere mich auf die Arbeit. Visiere mein Ziel an. Heute bin ich der Schimpanse, in zehn Jahren seine Chefin. Na ja. Vielleicht nicht unbedingt seine, aber die Chefin anderer Patricks. Denn wenn eines sicher ist, dann dass unsere Gesellschaft noch lange Patricks und Sarinas produzieren wird, die sich für etwas Besseres halten.

Nach wenigen Minuten verfalle ich in einen stummen Rhythmus und Patrick scheint meine Anwesenheit zu vergessen. Immer mal wieder brabbelt er etwas in Akten vertieft vor sich hin, und wenn jemand sein Büro betritt, erklärt er mit keinem Wort, wieso ich hinter der Tür hocke und Daten abgleiche.

Dass er mir tatsächlich kaum mehr Beachtung schenkt als der Designerlampe, die von der Decke seines verglasten Büros baumelt, beweist er gut eine Dreiviertelstunde nach Beginn meiner Arbeit, als er einen Anruf annimmt. »Ja, Fischer? ... Ja, Sarina hat mir jemanden abgestellt.« Fischer ... Ist das der Kollege, der auch letzte Woche Dienstag dabei war? Mein Herz und mein Kopf rasen um die Wette. Was könnte ich tun, um ihnen meine Meinung zu geigen, ohne damit meinen Job zu riskieren? Sollte ich eine Aussprache erwirken, ehe der Druck in meinem Magen so heftig wird, dass ich explodiere? Das wäre doch eine Option, oder? Wieso tue ich es nicht? Diese unreifen kleinen Jungs in Männergestalt können mir überhaupt nichts. Richtig? Sie sind nur unreif. Nur unreif ... nur ...

Fischer muss am anderen Ende der Leitung einen unfassbar guten Witz gerissen haben, denn Patrick lacht so laut auf, dass ich hochschrecke und selbst von meinem billigen Platz aus sehen kann, wie sein Adamsapfel auf und ab hüpft. »Ja, nee, schön wär's. Aber Sarina würde mir nie freiwillig was Leckeres vorsetzen.«

Moment ... geht es da etwa schon wieder um mich? Oder besser gesagt: nicht um mich, weil ich nicht ... *lecker* genug bin? Ernsthaft jetzt? Wieso sind diese erwachsenen Menschen so lächerlich besessen davon, wie ihre studentische Aushilfe aussieht? Sie sollten erst mal eine Kostprobe meiner Fähigkeiten nehmen – meiner *echten* Fähigkeiten, die ich mir mithilfe meines sehr patenten Gehirns antrainiert habe –, bevor sie mich als unbrauchbar abstempeln. Das alles fühlt sich nicht an wie eine renommierte internationale Kanzlei, sondern wie der Pausenhof einer amerikanischen Klischee-Highschool. Mit Patrick als Parade-Bully und Sarina als Chefin der Cheerleader.

»Jaja, mach ich. Klar. Sarina soll eine Freundin mitbringen.« Er lässt ein zweideutiges Schnalzen hören, dann einen erneuten Lachanfall. »Nee, ich gehe auf Nummer sicher, dass es jemand mit weniger ... Schwungmasse ist.«

Mein Gehirn rattert auf Hochtouren, während es Patricks Anteil an diesem Telefonat lauscht. Mit einer Figur wie meiner herumzulaufen, macht eine Menge mit dir. Unter anderem verleiht es dir hellseherische Fähigkeiten, wenn es darum geht, die Puzzleteile einer Hänselei zusammenzusetzen. Vielleicht haben mich die Jahre auch paranoid gemacht – aber ich könnte wetten, dass Patrick und Sarina auf ein Doppeldate mit Fischer gehen wollen, für das Sarina seine Begleitung auswählen soll. Und Fischer hat soeben darüber gewitzelt, dass ihre Wahl dabei optisch besser ausfallen solle als die von Patricks neuer Hilfskraft.

Ich kann es nicht ändern, dass es Menschen gibt, die solche Sprüche reißen, doch muss das sein, während sich die betroffene Person in zwei Meter Entfernung befindet? Kann Patrick nicht einmal so viel Anstand aufbringen, hinter meinem Rücken zu lästern?

Ich habe geglaubt, *Gayleway & Gabel* wäre meine Chance, bei den Großen mitzuspielen. Ich habe geglaubt, eine Kanzlei von Weltrang würde intelligente Menschen beherbergen, die sich allein über ihre Fähigkeiten definieren. Ich habe geglaubt, ich könnte Lansberg, meine Mitschüler und meine Mutter automatisch hinter mir lassen, wenn ich wegziehe. Doch nun stellt sich heraus, dass das alles an mir klebt wie ein Kaugummi, der sich tief ins Profil meiner Schuhe gefressen hat.

Ein gedämpftes Klicken ertönt, als Patrick den Telefonhörer auflegt, dann schallt seine Stimme zu mir herüber: »Kommst du klar?«

Er scheint stillschweigend beschlossen zu haben, mich zu duzen. Mir hat er nie offiziell das Du angeboten und ich traue mich nicht, es ihm gleichzutun. Neuerdings scheine ich mich eine Menge nicht mehr zu trauen. Statt ihn mit dem Gehörten zu konfrontieren, tue ich so, als wäre ich bis eben hoch konzentriert gewesen, und lege eine Mischung aus fragender Miene und Zuversicht an den Tag. »Ja. Ja, ich komme gut voran.«

»Sag Bescheid, wenn du eine Stärkung brauchst. Im Schrank sind bestimmt noch ein paar abgelaufene Kekse.« Das Gelächter über seinen eigenen Witz schlägt mir schonungslos entgegen. Ich muss etwas sagen, darf es nicht stehen lassen. Ich könnte mich dumm stellen, ihn fragen, wie er das meint, ihn in Verlegenheit bringen, damit ihm bewusst wird, wie unmenschlich er ist …

Ich merke erst, dass ich mit einem unterwürfigen Lächeln reagiere, als es bereits zu spät ist. Die Erkenntnis, dass ich nicht darüberstehen kann, ist fast schlimmer als das Mobbing selbst. Fatshaming löst in mir keine Identitätskrise aus. Nicht so zu reagieren wie die Person, auf die ich stolz bin, hingegen schon.
Ich stehe nicht für mich ein. Ich gebe ihm kein Kontra.
Ich gebe klein bei.
Ich erkenne mich nicht wieder.

»Oh, das ist Anouk!« Anna eilt zur Tür ihres Elternhauses, an der es gerade geklingelt hat. Ich bleibe in der Küche und beaufsichtige pflichtschuldig das Essen, mit dessen Zubereitung Anna schon vor meinem Eintreffen begonnen hat. Normalerweise genügt meine Anwesenheit, um jedes Gericht zu verderben, doch den Tomatensugo und das sprudelnde Nudelwasser sollte ich im Griff haben.

»Heeey! Oh ...« Annas energiegeladene Begrüßung bricht jäh ab. »Wo ist denn Kaya?«

Augenblicklich hallt der Klang von bitterlichen Schluchzern durch den offenen Wohnbereich der Jagodas zu mir herüber.

»Oh, hey! Anouk! Heyheyhey, nicht!«, höre ich Annas tröstende Stimme vom Eingang.

»Was ist los?«, rufe ich alarmiert und lasse Pasta und Sugo links liegen, um zu ihnen in den Flur zu eilen. Anna hält die hemmungslos schluchzende Anouk in den Armen, streichelt ihr über die kurzen Haare und murmelt wieder und wieder: »Hey! Ist ja gut!«

Es kommt nicht oft vor, dass Anouk ihren Emotionen Luft macht. Sie ist mehr der Typ *In-sich-hineinfressen-und-zynische-Kommentare-ablassen*. Daher versetzt mir ihr Anblick einen heftigen Stich ins Herz. Ihre Schultern beben, ihre langen Wimpern sind tropfnass.

»Heilige Scheiße«, fluche ich. »Wen muss ich verhauen?«

»Polly!« Anna klingt ein wenig tadelnd. Doch ich meine diese Worte nur halb im Scherz. Wenn meine Anouk so bitterlich weint, hat irgendwer eine Abreibung mehr als verdient.

Wir führen Anouk in Richtung der offenen Küche und platzieren sie auf einem Barhocker. Das Nudelwasser ist natürlich übergekocht und hat auf dem Ceranfeld eine weiße Kruste rund um den Topf gebildet. Ich werfe Anna, die schon losgeeilt ist, um das Malheur zu beseitigen, einen entschuldigenden Blick zu, widme mich dann aber den derzeit wichtigeren Dingen. Ich drehe den Verschluss der Proseccoflasche auf, die Anna für den heutigen Abend gekauft hat, und stelle sie Anouk hin. Gläser sind sowieso überbewertet.

»Nein danke«, bringt sie heraus, dicht gefolgt von einem Satz, der vermutlich »Ich muss noch fahren« lauten soll.

»Du bist in diesem Zustand hierhergefahren?«

»Bis …eheheben … gihihing …« Ihre Brust mutiert unter ihren heftigen Atemzügen zu einem Blasebalg.

»Es ist was mit Kaya, oder?« Anna setzt sich auf den freien Hocker neben Anouk, während ich hinter dem Tresen stehen bleibe und mich nun selbst an der Proseccoflasche bediene. Kaya wollte eigentlich heute Abend mitkommen und das ganze Wochenende bei Anouk bleiben. Dass er nicht hier ist, muss bedeuten, dass es zwischen den beiden ein Problem gibt. Und wenn Anouk und Kaya ernsthaft Probleme haben sollten, könnte es sein, dass ich die ganze Flasche brauche. Denn die beiden sind ... Sie sind *relationship goals*. Sie geben mir den Glauben an die große Liebe. An unaufgeregte, echte Liebe. Die Art, auf die ich mich einlassen würde.

Bei diesen Gedanken flackert ein Gesicht vor meinem inneren Auge auf. Ein kantiger Kiefer, weiche Lippen und welliges Haar, das bis zu den Brauen reicht.

»Ich glaube, er ... ich weiß nicht, aber ich glaube, er betrügt mich.«

»WAS?«, brüllen Anna und ich unisono – was Jonas, Gott sei Dank, aus meiner Fantasie vertreibt.

»Das kann nicht sein«, dementiere ich ganz un-Polly-like, da ich noch nicht einmal die Beweislage kenne. Aber die Vorstellung ist so ... absurd. Kaya *vergöttert* Anouk. Und Kaya ist SO LIEB, er wäre nicht mal in der Lage fremdzugehen, wenn man ihn nackt auf eine andere Frau binden würde.

»Wie kommst du denn auf die Idee?«, fragt Anna und streichelt Anouk liebevoll über den ein wenig herausgewachsenen Pixie-Cut.

Ein bedrohliches Zischen kündigt an, dass sich das Nudelwasser erneut über den Topfrand ergießt. Ich beschließe also, dass die Pasta fertig ist, und schalte die Platte kurzerhand aus.

»Seit er nach München gezogen ist«, Anouks Stimme ist nun ein wenig gefestigter, »hat er mir schon vier oder fünf Wochenenden abgesagt, an denen er eigentlich herkommen wollte.« Anouk fährt sich mit den Handrücken über die Pfützen unter ihren Augen. »Anfangs wollte ich nichts sagen, weil ich ja auch will, dass er sich einlebt, Freunde findet und so weiter ...« Anna und ich nicken im Gleichtakt. »Aber letzte Woche hat es deswegen ziemlich gekracht zwischen uns.« Die langen Gesichter am 11.11. fallen mir wieder ein.

Doch ich war so sehr mit meinem eigenen Drama beschäftigt, dass ich eine Scheißfreundin war und mich nicht um Anouks Sorgen gekümmert habe. »Ich hasse es einfach, wenn er zu viel trinkt. Und als wir freitags wieder hier waren, hat er nur an seinem Semesterprojekt für die Uni gearbeitet und mir erzählt, wie toll seine neue Lieblingskommilitonin ist. Laura hier, Laura da, ich konnt's echt nicht mehr hören.«

Zwei Augenbrauenpaare ziehen sich zeitgleich skeptisch zusammen. Natürlich setzen Anna und ich Laura sofort aus Solidarität auf unsere Hassliste.

Anouk atmet schwer ein und entlässt die Luft dann stoßartig wieder. »Aaah, ich hasse es, dass ich so bin«, flucht sie. »Ich will nicht die unzufriedene Freundin sein, die wegen einer Fernbeziehung Gespenster sieht.«

»Nein!« Anna gibt ihr in sanfter Zurechtweisung einen Klatscher auf die Hand. »Es ist okay, auch mal eifersüchtig zu sein. In Kayas Leben verändert sich zurzeit nun mal viel.«

»Eben. Und in meinem Leben verändert sich nichts!«

»Deine Haare sind anders. Sie sind gewachsen«, werfe ich ein, um die Stimmung aufzuheitern. Doch anscheinend ist dies nicht der richtige Moment, um die Stimmung aufzuheitern. »Sorry. Ich benutze Humor, um mit meinen Gefühlen klarzukommen.«

»Ist das nicht ein Zitat von Chandler aus *Friends*?«

Ich muss über diesen so durch und durch Anouk-esken Kommentar lachen. »Nein. Das ist ein Zitat von Polly aus Lansberg. Nicht alles entstammt einer Serie, Babe.«

Anouk schnaubt gehässig. »So ist das wohl leider. Sonst würde ich jetzt einfach zur nächsten Folge skippen und alles wäre geklärt.«

»Ich bin mir sicher, wir können es auch unter uns dreien

klären.« Anna rutscht von ihrem Stuhl, geht zum Herd und beginnt, unser Abendessen zu portionieren. Sie gießt das Nudelwasser ab – was ich auch mal hätte tun können, wenn ich daran gedacht hätte, wie Nudeln zubereiten funktioniert –, vermengt die Spaghetti mit der Tomatensoße, richtet sie in Nestern auf flachen Designertellern an und drapiert Rucola und Parmesanhobel darauf. In welchen Zaubertrank sind die Jagodas als Kinder eigentlich gefallen, dass sie alle so dermaßen gut in der Küche sind? Es muss daran liegen, dass ihre Eltern mit hübsch drapierten #healthyfood-Pics ihren Lebensunterhalt verdienen.

Wir folgen Anna an den großen Esstisch, der Küche und Wohnbereich verbindet, und setzen uns an die Plätze, die sie mit Tellern und Besteck eingedeckt hat.

»Er hat mir vor einer Stunde abgesagt«, beginnt Anouk, kaum dass ihr Hintern den Stuhl berührt hat. Ihre Stimme hat einen beinahe sachlichen Tonfall angenommen, passend dazu formen ihre Hände an der Tischkante vor ihr ein störrisches Dreieck. »Vor *einer* Stunde. Zu dem Zeitpunkt dachte ich, er wäre bereits seit Stunden im Zug. Ich habe ihm sieben Millionen Nachrichten geschrieben, wann ich ihn in Köln einsammeln soll. Um dann zu erfahren, dass er überhaupt nicht losgefahren ist.«

Annas Gabel friert kurz vor ihrem Mund ein. Sie macht ein Gesicht, als hätte sie soeben in ihrem Spaghettinest ein ausgeschlüpftes Küken entdeckt. »Das klingt überhaupt nicht nach Kaya. Ich hab ihn immer für recht … zuverlässig gehalten.«

»Total«, bekräftige ich und warte inständig auf einen Plot Twist in dieser Geschichte. Etwas, das Anouk wieder fröhlich macht und Kaya entlastet.

Doch stattdessen zieht Anouk anklagend einen Mundwinkel nach oben. »Nicht, wenn er an etwas arbeitet. Dann wird die Welt zu einem Tunnel. Und an dessen Ende bin diesmal definitiv nicht ich. Laura vielleicht. Aber nicht ich.«

»Gibt es ... etwas Belastbares?«, will ich – nun ganz Pollylike – wissen.

Anouk kramt ihr Handy aus der Bauchtasche ihres Hoodies und legt es neben ihre unangerührte Portion Pasta. Sie öffnet TikTok und navigiert zu einem Account, den ich nicht kenne. Sie zeigt uns ein Video, auf dem wir neben Kaya eine junge Frau entdecken, die so unverkennbar eine Filmstudentin ist, dass es nur noch deutlicher wäre, wenn sie *Ich bin eine Filmstudentin* auf der Stirn stehen hätte. Sie hat hellorange gefärbtes Haar mit einem ultrakurzen Pony und einen Ring in der Nase, trägt eine übergroße Brille mit dünnem Metallrand und ein kariertes Flanellhemd – garantiert Vintage. Die beiden sind eng zueinandergerückt, um ins Sichtfeld zu passen, und vollführen diesen TikTok-Trend, bei dem man zu einem Electrobeat rhythmisch die Fäuste aufeinanderklopft und dazu nervende Kommentare einblendet. Das Thema von Kaya und der jungen Frau, die Laura sein muss, ist *Dinge, die Filmemacher*innen nicht mehr hören können*. Noch während sich die beiden fäusteklopfend über den Kommentar *Mein Lieblingsfilm ist Pulp Fiction* lustig machen, zieht Anouk uns das Handy vor der Nase weg und schwärzt den Bildschirm.

Ihre Augen verschwimmen wieder hinter einem Film aus Tränen. »Das ging zehn Minuten nachdem Kaya mir abgesagt hat online.« Anouks Stimme bricht auf jeder Silbe ein bisschen mehr.

»Vielleicht haben sie es schon vor ein paar Tagen gefilmt

und Kaya hat es erst heute hochgeladen. Bestimmt sogar!« Anna, die Mutter Teresa unserer Runde, probiert es mit wohlwollenden Ratschlägen.

»Das ist ihr Account.« Anouk verschränkt die Arme auf der Tischplatte und lässt ihre Stirn darauf sinken. Es ist ihr deutlich anzumerken, dass dieser Umstand es in ihren Augen nur noch schlimmer macht. »Er hat sie neulich auf Instagram markiert und dann habe ich das ganze Internet nach ihr abgesucht.« Ihre Ellbogen dämpfen Anouks Geständnis, aber die Verzweiflung dringt deutlich zu uns durch.

Anna und ich tauschen einen Blick. Doch ehe wir auf telepathischem Weg einen Schlachtplan entwerfen können, taucht Anouk aus ihrer Höhle auf und schaut fragend in die Runde: »Was meint ihr? Verwandle ich mich in eine gestörte Annie Wilkes, die Kaya demnächst den Fuß abhacken wird, um ihn an ihr Bett zu fesseln?«

»Kontext für Personen, die nicht jeden Film der Welt gesehen haben, bitte?«, fordere ich und bin froh, Anouk damit ein zaghaftes Lächeln aufs Gesicht zaubern zu können.

»Stephen King. *Misery.*«

»Eine Fernbeziehung ist nie leicht«, bringt sich Anna wieder ein, während sie mit der Gabel Spaghetti aufdreht. »Eifersucht ist da vorprogrammiert. Ihr müsst gut miteinander kommunizieren.«

»Ein Monat in einem sozialpädagogischen Studiengang und Anna spielt die Küchenpsychologin«, knurrt Anouk.

»Du nimmst mir die Worte aus dem Mund.«

»Hey!«, rechtfertigt sich Anna, jedoch nicht ohne ein stolzes Grinsen auf den Lippen. »Ich habe eben auf die harte Tour lernen müssen, wie wichtig Kommunikation in einer Beziehung ist.«

Anouk sinkt gegen die Stuhllehne und greift nach dem Besteck. Mit überkreuzenden Bewegungen von Löffel und Gabel zerlegt sie die Spaghetti in viele kleine Mininudeln.

»Oh mein Gott, das machst du immer noch?«, fragt Anna teils lachend, teils ernsthaft schockiert beim Anblick des von ihr so fein säuberlich drapierten Gerichts, das nun direkt aus einem Alete-Gläschen stammen könnte.

»Lass mich, ich habe eine Lebenskrise. Außerdem schmeckt es besser so.«

»Ach, Nounou.« Anna beugt sich zu Anouk und legt ihr einen Arm um die Schultern. »Das ist keine Lebenskrise. Redet drüber. Glaub mir, das wird Wunder bewirken.«

»Wisst ihr«, Anouks Unterlippe beginnt zu beben, »manchmal frage ich mich, ob wir das überhaupt je getan haben. Geredet.«

»Aber ihr hattet doch nicht mal eine Meinungsverschiedenheit! Ihr seid euch bei allem einig. Ihr habt sogar dieselben Lieblingsfilme!«

»Ja, und vielleicht ist genau das das Problem. Man kann sich nicht immer einig sein. Und darüber zu reden, wie man den neuen Wes Anderson fand, reicht einfach nicht aus, um eine erwachsene Beziehung zu führen.«

Ich mag keine Ahnung haben, wer Wes Anderson ist, aber ich erkenne, wenn jemand ein Geständnis abgelegt hat. Und diese Sorge, ob ihre Beziehung reif genug ist, um sie im nächsten Lebensabschnitt fortzuführen – die hat lange in Anouk gebrodelt.

»Okay«, sage ich sanft. »Willst du dich trennen?« Der Gedanke, Kaya und Anouk könnten eines Tages kein Paar mehr sein, ist mir, seit sie in der zehnten Klasse eines wurden, noch nie gekommen. So muss es sich für andere Leute anfühlen, wenn die eigenen Eltern beschließen, getrennte Wege zu gehen.

Eine stumme Träne rollt über Anouks Wange. Zuerst schüttelt sie den Kopf, bis die Geste langsam in ein Schulterzucken übergeht. »Ich weiß es nicht. Ich weiß gar nichts mehr.« Ihre Stimme wird leiser und leiser, ehe sie von Tränen erstickt wird.

»Fuck«, flucht Anna überraschend derb und stößt dann energisch ihren Stuhl zurück. Sie geht in die Küche und holt den Prosecco. Man sollte Kummer nicht ertränken, aber mit diesem Grundsatz fangen wir lieber wann anders an.

»Mir wäre es recht, wenn wir über etwas anderes reden könnten«, ringt sich Anouk ab.

Anna muss derweil einen Hocker holen, um an die Sektgläser im oberen Küchenschrank zu gelangen. »Polly ... du hast doch bestimmt was ... im ... Angebot?«

Ich suche Anouks Blick, um abzuschätzen, welche Form der Ablenkung sie jetzt gerade gebrauchen könnte. Was würde sie aufheitern? Ein Rant über gemeinsame Bekannte? Eine lustige Anekdote? Gossip?

»Okay. Option a: Meine Chefin bei *G&G* hat mich Walross genannt. Option b: Ich ... ähm ... habe morgen ein Date mit Konrad.« Erst danach fällt mir auf, dass die Dates anderer Leute wahrscheinlich keine Aufmunterung für Anouk sind. Doch da ist es schon zu spät.

»Äh ... waaas?«, kreischt Anna so erschrocken, dass ich kurz fürchte, sie würde mitsamt des edlen Kristalls ihrer Eltern vom Hocker fallen.

Anouk versichert sich kurz, dass Anna noch lebt, dann wendet sie sich mir zu und sagt im Flüsterton: »Über das

Walross reden wir gleich. Aber zuerst: Wieso hast du ein Date mit Konrad, wo du doch auf Jonas stehst?«

»Ich mochte dich lieber, als du noch traurig warst«, zische ich ihr sarkastisch zu, worüber wir beide trotz aller Umstände kichern müssen. Wenn gemeinsames Lachen in den unangemessensten Momenten keine Freundschaft ist, dann weiß ich auch nicht.

Anna stellt den Prosecco und drei vermutlich exakt auf die Sorte abgestimmte Gläser vor uns auf den Tisch und fragt an mich gerichtet: »Deine Chefin hat dich WIE genannt?«

»Ach, nicht der Rede wert. Sie ist verkrampft und voller internalisierter Misogynie.«

»Voller was?«, will Anna wissen, als hätte ich gerade Chinesisch geredet.

»Ich dachte, ihr würdet euch wie Raubkatzen auf das Konrad-Thema stürzen.«

»Nein. Ich stürze mich darauf, dass deine Chefin offensichtlich ein Rindvieh ist! Was ist da …?«

»Es ist unwichtig. Es … Ich glaube, ich habe sie einfach falsch verstanden.« Jetzt spiele ich die Situation also selbst bei meinen Freundinnen runter. Was ist bloß los mit mir? »Also, reden wir über Konrad. Wir haben ein Date. Cool, oder? Es war ganz leicht. Wir haben nicht mal besonders viel drum herum geschrieben.«

»Hey! Noch jemand mit Kommunikationsproblemen.« Anouk hebt das frisch gefüllte Glas zu einem ironischen Toast und trinkt.

»Iss erst etwas von deinen Babynudeln, damit du nicht umfällst«, weise ich sie an, um noch mehr von dem Walross-Fiasko abzulenken. Wieso habe ich das überhaupt erwähnt?

Na ja, immerhin hat es dazu geführt, dass meine traurige Freundin jetzt an etwas anderes denkt.

»Ja, Mama.« Sie nimmt widerwillig einen Löffel. »Dabei klingt Umfallen echt verlockend.«

»Sag so was nicht!« Anna schaut sie mit schief gelegtem Kopf an, streichelt über ihre Hand und fragt vorsichtig: »Stört es dich, wenn ich Polly über ihren Typen ausfrage?«

Anouk macht eine *Nur-zu*-Geste mit der freien Hand und belädt ihren Mund dann abwechselnd mit Alete-Spaghetti und eiskaltem Weißwein.

»Diese Fragerunde wird schnell erschöpft sein. Er wollte ein Date, ich habe Ja gesagt.«

»Also findest du ihn gut?« In Annas weit aufgerissenen Augen kann ich glasklar das Interesse an ausgiebigem Girl Talk lesen. Doch irgendwie kann ich ihr den nicht bieten.

»Ja, Polly. Findest du Konrad gut?«

»Iss deine Babynudeln, Anouk«, mahne ich sie erneut, woraufhin sie ein angeknackstes Kichern hören lässt. »Und darf ich dich, liebe Anna, daran erinnern, dass du Fynn anfangs gehasst hast? Man muss nicht alles mit gegenseitigem Gutfinden beginnen!«

»Autsch«, nuschelt Anouk.

»Polly!«, tadelt nun Anna mich. »Fynn und ich haben uns *leidenschaftlich* gehasst. Was du da von dir gibst, klingt, als hättest du einen Termin mit dem Steuerberater vereinbart. So ... sachlich. Nach dem Motto: *Ist kacke, aber muss sein.*«

Zur Ablenkung schiebe ich mir Pasta in den Mund, nur um mich dann doch mit vollem Mund zu verteidigen: »So ifft daff nifft!« Schlucken. »Er ist ein guter Kerl, der versteht, wo ich im Leben hinwill. Wir studieren dasselbe, geben optisch irgendwie eine ganz gute Kombi ab – wieso sollte ich es da nicht mal mit einem Date versuchen?«

»Ihr gebt optisch eine gute Kombi ab?« Erst als ich die Worte wiederholt aus Annas Mund höre, fällt mir auf, wie dämlich und falsch sie klingen. »Suchst du deine Partner aus wie dein Mobiliar? *Oh, dieser Mann passt farblich gut zu meinen Sofakissen?*«

»Meine Sofakissen gehören Jonas. Vielleicht sollte ich ihn also meine Männer aussuchen lassen.«

Mein übereifriges Mundwerk liefert Anouk ein gefundenes Fressen: »Oh ja, mich würde interessieren, was er dazu sagt.«

Um ihr zu beweisen, dass dieser kurze Anflug von Schwärmerei für Jonas vorbei ist, erzähle ich schnell davon, wie ich kürzlich für Jonas ein Tinder-Date ausgesucht habe. Was nicht ganz stimmt, weil Lisa, 20 nur zufällig Teil unseres Spiels wurde und weil Jonas sie – meines Wissens nach – gar nicht gedatet hat.

Oh mein Gott. Stopp.

Hat er sie gedatet? Das hätte er mir doch erzählt, oder? Was ist, wenn Lisa, 20 seine Traumfrau ist? *Was, wenn ich Jonas dazu gebracht habe, die Liebe seines Lebens zu matchen?* Mein Magen, in dem eben noch die Spaghetti gelandet sind, verknotet sich schmerzhaft.

»Wen interessiert, was *Jonas* dazu sagt? Wichtig ist, was wir dazu sagen.« Anna haut auf den Tisch. »Und ich wünsche mir für dich, dass du jemanden datest, der das Feuer in dir entfacht!« Inbrünstig greift sie sich an die Brust. »Nicht jemanden, der optisch zu dir passt. Was soll das überhaupt bedeuten?«

Ich schlucke und merke selbst, wie sich ein waschechter

Silke in mir zusammenbraut, doch ich kann ihn nicht mehr aufhalten: »Na, ihr wisst schon, er ... Er ist ... stattlich.« Wieso benutze ich dieses Wort plötzlich auch?

Anouk rümpft die Nase. »Stattlich? Das klingt auch nach Steuerberater.«

Anna fuchtelt wild in der Luft herum, um uns zum Schweigen zu bringen. »Ich hasse es, das laut aussprechen zu müssen: Aber denkst du etwa, du darfst keinen Freund haben, der schlank ist?«

»Quatsch, ich darf alles.« Ich habe meinen selbstbewussten Tonfall aufgesetzt und rede mit geschwollener Brust. Doch hinter meiner geschwollenen Brust schlägt ein Herz, das allmählich daran zweifelt, ob ich je wirklich selbstbewusst war. Oder ob immer nur der Humor aus mir gesprochen hat.

Anna mustert mich einen Moment lang eindringlich. »Gut«, meint sie schließlich und steht auf, um uns den vorbereiteten Nachtisch aus dem Kühlschrank zu holen.

Anouk sieht aus, als wäre sie einem Geheimnis auf die Schliche gekommen. »Polly ...«, flüstert sie. »Verbietest du dir, auf Jonas zu stehen, weil er ein Fitnessjunkie ist?!« Sie sieht beinahe vorwurfsvoll aus. Vorwurfsvoll, aber auch einfühlsam – eine Mimikkombination, die nur Anouk hinbekommt.

»Quatsch!«, rufe ich.

»Was ist Quatsch?«, fragt Anna hinter der Kühlschranktür.

»Nichts«, sage ich eine Spur zu laut, »gar nichts.«

EINE SINGLE LADY

LANSBERG AN DER WUPPER, 20. NOVEMBER
HAUS DER MÜHLFORDS

»Ich habe dich gestern Abend gar nicht kommen hören.« Meine Mutter steht in der Tür zu meinem alten Zimmer, das kahl und zwecklos aussieht ohne sein Dekor, die Bücher und die Kerzen, die vor meinem Auszug überall herumgestanden haben. Wie ein abgeschmückter Weihnachtsbaum Anfang Januar, der einen nur noch an das erinnert, was war.

Mama trägt ihr Trainingsoutfit, das angesichts seiner Trockenheit noch unbenutzt sein muss.

Ich sitze im Schlafanzug auf dem Boden und sortiere einige Schals und Mützen, die ich bisher nicht mit in die neue Wohnung genommen habe. »Ist spät geworden. Wir waren bei Anna.«

»Anna Jagoda?« Meine Mutter liebt es, die Jagodas beim vollen Namen zu nennen. So als wären sie Popstars.

»Nein. Eine der anderen vierhundert Annas, mit denen ich seit der fünften Klasse befreundet bin.« Noch bevor ich den Satz beende, weiß ich, dass sie sauer auf mich sein wird.

»Weißt du, Polly, ich gebe mir wirklich Mühe, ein liebes Gespräch mit dir zu führen.«

»Dann frag doch zum Beispiel, wie mein Studium oder mein Job angelaufen sind statt nach dem vollen Namen meiner längsten Freundin.«

Mama lässt resigniert die definierten Arme fallen. »Man kann es dir einfach nicht recht machen. Irgendetwas wirfst du mir immer vor. Wenn ich mich für dich interessiere, antwortest du patzig, und wenn ich mal nicht nachhake, kommt rein gar nichts von dir.«

»Ich habe bis vor fünf Minuten noch geschlafen!«, rechtfertige ich mich – in dem Glauben, sie wolle mir damit unterschwellig vorwerfen, sie nicht schon heute früh in ihrem Schlafzimmer aufgesucht und nach ihrem Befinden gefragt zu haben.

»Und was war während der letzten Wochen? Hast du da auch immer nur geschlafen? Du hast nicht einmal angerufen und dich erkundigt, wie es mir geht, jetzt, wo ich allein lebe.«

Bei diesen Worten fällt mir tatsächlich die Kinnlade herunter. Ich … habe … *sie* nicht angerufen? Ist das hier gerade etwa so eine *Man-muss-den-Berg-zum-Propheten-bringen-*Situation? Bin wirklich *ich* es meiner Mutter schuldig, sie zu fragen, wie es *ihr* geht, wo sie nun doch allein wohnt? Wäre es nicht an *ihr*, sich um das Wohlergehen ihrer Tochter zu kümmern? Oder hält sie das nicht für nötig, weil ich im Prinzip schon für mich verantwortlich bin, seit ich sechs Jahre alt bin?

Ich mache ein paarmal den Mund auf und zu, versuche, diese Gedanken in etwas Sagbares zu kanalisieren, aber es misslingt mir. Nichts, was in diesem Moment über meine Lippen kommen könnte, wäre in irgendeiner Weise hilfreich. Mir fällt nicht mal ein dummer Scherz ein, mit dem ich das bedrohliche Brodeln zwischen uns neutralisieren könnte. Da ist ... nichts. Außer eine allumfassende Fassungslosigkeit.

»Weißt du, für eine Mutter ist es auch schwer, wenn das Kind plötzlich auszieht!«, setzt sie dann noch hinterher.

»Wieso ... Wieso hast *du mich* denn dann nicht mal angerufen?« Meine Stimme wird zittrig. Gleich bricht sie und dann weine ich, obwohl ich niemals weine. Niemals ... es sei denn, meine Mutter verhält sich wieder einmal so, wie nur sie es kann. Sie. Immer nur sie.

Mama knickt ihre schmale Taille ein und verschränkt die Arme vor der Brust. »Du bist neunzehn Jahre alt, Polly, kein Grundschulkind, dem ich hinterherrennen muss.« Auf ihrem Gesicht spiegelt sich nicht eine der Emotionen, die mich jeden Augenblick zu überwältigen drohen. Für sie scheint es glasklar zu sein, dass ich in der Bringschuld bin.

»Selbst als ich ein Grundschulkind war, hast du dich nicht dafür interessiert, wie mein Tag war.« Der Satz steht in meinem Zimmer. Wie eine Anklage. Eine Wahrheit. Und er steht da selbst noch, als meine Mutter aus dem Raum stürmt und mit aller Kraft die Tür hinter sich zuschmeißt.

Es ist wirklich merkwürdig, dass es manchmal genau die Worte sind, die unbedingt herausmüssen, die niemals gesagt werden sollten. Weil es nach ihnen kein Zurück mehr gibt. Keine Versöhnung. Zwar kann man sich aussprechen und weitermachen, aber es gibt keine Möglichkeit, zum Davor zurückzukehren. Es gibt kein Paralleluniversum, in dem ich meiner Mutter gerade nicht gesagt habe, was ich seit dreizehn Jahren denke. Ich habe mich im Hier und Jetzt dagegen entschieden, einen oberflächlichen Frieden zu bewahren. Habe aufgehört, sie lediglich verschroben lustig zu finden, weil sie junge Männer datet, statt mir beim Umzug zu helfen, Dildos verkauft, statt meinen Abiball zu besuchen, und sich bockig stellt, statt mal den Telefonhörer in die Hand zu nehmen und mich anzurufen. Ich habe unsere ganz persönliche Büchse der Pandora geöffnet, obwohl ich weiß, dass meine Mutter es vorzieht, ein hübsches, scheinheiliges Leben zu führen. Alles ist gut, solange man keinen offenen Streit hat. Alles ist gut, solange ausreichend junge Kerle den Weg in ihr Bett finden.

Alles ist gut. Außer, dass nichts gut ist.

Denn für sie war ich schon immer der Störenfried in dieser Welt. In *ihrer* Welt. Weil ich nie schön genug war, nie dünn genug, nie willens genug, mich unterbuttern zu lassen.

Ich kämpfe so heftig mit den Tränen, dass es meine Kehle zu zersprengen droht. Aber ich werde nicht wegen diesem Scheiß heulen. Ich habe heute Abend eine Verabredung, ich kann jetzt nicht dehydrieren. Ganz einfach. Ich muss das pragmatisch sehen.

Als ich aus dem Badezimmer komme, stoße ich um ein Haar mit Jonas zusammen. Ich bin seit drei Stunden wieder in Köln, doch bisher war ich allein in der Wohnung. Was gut war, weil ich sie so komplett mit Bergamottekerzen einräuchern und einem besonders anschaulich geschriebenen Ekelthriller über Lautsprecher lauschen konnte. Das hat zumindest geholfen, mich so weit abzureagieren, dass ich so tun kann, als wäre ich noch die Alte.

Jonas scheint ebenfalls von meiner Anwesenheit überrascht zu sein. Er wirbelt herum und schleudert mir dabei mit der Sporttasche, die er sich quer über die Brust gehängt hat, das Handy aus der Hand.

Es segelt zu Boden und kommt glücklicherweise auf dem flauschigen Wohnzimmerteppich auf, wo es unglücklicherweise mit dem Bildschirm nach oben liegen bleibt und meinen WhatsApp-Chat mit Konrad anzeigt. Viel gibt es dort allerdings nicht zu lesen. Ganz unten steht Konrads Vorschlag für die Location heute Abend, auf die ich gerade lediglich mit einem *Okay* geantwortet habe. Er hat eine Bar nur einige Meter von hier empfohlen und besteht darauf, mich abzuholen und gemeinsam dorthin zu gehen. Eigentlich finde ich das ziemlich 1950, aber irgendetwas in mir fühlt sich auch geschmeichelt. Das nennt man dann wohl eine kognitive Dissonanz.

»Oh. Shit. Entschuldige.« Jonas bückt sich nach dem Handy, was mir direkt die nächste kognitive Dissonanz einbringt. Denn obwohl ich Jonas eine gute Freundin sein möchte – und Freunde einander bekanntermaßen nicht verschweigen, mit wem sie Dates haben –, überläuft mich ein Schauer bei dem Gedanken, er könnte meinen Chat mit Konrad lesen. Ein Teil von mir will nicht, dass Jonas weiß, mit wem ich ausgehe. Dass ich ausgehe. Dass ich … *vom Markt sein könnte.*

Doch weil Jonas ein anständiger Typ ist, lässt er sich nicht anmerken, ob er den Text auf dem Display ausspioniert hat. Allerdings gibt er mir auch nicht sofort das Handy zurück. Er hält es fest, nimmt mit der anderen Hand die Sporttasche von seiner Schulter und legt sie mit einer Seelenruhe neben sich ab.

»Du ...« Er mustert mich, sucht nach Worten und gestikuliert dann an meinem Körper hinab, was dafür sorgt, dass selbst meine Gänsehaut noch eine Gänsehaut bekommt. »Du siehst ... gut aus.«

Eine weitere kognitive Dissonanz ist es, Oberflächlichkeiten abzulehnen, aber trotzdem den Aggregatzustand zu wechseln, wenn Jonas dir ein Kompliment macht. Mein Ärger von heute Morgen ist plötzlich verraucht, alle Zweifel behoben, meine Knie Pudding. Ich habe mich schon vor seinem Urteil attraktiv gefühlt, aber jetzt komme ich mir heiß vor. Mein Haar fällt mir glatt und glänzend auf die Schultern, die Brille habe ich gegen Kontaktlinsen getauscht und meine Brüste geben in dem tief ausgeschnittenen, eng anliegenden Jumpsuit echt ihr Allerbestes.

»Danke«, erwidere ich, und um zu überspielen, wie aufrichtig geschmeichelt ich mich fühle, füge ich hinzu: »Du siehst ... verschwitzt aus.« Ich zeige zu seinem Haar, das ganz un-Shawn-Mendes-haft verstrubbelt ist. Es lässt ihn noch tausendmal verführerischer wirken.

Stopp. Was mache ich hier? Jonas ist nur mein Mitbewohner, ich sollte ihn nicht verführerisch finden. Lisa, 20 – die darf sein Strubbelhaar bewundern. Aber ich? Ich sollte die gedankliche Klappe halten und mich lieber auf mein Date mit Konrad freuen. Wenn ich jemanden verführerisch finden will, dann ihn. Doch egal, wie sehr ich mir auszumalen versuche, wie der heutige Abend mit Konrad ausgehen könnte – der Film in meinem Kopf endet immer damit, dass nicht seine, sondern Jonas' Hände den Reißverschluss an meinem Jumpsuit aufziehen. In Wahrheit sind diese Hände jedoch gerade damit beschäftigt, mein Smartphone mit flippenden Bewegungen hin und her zu drehen.

Ich greife nach diesem Strohhalm. »Könnte ich das vielleicht zurückhaben?«

Jonas erwacht aus einem Tagtraum, der sich – wie mir jetzt bewusst wird – in etwa auf der Höhe meines Dekolletés abgespielt haben muss, und reicht mir etwas peinlich berührt das Gerät. Hat er mir gerade auf die Brüste gestarrt? Findet er sie … gut?

Mit deutlich gesteigertem Selbstbewusstsein gehe ich in Richtung der Küchenzeile und beschließe, mir noch einen Kaffee zu machen. Es ist zwar schon kurz nach sieben, aber ein kleiner Koffeinkick kann sicher nicht schaden. Die ersten Male, die ich die Maschine bedient habe, hat Jonas über mich gewacht wie eine junge Mutter, die ihr Neugeborenes in fremde Hände gibt. Was ich ihm nur bedingt verübeln kann, schließlich weiß er, dass meine Stärken nicht unbedingt in der Küche liegen. Doch mittlerweile bekomme ich es ganz gut hin, das Sieb zu befüllen, die gemahlenen Bohnen darin zu tampern und anschließend einen Espresso oder Lungo zu kochen. Am Aufschäumen der Milch scheitere ich jedoch immer noch hoffnungslos.

»Wo gehst du hin, dass du jetzt noch einen Kaffee willst? Lange Nacht vor dir?« Erneut wandert sein Blick an mir hinab. Und plötzlich fühle ich mich, als würde ich gar nichts tragen. Als hätte er den Reißverschluss meines Jumpsuits schon längst geöffnet – mit seinen bloßen Pupillen.

»Ma… Mal sehen«, stammle ich, während ich das Sieb einsetze und mich dabei ein wenig an dem heißen Gerät verbrenne. Schnell betätige ich den Hebel, um den Espresso durchlaufen zu lassen. Das Dröhnen der Maschine wird hoffentlich die Presslufthammerschläge meines Herzens übertönen.

»Pollyschmolly so schweigsam? Was ist denn da passiert?«

Vollkommen fahrig stehe ich mit meinem frischen Espresso vor der Maschine, klammere mich am Tassenhenkel fest und kann mich nicht erinnern, wie es von hier aus weitergeht. Was wollte ich eigentlich? Wollte ich einen Espresso? Wollte ich ihn mit Wasser verlängern? Wollte ich die heiße Brühe mit einem geschauspielerten »Oh, hoppla« auf Jonas' Sportshirt verschütten, sodass er sich hier und jetzt seiner Kleidung entledigen muss?

GOTT! *Fuck*. Ich warte auf mein erstes Date seit einem Jahr und fantasiere währenddessen von meinem Mitbewohner. Ich komme so was von in die Hölle.

»Willst du einen Cappu?«

»Mhm, was?« Ich hoffe, Jonas merkt nicht, wie aktiv ich Blickkontakt vermeide. Und Körperkontakt. Und Geruchskontakt. Ich darf ihn jetzt auf keinen Fall ansehen, geschweige denn berühren oder eine Nase voll von seinem dezent durchgeschwitzten Bergamotteduft einatmen. Denn dann würde diese Tasse garantiert zu Bruch gehen.

Jonas hingegen denkt gar nicht daran, sich von mir fernzuhalten. Als wolle er meine Beherrschung absichtlich auf die Probe stellen, schließt er zu mir auf und nimmt die Keramiktasse an sich. Für einen Sekundenbruchteil legen sich seine Finger über meine, während er gleichzeitig sanft meinen Rücken berührt, um mich ein Stück zur Seite zu komplimentieren. Es würde mich nicht wundern, wenn dort, zehn Zentimeter über meinem Hintern, nun ein Brandfleck zu sehen wäre. Hui ...

»Milch?«, fragt er mit einem schelmischen Grinsen, das

alles nur noch schlimmer macht. Ich schaffe es irgendwie, meinen Kopf zu einem Nicken zu überreden, woraufhin Jonas routiniert den Kühlschrank öffnet und mit der professionellen Schaumschlägerei beginnt. »Das sind übrigens neue Bohnen. Bisschen fruchtiger. Aber sehr stabil, hab sie bewusst etwas lieblicher eingestellt.«

Gooott, ich verstehe kein Wort, aber wieso ist es so sexy, wenn er *Kaffee* spricht?

Die digitale Zeitanzeige am Herd verkündet, dass es neunzehn Uhr siebzehn ist. Ich sollte Konrad sofort absagen. Er hat es nicht verdient. Andererseits ... Jonas erwidert meine bescheuerten Gefühle sowieso nicht. Und es ist ja auch nicht so, als wäre zwischen Konrad und mir *gar* nichts. Wir haben uns geküsst, es war gut, wir ergeben Sinn zusammen. Jonas und ich ergeben keinen Sinn. Wir ergeben Mitbewohner. Bestenfalls Freunde. Es ist, wie ich es zu Anna gesagt habe: Man muss sich nicht von Anfang an verfallen sein, Gefühle dürfen wachsen. Der Gedanke, schon komplett liebestrunken zum ersten Date aufbrechen zu müssen, ist verkorkster Kitsch.

Puh. Wenn ich weiterhin so klinge wie eine konservative Adelige, die arrangierte Ehen rechtfertigt, sollte ich vielleicht doch bald über meine Mitgift nachdenken.

Das Aufklopfen des Milchkännchens holt mich in die Realität zurück. Neunzehn Uhr achtzehn.

»Du, also, schütte die Milch einfach rein, ich brauche keine Schaumherzchen oder so.«

Jonas sieht mich an, als hätte ich soeben seine Mutter beleidigt. »Blasphemie!«, flucht er gespielt aufgebracht. »Würdest du Beyoncé sagen, sie kann die Tonleiter gern auch schief singen?«

»Moment. Bist du in dieser Allegorie etwa Beyoncé?«

Wir lachen beide los, was meine Körpertemperatur wenigstens kurzzeitig auf ein Niveau senkt, das nicht mehr lebensbedrohlich ist.

Jonas gießt den Milchschaum ohne künstlerische Darbietung auf meinen Espresso und gibt mir die Tasse zurück.

»Hier. Bitte sehr.«

»Danke, Miss Knowles.«

Jonas tippt sich an den nicht vorhandenen Hut und steppt dann tatsächlich in perfekter Beyoncé-Manier ein paar Schritte Richtung Badezimmer. Er tippt die Fußspitzen im Wechselschritt voreinander auf, setzt Schultern und Arme gekonnt mit ein und singt dazu leise im Rhythmus »Oh, oh, oooh, oh, oh, oooh, oh, oh …«.

Das war's. Ich kann das nicht durchziehen. Ich *muss* Konrad absagen. Ich werde den ganzen Abend an nichts anderes denken können als an Jonas' Schoko-Crisp-Stimme, die von *Single Ladies* singt, und seinen Hintern, der im Beat dazu zum Badezimmer wackelt. Bevor er die Tür aufzieht und in die Dusche verschwinden kann, macht er eine Pirouette, stoppt vor mir und imitiert die ikonische Handbewegung der *Put-a-Ring-on-It*-Textzeile. Mein Herz federt wie auf dem Dreimeterbrett. Es hüpft und hüpft und hüpft – und platscht schließlich in das Becken, als die Klingel Jonas' Gesang abwürgt.

Scheiße. Scheißescheißescheiße.

»Wer ist das?«, will Beyoncé, äh, Jonas wissen.

Fuckfuckfuck. Ich stürze den Cappuccino hinunter, verbrenne mir dabei Zunge, Mund und Speiseröhre, will die Tasse loswerden, scheine aber vergessen zu haben, wo unsere Spülmaschine ist, wirble herum und öffne schließlich den

Kühlschrank. Dass die benutzte Tasse dort nicht hingehört, wird mir erst bewusst, als ich Jonas aus dem Augenwinkel den Hörer der Gegensprechanlage abnehmen sehe. Ich knalle die Kühlschranktür zu, stelle die Tasse fahrig in die Spüle und drehe eine Extrarunde um die Kücheninsel, ehe ich zu Jonas aufhole.

Dieser sieht mich noch mit dem Hörer am Ohr an, als hätte ich diesmal weitaus Schlimmeres getan, als seine Latte-Art-Künste zu verschmähen.

»Du ... du hast ein Date mit Konrad?«

EIN EXTENDED CUT

KÖLN, 20. UND 21. NOVEMBER
WG

Ganz kurz bin ich verleitet, seine Frage mit Nein zu beantworten. Doch da ihm Konrad das gerade höchstpersönlich an der Gegensprechanlage gesteckt haben muss, ist die Beweislage erdrückend.

»Ja.« Ich zucke mit den Schultern, als sei das keine große Sache und – wegen des Kusses – irgendwo auch selbstverständlich.

»Und er ... holt dich ab?« Eine Geste zur Tür.

»Ja.«

»Und dafür der ... Look?« Eine Geste zu mir.

»Ja!«

»Und du hast das nicht erzählt, weil ...?« Eine Geste gen Himmel. Vielleicht zum lieben Gott oder so.

Mein Herz klopft derart schnell, dass es fast aus dem V-Ausschnitt stolpert. »Weil wir kein Abkommen darüber haben, uns von unseren Dates zu erzählen?«

»Ich habe dich in meinen Tinder-Account gelassen.« Obwohl ich da keinen Zusammenhang zu dieser Situation erkennen kann, wirkt Jonas wie vor den Kopf gestoßen. Mein eigener Gedanke kommt mir in den Sinn: *Freunde erzählen sich von ihren Dates ...*

»Entschuldige, ich hätte es dir sagen sollen, ich ...« Meine Hände kneten verlegen die Luft zwischen uns.

»Ach was, ich ...«, platzt Jonas sehr schnell und sehr deutlich heraus. »Ich dachte nur. Weil wir ... wir sind doch Kumpels.«

Kumpels? KUMPELS? Mitbewohner – okay. Freunde – von mir aus. Aber Kumpels? Ich habe noch nie ein anderes Lebewesen als meinen Kumpel bezeichnet. Das ist so Fußballumkleide der Lansberger C-Jugend! *Kumpels* ist definitiv kein Codewort für: *Darf ich deinen Reißverschluss öffnen?* Shit, ey ... Kumpels gehen gemeinsam Saufen – und zwar nicht Kakao unterm Sternenhimmel.

Aber wieso beschwere ich mich überhaupt? Ich bin schließlich diejenige mit dem Date. »Alles klar, *Kumpel*, ich schwöre, dir nie wieder ein Date zu verschweigen.« Mit diesen schnippischen Worten hole ich die Tasse aus dem Spülbecken und knalle das unschuldige Ding doch noch in die Maschine. *Kumpels ...*

»Wo bleibt er denn jetzt?«, frage ich anschließend energisch.

»Oh«, macht Jonas. »Ich glaube, ich hab vergessen aufzudrücken.«

»JONAS!«

»Was? Meinst du, er verklagt mich dafür? Oder stranguliert mich mit seinem kleinen Schal?«

Ich lache schnaubend und werfe das Erstbeste, das ich erreichen kann, nach ihm. Das Küchenhandtuch verfehlt Jonas natürlich um mehrere Meter, aber er duckt sich trotzdem symbolhaft darunter weg. Erschöpft hebt er den Arm, wünscht mir nüchtern »Viel Spaß« und betritt das Badezimmer. Ich höre das Schloss leise klicken, als er verriegelt.

Für ihn ist das alles ein großer Witz.

Weil wir in seinen Augen Kumpels sind.

Kumpels ...

Nachdem ich endlich den Türöffner gedrückt habe, betritt Konrad kurz darauf die Wohnung. Zur Begrüßung beugt er sich zu mir vor und haucht französische Küsschen auf meine Wangen. Grundsätzlich mag ich das Konzept dieser Tradition, habe mich aber nie an die tatsächliche Praxis gewöhnen können. Es ist so awkward, jemanden mit Lippenkontakt zu begrüßen, mit dem man nicht in einer Beziehung oder ersten Grades verwandt ist. Doch irgendwie passt es zu Konrad und seinem restlichen aristokratischen Auftreten, das er an den Tag legt, wenn er nicht gerade Pizzen in einem Wärmerucksack ausfährt.

Heute trägt er ein weißes Hemd mit drei geöffneten Knöpfen, dazu Chinos und Lederschuhe. Darüber einen camelfarbenen Wollmantel und einen elegant aussehenden Schal. Auch wenn mich der Anblick des Schals an die Genugtuung auf Jonas' schönem Gesicht erinnert, mag ich den Look. Das Ensemble entspricht genau dem Outfit, das ich dem Mann an meiner Seite in meiner Fantasie anziehen würde. Allerdings stelle ich nun fest, dass es nicht das Outfit ist, das ich dem Mann an meiner Seite *aus*ziehen möchte.

Meine Fingerspitzen kribbeln nicht, wenn ich Konrad ansehe. Die Härchen auf meinem Rücken machen keine La-Ola-Welle für ihn. Und ich sehne mich schon gar nicht danach, mit ihm in den Kölner Sternenhimmel zu blicken.

Ich will ihn nicht.

Doch die Person, die ich will, erwidert diese Gefühle nicht. In meinem Kopf wird eine Stimme laut, die gehörig nach meiner Mutter klingt und mir sagt, dass das auch für immer so bleiben wird. Aus Gründen, die mir doch eigentlich klar sein müssten.

Ich puste in meinen Pony, um ihn einerseits zu richten und um andererseits in meinem Oberstübchen durchzulüften. Es scheint zu wirken, denn ich finde meine Sprache wieder.

»Hey! Du bist hier!« *Fantastische Feststellung, Polly.*

»Ja. Sorry, dass es so lange gedauert hat. Ich glaube, irgendetwas stimmt mit eurem Summer nicht.« Konrad sieht sich ohne Scheu in der Wohnung um, mustert die Jackenauswahl an der Garderobe, die Sporttasche am Boden und die Einrichtung des Wohnbereichs.

»Ähm. Nein. Irgendetwas stimmt mit meinem Mitbewohner nicht. Er hat ... Ach, nicht so wichtig.« Die verschlossene Badezimmertür erinnert mich mit aller Deutlichkeit daran, dass ich den Abend mit dem falschen Mann verbringen werde. Ich möchte Jonas' echtes Lachen hören. Oder wie er mich Pollyschmolly nennt.

Das Brausen der Dusche befördert noch dazu eine andere Erkenntnis in mein Bewusstsein: Jonas ist dort, nur zwei Meter neben uns, nackt. Er hat sich den Schweiß abgewaschen und die Muskeln eingeseift. Hat seinen Bauch und das Muskel-V an seinen Leisten berührt.

Oh Gott ... Ich habe Jonas schon auf Fotos ohne Shirt gesehen. Anna hat früher gern Bilder von sich und ihrer Familie am Strand gepostet. Damals habe ich darauf nur die sportlichen Körper von fünf attraktiven Menschen gesehen. Jetzt kann sich Jonas nicht einmal durch eine Wand getrennt in meiner Nähe aufhalten, ohne dass ich ihn begehre. Und das liegt gar nicht so sehr an seiner Nacktheit. Sondern an seiner rundum perfekten Jonashaftigkeit.

»Ah! Ja, dein Mitbewohner.« Konrad plustert sich regelrecht auf, imitiert breite Schultern, indem er die Arme ein wenig anwinkelt, und deutet das Heben von Hanteln an. Da er selbst kein besonders schmaler Mann ist, wirkt die Pose über den beabsichtigten Effekt hinaus albern.

»Genau der«, sage ich dennoch, weil ich gerade nicht in der Stimmung bin, Jonas zu verteidigen. Vielleicht hilft es meiner komplett außer Kontrolle geratenen Fantasie, ihn ein wenig ins Lächerliche zu ziehen.

Nope, Girl, gibt mein Gehirn durch, *hier oben läuft immer noch der Extended Cut von 50 Shades of Jagoda.*

Shit.

»Wollen wir los?«, schlage ich vor, um wieder in die Spur zu kommen. Jedoch verstummt neben uns genau in diesem Augenblick die Dusche, weswegen mein Gehirn eine Szene von Jonas, der sich abtrocknet, in den Extended Cut mit hineinschneidet.

Doppel-Shit.

»Alter!« Ah, gut. Konrad hat mir also aufmerksam zugehört. Er reckt den Hals noch immer nach unserer Einrichtung und deutet nun auf Jonas' Allerheiligstes. »Nice Espressomaschine!«

»Die gehört Jonas.« Seinen Namen in Konrads Gegenwart auszusprechen, fühlt sich unendlich falsch an.

»Ziemlich gut betucht, dein Mitbewohner, oder?«

Kurz trifft mich der Schlag, weil meine Ohren mir vorflunkern wollen, dass Konrad ihn soeben *gut bestückt* genannt hat. Doch mit leichter Zeitverzögerung kommt die wahre Aussage bei mir an, die ich nicht weniger irritierend finde.

Wenn auch aus anderen Gründen. Es liegt nahe, dass Konrad Geld wichtig ist. Und auch ich habe viele Jahre nicht damit hinterm Berg gehalten, dass ich mit meinem Job später mal gut verdienen will. Aber dass er Jonas' Kaffeeleidenschaft so materialistisch betrachtet, stört mich.

»Kaffee ist bloß sein Hobby«, spiele ich die Sache herunter und nehme dann demonstrativ Handtasche und Mantel vom Haken. »*Hobby? Blasphemie!*«, höre ich Jonas' Stimme in meinem Ohr.

»Nicht nur Kaffee, wenn ich mir die Einrichtung hier so anschaue.« Erneut lässt Konrad seinen Blick durch die Wohnung schweifen und stößt dabei sogar einen kleinen Pfiff aus.

Ich mache ein Geräusch irgendwo zwischen *Mhm* und *Mir doch egal, können wir endlich los?* und schlüpfe dabei in meinen Mantel. Zugegeben – wir harmonieren *wirklich* ungemein in unseren ungeplant zueinanderpassenden Outfits. Sein doppelreihiger Wollmantel und mein taillierter Coat mit Bindegürtel. Seine Lederschuhe und meine Ankle Boots. Seine drei offenen Hemdknöpfe und mein Dekolleté. Und da wir beide ganz sicher keine V-förmigen Bauchmuskeln haben, würde vermutlich nicht einmal meine Mutter widersprechen, dass wir ein *match made in heaven* sind.

Doch an diesem Himmel tauchen unerwartet Regenwolken auf, als die Badezimmertür auf einmal mit Schwung aufgezogen wird.

Jonas kommt heraus. Jonas, dessen Körper von nichts bedeckt wird als den Haaren auf seinem Kopf und dem Handtuch um seine Hüften. Der Cappuccino, den ich eben getrunken habe, scheint sich in hochprozentigen Alkohol zu verwandeln, ich fühle mich berauscht, benebelt und unsicher auf den Füßen. Man könnte meinen, dass sich meine Erinnerung an Annas alte Familienbilder vor meinen Augen manifestiert hat. Doch der reale, ziemlich unverhüllte Jonas vor uns scheint sich in den letzten Jahren, in denen keine Obenohne-Fotos von ihm mehr im Netz kursierten, verändert zu haben. Da sind keine Waschbrett-Abs mehr, keine tiefe Einkerbung neben seinen Hüftknochen. Stattdessen präsentiert er einen athletischen Rumpf, hollywoodreife Brustmuskeln und Schultern, von denen ich die nächsten hundert Jahre träumen werde.

Scheiße ... wie konnte ein Sixpack je das Schönheitsideal für Männer werden – in einer Welt, in der *solche* Körper existieren? Er sieht so ... stark aus. Stark mit einer Spur von Sanftheit.

Ich fühle mich unendlich zu ihm hingezogen. Nicht zu seinen Schultern oder zu seiner definierten Brust. Sondern weil er mir gezeigt hat, wie es unter seinen Muskeln aussieht. Weil er es mir erzählt hat. Mir!

Jonas hingegen geht vollkommen ungerührt an uns vorbei, tippt sich mit der Hand an die Stirn und grüßt trocken: »Tach!«

Er durchquert das Wohnzimmer, wobei sich das graue Handtuch viel zu eng um seinen Hintern schmiegt, und verschwindet schließlich in seinem Zimmer.

»Ja, äh, Tach auch«, erwidert Konrad verlegen, ungeachtet der Tatsache, dass Jonas uns schon längst nicht mehr hören kann.

Ich puste noch einmal in meinen Pony, obwohl jetzt mindestens ein Hochdruckreiniger nötig wäre, um meinen Kopf sauber zu kriegen, und sage ein weiteres Mal: »Gehen wir dann jetzt?«

Dreifach-Shit. Mindestens.

Konrad lässt den Eiswürfel in seinem Whiskey-Tumbler klirren, als hätte er vergessen, dass er nicht mehr als Don Draper verkleidet ist. Wir sind in einer sehr schicken Bar, in der dieses Getränk geschlagene zehn Euro kostet. Der Weißwein vor mir wird heute also mein einziger Drink bleiben, sonst sprenge ich mein Budget. Niemals würde ich damit kalkulieren, dass Konrad mich einlädt. Erstens lasse ich mich ungern einladen und zweitens kann ich es nicht verantworten, sein hart erstrampeltes Lieferando-Geld in meine durstige Kehle zu schütten.

Seine Arbeit erscheint mir als guter Anhaltspunkt, um aus dem Kommunikationstief herauszukommen, das sich zwischen uns eingeschlichen hat, sobald wir ein banales »Und wie geht's dir heute?« ausgetauscht hatten. Ich finde es wirklich interessant, dass er sich bei Wind und Wetter auf ein Rad schwingt, statt auf einen bequemen Bürostuhl, und dafür sicherlich auch noch grausig bezahlt wird. Es bricht mit seinem Look, seinem Auftreten und Fragen wie *Gut betucht, dein Mitbewohner?*

»Wie gefällt dir das Essenausliefern?«

Konrad weicht meinem Blick aus, tippt mit dem Finger an den goldgelben Whiskey. »Ist nicht wirklich mein Traumjob.«

»Na ja«, sage ich und versuche, eine verständnisvolle, aber amüsierte Miene aufzusetzen, um ihn – und mich – entspannter zu machen. »Wer hat schon einen traumhaften Nebenjob im Studium?«

»Du. Dachte ich.« Die Ironie dieser Annahme entgeht mir nicht. *Ja, das dachte ich auch,* würde ich gern antworten. Doch ich werde Konrad sicher nicht in mein Dilemma einweihen. Das ist kein Thema fürs erste Date. Es ist kein Thema für ... jemals. Nicht mit ihm.

Der Abfall meiner eigenen Stimmung versetzt mich in Alarmbereitschaft. Sofort beginnt es, in meinem Kopf zu rattern: Welchen Witz muss ich reißen, um das zu ändern? Welcher Schwank aus meinem Leben könnte diesen Abend retten? Doch will ich das überhaupt?

»Ich weiß nicht, wie du dir meine Stelle bei *Gayleway & Gabel* vorstellst. Aber sie hat reichlich wenig mit Juristerei zu tun.«

Konrad macht eine wegwerfende Handbewegung. »Das kümmert niemanden, solange es in deinem Lebenslauf steht.«

»Das habe ich auch gesagt!«, rufe ich und bin einen Moment lang ehrlich erfreut darüber, dass Konrad es genauso sieht. Seine spontane Einschätzung ist ein Reminder, wieso ich mir das alles antue. Doch dann erkenne ich den Neid in seiner Stimme.

Er hat ja keine Ahnung, worauf er da neidisch ist. Das dunkle Funkeln in Konrads Augen wirkt missgünstig und sehnsüchtig. Als würde er selbst Mobbing nur zu gern in Kauf nehmen, wenn er im Gegenzug meinen Job – und meinen Lebenslauf – bekäme.

»Wieso suchst du dir nicht etwas anderes?«, frage ich und kann nicht verhindern, dass mein Ton leicht passiv-aggressiv wird.

Konrad lehnt sich zurück. Die Bar ist mit niedrigen Sofas ausgestattet, in denen man mehr liegt als sitzt. Im Hintergrund läuft ein Electrobeat, der eigentlich eine Spur zu laut ist, um sich angenehm unterhalten zu können. Bestimmt machen sie das mit Absicht, damit man mehr trinkt und weniger quatscht. Ein Konzept, das fast schon zu symbolhaft für Konrad und meine Beziehung zu stehen scheint.

»Dein Mitbewohner … was ist das für ein Typ? Lauft ihr bei euch immer nackt durch die Wohnung?« Mir entgeht nicht, dass meine Frage unbeantwortet bleibt. Aus irgendeinem Grund bin ich mir sicher, dass er weniger befangen wäre, über seinen Job zu sprechen, wenn ich bei McDonald's Pommes würzen oder einem Fünftklässler Englischnachhilfe geben würde.

»Klar. Wir baden auch einmal die Woche zusammen und geben uns Gutenachtküsse.« Mein eigener bittersüßer Humor spielt mir Streiche. Denn jetzt stelle ich mir das Gesagte bildlich vor und sitze gedanklich nicht mehr länger mit Konrad in der zu lauten, zu dunklen Bar. Wie ferngesteuert nehme ich mein Handy in die Hand und verpasse diesem Abend damit den Todesstoß. Kein Date – jemals – verlief noch gut, nachdem einer der Anwesenden nach gerade einmal fünfzehn Minuten auf sein Smartphone geschaut hat.

Ich weiß nicht genau, was ich mir erhoffe. Vielleicht eine Nachricht von Jonas, der mich bittet, nach Hause zu kommen. Doch stattdessen entdecke ich eine Nachricht von Anna in unserem Chat, in der sie mich um ein Minutenprotokoll der Nacht mit Konrad bittet. Puh. Das wird kurz ausfallen: *Es war ein Reinfall. Ich habe jede einzelne Sekunde nur daran gedacht, wie viel schöner alles wäre, wenn mein Weißwein ein Kakao und Konrad dein Bruder wäre.*

Am nächsten Morgen fühlt sich mein Kopf an, als hätte er die ganze Nacht in Konrads Whiskeyglas gelegen und sich bis in die Haarspitzen mit Alkohol vollgesogen. Ich kann es ihm gar nicht verübeln. Er musste sich in den vergangenen achtundvierzig Stunden ja auch wirklich mit einer Menge Bullshit auseinandersetzen. Angefangen bei der Sache mit Patrick über den Streit mit meiner Mutter bis hin zu meinem Date mit dem falschen Mann.

Ich wälze mich stöhnend von der rechten auf die linke Seite und greife neben meinem Bett nach dem Handy. Kurz nach zehn. Wenigstens habe ich ausgeschlafen. Nicht, dass es nötig gewesen wäre, weil ich bereits vor Mitternacht wieder zu Hause war. Da Konrad nicht darauf zu vertrauen schien, dass ich den kurzen Weg zwischen Bar und Wohnung eigenständig zurücklegen kann, hat er mich auf dem Heimweg begleitet. Vielleicht hat er sich auch mehr erhofft. Sich ausgemalt, wie wir unseren Kuss vom 11.11. wiederholen oder ihn auf die nächste Stufe befördern würden. *Ich* wollte mich gestern allerdings nur noch ins Bett befördern. Und zwar allein.

Ach Mist ... Dieser ganze Abend hätte überhaupt nicht stattfinden dürfen. Es war unfair von mir. Gegenüber Konrad und gegenüber mir selbst. Ich kann nicht mit jemandem auf ein Date gehen, nur weil ich die Idee von uns mag. Oder besser gesagt: weil ich die Idee unserer zusammenpassenden Mäntel mag.

Das WhatsApp-Icon ist noch immer mit einer rot umkreisten Eins versehen, ein unumstößlicher Beweis dafür, dass ich Anna gestern erst on read gelassen und ihre zweite Rückfrage dann ganz ignoriert habe. Doch jetzt öffne ich den Chat.

> **Anna**
> Keine Antwort. Oha.

> **Anna**
> Ohaohaohaohaohaoha, Polly hat Sex mit Jura-Konrad.

Vielleicht hätte ich es tun sollen. Vielleicht hätte ich Konrad mit raufnehmen sollen. Er hat gezögert vor dem Abschiedskuss auf die Wange. Es wäre bestimmt ein Leichtes gewesen, ihn auf meine Lippen umzulenken und ihn dann wild knutschend wie letzte Woche die Treppe hochzuschleifen. Aber ... *aber Jonas.*

Scheiße ... ich kann nicht in Jonas verliebt sein!

Ich muss den Kopf frei kriegen, am besten mit einer eiskalten Dusche, um die nicht mehr abflauen wollende Hitze in meinem Körper zu regulieren. Ich puhle mir die lockere Zahnspange aus dem Mund und verstaue sie in der Box neben meinem Bett. Sie balanciert dort zusammen mit meiner Brille und einem Wasserglas auf einer Ausgabe des *Bürgerlichen Gesetzbuchs*. Das Ganze sieht aus wie ein nicht sehr unfallsicheres Mahnmal der Tatsache, dass ich mir ganz dringend einen Nachttisch besorgen sollte.

Ohne Spange, dafür mit Brille auf der Nase und einem gigantischen Haarknödel auf dem Kopf, verlasse ich das Zimmer. Der Duft, der von der Küchenzeile zu mir herüberströmt, verheißt eindeutig, dass Jonas mal wieder seine göttlichen French Toasts macht. Oder besser gesagt: gemacht hat. Denn er sitzt bereits mit einem Teller vor sich am Tresen, den Blick auf sein iPhone gerichtet und an einer Tasse Kaffee nippend.

»Morgen«, grüße ich ihn. Und mit einem Mal fühle ich mich underdressed. Mein Schlafanzug besteht aus einer Jogginghose und einem ausgeleierten T-Shirt – eine Kombi, in der ich, anders als Jonas, nicht aussehe wie ein sexy Betthäschen. Das flatterige Gefühl, das ich bei seinem Anblick verspüre, weitet sich von meinem Magen auf den gesamten Organismus aus. Mir kommt es vor, als hätte es sich auch in meinen Nieren, der Leber und in der Gallenblase breitgemacht. Selbst meinem Blinddarm wird ganz anders, weil Jonas diese viel zu heiße graue Sweathose trägt, die kein Geheimnis daraus macht, wie ihr Träger so bestückt ist. Und Jonas' bestes Stück ist in diesem Moment wirklich das Allerletzte, worüber ich mir Gedanken machen sollte.

»Hey«, erwidert er knapp und ohne aufzusehen. Die Schmetterlingsflotte in meinen Organen fällt einer Massenkarambolage zum Opfer. Was ist los mit ihm?

Ich gehe zur Kaffeemaschine und tue so, als wäre mir seine negative Stimmung nicht aufgefallen. »Gut geschlafen?«

Er gibt lediglich ein Brummen von sich und schneidet dann eine Ecke seines Toasts ab, ohne sie zu essen.

»Das heißt dann wohl Nein.« Die gecrashten Schmetterlinge gehen in Flammen auf. Was habe ich Jonas getan? Ist er nur mit dem falschen Fuß aufgestanden oder nimmt er es mir wirklich übel, dass ich ihn, meinen neuen besten Kumpel, nicht in jedes meiner Vorhaben einweihe? Verunsichert tampere ich Kaffeepulver ins Sieb und lasse mir einen Espresso durchlaufen. Da Jonas sich weigert, von seinem Telefon aufzusehen, und ich die Stille nicht ertrage, versuche ich es mit einem Scherz: »Wurden die Nudes von Scarlett Johansson geleakt oder was ist so interessant?«

Kurz sieht er auf und blendet mich dabei regelrecht mit seinen klarblauen Augen. »Die ist nicht wirklich mein Typ.«
»Was? Wie kann das sein? Die ist selbst mein Typ!« Ich schütte einen Rest aufgeschäumter Milch, den Jonas im Kännchen zurückgelassen haben muss, in meine Tasse und sehe mich dann unauffällig nach einer zweiten Portion von dem Frühstück um. Doch heute scheint Jonas mich nicht mit einkalkuliert zu haben. Und obwohl er natürlich nicht dazu verpflichtet ist, mich jeden Sonntag mit Süßspeisen zu verwöhnen, bin ich enttäuscht. Das Wochenende fühlt sich dadurch weniger komplett an, ein bisschen wie ein Jahr ohne Weihnachten. Weil ich nicht weiß, wie ich diesen Gedanken ansprechen soll, ohne wie ein fordernder Vielfraß zu klingen, kippe ich mir eine Portion Müsli in eine Schale, lasse Milch darüberlaufen und setze mich zu ihm.

»Keine Sriracha dazu?« Ein leises Schmunzeln breitet sich auf meinem Gesicht aus. Dieser Insider macht mir Hoffnung, dass Jonas tatsächlich nur ein bisschen morgenmuffelig ist.

»Mein Leben verträgt nicht noch mehr Schärfe«, witzle ich zurück und beginne, das Müsli zu löffeln.

»Du meinst ... noch mehr als den Schal tragenden FDP-Wähler?«

»FDP-Wähler?« Ich schnaube so heftig, dass ein paar milchgetränkte Haferflocken durch die Küche fliegen.

»Komm schon. Er hat dir gestern Abend doch bestimmt gepredigt, dass man privat mit Aktien vorsorgen sollte oder so ähnlich.«

»Nein?« Auch wenn er eventuell erwähnt hat, dass er einen Sparfonds oder etwas dergleichen hat. Aber das werde ich Jonas garantiert nicht erzählen. »Und wen er wählt, hat er auch nicht erwähnt. Außerdem ... schon mal von Artikel 38 im Grundgesetz gehört?«

»Was steht da drin? Dass man braune Mäntel nie mit schwarzen Schuhen kombinieren darf?« Ich warte auf sein schelmisches Grinsen, von dem mein Herz jedes Mal fast ein Schleudertrauma bekommt. Doch es bleibt aus.

»Nein. In Absatz 1 heißt es, dass man seiner Mitbewohnerin niemals allein Süßspeisen vorkauen darf, sondern verpflichtet ist, ihr ebenfalls etwas anzubieten.« Ich ziehe eine Augenbraue hoch, verharre kurz mit dem gehäuften Löffel vor meinem Mund und versenke ihn schließlich mit Nachdruck darin.

Unbeeindruckt spießt er die bereits abgeschnittene Toastecke auf und hält sie mir hin. Das lasse ich mir nicht zweimal sagen. Ich schlucke schnell das Müsli runter und schnappe zu. Jonas zieht die Gabel so ruckartig zurück, dass ich mit ihm falle. Intuitiv stütze ich meine Hand auf seinem Oberschenkel ab ... nur wenige Fingerbreit von der Stelle, an der – das wird mir in diesem Moment viel zu klar – seine Boxershorts anfangen müssen. In meinem Kopf setzt die Fanfare von *20th Century Studios* ein, der ein heißer Film mit einem oberkörperfreien Jonas in der Hauptrolle folgt.

Ich rapple mich auf, durchpuste meinen Pony und sage schließlich: »Artikel 38, Absatz 1 ist übrigens das Recht auf eine geheime Wahl. Unter anderem. Wegen ... FDP und so.«

»Verstehe«, entgegnet Jonas leise und schielt hinab auf seinen Oberschenkel. Wo noch immer meine Hand liegt.

Fuck.

Ich räuspere mich und ziehe sie zurück. Die Stille zwischen uns wird laut und drückend. »Also ... jedenfalls ...« Es gelingt mir nicht, meine Stimme sarkastisch genug klingen zu lassen, um von der Hand-Boxershorts-Situation abzulenken. »Ähm ... echt frech mit dem French Toast.«

»Du kannst es haben, wenn du magst. Mir ... ist heute nicht so danach.«

»Ist ... ist alles okay?« Ich mustere ihn genauer, um nach einem offensichtlichen Grund für seinen mangelnden Appetit zu suchen.

Jonas wirkt tatsächlich etwas matt, sein Gesicht überschattet. »Ja klar ...« Er müht sich mit einem Lächeln ab und stemmt sich hoch. »Ich muss dann mal.«

»Wohin?«, frage ich reflexartig.

»Ich ... äh ... gehe einen Kaffee trinken.«

Er hat doch gerade erst einen Kaffee getrunken?

»Mit wem?« Wieso kann mein Mund nicht einfach die Klappe halten?

»Mit Isabella.«

»Oh«, macht mein vorschneller Mund. Das hätte mein Kopf lieber nicht gewusst.

Jonas lächelt müde und geht dann mit einem ausgestreckten Daumen in sein Zimmer.

EIN PÜREE
AUS DER TÜTE

KÖLN, 25. NOVEMBER
RECHTSWISSENSCHAFTLICHE FAKULTÄT

»Moment … ich raff das nicht. Fünf Wochen an der Uni und ich bin immer noch zu blöd, einen Straftatbestand zu prüfen.« Mel blickt Hilfe suchend von ihren Unterlagen zu mir herüber und stützt dann mit beleidigter Flunsch beide Ellbogen darauf auf.

Mein Arm bleibt auf dem speckigen Bibliothekstisch kleben, als ich mich zu Mel hinüberbeuge und nach dem Zettel greife. »Welchen prüfst du gerade?«

»Den mit dem Preisboxer.«

Ich überfliege die Beschreibung des Falls, anhand derer wir die Voraussetzung für die Anklage und die Bestrafung des Bürgers erörtern sollen.

»A ist Profiboxer im Schwergewicht«, lese ich im Flüsterton vor. »Bei einem Besuch auf dem Wochenmarkt gerät er mit dem schmächtigen Fischhändler B in einen Streit und verprügelt ihn.«

»Wo nehmen die diesen Scheiß eigentlich her? Aus einem *Asterix*-Comic?« Mel schnippt von hinten gegen das Papier.

Das Szenario hat sich nicht in einem fiktiven gallischen Dorf abgespielt, sondern in echt und in Deutschland – so wie alle Fälle, die wir bisher in Strafrecht prüfen mussten. Während ich den Zweizeiler noch einmal lese, kribbeln meine Finger. Es ist dieses Gespür, die richtige Antwort zu wissen, das manchmal dafür sorgt, dass ich in Prüfungssituationen mit gehobenem Arm auf und ab hüpfe wie Hermine im Zaubertrankunterricht.

»Du musst abwägen, ob es Körperverletzung oder sogar gefährliche Körperverletzung ist«, sage ich.

»Und woher soll ich das wissen, wenn mir nur mitgeteilt wird, dass der Boxer ein Schrank und der Fischtyp ein Hänfling ist?«

Ich lache und schnappe mir dann einen Textmarker irgendwo zwischen dem restlichen Inhalt meiner Klarsichttasche, der auf dem kompletten Tisch verteilt liegt. Damit unterstreiche ich das Wort *Profiboxer*.

Mel zieht wieder eine Schnute und schüttelt den Kopf. »Bin ein hoffnungsloser Fall, lass mich einfach zurück.«

Ich haue ihr scherzhaft auf die Finger. »Das tue ich bestimmt nicht. Gefährliche Körperverletzung unterscheidet sich von der einfachen durch den Einsatz von Waffen oder Ähnlichem.« Wie eine Oberlehrerin unterstreiche ich meine Rede mit nach oben gerichteten Handflächen. Mel blinzelt mich nach wie vor ahnungslos an. »Der Boxer ist Profi. Seine Fäuste sind also so was wie … nun ja, Waffen. Er wusste genau, wie er sie einsetzen muss. Der schmächtige Fischhändler hatte keine Chance.«

»Wie kommst du auf so was?«, fragt Mel erstaunt und lässt ihre Stirn nun auf die Tischplatte sinken.

»Ich finde es einfach spannend«, antworte ich schulterzuckend.

Mel legt den Kopf zur Seite, bis ihre Wange ebenso am Tisch klebt wie mein Unterarm. Die sanften Erdtöne ihrer Tätowierungen glänzen in der Herbstsonne, die durch die Fenster fällt und von den Bibliotheksregalen in Streifen zerteilt wird. »Weißt du, was ich spannend finde? Dein Liebesleben. Hat Konrad sich noch mal gemeldet?« Mel weiß von unserer Verabredung letzte Woche – und sie weiß auch, dass wir seitdem nur sehr sporadisch geschrieben haben.

»Ich denke, das Ganze wird bald im Sand verlaufen«, erwidere ich, obwohl ich weiß, dass es erwachsener wäre, es einfach zu beenden.

»Gut.« Mels Kopf schnellt hoch. Sie nickt mit gespitzten Lippen.

»Wieso ist das gut?«

»Na, sobald du dir den aus dem Kopf geschlagen hast, kannst du endlich dazu übergehen, dir deine wahre Obsession für Jonas einzugestehen.«

Ich sammle meine Unisachen zusammen und beginne, sie in die transparente Tasche zu schieben. »Ich bin nicht obsessed mit ihm.«

»Aber du stellst dir vor, wie eure Babys aussehen würden.«

Ich runzle die Stirn und mache ein angewidertes Gesicht. »Babys? Wenn man den Standort meiner derzeitigen Entwicklung lokalisieren würde, wären Babys ungefähr …« Ich mache eine winkende Bewegung, die groooße Distanz symbolisieren soll. »… auf dem Jupitermond Io zu verorten.«

»Na ja, immerhin befinden sie sich in dieser Galaxie. Das ist in unserem Alter doch recht vielversprechend.« Sie trommelt mit ihrem Kugelschreiber auf den Tisch und kaut provokativ auf einem Kaugummi herum.

»Ich rede nicht mit dir über Babys, Mel.«

»Redest du dafür mit mir über Jonas?«

Genervt verdrehe ich die Augen. »Nein! Ich habe schon genug über Jonas geredet. Wegen dem ganzen Gerede über Jonas ist es überhaupt erst ein Ding geworden, über Jonas zu reden. Also muss ich weniger über Jonas reden, damit das Gerede über Jonas und vor allem das Gedenke über Jonas … nachlässt. Verstehst du?«

Mels buschige Augenbrauen sind sich bei jeder Silbe näher gekommen und jetzt dicht genug beieinander, dass sie sich einen Kuss geben könnten. »Das war das Uneloquenteste, was ich dich je habe sagen hören.«

»Gewöhn dich nicht daran«, brumme ich und verstaue meinen letzten Ordner in der zum Bersten gefüllten Tasche. »Wir sollten lieber über deine Medizinstudentin reden.« Ich schaue auf die Uhr. »Heute Abend vielleicht? Du kannst zu mir kommen, wenn du versprichst, nicht nach den Namen von Jonas' und meinen Babys zu fragen.«

»Wieso fragen? Ich habe längst beschlossen, dass sie Melina Junior und Jonas der Zweite heißen.« Mel lässt ihren Kaugummi schnalzen und beobachtet mich beim Aufstehen. »Aber mit dem Plan gibt es noch andere Probleme: Die Medizinstudentin ist Geschichte und heute kann ich nicht.«

»Oha. Wieso reden wir über mein nicht vorhandenes Liebesleben, wenn deins viel aufregender zu sein scheint?« Ich ziehe die Tasche fester über meine Schulter und stemme eine Hand in die Hüfte. »Alles okay bei dir?«

»Klar.« Sie winkt ab. »Ich hab's nicht mit festen commitments, die Medizinstudentin hat geklammert, *it's a no from me*. Außerdem gibt es jemand anderes.«

»Bei ihr oder bei dir?«, frage ich erstaunt. Wie schaffen manche Menschen es nur, ein derart reges Sexleben zu führen? Ich bekomme es schon kaum geschaukelt, eine irregeleitete Schwärmerei und ein langweiliges Date mit meinem Sozialleben und den Univerpflichtungen zu vereinbaren. Sich sexuell auszuleben, muss einen wahnsinnig leeren Terminplan erfordern. Oder eine Zeitmaschine.

Mel hebt geheimniskrämerisch die Schultern.

»Du bist unmöglich! Ich muss jetzt in Schuldrecht und werde daher niemals erfahren, mit wem du gerade schläfst.« Ich spreche so laut, dass ich die paar Dutzend Augenpaare der anderen Bibliotheksbesucher mit einem Mal auf mir spüren kann. Jemand »scht« mich sogar an. »Wir holen das Treffen bei mir nach«, setze ich leiser hinterher.

»Kann's kaum erwarten«, zwitschert Mel. »Aber vergiss nicht: Sollte in der Zwischenzeit etwas passieren, erwarte ich ein Hummer-Emoji!«

»Mel!«

Sie wirft mir eine Kusshand zu.

Als ich nach acht Stunden Uni vor unserer Wohnungstür ankomme, pople ich umständlich den Schlüssel aus meiner Tasche und stecke ihn ins Schloss. Drinnen läuft angenehm laute, angenehm rockige Musik, woran ich ablese, dass Jonas gerade in der Küche zugange sein muss. Die ein wenig seltsame Stimmung nach meinem Date mit Konrad ist in den letzten Tagen verflogen. Zwar muss ich mir mein Frühstück noch immer selbst zubereiten, aber das ist okay so. Besser so, um genau zu sein. Man steigert sich wirklich auffallend weniger in eine Verknalltheit hinein, wenn das Objekt der Begierde nicht ständig irgendwelche unfassbar süßen, unfassbar begehrenswerten Gesten auffährt. Es macht einen zu besseren ... *Kumpels*.

»Hey«, sage ich und hänge Mantel und Bib-Tasche an der Garderobe auf.

Jonas dreht sich auf einem der Barhocker kurz zu mir um, beschränkt sich allerdings auf ein wenig optimistisches Lächeln zur Begrüßung. Ich gehe an ihm vorbei, um mir ein Glas Wasser zu holen, und erkenne, dass er ein iPad und eine gigantische Schale mit Salat vor sich stehen hat. Seine Gabel schwebt über der Riesenportion Grünzeug, sein Zeigefinger über dem Tablet, dessen Bildschirm ein Foto füllt. Es zeigt Jonas in Badehose mit gebräunter Haut, die sich über stark definierte Muskeln spannt, im Hintergrund irgendein Ozean, und in seinen Armen liegt ... in einem winzig kleinen Brazilian-Cut-Bikini ...

Isabella.

Der Himmel hinter ihnen ist orange und gelb und lila, was nur dadurch noch an Kitsch übertrumpft wird, dass sich die Farbenpracht im Wasser spiegelt. Die beiden stehen Becken an Becken, Jonas' Hände auf ihrem Steiß. Sie reckt sich empor, macht die langen Beine noch länger, um ihn zu küssen. Die Person, die das Foto aufgenommen hat, hat diesen perfekten Moment kurz vor dem Kuss eingefangen. Isabella hat die Augen schon geschlossen, während in denen von Jonas all das liegt, was ich in ihnen vermisse. Er muss sie vergöttert haben … oder … noch immer vergöttern? Sonst würde er wohl kaum wieder mit ihr Kaffee trinken und sich alte Pärchenbilder ansehen.

Jonas wischt das Bild sofort weg, als er mich neben sich bemerkt. Beinahe, als hätte er mir aus Versehen einen Einblick in sein intimstes Geheimnis offenbart. Und genau so fühlt es sich an. Meine Finger werden kribbelig, fast taub. Wahrscheinlich, weil ich die Antwort auf all meine ungestellten Fragen längst kenne.

»Erde an Jonas!«, überwinde ich mich, betont freundlich zu sagen, weil ich trotz meiner brodelnden Eifersucht wieder Alltag zwischen uns einkehren lassen will.

»Oh, hi.« Er klappt das Magnetcover des iPads zu, als wolle er ganz sichergehen, dass ich nicht nach dem Bild frage.

Nachdem ich ein Glas Wasser geext habe, durchsuche ich die Vorratsschränke und das Eisfach nach einem Abendessen. Ironischerweise finde ich eine Packung Kartoffelbrei zum Anrühren und plane, mir dazu Rahmspinat aufzuwärmen, den ich kürzlich gekauft habe. »Was meinst du? Ich könnte dir heute Abend deine Jungfräulichkeit nehmen.«

Jonas taucht aus einem Tagtraum auf und begreift meine Worte erst, als er mich mit der Alutüte voll Kartoffelpulver wedeln sieht.

»Keine Sorge. Dein Unterhöschen darfst du gern anbehalten.«

»Woher willst du wissen, dass ich eins trage?« Sein Tonfall macht klar, dass er nun seinerseits darum bemüht ist, die Situation aufzulockern. Aber meine Kopfhaut wird trotzdem von einem derart heftigen Prickeln erschüttert, dass es mich nicht wundern würde, wenn ich beim nächsten Blick in den Spiegel eine Glatze vorfinden würde.

Unwillkürlich greife ich mir ins Haar, das zum Glück noch vorhanden ist, und zwirble eine Strähne um den Zeigefinger. Wie besessen fahnde ich nach einer cleveren Erwiderung, aber mir will einfach nichts einfallen. Die Vorstellung von Jonas' Unterwäsche – oder besser gesagt: die Abwesenheit derselbigen – hat meiner Schlagfertigkeit den Stecker gezogen.

»Jetzt bist du sprachlos!«

»Jahaaa …«, stammle ich, »weil … weil ich … nie mehr auf diesem Stuhl sitzen will, wenn nicht mindestens zwei Lagen Stoff zwischen ihm und deinen vier Buchstaben sind!« Zwar denke ich in Wahrheit eher an seine fünf Buchstaben – mein umnebeltes Hirn benötigt eine enorme Rechenkapazität, um die Buchstaben in dem Wort *Penis* nachzuzählen –, aber das braucht er ja nicht zu wissen. Schließlich sind wir Kumpels. Und er steht auf seine Ex.

»Ich hasse es, dir das beichten zu müssen, Pollyschmolly, aber meine vier Buchstaben haben schon sehr oft mit nur einer Stoffschicht hier gesessen. Sorry!«

Ich schauspielere ein angewidertes Gesicht und reiße mich von ihm los, um meinen Instantbrei zuzubereiten. Und um ihm keine Gelegenheit zu geben, mir meine wahren Gefühle anzumerken.

»Kann man … kann man das wirklich essen?«, fragt Jonas nach einigen Minuten.

»Denkst du, ich dresche zum Spaß mit dem Schneebesen auf die Pampe ein?« Mein Kartoffelbrei hat die Farbe und Konsistenz von frisch angerührtem Zement angenommen und meine Rührtaktik scheint dies nicht mehr beheben zu können.

»Allein die Tatsache, dass ein Schneebesen in deinem Püree steckt, macht mich emotional total fertig.«

Ich werfe einen Blick über die Schulter und sehe, wie er seinen Kopf theatralisch in den Handflächen vergräbt. »Ruhe auf den billigen Plätzen.«

Jonas steht auf und kommt – nun endlich mit einem breiten Grinsen – zu mir an den Herd.

»Da ist viel zu wenig Flüssigkeit drin.« Anklagend erhebt er die Hand gegen den Inhalt meines Topfes.

»Hör auf, mir mein Essen zu mansplainen.«

»Das tue ich nicht als Mann, sondern als Püreeliebhaber.«

»Dann hör auf, es mir zu püreesplainen!« Ich will Jonas mit dem Schneebesen drohen, doch der Tütenfraß ist mittlerweile so dickflüssig, dass ich ihn mit Schwung herausziehen muss.

Jonas gefriert mitten in der Bewegung, die Miene vorwurfsvoll, die Hand noch immer tadelnd in Richtung Topf ausgestreckt. Ein paar Flöckchen aus blassgelbem Kartoffelmatsch haben ihn mitten im Gesicht erwischt. Ein Prusten schwillt in mir an, das ich nur schwer unterdrücken kann. Mit bebenden Lippen gehe ich ein Stück auf Jonas zu und wische ihm den Kartoffelbrei von der leicht stoppeligen Wange. Als ich seine Haut berühre, möchte mein Daumen am liebsten mit ihr verschmelzen. Jonas riecht so unglaublich gut und ist so nah, seine Brust so einladend, seine Arme so ... präsent.

Auf einmal liegt seine Hand auf meiner. Hält sie fest. Nimmt sie.

Shit. Shit, shit, shit, shit, was passiert hier?

Nichts. Nichts passiert hier. Jonas nimmt einfach nur meine Hand von seiner Wange und inspiziert den Brocken, der die Bezeichnung Kartoffel*brei* allein schon aufgrund seines Aggregatzustandes nicht mehr verdient hat.

»Wie bekommst du das nur immer hin?«

Er hat es nicht gespürt. Für ihn war das eben ... nichts. Wie kann Anziehung bloß so einseitig wahrgenommen werden? Passiert das auch manchen Magneten? Gibt es irgendwo dort draußen einen Pluspol, der sich extrem zu einem Minuspol hingezogen fühlt, der allerdings nur mit ihm befreundet sein will? Och Manno ...

»Ich ... ich weiß auch nicht ...« Ich sehe auf und schaue Jonas direkt in die Augen. Wie es wohl sein muss, wenn dich diese Augen voller Liebe ansehen? Voller Begierde? Wie fühlt es sich an, von Jonas gewollt zu werden?

In diesem Moment fängt der Spinat auf der zweiten Kochplatte wütend an zu blubbern. Jonas reagiert reflexartig und dreht den Regler runter. Ich hingegen bin zu gar nichts mehr in der Lage. Ich kann mit Sicherheit sagen, dass ich in meinem Leben noch nie derart emotional verwirrt war. Ich wäre so gern nur mit Jonas befreundet und stattdessen in Konrad verliebt. Oder in ... wortwörtlich jeden anderen Menschen. Außer in Patrick und Fischer vielleicht.

Aber ich ... ich kann nicht.

EIN FOTOALBUM
IM KOPF

KÖLN, 26. NOVEMBER BIS 14. DEZEMBER
WG

In den nächsten zwei Wochen ist das Leben gut zu mir. Und das hauptsächlich, weil es mich mit einem ganzen Haufen Arbeit überrollt. Meine To-do-Liste ist so lang, dass man vielmehr von einem To-do-Notizbuch sprechen müsste. Für die Uni muss ich Woche um Woche seitenlange Skripte wälzen. Noch dazu haben fast alle Veranstaltungen eine Anwesenheitspflicht, die mit Unterschriften überprüft und protokolliert wird. Nicht, dass ich vorhatte, schon im ersten Semester einen Großteil meiner Veranstaltungen zu schwänzen. Aber ich muss mir eingestehen, dass meine Vorstellungen vom Unileben sehr viel mehr Kaffeepausen beinhaltet haben. Pausen, in denen ich mit anderen Studierenden auf den Treppenstufen denkmalgeschützter historischer Gebäude sitze, Juristenwitze reiße und Pläne für die Zukunft schmiede, während herbstliche Laubbäume goldrote Tupfer in den Himmel malen. Doch allmählich muss ich wohl oder übel erkennen, dass mein Unterbewusstsein diese Fantasie vermutlich aus *Gossip Girl* geklaut hat – und dass sie leider dortbleiben muss. Denn die Rechtswissenschaftliche Fakultät in Köln befindet sich nicht in einem fancy Gebäude, Stufen gibt es auch nicht. Der angrenzende innere Grüngürtel der Stadt hat zwar ein paar Bäume zu bieten, aber die sind im Dezember nun mal kahl.

Dass wirklich schon Dezember ist, merke ich vor allem an den rot-grün verzierten Hüttchen, die plötzlich auf allen öffentlichen Plätzen auftauchen und den Geruch nach Glühwein, gebrannten Mandeln oder Nierenspießen verströmen. Wobei ich von den ersten beiden Gerüchen definitiv ein größerer Fan bin als von letzterem.

Konrad fragt mich zweimal, ob wir einen der Adventsmärkte gemeinsam besuchen wollen, und ich kann mich mit einem *In der Uni ist gerade viel zu tun* herausreden. Bis er und Justus die komplette Ersti-Gruppe zu einem Abend am Glühweinstand einladen. Mel bequatscht mich zuzusagen, weil sie es für eine gute Idee hält, mir Konrad unter dem Einfluss von drei bis zwölf Glühwein noch einmal näher anzusehen.

Doch obwohl ich mir an diesem Abend die allergrößte Mühe gebe, kann ich weder meinen Kopf noch meinen Körper von der Idee *Konrad* überzeugen. Das haben wir beide nicht verdient. Ich kann nicht ignorieren, dass Konrad und ich offenbar nicht auf einer Wellenlänge sind, nur weil Jonas immer noch an seiner Ex hängt und mich sowieso nur für einen Kumpel hält. Denn dass diese beiden Dinge Fakt sind, ist seit dem Abend des ruinierten Kartoffelbreis endgültig klar. Es gibt keinen Kakao mehr unterm Sternenhimmel, kein French Toast am Sonntagmorgen, kein

Tief-in-die-Augen-Schauen, bei dem ich denke: *Du musst es doch auch spüren.*

Aber das ist okay ... okay ... nicht okay, aber okay.

»Bitte sag jetzt nicht, dass Kaya schon wieder nicht gekommen ist?« Zugegeben ... die ersten Worte, die ich ausspucke, als Anouk aus dem Hauptbahnhof tritt, könnten ein klein wenig feinfühliger sein. Aber ich bin einfach zu sauer darüber, dass sie erneut allein zu unserem Treffen aufkreuzt. Sie wirkt verloren in ihrem Anorak und der gigantischen grünen Woll-Beanie, unter der klitzekleine Fransen ihrer Haare herausblitzen.

Alles an Anouk schreit, dass sie sich verstecken möchte, und es tut mir weh. Sie ist meine beste Freundin seit der fünften Klasse – und mindestens genauso lange verkriecht sie sich schon in zu großer Kleidung und hinter einem zu geringen Selbstbewusstsein. Dass sie sich bisher nicht getraut hat, sich an einer Kunsthochschule zu bewerben, und sich stattdessen in die Arbeit auf dem Bauernhof ihrer Eltern flüchtet, ist das eine. Doch dass jetzt auch noch der Bruch mit Kaya droht, lässt meine Sorge um Anouk ins Unermessliche wachsen. Wie viele Säulen können einer Person wegbrechen, bis sie einknickt?

»Wir haben uns geeinigt, dass er nicht kommt.«

Ich ziehe die Augenbrauen hoch. »Geeinigt?«

»Lass uns über was anderes reden.« Sie winkt ab. So war Anouk schon immer. Wenn etwas droht, zu gefühlvoll zu werden, mauert sie komplett. »Zum Beispiel über dich und Jonas. Bevor Anna kommt.«

»Tja«, mache ich und deute auf zwei Gestalten mit Hund, die sich uns schnellen Schrittes nähern. »Zu spät.« Anouk legt den Kopf vorwurfsvoll zur Seite. »Außerdem gibt es überhaupt kein Jonas und ich.« Ich hebe abwehrend die Hände vor die Brust. »Wir sind bloß Mitbewohner. Freunde. Kumpels.«

»Klar. Ihr seid nur Kumpels.«

»Genau!«

»Ich sag ja schon nichts mehr.«

»Du schaust aber so.«

»So sehe ich eben aus.«

»Hör auf!«

»Hör du auf!«

»Ich ...«

»Was habt ihr schon wieder angestellt?« Anna und Fynn sind mit Eule neben uns aufgetaucht. Anna wirft uns ihren neu erworbenen Mutti-Blick zu, aber ich entwinde mich, indem ich den niedlichen Hund mit einer Schmuseeinheit begrüße.

»Nichts«, sage ich mit Nachdruck. »Gar nichts.«

»Na dann ...« Anna strahlt. »Glühwein?«

»Jemand hole der Frau einen Glühwein«, fleht Fynn sarkastisch gen Himmel. »Sie redet seit Stunden von nichts anderem.«

Ich ergreife die Gelegenheit beim Schopf und besorge uns die erste Runde, die mich auf einen Schlag um mein halbes Wochenbudget erleichtert.

»Ich kann dich gern nächsten Freitag mitnehmen, wenn du magst.«

Ich habe rund eine Million Bücher und Zettel auf dem Wohnzimmerboden und an den Wänden um mich herum ausgebreitet, während mein Laptop damit beschäftigt ist, mit mindestens ebenso vielen geöffneten Tabs zurechtzukommen. Sein Brummen ist so laut, dass ich Jonas wie durch Watte höre. Eigentlich hatte er sich schon verabschiedet, doch nun sieht er mit einer Hand am Türgriff auf mich herab.

»Nächsten Samstag?«, frage ich ahnungslos. Mein Herz verschluckt sich an ein paar Schlägen. Nicht nur, weil Jonas gut aussehend, zuvorkommend und wohlriechend wie eh und je ist – daran habe ich mich, so weit möglich, gewöhnt –, sondern vor allem, weil es bei jeder Ansprache von ihm ein klitzekleines bisschen Hoffnung verspürt, die einfach nicht totzukriegen ist.

»Heiligabend?« Er schmunzelt über meine Irritation. Oh Gott. Nächsten Samstag ist Weihnachten? Wie kann Weihnachten sein? Ich bin doch gestern erst ausgezogen, habe gefühlt vorgestern den Abiball besucht. »Oder fährst du nicht nach Lansberg?«

»Ähm ... doch ... klar.« Klar fahre ich nach Lansberg. Ich muss schließlich das frustrierendste Weihnachtsfest seit Anbeginn der christlichen Zeitrechnung dort absitzen. Lieber würde ich am vierundzwanzigsten Dezember hochschwanger auf einem Esel von Gasthaus zu Gasthaus tingeln und schließlich in einem Stall ein Kind gebären, als den Abend nach all den Streitigkeiten mit meiner Mum zu verbringen.

Shit. Wir haben bisher nicht einmal darüber geredet, wie wir das Fest dieses Jahr begehen. Wir haben ... *gar nicht* geredet. Streng genommen. Die Ausnahme bilden ein paar Nachrichten über Briefe, die an meine alte Adresse gesendet wurden, meine Erlaubnis, sie zu öffnen, und dann Fotos von den aufgefalteten Papierbögen, die von roten Gelnägeln ins Bild gehalten werden. Die einzige Form, in der meine Mutter und ich seit dem Streit kommunizieren, sind spitz zulaufende Krallen in dunklem Bordeaux, die Werbung von der örtlichen Sparkasse präsentieren. Echt super.

Ob an Weihnachten alles auf magische Weise wieder harmonischer sein wird? Wir sind nicht religiös, einen Kirchenbesuch oder anderes christliches Programm haben wir also nicht vor. Bisher haben wir den Tag immer mit meiner Oma und Mamas Bruder gefeiert. Seit ich denken kann, kommen sie zum Abendessen zu uns. Es gibt Braten, der uns geliefert wird, und zur Bescherung ein paar langweilige Gespräche. Die letzten zwei Jahre habe ich mich nachts immer noch mit Anna, Anouk und Kaya auf dem Vogelhof getroffen. Anouks Eltern haben immer Punsch und Selbstgemachtes aus ihrem Hofladen an Nachbarn und Freunde verteilt ... Es war ein schöner Brauch. Ob wir ihn dieses Jahr überhaupt fortführen können? Vielleicht will Anna ja lieber mit Fynn feiern – und Anouk ohne Kaya. Was tue ich dann? Verziehe ich mich nach dem Dessert in mein kahles altes Zimmer? Oder erübrigt sich das, weil Mama und ich uns noch vor der Vorspeise die Köpfe einschlagen?

»Immer noch Stress mit deiner Mutter?«, fragt Jonas, als hätte er meine Gedanken gelesen, und lässt den Türgriff los. Es wirkt wie ein Symbol, wie ein *Wenn du reden willst, bleibe ich*. Aber ich kann meiner Fähigkeit, Menschen, Situationen und Körpersprache lesen zu können, nicht mehr vertrauen, wenn es um Jonas geht. Mein Gehirn ist zu scharf darauf, in all seinen Gesten eine tiefere Bedeutung zu finden.

»Mhm, nein, nur das Übliche.« Es ist der falsche Moment, Jonas zu beichten, wie sehr es mich wirklich mitnimmt. Er ist auf dem Sprung, er sollte nicht hierbleiben müssen, nur weil die Mühlford-Frauen absolut hoffnungslose Fälle sind.

»Bist du sicher?«

»Klar!« Ich sehe vom Boden zu ihm auf und ringe mir ein einigermaßen überzeugendes Grinsen ab. »Und am Samstag fahre ich gern mit.«

Er nickt langsam, deutet dann mit ausgestrecktem Daumen zur Tür und legt den Kopf schief.

»Geh ruhig«, sage ich mit einer aufgesetzten Sorglosigkeit, wegen der mein Herz furchtbar sauer auf mich wird. »Ich habe eigentlich zu viel zu tun, das ist alles.« Ich zeige zu den rosa, gelben und grünen Post-its, die ich in einem komplexen System zwischen meinem Zimmer und dem Bad aufgehängt habe.

»Okay ...« Jonas glaubt mir nicht, das höre ich ihm mehr als deutlich an. »Du kannst zu uns kommen an Heiligabend. Paul darf dann zwar nur für drei essen, nicht wie sonst für vier, aber das kriegen wir schon hin.« Er lässt ein versöhnliches Glucksen hören. Das Geräusch schlägt ein Album in meinem Kopf auf. Momente mit Jonas, fein säuberlich eingeklebt mit Fotoecken. Er in Anzug und mit gelöster Krawatte auf dem Abiball, er auf einem Bein kniend vor mir in der U-Bahn, eine fiktive Ringschatulle öffnend, er mit zwei Tetra Pak Chocomel in einem ramschigen Kiosk, seine Hand auf meinem Oberschenkel, über uns der Sternenhimmel. Zu gern würde ich ein Foto von uns beiden in dieses Album kleben, das uns gemeinsam vor dem Tannenbaum zeigt. Aber das geht nicht, solange die Bildunterschrift *Ich mit meinem Kumpel Jonas an Weihnachten* lauten müsste.

»Bin ich jetzt etwa dein Sozialprojekt?«, frage ich sarkastisch und verscheuche mit einem gespielten Lachen die kitschige Fotoalbummetapher aus meinem Kopf.

»Ich meine bloß …«

»Hey! War ein Scherz. Mach dich ab, ich komm schon klar!« Ich probiere mich an einem etwas ehrlicheren Lächeln. »Was hast du eigentlich vor?«

»Ach nix, nur …« Er winkt ab, schiebt zeitgleich jedoch die andere Hand auffallend tief in die Jackentasche. Mein angeknackstes Radar für Körpersprache registriert eine Abwehrhaltung. »Ich treff mich nur mit Lisa.«

»Lisa?« Wieso sagt er diesen Namen, als müsste ich ihn zuordnen können?

»Ja«, wiederholt Jonas mit Nachdruck, als müsste ich Lisa tatsächlich kennen.

Auf einmal macht etwas in meinem Kopf *Klick*. »Von Tinder? Die … Tiermedizinstudentin? Vom Dach? DIE Lisa?!« Meine Stimme überschlägt sich wie ein übereifriges Rennpferd, das noch vor Startschuss aus der Box herauspreschen will. *Was??* Jonas trifft sich wirklich mit dieser Lisa?

»Du … vor ein paar Wochen …« Jonas zieht die Hand aus der Tasche und hält sie ausgestreckt mit einem Ausdruck der Ahnungslosigkeit in die Luft. Verwirrung, erkennt mein Körperspracheradar, ehrliche Verwirrung. »*Du* warst doch so scharf darauf, dass ich ihr eine Chance gebe!«

JAAA!!! Als ich dachte, du fändest sie nicht gut. Als ich beweisen wollte, wie absolut zwanglos ich mit deinem Datingleben umgehen kann. Als ich dir zeigen wollte, was für tolle

Kumpels wir sind. Als *ich* noch diejenige war, der du Kakao auf dem Dach serviert hast. S H I T !

»Äh ...« Ich hole viel zu tief Luft und bringe schließlich hervor: »Klar. Ja. Finde ich super. Die war ... schließlich echt ...« Echt was? Ich kann mich nicht mal mehr an ihr Profilbild erinnern. Das ist doch Wochen her!

»Sie ist supernett, wir haben ein bisschen geschrieben in den letzten Wochen.«

»In den letzten *Wochen*?«

»Seit ... ich weiß auch nicht. An dem Abend, an dem du mit Christian Lindner unterwegs warst, war mir langweilig.«

»Christian wer?« Dann verstehe ich die Pointe. »Ah, FDP, lustig. Okay, also ... wie schön«, krächze ich. Meine Stimme ist auf einmal so hoch, dass ich in Mozarts *Zauberflöte* als Königin der Nacht auftreten könnte. »Supernett klingt doch supergut.« Innerlich kotze ich wegen meiner Falschheit und meiner eigenen Plattitüden. Wegen der Schnapsidee, Jonas zu Tinder zu treiben, und weil ich Christian Lindner an jenem Abend nicht einfach abgesagt habe.

Jonas lächelt schmallippig und öffnet die Wohnungstür. »Mein Angebot steht. Nur für den Fall. Du hast einen Platz in meinem Auto und unter unserem Weihnachtsbaum.«

»Danke«, sage ich. Und obwohl ich es ernst meine, kann ich nur an den Eintrag in meinem imaginären Fotoalbum denken.

EIN MOMENT IM AUTO

LANSBERG AN DER WUPPER, 24. DEZEMBER
HAUS DER MÜHLFORDS

Ich spüre Jonas' Anwesenheit neben mir auf dem Fahrersitz auf eine derart körperliche Weise, dass ich regelmäßig auf den Schaltknüppel zwischen uns schauen muss, um sicherzugehen, dass meine Hand sich nicht auf Wanderschaft in Richtung seines Oberschenkels begeben hat. Die letzte Woche ist im Flug vergangen. In der Uni und auf der Arbeit ist vorweihnachtlicher Stress ausgebrochen, was dazu geführt hat, dass ich keine Sekunde Ruhe hatte – aber wenigstens waren dadurch auch Patrick, Sarina und Co. so beschäftigt, dass ich die letzten drei Schichten nicht von ihnen behelligt wurde. Meinem Mitbewohner bin ich, so gut es ging, aus dem Weg gegangen. Ich hatte zu große Angst davor, dass er mir beiläufig an der Kaffeemaschine oder beim Wäscheaufhängen erzählt, wie großartig Tiermedizinerin Lisa im Bett war oder wie toll es ist, sich immer noch *zum Reden* mit Isabella zu treffen.

Jonas bricht die Stille, in der wir aus Köln heraus und auf die Autobahn gefahren sind. »Was schenkst du deiner Mum zu Weihnachten?«

»Dass ich ihr den Abend nicht mit unangebrachten Wahrheiten verderbe.« Jonas lacht das HAHAHA. »Na gut. Und eine Vase.« Das Geschenk habe ich ihr erst vorgestern besorgt, nachdem ihre WhatsApp-Nachricht eingetroffen war, in der sie mich recht sachlich, aber nicht völlig lieblos darüber in Kenntnis gesetzt hat, dass das Weihnachtsessen am Vierundzwanzigsten um siebzehn Uhr beginne. Dafür, dass sich unser Kontakt auf bordeauxrote Fingernägel und Sparkassenbriefe beschränkt hat, war dies eine recht positive Einladung. Dennoch musste ich eine halbe Stunde überlegen, wie ich antworten soll, bis ich mich für ein versöhnliches *Okay* inklusive Kusssmiley entschieden habe.

»Und du?«

Wir plaudern die nächsten fünfzehn Minuten ungezwungen über Weihnachtsgeschenke und andere festliche Traditionen, bevor wieder diese seltsame Stille zwischen uns eintritt. Obwohl es noch nicht einmal halb fünf ist, ist der Himmel dunkel. Es gibt keinen Schnee, besonders kalt ist es auch nicht. Weihnachtsstimmung wird einzig von Michael Bublé verbreitet, der im Radio *White Christmas* jodelt, und dem rot gemusterten Ugly-Christmas-Sweater, den Jonas auf Wunsch seiner Mutter angezogen hat. Sie möchte darin lustige Bilder im Partnerlook schießen. Bestimmt landet dieses Foto heute noch auf dem Instagram-Account der *Lose it & Love it*-Familie. Ich sehe sie vor mir: Jochen, Corinna, Paul, Jonas und Anna Jagoda in hässlichem Strick, in dem sie natürlich alle kein bisschen hässlich aussehen.

Anna hat erzählt, dass Fynn das Weihnachtsfest mit ihnen verbringen wird. Ob er auch so einen Pullover trägt? Immerhin hat er selbst ein Jon-Snow-Kostüm für sie angezogen, ein Rollkragen mit Norwegermuster sollte da doch kein Problem sein. Sitzt nächstes Jahr die Tiermedizinerin im abgestimmten Outfit bei Jagodas mit unterm Weihnachtsbaum? Ich versuche, die Gedanken an sie zu vertreiben, aber sie haben sich störrisch in meinem Kleinhirn festgekrallt.

Jonas passiert das Ortsschild von Lansberg, lässt den Einkaufspark mit Aldi und Co. hinter sich und überquert dann die Bahngleise.

»Wir wohnen im Westring.« Mit meiner Wegweisung übertöne ich Michael Bublé, der einen weiteren Refrain lang von weißer Weihnacht träumt.

»Ja, ich weiß«, entgegnet Jonas darauf nur. »Ich habe Anna letztes Jahr von deinem achtzehnten Geburtstag abgeholt, erinnerst du dich nicht?«

»Nein ... Wieso bist du nicht reingekommen und hast mit mir auf meine Volljährigkeit angestoßen?«

Er lacht leise. »Tja. Wenn ich das wüsste.«

Ich sehe aus dem Augenwinkel, dass er mich mustert, und fühle mich unter seinem Blick splitterfasernackt.

»Polly, ich ...«

»Hier musst du rein.« Ich möchte nicht wissen, was er zu sagen hat, also erkläre ich ihm einen Weg, den er längst kennt. Ich will nichts in seine Worte hineininterpretieren müssen. Es bereitet mir Kopfschmerzen, mich nach ihm zu verzehren und ihn nicht haben zu können. Am anstrengendsten ist es jedoch, immer wieder daran erinnert zu werden, dass Jonas mich mag. Nur eben nicht auf diese Weise.

Gott. Ich will ihn so sehr. Ich glaube, ich war schon bei unserem Abiball restlos verliebt in ihn, spätestens aber nach seiner Einweihungsparty, als ich zum ersten Mal festgestellt habe, wie viel Spaß man mit ihm haben kann. Wir haben getanzt an diesem Abend. Einen Discofox wie im Tanzkurs.

Jonas' Hände auf meinem Rücken ... das war so ... als wäre niemand anderes im Raum. Ich, die immer im Mittelpunkt stehen möchte, die laut ist, Menschen um sich schart, Gelächter und Lob aufsaugt wie den Duft von Bergamottekerzen – ich will seitdem am liebsten immer nur mit ihm sein.

Verliebt ... Dieses Wort, es ist so ... überlebensgroß.

Jonas stockt nur eine Sekunde, dann sagt er: »Okay«, und biegt in unsere Straße ein. Mit einem sanften Quietschen hält er vor der Hecke zu unserem Haus, ohne dass ich ein weiteres Mal das Navigationsgerät mimen muss.

Ich umfasse den Türgriff, aber bewege mich kein Stück. Zwei Wochen. Wir werden uns zwei Wochen nicht sehen und ich weiß noch immer nicht, wie sein Date mit Lisa, 20 war. Ob er sie wiedersehen wird. Oder ob er auch für zwanglose Dates mit ihr noch zu sehr an Isabella hängt. Wie lange ich in Lansberg bleiben werde, habe ich mir noch nicht überlegt, aber Jonas fährt über Silvester mit ein paar alten Freunden weg und wird weder hier noch in Köln sein. Vielleicht ist das genau richtig. Vielleicht brauche ich diese Zeit, um ihn mir ein für alle Mal aus dem Kopf zu schlagen.

»Warte kurz ...« Er berührt mich sanft am Arm und greift dann zwischen uns zur Rückbank, auf der Geschenke und Gepäck verstaut sind. »Ich hab noch was für dich.«

»Was? Hey! Ich wusste nicht, dass wir ...«

»Ach, red keinen Blödsinn, Pollyschmolly.« Jonas taucht wieder vollständig neben mir auf und überreicht mir eine dieser spießigen Präsenttüten, in denen man Wein an seine Schwiegereltern oder billigen Whiskey an einen Großonkel verschenkt. Sie ist über und über mit dem Ausspruch *Fröhliche Weihnachten* in verschiedenen Sprachen bedruckt – und zwar in der Schriftart Comic Sans. Jonas schenkt mir eine Spirituose? In … der hässlichsten Geschenktüte aller Zeiten? »Du hast vor ein paar Wochen mal gesagt, wie hässlich Wandtattoos sind, auf denen in verschiedenen Sprachen *Kaffee* steht.« Er schmunzelt. »Das hat mich daran erinnert.« Jonas schenkt mir … *ironisch* die hässlichste Geschenktüte aller Zeiten, weil er mir zugehört hat und sich an den Stuss, den ich rede, erinnert? Wie … WIE soll ich ihn mir jemals aus dem Kopf schlagen können, bitte?

Ich versuche es zunächst mit einem Lachen, das jedoch ganz weit hinten in meiner Kehle stecken bleibt. Lediglich ein Lufthauch verlässt meinen Mund.

»Du musst es aufmachen.« Auf Jonas' Gesicht breitet sich das vorfreudige Strahlen von jemandem aus, der sich sicher ist, das perfekte Geschenk gefunden zu haben. Also öffne ich mit laut pochendem Herzen die Schleife, die das kitschige *Merry-Christmas-Joyeux-Noël-Feliz-Navidad*-Papier zusammengehalten hat, und ziehe eine große rote Plastikflasche daraus hervor.

Es ist eine riesige, bestimmt anderthalb Liter fassende Flasche von Flying-Goose-Sriracha.

»Das …« Ich kämpfe mit mir, schiebe die Flasche zurück in ihre Geschenkverpackung und klemme sie zwischen meinen Beinen ein. »Das ist …« Ich kann jetzt nicht heulen. Nicht, weil ich Polly bin und Polly nun mal nicht weint, sondern weil ich Jonas schlecht erklären kann, wieso mich eine Pulle Sriracha derart aus der Fassung bringt. Ich kann ihm nicht erklären, dass ich mit einem grausamen Abend gerechnet habe, der durch seine Aufmerksamkeit und seinen Humor zu einem der großartigsten überhaupt mutiert ist. Das hier ist ein Moment für die Titelseite meines Kopffotoalbums.

»Frohe Weihnachten, Mitbewohnerin«, sagt er leise, aber fröhlich.»Und Feliz Navidad. Und Merry Christmas. Keine Chance, dass ich das Französische richtig ausspreche.«

Endlich sehe ich ihn an. Das Haar hängt in seine Stirn. Auf seinen Wangen, am Kinn und über der Oberlippe ist ein zarter Bartschatten zu erkennen. Sein Kehlkopf hüpft, als er schwer zu schlucken scheint.

»Frohe Weihnachten«, erwidere ich ruhig. Und plötzlich tut meine Hand, wovon ich sie die letzten Minuten erfolgreich abhalten konnte. Sie wandert über die Mittelkonsole zu Jonas' Oberschenkel, berührt ihn, zieht mich mit sich. Jonas breitet ganz natürlich und – wie es scheint – ohne darüber nachzudenken, die Arme aus und schließt sie um mich. Wir halten uns fest, eine Sekunde lang, zwei Sekunden, drei ... Mitbewohner, Freunde, Kumpels. Keine Ahnung, was wir sind, aber wir halten uns. Da ist sein Hals, ganz nah an meinem Gesicht, an meiner Nase, an meinem Mund.

Jonas riecht so gut. Und er ist so nah. So. Nah.

Ich könnte ... es wäre so leicht, ihn jetzt einfach zu ...

Meine Lippen streifen die kratzige Kante seines Kiefers, spüren ihn, schmecken ihn nur hauchzart und wollen sofort mehr. Mit einem instinktgetriebenen Drehen meines Kopfes bringe ich meinen Mund zu seinem, ich kann nicht anders – Kann. Einfach. Nicht. Anders – und überbrücke das letzte bisschen Distanz zwischen uns. Mein Kuss trifft auf feste Lippen, die den Bruchteil einer Sekunde nicht zu wissen scheinen, wie ihnen geschieht, die nicht bereit waren, es nicht haben kommen sehen. Jonas bewegt sich kein Stück, lehnt sich nicht in den Kuss, will nicht in mich hineinkriechen, so wie ich in ihn hineinkriechen möchte. Will nicht weitergehen, so wie ich weitergehen möchte. Seine Hände liegen noch zur Umarmung auf meinem Rücken, halten mich weder fester noch schieben sie mich weg. Jonas ist ... er ist einfach nur *da*. Der Kuss ... ist kein Kuss, er ist eine Verzweiflungstat.

Und ich bin so schnell aus dem Auto heraus, dass mein Mantel um ein Haar in der Tür hängen bleibt, die ich so fest zuschlage, als könne ich damit die Erinnerung an das eben Geschehene verjagen. Mit letzter Kraft hole ich mein Gepäck von der Rückbank, dann renne ich ins Haus.

EINE SCHÖNE BESCHERUNG

LANSBERG AN DER WUPPER, 24. DEZEMBER
HAUS DER MÜHLFORDS

Ich habe Jonas geküsst.

Ich habe Jonas geküsst.

Scheiße. Oh Mann, scheiße, ich habe Jonas geküsst!

Mit einem Puls von vierhundert drehe ich den Schlüssel im Schloss und falle mehr in den Flur, als dass ich gehe. Dabei bleibe ich auch noch an der Fußmatte hängen, die sich unter meinen Stiefeln einmal komplett um sich selbst dreht und droht, mich zu Fall zu bringen. Super. Erst verliere ich die Beherrschung, dann die Fassung und jetzt auch noch die Balance. Ich kann mich gerade so fangen, ehe Mamas Weihnachtsgeschenk auf dem Boden zerschellt.

Der Lärm meines Beinahesturzes ruft sie dennoch auf den Plan. Sie kommt in einem hautengen, mit Pailletten besetzten Partykleid in den Flur gestürmt, greift sich ans Herz und ruft: »Apolonia!«

»Ich … ähm … hallo.« Nachdem ich meine Reisetasche

und die verpackte Vase abgestellt habe, komme ich für einen kurzen Moment zu mir. Doch dann lege ich die multilinguale Geschenktüte ab und gerate sofort wieder in denselben Gedankenstrudel.

Was habe ich da nur getan? Wie konnte ich bloß denken, dass das eine gute Idee wäre? Wie konnte *mein Körper* das denken? Was an Jonas hat mir die Signale gesendet, ihn zu küssen? Ja, er hat mir ein aufmerksames, lustiges, Insider-basiertes Weihnachtsgeschenk gemacht. Aber es war eine verdammte Flasche Hot Sauce, kein diamantbesetzter Verlobungsring.

Ich werde ausziehen müssen.

Ob die Gartenlaube noch zu haben ist?

»Du bist ganz schön spät.« Ein Vorwurf. Natürlich. »Jetzt komm rein. Oma und Achim sind schon da.«

Anna
Frohe Weihnachten, Ladys!
Wie Luft es bei euch?
*läuft, sorry. Hatte vielleicht schon zwei, drei Aperölchen.

Polly
Frohe Weihnachten. Merry Christmas. Feliz Navidad. Luft blendend. Meine Mutter und ihr Bruder haben angefangen, über Rentenpolitik zu streiten.

Meine Finger ruhen kurz über dem Touchscreen. Die Zeile *Aber irgendwie ist das auch gut so, weil ich dann weniger darüber nachdenke, dass ich deinen Bruder geküsst habe* hängt förmlich in der Luft. Allerdings ist es ähnlich schäbig, deiner besten Freundin via Text mitzuteilen, dass du seit Monaten heimlich auf ihren Bruder stehst, wie auf demselben Weg eine Beziehung zu beenden.

> **Anna**
> Hattet ihr schon Bescherung?

Oh ja. Ich hatte eine echt schöne Bescherung. Auf dem Beifahrersitz deines Bruders. Dicht gefolgt von der noch viel schöneren Bescherung, als ich ihn genötigt habe, mich zu küssen.

> **Polly**
> Steht noch aus. Aber Oma ist von ihrem Verdauungsschnaps eingeschlafen und wir wollen nicht ohne sie Geschenke verteilen.

> **Anna**
> Bei uns auch noch nicht. Paul versucht seit einer halben Stunde, ein Video für den neuen *Lose it & Love it*-TikTok-Account zu drehen, in dem er davon redet, dass man an Weihnachten kein schlechtes Gewissen wegen zu vieler Kalorien haben sollte.

> **Polly**
> An Weihnachten oder auch: nie. Wie kurz davor ist Fynn, sich mit der Christbaumspitze zu erdolchen?

> **Anna**
> Ich habe vorsichtshalber die Fonduegabeln vor ihm in Sicherheit gebracht.

> **Polly**
> Freund oder Bruder, man kann nicht alles haben.

Übrigens, lustige Angelegenheit, Anna: Ich hätte wirklich gern deinen Bruder zum Freund! Deshalb habe ich ihn auch vorhin im Auto geküsst ...

> **Anna**
> Wann können wir bei dir einfallen, Anouk?

> **Polly**
> Oh ja. Ich brauche den berühmten Vogelpunsch ganz dringend. Onkel Achim veranschaulicht gerade Steuersätze mit Dominosteinen.

> **Anna**
> Noch zwei Glas Punsch und ich diskutiere mit.

> **Polly**
> Geht nicht mehr, ich hab einen Dominostein aufgegessen.

> **Anna**
> Anouuuk, wir würden ein Taxi bestellen. Wann sollen wir kommen?

> **Polly**
> Oma ist aufgewacht.

> **Anna**
> ANOUK! ANOUK! ANOUK!

> **Polly**
> Ups. Doch nicht. Hat sich nur mal umgedreht.

> **Anna**
> VOGELPUNSCH! VOGELPUNSCH!

> **Anouk**
> Hey, Leute … Ich fürchte, bei mir gibt's heute keinen Punsch.
> Kaya und ich sind nicht mehr zusammen. Ich hab gedacht, ich schaff das allein, aber ich pack's nicht. Könnt ihr kommen?

Es dauert fünfzehn Minuten, meiner Mutter den Schlüssel für das Dildomobil abzuschwatzen. Ich war noch nie in meinem Leben wilder darauf, diese bescheuerte Karre zu fahren, und zu keinem Zeitpunkt an diesem Abend so froh, vor lauter Aufregung über die Jonas-Situation kaum etwas herunterbekommen zu haben – einschließlich alkoholischer Getränke. Denn dass Anouk und Kaya-Maus nicht mehr zusammen sein sollen, erfordert sofortiges Handeln. Das bedeutet, dass ich nüchtern mit dem Auto zum Vogelhof fahren muss. Und das noch vor unserer Bescherung. Meine Mutter ist darüber nicht gerade glücklich, aber selbst sie erkennt den Zugzwang, der besten Freundin beizustehen, wenn diese ihre langjährige Beziehung beendet hat.

Um die Weihnachtsstimmung nicht ganz zu killen, besteht Mama darauf, mir mein Geschenk mitzugeben. Ebenso wie die *Kleinigkeiten*, die sie für Anouk und Anna besorgt hat. Mich ereilt sofort Todesangst vor dem Inhalt der rosa verpackten Quader, die mit riesigen pinken Schleifen und Namensetiketten versehen sind. Andererseits ... meine Mutter hätte mir doch nicht wirklich vor den Augen meiner Oma und Onkel Achim einen Vibrator überreicht? Und schon gar nicht wäre sie so taktlos, meinen Freundinnen ebenfalls etwas aus der neuesten Sexy-Hexy-Kollektion zu schenken? Oder? ODER?

Ich schmeiße die Präsente in meine Handtasche und nehme mir vor, sie erst zu übergeben, nachdem ich sie gründlich inspiziert habe. Dann krame ich in meiner Reisetasche nach den Geschenken, die ich für meine Freundinnen besorgt habe. Meine Einpackkünste sind ähnlich gut entwickelt wie meine Fähigkeiten als Köchin. Also sehen das Hundespielzeug in Form eines Pastel de Nata sowie der Stephen-King-Funko-Pop eher aus wie in Papier gewickelte Klumpen. Doch das wird nach einer Nachricht wie eben sowieso keinen mehr jucken, also packe ich alles zusammen und renne aus dem Haus. Der Werbedruck auf Mamas Geschäftswagen – *Sexy Hexy: Für mehr Magie im Schlafzimmer* – ist um einen saisonalen Magnetsticker mit der Aufschrift *Heiße Wünsche zur kuscheligsten Zeit des Jahres!* ergänzt worden. Puh. Das macht es echt nicht leichter, mit dem Wagen durchs konservative Lansberg zu brausen. Aber wenigstens sind die Straßen an Heiligabend wie leer gefegt und mein Körper viel zu überfordert, um meinem Gefühlscocktail jetzt auch noch Scham hinzuzufügen.

Obwohl die Fahrt zu Anouk nur knapp zehn Minuten in Anspruch nimmt, läuft im Radio zweimal ein Song von Michael Bublé, was mich unweigerlich zurück in Jonas' Auto versetzt. Zwischendurch denke ich zwar auch an Anouk und an die Frage, ob Michael Bublé manchmal traurig ist, dass sich keine Sau für seine nicht-weihnachtlichen Lieder interessiert, aber hauptsächlich spukt mir dieser Kuss im Kopf herum. Das hätte nie passieren dürfen. Ich will nicht umziehen. Ich will ihn nicht verlieren. Lieber will ich für immer still und heimlich in Jonas verknallt oder für ihn nur ein Kumpel sein, als ihn ganz aus meinem Leben zu streichen. Allein die Vorstellung, nie wieder zu sehen, wie er mit verstrubbeltem Haar zur Tür hereinkommt, seine Sporttasche abstellt und den gesamten lächerlich schön eingerichteten Raum mit seiner Anwesenheit erhellt … Nie wieder den Unterschied zwischen seinem echten Lachen und dem HA-HAHA ausmachen zu können. Nie wieder das Kosewort Pollyschmolly aus seinem Mund zu hören … All das macht mich fertig.

Nachdem ich das Dildomobil auf der Zufahrt zum Hof der Vogels abgestellt habe, eile ich mit einem flüchtigen Winken an Anouks Familie und ihren Bekannten vorbei, die sich zu dem traditionellen Umtrunk um ein Tonnenfeuer eingefunden haben. Ich habe die Haustür noch nicht ganz erreicht, da kommt auch schon ein zweites Auto angebraust, das allerdings nicht parkt, sondern bei laufendem Motor an der Straße hält. Anna öffnet die Beifahrertür und ich erkenne schemenhaft, dass sie sich noch einmal zum Fahrer beugt, um sich mit einem Kuss zu verabschieden. Dann fährt ihr Fiat 500 ohne sie – vermutlich mit Fynn am Steuer – wieder davon und Anna joggt auf mich zu. Sie trägt einen kurzen, blau glitzernden Minirock mit einem plüschigen weißen Rollneck, dazu einen Mantel, Strumpfhosen und … Wanderschuhe?

»Wie nennt man diesen Look? Oben Party, unten Reinhold Messner?«

»Haha.« Anna zieht sich mit besorgter Miene den Minirock zurecht. »Ich konnte in meinen Pumps nicht mehr laufen. Geschweige denn fahren.« Sie greift sich an die Stirn. »Fuck. Hätte ich gewusst, dass Anouk solche Probleme hat, hätte ich nichts getrunken. Hi erst mal, frohe Weihnachten.« Sie beugt sich vor, legt beide Arme um mich und haucht mir einen Kuss auf die Wange.

»Was macht Fynn jetzt?« Mein Blick folgt unwillkürlich den Rücklichtern des Wagens, der den Weg zurück durch die Felder Richtung Stadtkern nimmt.

Annas Gesicht leuchtet auf bei der Erwähnung seines Namens. »Wirklich. Ich habe keine Ahnung, womit ich diesen Kerl verdient habe. Er hat sofort beschlossen, mich herzufahren. Während ich weg bin, guckt er sich wahrscheinlich mit Jonas irgendwelche Skatervideos an. Die beiden haben schon beim Essen die ganze Zeit davon gequatscht, ich hab kein Wort verstanden.« Als der Name ihres Bruders fällt, ist es an meinem Gesicht, sich zu erhellen – allerdings verwandelt es sich eher in eine leuchtend rote Birne. Ob ich es Anna einfach sagen sollte? Nein. Jetzt ist erst mal Anouk dran ...

Es ist seltsam: Vor knapp dreieinhalb Jahren haben wir in demselben Zimmer unter dem Dach der Vogels gesessen und Anouk die Würmer über ihr erstes Date mit Kaya aus der Nase gezogen. Anouk war schon irrsinnig lange in ihn verliebt gewesen – und er so offensichtlich auch in sie, dass ihr Kinobesuch eigentlich nur noch Formsache war. Wie nebenbei hat sie Anna und mir damals, als wir gerade einmal fünfzehn Jahre alt waren, von dem Kuss erzählt, den er ihr am Ende des Films gegeben hatte. Und als Anna daraufhin aufgeregt gequietscht und »OHMEINGOTTWIEWARER?« geschrien hat, fing Anouk an, das Drehbuch von *Get out* zu loben.

Keine Ahnung, wie oft wir Annas genervtes »Kaya natürlich, nicht der dämliche Film!« seither zitiert haben. Aber als wir es das letzte Mal getan haben, hat wohl keine von uns angenommen, dass es das letzte Mal sein würde. Obwohl sich die Anzeichen gehäuft haben, scheint auch Anna – ebenso wie ich – geglaubt zu haben, dass die beiden nur eine Krise durchmachen, weil sie die neue Situation vor Herausforderungen stellt. Doch das Häufchen Elend vor uns, das einmal Anouk gewesen ist, spricht eine andere Sprache. Sie trägt kein festliches Outfit wie Anna, sondern wie üblich ein Oversize-Shirt und Leggings. Ihre Haltung zeugt von Schmerz, ihre Gesichtsfarbe ist ungesund.

»Wann ist es passiert?«, will ich wissen, sobald Anouk die Tür hinter sich geschlossen und uns Reste vom Weihnachtsdessert vor die Nase gestellt hat. Wir sitzen auf dem Boden vor ihrem Bett, unter uns ein Wirrwarr aus sich überlappenden Teppichen, über uns holzvertäfelte Dachschrägen, die unter der Last von unzähligen Postern, Postkarten und handgezeichneten Illustrationen ächzen.

Anna zischt mir tadelnd zu. Wahrscheinlich ist sie der Meinung, ich solle Anouk erst mal zur Ruhe kommen, sich einen Schnaps eingießen oder wenigstens fünf Plätzchen essen lassen. Aber ich kann meine Freundin nicht so sehen. Etwas in mir will möglichst schnell alles besprechen, damit wir Witze machen und sie damit aufheitern können. Ich weiß, dass ich es mir damit zu einfach mache, aber so bin ich nun mal programmiert.

»Schon okay«, sagt Anouk beruhigend an Anna gewandt und setzt sich an die Spitze unseres gleichschenkligen Dreiecks. »Letzten Sonntag.«

»Vor fünf Tagen? Nounou! Du warst fünf Tage allein damit?« Anna legt den Kopf schief, sodass ihr Gesicht zur Hälfte von einem blonden Vorhang verdeckt wird.

»Sorry, ich musste selbst erst mal darauf klarkommen.«

»Es tut mir sooo leid.« Anna greift sich ans Herz.

»Anouk, du weißt, dass es mir auch leidtut, aber bevor ich es ausspreche, muss ich wissen, was Kaya verbockt hat. Wenn dieser Mistsack …«

»Kaya hat gar nichts getan.« Anouk winkelt ihre Beine zum Schneidersitz an und spielt gedankenverloren an dem ausgeleierten Saum ihrer Leggings. »Ich habe …« Ich werde hellhörig. Anouk soll etwas getan haben? »Mir ist klar geworden, dass ich es nicht mehr will. Das klingt hart, ich weiß, aber …«

»Du kannst uns alles sagen«, bestärkt Anna sie, woraufhin Anouks Gesicht ein unausgesprochenes, dankbares *Ich weiß* formt.

»Ich ... mir ... geht's ... nicht so gut. Mit ... mit ...« Sie zeigt symbolhaft einmal quer durch den Raum. »Dass ich noch immer hier bin. Alle wissen, wo sie im Leben hinwollen, studieren oder ziehen weg – und ich? Ich hocke in meinem Kinderzimmer, helfe bei meinen Eltern aus und bin seit dreieinhalb Jahren mit dem Jungen zusammen, in den ich mich in der fünften Klasse verliebt habe. Ich ... ich kann ihn nicht mal einen Mann nennen, versteht ihr? Weil er für mich noch immer der Junge von damals ist ... Und ich bin für ihn das Mädchen von damals. Dass ich so eifersüchtig auf diese Laura war, das ... das hat etwas in mir ausgelöst. Ich will so nicht sein. Ich bin so nicht. Das ist ... das ist alles nicht gut.«

Anouk spricht nie so viele Worte. Nicht nur das ist ein Hinweis darauf, wie lange sie tatsächlich über diesen Schritt nachgedacht hat. Dass sie diese Entwicklung allein durchmachen und zu einer Entscheidung kommen musste, ohne sie vorher mit uns zu besprechen, fühlt sich schlecht und gleichzeitig logisch an. Sie hat ja eben selbst gesagt, dass sie sich abgehängt vorkommt.

»Wir hätten dich nicht alleinlassen sollen«, murmle ich.

»Nein. Das ... so war es nicht gemeint. *Ich* muss entscheiden, was ich mit meinem Leben anfangen will.«

»Aber wir hätten dich bestärken können!« Anna ist den Tränen nahe. »Dir helfen! Oder zumindest für dich da sein!«

»Ich mache euch keine Vorwürfe, wirklich ... ich ...« Ihr Kopf kippt in den Nacken, ihre Augen werden glasig. »Es ist nur hart, der komplette Loser zwischen euch beiden zu sein, wisst ihr?«

»Anouk! Du bist kein Loser, du ... Sieh dir doch mal an, wie krass du bist!« Beinahe verzweifelt deute ich auf die an die Wand gepinnten Skizzen, die uns umgeben. »Denk an @alleswasunsniemandsagte!«

»Ich habe seit Wochen nichts gepostet. Wie auch? Ich erlebe ja nichts, was irgendetwas dazu beitragen könnte!« Anouks Stimme überschlägt sich, so sehr will sie ihr eigenes Leben und ihre Fähigkeiten ins Lächerliche ziehen.

»Du …« Ich mache eine Pause, um die Worte in meinem Kopf vorzusortieren. Das tue ich nicht oft, aber ich will Anouk auf keinen Fall zu nahe treten. »Hast du dich von Kaya getrennt, um mehr … Abenteuer zu erleben?«

»Was vollkommen okay wäre«, ergänzt Anna.

»Natürlich«, schiebe ich schnell hinterher. »Es ist vollkommen okay, ungebunden sein zu wollen.«

»Ich weiß nicht, was ich will.« Anouks Stimme, eben noch brüchig klingt mit einem Mal bestimmt, beinahe energisch. »Ich weiß nur, dass ich mich nicht jeden Tag fragen will, ob mein Freund mich mit einer Studentin betrügt, die talentierter und interessanter ist als ich. Ich will nicht das Mädchen sein, das zu Hause rumhockt und auf ihn wartet. Ich will, dass sich endlich mal jemand um mich bemüht und mir nicht das Gefühl gibt, es sei eine Last, für mich in einen Zug zu steigen!«

Die Stille nach ihren Worten ist bleischwer. »Ich liebe ihn«, sagt sie schließlich. »Aber ich liebe mich selbst nicht mehr.«

Wir bleiben die ganze Nacht bei Anouk. Erst reden wir über Kaya, dann über andere Themen, um sie abzulenken. Schließlich schauen wir einen Film, den sie aussuchen darf. Ihre Wahl fällt auf die Verfilmung von Stephen Kings *Die Verurteilten*, die mir zunächst Angst einjagt, bis sie sich schließlich als ein wunderbarer Streifen über Zusammenhalt und Freundschaft entpuppt. Und das könnte passender nicht sein – auch wenn niemand von uns aus dem Gefängnis ausbrechen muss wie die Hauptfigur des Films. Aber wenn eine von uns jemals einen solchen Coup planen müsste, stünden die anderen beiden ganz sicher an ihrer Seite. Ich jedenfalls würde für Anna und Anouk sofort mit einem stumpfen Löffel einen Tunnel aus der Zelle graben und – in Exkremente getränkt – über die Kanalisation nach draußen fliehen.

Anna schläft als Erste. Dass auch Anouk und ich eingeschlafen sein müssen, nachdem wir den Film zu Ende geschaut, einander die Köpfe gekrault und alle Plätzchen aufgegessen haben, wird mir erst bewusst, als wir am nächsten Morgen wie ein Knäuel aus Freundinnen und Decken auf dem Boden aufwachen. Meine Brille sitzt schief auf dem Gesicht, doch ich kann erkennen, dass Anna sich bereits aufgerappelt hat und ein paar Dehnübungen macht.

»Was wird das, wenn's fertig ist?«, brumme ich schlaftrunken.

»Ich glaube, ein Sonnengruß«, erwidert Anna, die nur geringfügig frischer klingt als ich. »Hat Lara immer in Portugal am Morgen gemacht, um den Tag zu begrüßen – oder so ein Scheiß.«

»Na, wenn's hilft.«

Anouk stützt das Gesicht in die Hände und reibt mit den Handballen über ihre Augen, was ihrem letzten Rest Mascara den – nun ja – Rest gibt. »Träume ich oder seid ihr gestern Nacht echt hergekommen und habt mit mir *Shawshank* geguckt?«

Ich schmunzle, weil es so süß ist, dass Anouk für all ihre Filme und Serien Kosenamen hat, die sich auf ihre englischen Originaltitel, die Schauplätze oder Protagonisten beziehen.

»Ich glaube, es muss ein Traum gewesen sein, weil ich den Film echt Hammer fand.«

Anouk schenkt mir einen scherzhaft vorwurfsvollen Blick. »Äh. Namaste oder so.« Anna faltet mehr pflichtschuldig als besonnen abschließend die Hände vor der Brust, dann greift sie schneller zu ihrem Handy, als es irgendein Yogi auf dem Planeten gutheißen würde.

»Meine Eltern schreiben, dass wir alle zum Frühstück kommen sollen«, sagt sie, den Blick auf ihr Smartphone gerichtet. »Ah, und Fynn und Jonas sind gemeinsam auf dem Sofa eingeschlafen.« Sie lacht herzhaft auf und greift sich gerührt an die Brust.

In *meiner* Brust geht bei ihrem Vorschlag ein Silvesterfeuerwerk los – wunderschön, Farben sprühend, aber mit einem unangenehmen Beigeschmack. Unter keinen Umständen setze ich mich mit Jonas an einen Frühstückstisch. Der Drang, Anna zu fragen, ob ihr Bruder etwas erwähnt oder gestern irgendwie aufgewühlt gewirkt hat, wird mit einem Mal unbändig.

»Ich fürchte, ich schulde meinen Eltern ein Weihnachtsfrühstück, wenn ich den Heiligabend schon mit Heulen verbracht habe.«

Das ist die beste, glaubwürdigste Ausrede ever, die Anouk da gerade ausgepackt hat. »Same«, sage ich also sofort.

»Verständlich.« Anna nickt mit geschürzten Lippen. »Ich schulde meinem Freund vermutlich auch etwas, weil er mit Jonas statt mit mir die Nacht verbringen musste.«

»Ja. Das muss schrecklich für ihn gewesen sein«, werfe ich übertrieben theatralisch ein – ein Joke, den nur Anouk durchschaut und für den ich prompt einen zweiten – diesmal echten – vorwurfsvollen Blick ernte.

»Ach, Jonas hat … hey! Was ist das?« Anna beugt sich zu meiner Handtasche, die ich gestern Nacht nachlässig hinter

Anouks Zimmertür habe fallen lassen. Jonas hat was? JONAS HAT WAS? Anna zieht eines der rosa Päckchen heraus, bemerkt den Anhänger mit ihrem Namen und stöhnt voller Vorfreude: »Uuuh, ist das für mich?«

Ich übergehe, dass ich die Geschenke eigentlich vorab inspizieren wollte, und erkläre kurz angebunden: »Die sind von meiner Mutter. Und die, die aussehen wie eine Beleidigung fürs Auge, sind von mir. Was ist mit Jonas?«

»Er ist ein bisschen komisch in letzter Zeit.« Anna winkt ab und schüttelt das Päckchen, als erhoffe sie sich ein Geräusch, das seinen Inhalt verrät. »Von deiner Mutter? Für uns?« Sie deutet nacheinander auf uns drei und bekommt leuchtende Augen. Anna steht tierisch auf Geschenke.

»Ja, aber mir wäre es lieber, sie erst ...«

Zu spät. Anna hat die pinke Schleife bereits gelöst und das Papier darunter aufgerissen. Eine Sekunde später biegt sie sich vor Lachen. Sie zieht ein ringförmiges Etwas, das zu einhundert Prozent vibrationsfähig ist, aus dem Karton und lässt es an ihrem Zeigefinger rotieren.

»NEIN!«, kreische ich. »NEIN, NEIN, NEIN! Das hat sie nicht ... sie ... OH NEIN!« Ich möchte sterben. Nein! Ich *bin* gestorben. Und dann bin ich auferstanden und noch einmal tot umgekippt.

»Heeey«, macht Anna, die sich beruhigt hat, in lasziven Tonfall. »Ist das ... ihr wisst schon, ein Penisring? So ein Teil wollte ich schon immer mal ausprobieren!«

»Hervorragend«, brumme ich. »Meine Mutter hat meinen Freundinnen Sextoys geschenkt.«

»Well ...«, sagt Anouk trocken. »Wenn ich je eines brauchte, dann jetzt.«

EINE NOCH SCHÖNERE BESCHERUNG

KÖLN, 2. JANUAR
WG

Mir schlägt eine Welle abgestandener Luft entgegen. In unserer Wohnung ist seit über einer Woche keine Menschenseele mehr gewesen und so riecht das neue Jahr nach längst getrunkenem Kaffee und dem vergangenen Dezember. Obwohl es draußen arschkalt ist, reiße ich in jedem Raum die Fenster auf, lasse Wasser in die Badewanne und anschließend durch die Kaffeemaschine laufen, um den Kessel aufzuheizen. Ich möchte jetzt heiße Flüssigkeit in mir und um mich herum, vielleicht entspannt mich das endlich.

Das brummende Geräusch aktiviert in meinem Gehirn ähnliche Areale wie die Glocke bei Pawlows Hunden. Sabbernd freue ich mich auf den Kaffee und denke dabei an Jonas. Zehn Tage ohne ein Wort von ihm. Zehn Tage ohne ein Wort von mir. Das sind zehn Tage, nach denen ich mir sicher bin, mit dem Kuss alles zerstört zu haben. Ich kann nur hoffen, dass er ihn einfach ignorieren und zum Normalzustand zurückkehren wird. Wobei zum Normalzustand vermutlich gehört hätte, einander einen guten Rutsch oder ein frohes neues Jahr zu wünschen. Aber auch das ist ausgeblieben. Ich bin schon vor Scham gestorben, wenn ich nur seinen Namen in WhatsApp aufgerufen habe, und er wollte mir vermutlich keine Hoffnungen auf weitere Lippenbekenntnisse machen.

Wer mir hingegen ein frohes Neues gewünscht hat, ist Konrad. Seine Beharrlichkeit schmeichelt mir so sehr, dass ich seit dem Eintreffen seiner Nachricht um kurz nach zwölf in meinem Kopf nach Gefühlen für ihn fahnde. In meinem Oberstübchen sieht es jedoch seit Tagen aus, als wäre der Aktenschrank mit meinen gesammelten Emotionen explodiert. Sie fliegen überall ungeordnet herum: Verwirrung wegen Jonas. Verliebtheit, wenn ich an den Kuss zurückdenke, so schrecklich er auch war. Angst vor unserem Wiedersehen. Mitgefühl für die an Liebeskummer leidende Anouk. Panik vor meinem nächsten Arbeitstag bei *Gayleway & Gabel*. Wut auf Patrick, Sarina und Fischer. Und dann wäre da natürlich noch die Scham über meine Mutter, die es – Zitat – *doch nur witzig* gefunden hat, meinen Freundinnen vibrierende Penisringe und mir die zugehörige, Oralsex simulierende *Leck-sie-Hexy* zum heiligen Fest zu schenken. *Wir sind doch alle erwachsene Frauen. Sexualität ist kein Tabuthema, Apolonia,* lautete der Vorwurf, den ich mir gefallen lassen musste, weil ich ihre Geschenkewahl nach meiner Rückkehr von Anouk kritisiert habe. Doch immerhin hatten wir so ein unverfängliches Stellvertreterthema, das es uns leicht gemacht hat, die eigentlichen Probleme zwischen uns für die Dauer meines Aufenthalts auszublenden. Es war beinahe harmonisch. Was meinem Emotionschaos eine gute Portion Argwohn hinzufügt.

Nur eines ist in dem Gefühlshaufen nicht zu finden: ein kleines Fünkchen Romantik für Konrad. Da ist nur ... Jonas.

»Polly?«

Jonas!

Habe ich gerade etwa seine Stimme fantasiert? Ich wirble so schnell herum, dass ich mit meinem Ellbogen an den kochend heißen Ausguss der Kaffeemaschine komme. Nein. *Neinneinneinneinnein.*

Da steht wirklich Jonas in der Tür! Die verbrühte Stelle an meinem Arm ist nichts gegen die Temperatur des Blutes, das mein Herz mit jedem Schlag durch meine Adern pumpt. Auf ganz widersprüchliche Weise bekomme ich bei Jonas' Anblick trotzdem von Kopf bis Fuß Gänsehaut.

Er schaut mich völlig verdattert an, trägt in jeder Hand eine Reisetasche und eine Pudelmütze auf dem gewellten Haar. Er sieht aus, als käme er direkt von der Skipiste oder von einem Fotoshooting für Wintermode. Ich hingegen bin ungeschminkt, trage einen losen Messy Bun und einen stilistisch passenden messy Schlabberlook und halte mir peinlich berührt den glühenden Ellbogen.

»Ich dachte, du kommst erst morgen«, bringe ich schließlich hervor.

»Äh ... ich ... entschuldige, ich wusste nicht, dass ...« Er setzt die Gepäckstücke ab und schließt die Tür hinter sich.

»Dass was?«, frage ich und merke erst, wie aggressiv ich klinge, als die Worte schon draußen sind. »Dass ich mich noch hertraue?« Fuck. Fuck, fuck, fuck. Mein dummes vorlautes Mundwerk!

Jonas' Miene verändert sich. Wird unlesbar für mich. Sie wirkt sanft, aber maskenhaft. Nicht echt. Es ist das Gesicht, mit dem Ärzte Todesbotschaften überbringen. Professionell einstudiertes Mitgefühl. Dabei zieht er sich wie in Zeitlupe die gefütterte Jacke aus und summt geradezu meinen Namen: »Polly, ich ...«

Ein weiteres Gefühl kämpft sich durch das Chaos in meinem Hirn nach vorn. Und plötzlich erkenne ich: Ich bin sauer auf ihn! Zehn Tage war ich so damit beschäftigt, mich für das Geschehene runterzubuttern, dass ich diese Emotion komplett verdrängt habe. Er hätte mich nicht so hängen lassen müssen. Er hätte reagieren können. Er hätte diesen Kuss nicht wie ein toter Fisch mit geöffneten Lippen passieren lassen dürfen!

»Nichts *Polly, ich* ... Was soll das? Wenn du mich nicht hier sehen willst, hättest du dich einfach mal melden sollen. Frohes Neues übrigens.«

Seine sentimentale Maske wird zu einer verwirrten, beinahe kindlichen. »Ich ... Polly, ich verstehe nicht ganz, wieso ich jetzt der Böse sein soll. Du hast dich doch auch nicht gemeldet!« Er greift mit beiden Händen in die Luft vor sich. »Du bist einfach aus dem Auto gerannt, als hätte ich dich gebissen.«

Ich reiße die Augenbrauen nach oben und stürme um die Küchentheke herum. »Ich glaube, es wäre mir wesentlich lieber gewesen, wenn du mich gebissen hättest. Das wäre wenigstens eine Reaktion gewesen!«

»Also geht es um den Kuss?« Er zieht sich verdattert die Bommelmütze vom Kopf und scheint dann nicht zu wissen, wohin mit ihr.

»Nein?« Meine Mimik ist völlig überfordert damit, diese widersprüchliche Aussage in einen Gesichtsausdruck zu übersetzen. Sarkastisches Augenbrauenheben? Übertriebenes Mundaufreißen? Wie bitte verdeutlicht man: *Scheiße, ver-*

dammt, ich bin einfach sauer auf dich, weil du nicht so empfindest wie ich? Die Natur hat für derart egoistische Gefühle kein Protokoll.

»Also geht es *nicht* um den Kuss?« Jonas macht einen Schritt auf mich zu, woraufhin ich intuitiv einen von ihm weg trete.

»Welcher Kuss, bitte? Das nennst du einen Kuss? Also ich nenne das ... Mir fällt nichts ein, aber ein Kuss war es definitiv nicht.«

Jonas schmunzelt. Dieser Drecksack schmunzelt! »Bist *du* etwa um Worte verlegen, Pollyschmolly?«

Alle Emotionen werden aus meinem Kopf gespült, als er diesen Kosenamen gebraucht. Was bleibt, ist er. Nur Jonas.

»Ich bin ... nicht ...« Ich weiß nicht, wie ich diesen Satz beenden soll. Ich weiß nicht mehr, wie man spricht. Ich weiß nicht einmal mehr, wie man weiß. Mit erhobenen Händen forme ich Scheuklappen links und rechts von meinem Gesicht und gehe wie das kindischste Kind in der Geschichte der Kinder in Richtung Badezimmer. Doch Jonas kommt mir zuvor. Er stellt sich vor die Tür, hinter der mein zur Entspannung gedachtes Schaumbad langsam erkaltet, und verbarrikadiert sie mit seinem Körper. Seinem wunderschönen Körper, der selbst in Hoodie und Jogginghose so perfekt aussieht.

Entrüstet lege ich den Kopf schief und motze ihn an: »Ich will jetzt nicht reden.«

Jonas' Blick wird auf einmal ganz dunkel. Er lässt den Türrahmen los und baut sich vor mir auf. »Oh Polly, ich will auch nicht reden.«

Spätestens jetzt wachsen aus meiner Gänsehaut auch noch ein paar Federn, so nervös bin ich. Mir wird heiß und kalt gleichzeitig. Ich will fragen, wie er das meint, was das bedeutet, ob er … Doch da ist seine rechte Hand schon in meinem Nacken und seine linke an meiner Taille. Er fasst mich so bestimmt und innig an, dass ich mir plötzlich meines Köpers irrsinnig bewusst werde. Ich kann jede Pore fühlen, als Jonas mich zu sich zieht und ich die Distanz zwischen uns mehr fallend als gehend schließe. Meine Knie sind so weich, dass ich einige Zentimeter geschrumpft zu sein scheine, meine Füße haben die Bodenhaftung verloren. Noch bevor Jonas den sanften Druck seiner Hand an meinem Haaransatz intensiviert, kapiere ich endlich, was hier gerade geschieht. Kurz schießt mir noch die Frage durch den Kopf, ob man an meinem Atem erkennen kann, dass Anna, Fynn, Anouk und ich beim erst kurz zurückliegenden Silvesterraclette Knoblauch gegessen haben, doch dann sind Jonas' Lippen schon auf meinen und meine Synapsen übertragen keine Gedanken mehr, sondern nur noch den blanken Gefühlsrausch.

Sein Mund ist genauso zart, wie ich es mir immer vorgestellt habe, die Bartstoppeln gerade so kratzig, dass mich jede Berührung von ihnen mit einem klitzekleinen, schönen Pikser realisieren lässt, dass all das wirklich passiert. Er umschließt meine Oberlippe und liebkost sie in der exakt richtigen Mischung aus Nehmen und Geben, saugt sie sanft an und lässt sie anschließend wieder los, wodurch ein filmreifes Knutschgeräusch im Wohnzimmer widerhallt. Der Sound löst meine letzten Hemmungen. Meine Hände gleiten um Jonas' Mitte und erforschen seinen Rücken. Gleichzeitig bemerke ich, wie seine linke den Weg hinab zu meiner Hüfte findet. Mit einem hungrigen Seufzen öffne ich den Mund und schmecke augenblicklich Jonas' Zunge. Keine Ahnung, wie meine Synapsen das schaffen, aber sie wissen sofort, was zu tun ist. Gehen auf ihn ein, bringen meine Zunge dazu, es seiner gleichzutun, sie zu umspielen und den Kuss zu vertiefen. Ich drücke mich an ihn, in seine Zärtlichkeit, möchte meinen Körper näher an seinem wissen. Wir stolpern gegen den Türrahmen, stoßen gegen den Griff, öffnen damit die Tür einen Spalt und hören ... Wasser plätschern.

»Oh Shit.« Lachend und noch vollkommen berauscht löse ich mich von Jonas, gerade weit genug, um den Hahn an der Wanne zuzudrehen. Er hält mich dabei unentwegt an der Hand fest und zieht mich sofort wieder zu sich. Doch bevor er mich erneut küssen kann, muss ich nachhaken. »Wieso jetzt?«

»Wieso jetzt was?«

»Wieso küsst du mich jetzt?«

Sein tiefes, dunkles Lachen vibriert in mir, fährt mir bis in den Bauch und tiefer. »Vielleicht, weil du neulich schneller aus meinem Auto warst, als ich schnallen konnte, was vor sich geht?« Er vergräbt die Lippen an meiner Halsbeuge – und kurz ist da die Stimme meiner Mutter, die irgendetwas von meinem Doppelkinn und zu kräftigen Hals faselt, den ich nicht mit Rollkragen betonen sollte. Doch ich schiebe sie weg ... weit weg.

»Du hättest aussteigen können. Mir nachgehen können.«

Jonas taucht aus meiner Halsbeuge auf. »Das ist mir dann auch klar geworden. Aber ich ... Es war verwirrend.«

»Und davor ... ich meine ... wir ...«

Jonas zieht die Augenbrauen hoch. »Ich hatte ja keine Ahnung, dass Rummachen eine Option war.«

»WAS?«, zische ich. »Wie kann man denn bitte so schwer von Begriff sein?«

Er lässt kurz von mir ab und betrachtet mich. Seine blauen

Augen glitzern mit seinen Zähnen um die Wette, so breit grinst er nun. »Wer hat mir denn bitte Dates mit anderen Frauen aufgequatscht?«

»Ich wollte ein guter Kumpel sein!« Ich boxe ihm gegen die Brust. »Und du hättest nicht hingehen müssen.«

Jonas drückt unsere Becken fester aneinander und legt seine Nasenspitze an meine.

»Ich habe jede Sekunde bereut«, haucht er.

»War sie fies?«

»Sie war nicht du.«

Ich glaube, ich träume. Das Gefühl in meiner Brust, als ich begreife, was er da gerade gesagt hat, das Kribbeln in meinem Bauch – das alles kann nicht aus der Realität stammen.

»Außerdem bist du mit Kleiner-Schal-Konrad ausgegangen.« Jonas streckt anklagend beide Hände nach oben.

»Hey!«, ermahne ich ihn. »Wieso sind die nicht mehr auf meinem Hintern?« Mit einem breiten Grinsen fuchtle ich gespielt vorwurfsvoll in Richtung seiner Hände.

»Ohooo.« Jonas beugt sich die wenigen Zentimeter zu mir herab, dreht seine Stimme zu einem Flüstern herunter und haucht in mein Ohr: »Jetzt wird sie ganz fordernd. Gefällt mir.«

Oooh meiiin Gooott. Mir gefällt diese Facette von ihm ebenfalls. Denn das hier ist ein anderer Jonas. Nicht mehr länger der nette Paradeschwiegersohn. Dieser Jonas ist nicht gekommen, um der Oma nebenan umsonst den Rasen zu mähen. Dieser Jonas ist hier, um mich zu packen und unter Küssen und Berührungen sanft in sein Schlafzimmer zu drängen.

In sein Schlafzimmer.

Der Raum ist dunkel und bitterkalt von der Januarluft, die

ich nach meiner Ankunft hereingelassen habe. Wir frösteln, als wir ihn betreten, und lassen kurz voneinander ab, damit Jonas das gekippte Fenster und die Vorhänge schließen kann. Ich befürchte, dass mit der frischen Temperatur auch die awkwardness hereingeweht wurde. Doch als Jonas wieder auf mich zutritt, ist davon nichts zu spüren. Seine Pupillen haben sich vampirartig verdunkelt und sind unablässig auf mich gerichtet. Den Blickkontakt unterbricht er nur, um sein Sweatshirt beidhändig hinten am Rücken zu packen und sich des Stoffes mit einer ruckartigen Bewegung zu entledigen. Wie kann etwas so sexy sein? Wie kann jemand so sexy sein?

Sein T-Shirt rutscht bis zu seinem Nacken hoch, entblößt seinen schönen Bauch mit dem schönen Teint und der schönen Haut. Ich habe Dehnungsstreifen an den Seiten, an meinem Muffin Top – dieses dumme Wort, es fällt mir ausgerechnet jetzt wieder ein. Ich habe sie nicht nur dort, viele Regionen meines Körpers sind gestreift. Die Innenseiten meiner Oberschenkel, mein Po, selbst vorn an meinem Bauch sind im Laufe der Zeit ein paar feine Verästelungen entstanden. Den Großteil meines Lebens spielen diese silberblauen Male keine Rolle für mich, sie reduzieren nicht meinen Selbstwert und ruinieren mir ganz sicher nicht den Sommer – eine Errungenschaft, die ich mir hart erarbeiten musste. Doch wenn sich ein Mann vor mir auszieht, dann erscheinen sie mir plötzlich so präsent, als hätte man sie mit rotem Filzstift nachgezeichnet.

Ich hasse es. Ich hasse es, dass mich die Gesellschaft so zerstört hat, dass ich in einem Moment, in dem nur Lust und Spaß und Glücksgefühle ins Gewicht fallen sollten, Gedanken an gedehnte Haut verschwende.

Scheiß drauf. Zwar weiß ich noch nicht, wohin uns dieser Abend führt, aber ich weiß, dass ich die Gedanken an meine vermeintlichen Makel nicht dorthin mitnehmen will.

Ich gehe bestimmt auf Jonas zu und berühre seinen Rücken, lege meine Finger direkt auf die nackte Haut, bevor er sein T-Shirt richten kann. Sie ist so warm, so fest, so weich. Ich bemerke, wie er kurz zurückzuckt, bevor er in meine Berührung hineinschmilzt. Jonas umfasst mein Gesicht, zieht es zu seinem und gleitet tief mit der Zunge in meinen Mund. Nach zwei oder drei Minuten – oder auch Stunden, wie soll ich das noch einschätzen können? – geben unsere Puddingknie nach und ziehen uns beinahe magisch in Richtung seines Bettes.

»Was tun wir?«, stammle ich, spüre den Holzrahmen in meinen Kniekehlen und sinke in die Matratze.

Jonas zieht sich auf dieselbe unfassbar heiße Art das T-Shirt über den Kopf und kommt auf mich zu, berührt mich, näher und näher, bis ich nach hinten kippe. Seine Arme hat er links und rechts von meinem Oberkörper aufgestützt, seine nackte Haut multipliziert den Bergamotteduft um den Faktor tausend. Er ist überall. Zitrusartig, hitzig, unwiderstehlich.

»Was immer du willst«, sagt er leise und sieht mich durchdringend an.

»Okay.« Passiert das hier gerade wirklich? Schlafen wir gleich miteinander? Jonas Jagoda und ich?

»Okay«, wiederholt er – und es ist das verdammt schönste Wort, das ich je gehört habe.

Er sinkt auf mich nieder. Sein Körper ist schwer, irgendwie, aber auf eine gute Art. Wie eine hochwertige Handarbeit, die gewichtig in der Faust liegt. Die wie dafür gemacht zu sein scheint. Genauso liegt Jonas auf mir. Er fügt sich in meine Kurven, als wäre sein Körper in einen Negativabdruck von meinem gegossen worden. Sein Becken passt so akkurat zwischen meine Hüftknochen, dass ich mich über einen einrastenden Klicklaut nicht wundern würde. Als er sich enger an mich schmiegt, merke ich, dass er hart ist. Sehr hart und ... groß. *Shit ...*

Meine Unterlippe vibriert bei unserem nächsten Kuss vor Verlangen. Ich wollte noch nie so dringend und unbedingt mit jemandem schlafen. Vielleicht wollte ich es überhaupt noch nie. Die Wochen des gegenseitigen Missverstehens haben mich geradezu gierig werden lassen. Und das Beste: Jonas scheint es genauso zu gehen. Seine Lippen wandern wieder und wieder zu meiner Halsbeuge, also imitiere ich sein Verhalten und werde mit einem tiefen Stöhnen dafür belohnt.

Er lacht halb entschuldigend, halb erregt auf. »Entschuldigung, ich ... ich bin ein Halstyp.«

»Ist mir aufgefallen.« Ich schmunzle und nutze die Unterbrechung, um ihm mit einer Hand über die Wange zu streicheln. Er lächelt, kostet die Geste aus. »Was für ein Typ bist du noch?«

»Das wirst du merken.«

»Nichts, das ich wissen sollte?«

Kurzzeitig ist da wieder dieser Schatten auf seinem Gesicht. »Doch. Eine Menge. Aber ... gerade erscheint es mir alles ziemlich leicht und unwichtig.«

»Leicht und unwichtig ... das mag ich.«

»Ich mag deine Haare.« Er vergräbt seine Nase darin, atmet ein und seufzt. »Und deinen Mund.« Er küsst ihn. »Und deine Brüste.« Er hebt seinen Körper gerade weit genug, um meine rechte Brust zu umfassen, erst ganz sanft, dann bestimmter. »Irgendetwas, das *ich* wissen sollte?« Während er spricht, krabbeln seine Finger an meinem Pullover hinab, überqueren den Saum, gleiten darunter und über meine Seite, genau dort, wo die Risse in der Haut meinem körpereigenen Muffin ein interessantes Zuckergussmuster verleihen.

Für den Bruchteil einer Sekunde zucke ich wie er kurz zuvor unter seiner Berührung zusammen. Doch da schiebt er sein Becken schon weiter nach vorn, sodass sich seine Erektion noch ein wenig härter gegen mich drückt.

»Nichts«, sage ich, denn ich brauche keine weiteren Worte. Nicht von ihm. Nicht von mir. Unsere Körper übernehmen das Reden schon sehr gut. Sie wissen längst, wofür wir wochenlang gebraucht haben.

Und so lasse ich meine Hände endlich die Ausbeulung in seiner Hose finden. Erlaube ihnen, Jonas durch den Stoff hindurch zu streicheln, an ihm auf und ab zu fahren, bis er wohlig erschauert. Ich mache das. *Ich* mache, dass er erschauert. Unglaublich …

Seine Finger forschen weiter unter meinem Shirt und schieben es schließlich so weit hoch, dass ich es mit einem Handgriff über meinen Kopf stülpen kann und mein schlichtes graues Bustier entblöße. Jonas beugt sich wieder zu meinem Hals, küsst ihn, wandert über mein Schlüsselbein zur Brust, gleitet mit den Lippen über das graue Stretchmaterial, durch das meine Brustwarzen ähnlich laut ihr Begehren schreien, wie es sein steifer Penis tut. Sein Penis … Er fühlt sich schon jetzt so komplett richtig an meiner Mitte an, dass ich mir kaum ausmalen kann, wie es erst sein wird, ihn in mir zu spüren.

Oh … *In mir!* Da fällt mir ein …

»Ich habe keine Kondome«, flüstere ich und fürchte kurz, damit das Ende unseres heutigen Abends einzuläuten.

Jonas, der nun an meinem Bauch oberhalb des Nabels angekommen ist, schaut auf – mit seinen welligen Haaren, den breiten Schultern und den halb geschlossenen Lidern der Inbegriff von Sexyness – und lacht sein echtes Lachen. »Na, dann musst du wohl so vorgehen, wie man es in jeder guten WG tut.«

Ich rapple mich auf, stütze mich auf den Ellbogen ab und frage ratlos: »Und das wäre?«

»Du klaust welche aus dem Zimmer deines Mitbewohners.« Er nickt zu dem Nachtschrank, der nur aus einer einzigen frei schwebenden Schublade mit Ablagefläche besteht.

»Puh!« Mein Körper und ich atmen synchron auf. »Gut zu wissen. Für all die nächsten Male.«

Wir brechen beide in Gelächter aus, was mich noch glücklicher macht als seine Küsse, seine nackte Haut und sein verschleierter Blick zusammen. Denn wir harmonieren. Wir machen Spaß zusammen.

Angespornt von diesen Endorphinen greife ich in Jonas' Hose, schiebe den Sweatstoff über seine Boxer Briefs und helfe ihm anschließend dabei, meine Jogger ebenfalls auf den Boden neben dem Bett zu befördern. Als unsere Körper nun nur in Unterwäsche aufeinandertreffen, spannen sich in meinem Unterleib alle Muskeln an. Jonas stimuliert mich durch den Stoff, scheint genau zu wissen, wo er sich an mir reiben muss, um mich feucht werden zu lassen. Meine Nerven pochen, ziehen und verlangen nach mehr. Wir drehen uns auf die Seite, küssen uns nicht mehr, sind zu fasziniert von den körperlichen Reaktionen, die wir im anderen auszulösen vermögen. Meine Nässe und seine Härte, unser Stöhnen und der Geruch von bevorstehendem Sex, der sich unter Jonas' Bergamotteduft mischt.

Ich ziehe an der zerknüllten Bettdecke und lege sie um uns. Vermutlich würde er lieber ohne sie mit mir schlafen, nackt und unbedeckt, offen und roh. Ich spüre, dass der Zeitpunkt kommen wird, an dem ich das kann, doch für heute hülle ich uns ein und fühle mich noch geborgener, als Jonas selbst mit anpackt. Die Decke verhüllt nicht nur unsere Körper. Sie wirkt auch wie ein Kokon, der uns noch näher zusammenbringt. Ich lasse meine Fingerspitzen über seine Brust gleiten, über seinen Bauch, der sich unter meiner Berührung anspannt.

Jonas zieht sich ein wenig von mir zurück, sodass meine Finger den Kontakt zu seiner Haut verlieren. »Ich …«, sagt er und greift mit der Hand nach meiner. Will er mich davon abhalten, tiefer zu gehen? Oder mag er es nicht, am Bauch berührt zu werden? Ich zögere, sehe, wie Jonas seine nächsten Worte hinunterschluckt, bevor er meine Hand wieder mit seiner Haut vereint. Sein Hüftknochen wird zu meinem Wegweiser. Ich schlüpfe durch den kleinen Spalt, den der Saum seiner Boxershorts dort eröffnet hat, und wandere tiefer, bis ich seinen Schaft umschließen und aus der Unterwäsche befreien kann.

Jonas keucht stockend. Seine Lider flattern, als ich meine Faust bewege. »Oh Gott.« Seine Worte verklingen in meinem Mund, so gierig küsst er mich dabei. Unsere Zungen bewegen sich synchron zu meiner Hand, die schneller und schneller wird, bis Jonas nach ihr tastet und mich zum Innehalten bringt.

Ich verstehe, zwinge mich zum Stoppen und fische wie angekündigt ein Kondom aus der Schublade. Sobald ich wieder in unseren Deckenkokon eingeschmiegt bin, ertastet Jonas den Bund meines Slips. Ich kann immer noch nicht glauben, dass das wirklich passiert. Ich verkrampfe auf die angenehmste Weise, dränge in seine Richtung und merke, wie sich mein Kopf entleert. Nach all den Wochen der Zweifel an mir, meinem Körper und meinen Fähigkeiten fühlt sich dieser Moment unendlich reinigend an.

Jonas schiebt meinen Slip nach unten und fährt mit der Handfläche zwischen meine Schenkel. Einmal, zweimal reibt er mit vier Fingern über meine Mitte, ehe er den Mittelfinger anwinkelt und mir das zurückgibt, was ich eben bei ihm begonnen habe. Er massiert mich ganz gezielt. Gleitet an mir entlang und entlockt mir einen Laut, von dem ich gar nicht wusste, dass er Teil meines Repertoires ist. Es bringt ihn erst zum Grinsen, dann zum Stöhnen. Nach einigen kreisenden Bewegungen an meiner empfindlichsten Stelle entlässt er mich, nur um sich das Kondom rasch überzuziehen und gleich wieder zu mir zurückzukehren.

»Okay?«, fragt Jonas noch einmal und lässt sich in seine Ausgangsposition sinken, sobald ich nickend bestätigt habe. Wir, Bauch an Bauch, Brust an Brust. Ich öffne meine Beine und spüre, wie er nachrückt, bis seine Spitze gegen mich drängt. Ich hole tief Luft, als er in mich eindringt, und stoße sie in einem einzigen langen Atemzug wieder aus. Währenddessen versenkt sich Jonas Zentimeter für Zentimeter tiefer in mir, bis unsere Körper aufs Maximum miteinander verbunden sind.

Ich erschaudere wohlig und spüre an Jonas' zittrigem Atem an meinem Hals, dass es ihm genauso geht. Er hält inne, hinterlässt flüchtige Küsse an meiner Kehle und gibt mir einen Moment, um mich an das Gefühl von ihm in mir zu gewöhnen. Doch nichts daran ist gewöhnungsbedürftig. Es ist *richtig*. Es ist *Wieso-haben-wir-so-viel-Zeit-damit-verschwendet-keinen-Sex-zu-haben?*-schön.

Das muss wirklich ein Ende haben – diese Zeitverschwendung. Also schiebe ich beide Hände um seinen muskulösen Rücken und den Unterschenkel um seinen angespannten Hintern. Ich fahre damit seinen Körper entlang, streichle mit der Wade seinen Po und übe schließlich mit der Ferse sanften Druck auf ihn aus. Jonas versteht sofort. Er stützt sich auf einen Arm auf, setzt die Handfläche neben meinen Kopf und beginnt, sich meiner Einladung folgend in mir zu bewegen. Ich stöhne heftig, weil das Zusammenspiel unserer Körper mich sofort reizt. Der Neigungswinkel seiner Härte und meine Feuchtigkeit sorgen dafür, dass er spielerisch leicht in mich und aus mir heraus gleiten kann. Bei jedem Kommen und Gehen streift er dabei nicht nur meinen empfindlichsten Punkt, er stimuliert mich auch … tiefer … neuartiger … zügelloser. Ich will stöhnen, aber ich habe keinen Ton mehr in mir. Mein Mund formt einen Laut, doch er dringt nicht hervor. Wenn ich könnte, würde ich *Mehr!*, *Oh fuck!* und Jonas' Namen rufen, aber weil nichts dergleichen aus meinem Mund kommt, greife ich weiter auf die Zeichensprache zurück, die unsere Körper so intuitiv zu beherrschen scheinen. Ich treibe meinen Fuß tiefer in Jonas' Hintern, weise ihn so an, nicht aufzuhören, heftiger und schneller zu werden.

Und er tut es. Mit geschickten, wellenartigen Stößen treibt er mich – und sich – immer weiter. Ich komme ihm bei jedem Eindringen mit meinen Hüften entgegen, spiegle die Wellen. Sein Penis trifft wieder und wieder diese Stelle in mir, es drückt auf die bestmögliche Weise, ist berauschend und schonungslos zugleich. Die Stimulation kitzelt etwas an meiner innersten Muskulatur, die nicht ganz weiß, wie ihr geschieht. Ich kann nicht loslassen, obwohl alles in mir schreit, dass ich die Kontrolle abgeben muss. Seine Hand wandert neben meinem Kopf immer höher, bis er sie schließlich gegen das Kopfteil seines Bettes stützt. Er gewährt mir einen Blick auf seine angespannten Schultern und auf seine Brust, die langsam vor Schweiß zu glänzen beginnt.

»Polly«, seufzt er und verlangsamt seine Hüften, zieht sich von mir zurück.

NEIN!, will mein atem- und sprachloser Mund formen. Was macht er da?

Jonas ist nur noch mit der Spitze in mir und senkt seine Hand vom Bettrahmen ab, bis er wieder im Unterarmstütz auf mir liegt. Der seltsame Druck in meinem Inneren lässt nach. Die reißende Stimulation meiner Muskeln verschwindet, ich fühle mich leer und gleichzeitig erleichtert, dass er aufgehört hat, bevor er mich zum absoluten Kontrollverlust getrieben hat. Ich verliere nie die Kontrolle. Aber in diesem Moment will ich mehr, will weiter, will wieder ...

Endlich kommt ein flehendes »Nicht« über meine Lippen.

Jonas reibt sich mit der Schulter ein paar Schweißperlen aus dem Gesicht, grinst und legt seine Stirn ein wenig verlegen gegen meine. »Es ist zu ... Polly, ich ...«

Panik ergreift Besitz von mir. Zu was? »Was ist los?«, frage ich stammelnd.

»Es ist zu schön, ich komme gleich.«

Ich bin so erleichtert, dass ich auflache und durch Jonas' Haar fahre. »Bitte«, sage ich. »Ich will sehen, wie du kommst.« Mit diesen Worten setze ich meine Ferse wieder ein, tiefer diesmal, sie liegt nun in seiner Kniekehle, was die Intensität unserer Vereinigung verändert. Es ist immer noch schön, immer noch innig, meine Lust baut sich erneut auf, aber sie ist nicht mehr so überwältigend. Ich seufze wohlig, will plötzlich nicht, dass es endet, doch dann geht ein Beben durch Jonas, das an seinen Lenden beginnt und von dort aus in seinen gesamten Körper ausstrahlt. Ich merke es an meinem Bein, das sich um seines schlingt, spüre ihn in mir beben und seine Arme zucken. Aus seiner Kehle dringt ein kurzes Keuchen, dicht gefolgt von einer Atempause, in der die Welt stillzustehen scheint, und schließlich ein langes Stöhnen.

Ich bin so im Rausch, dass ich kaum merke, wie Jonas seinen Penis durch seine Finger ersetzt und mich wie zuvor berührt. Er stützt den Handballen auf meine Scham und massiert mit zwei Fingern meine Klitoris. Der Drang, festzuhalten und mich nicht verletzlich zu machen, ist stark – dabei will ich doch bloß in seine Arme sinken und ihm die Führung übergeben. Ich spüre, wie mir das Steuerrad mehr und mehr aus der Hand rutscht, während er Kreise in mir dreht.

»Ich will dich auch kommen sehen«, fleht Jonas schließlich. Und bei diesen Worten verliere ich die Beherrschung über das Steuer. Ich lasse los und erzittere unter seinen Fingern. Hitze schießt von meinem Unterleib bis in die Beine. Ich kralle meine Finger ins Bettlaken, drücke mich unwillkürlich von Jonas weg, ehe ich merke, dass er mich zu sich zieht. Näher und näher, bis er schließlich meinen ganzen Körper zu umarmen scheint. Er riecht an meinem Haar und streichelt meinen Rücken auf und ab. Ich mache mich klein und rund in seinen Armen und lasse es zu. Ich lasse einfach zu.

EIN GEFÜHL WIE IN DIE HOSE MACHEN

KÖLN, 3. JANUAR
WG

Polly
Leute. Wir müssen reden.

Anouk
Du hast mit Konrad geschlafen.

Anna
DU HAST MIT KONRAD GESCHLAFEN?!?!?

Seit vierundzwanzig Stunden lebe ich mit dem Geheimnis, nicht mit Konrad, sondern mit Jonas geschlafen zu haben, und es fühlt sich an, als wäre ich eine Wasserbombe, die man einen geschlagenen Tag lang um den voll aufgedrehten Wasserhahn gespannt hat. Es ist ein Wunder, dass ich noch nicht geplatzt bin. Physikalisch unmöglich, streng genommen. Und weil ich die Regeln der Physik nicht weiter strapazieren will, muss ich jetzt mit jemandem reden. Ich habe Mel bereits reumütig ein Hummer-Emoji geschickt und genau gewusst, dass es für sie die Genugtuung ihres Lebens sein wird. Der kurze, freundschaftlich gehässige Dialog, den wir daraufhin geführt haben, war lustig – aber nicht heilsam. Für dieses Alles-von-der-Seele-reden-Gefühl brauche ich meine längsten Freundinnen. Dass eine von ihnen Jonas' Schwester ist, kann ich nicht ändern. Da hätte ich mich wohl vor acht Jahren mit einer anderen Elfjährigen anfreunden oder wenigstens vor drei Monaten in eine andere WG ziehen müssen.

> **Polly**
> Ich habe nicht mit Konrad geschlafen.
> Aber ich habe mit jemandem geschlafen.

Das Absenden der Nachricht kommt mir vor, als käme ich meiner prallen Wasserbombe mit einer Nadel viel zu nahe. Jetzt warte ich auf die Explosion.

> **Anna**
> EXCUSE ME?
> Wie hast du es in den letzten vierundzwanzig Stunden geschafft, jemanden zum Vögeln zu finden???

Indem ich einfach darauf gewartet habe, dass mein Mitbewohner nach Hause kommt. Herrje ... Ob Anna mich lynchen wird? Nein. Anna liebt mich. Anna bringt mich nicht um. Anna wird sich bestimmt darüber freuen, dass ich – zum vielleicht ersten Mal in meinem Leben – so etwas wie sexuelle Erfüllung erfahren habe. Sie steht doch auf so was ... Sie muss einfach darüber hinwegsehen, dass es Jonas war, der mir besagte Erfüllung beschert hat. Haben wir einen passenden Spruch auf @alleswasunsniemandsagte, mit dem ich dieses Dilemma lösen könnte? *Dein Bruder vögelt wie ein Weltmeister* – das ist doch mal ein gutes Inspirations-Quote.

> **Anna**
> Okay. Ich hab mir kurz eine Sauerstoffmaske aufgesetzt und kann jetzt wieder atmen.

> **Anna**
> Shit, ey, puh. Anouk, ich sammle dich in zehn Minuten ein. Polly, wir sind in einer Stunde bei dir. Bestell was zu essen.

Ich sehe Annas zweite Nachricht erst, als dreißig Minuten dieser angekündigten Stunde bereits vergangen sind. Sprich: Die beiden sind garantiert schon auf der Autobahn und ich habe keine Chance mehr, sie am Vorbeikommen zu hindern.

Ich war derweil unter der Dusche und habe mir endlich den Sex des Vortags von den Gliedern gewaschen. Die letzte Nacht habe ich in Jonas' Bett verbracht. Er musste allerdings heute früh aufstehen, weil er sich zum Lernen mit Kommilitonen trifft. Ich bekam noch einen Cappuccino und den vielleicht besten nach Milchschaum schmeckenden Kuss der Welt ans Bett gebracht, dann war ich allein. Und allein kam ich mir irgendwie seltsam vor unter Jonas'

Decke. Auf einmal wollte mein Gehirn – gerade noch so zufrieden und sorglos – unbedingt mit mir ausdiskutieren, ob Jonas und ich jetzt ein Paar sind, ob wir für immer zusammenbleiben, ob ich seinen Namen annehme oder er meinen, ob unsere Kinder seine blauen Augen bekommen oder meine braunen. Gedanklich hatte ich schon ein Grundstück gekauft, ein Haus gebaut, Bäumchen gepflanzt und einen Australian Shepherd adoptiert, als mir schlagartig klar wurde, dass das alles nicht der Plan war. Ich will darüber nachdenken, wann ich in einer Wirtschaftskanzlei Partner werde. Nicht, wie mein Leben ist, wenn ich irgendjemandes Partner*in* bin.

Also habe auch ich den Rest des Tages gelernt. Und mit gelernt meine ich: auf Paragrafen gestarrt, während mein Körper die gestrigen Stunden wieder und wieder hat Revue passieren lassen.

> **Anouk**
> Sind in fünf Minuten da.

Scheiße! Was tue ich, wenn Jonas hereinplatzt, während wir Fast Food essen und über seine Skills in den Laken philosophieren? Ist er dann stolz oder wird das peinlich? Kommt er dazu und spielt liebevoll mit meinem Haar wie Anna bei Fynn? Oder schämt er sich in Grund und Boden, weil ich offensichtlich nicht verstanden habe, dass das zwischen uns nicht mehr als eine einmalige Sache war? *Shitshitshit* ...

Egal. Ich bestelle jetzt erst mal beim Asiaten. Ich kenne Annas und Anouks Leibgerichte in so ziemlich jeder Küche der Welt, und während ich sie in der App in den Warenkorb lege, beschließe ich, auch etwas für Jonas zu ordern, weil ich eine gute Mitbewohnerin bin. Und weil ich zum Nachtisch gern erneut mit ihm schlafen würde.

»Könntest du uns bitte endlich darüber aufklären, wo du gestern ein Sexdate aufgerissen hast?« Anna kniet auf dem Teppich vor dem Sofa und hebt fachmännisch eine Portion Udon-Nudeln mit Stäbchen aus der Styroporverpackung. »Bist du neuerdings auf Tinder?«

Anouk wirft mir einen wissenden Blick zu. Als ich ihm ausweiche, breitet sich ein Schmunzeln auf ihren vollen Lippen aus. Gleich imitiert sie bestimmt eines ihrer liebsten Memes: Chandler aus *Friends*, der siegessicher »I KNEW IT!« brüllt.

»Ich bin nicht auf Tinder. Ich hatte kein Sexdate. Manchmal ergeben sich Dinge im Leben.«

»Manchmal ergeben sich Dinge im Leben??« Annas Pupillen rotieren hilflos. »Wen hast du abgeschleppt? Den *Briefträger*?«

»Gestern war Sonntag«, erinnert Anouk sie, ohne von ihrem gebratenen Reis aufzusehen. »Kein Briefträger.«

»Hör gefälligst auf, so mit den Augenbrauen zu zucken«, ermahne ich sie.

»Geht das schon wieder los? Ihr habt doch Geheimnisse!« Annas Holzstäbchen wandern drohend zwischen uns beiden hin und her.

Mit einem süffisanten Grinsen versenkt Anouk die Gabel in ihrem Mund und lehnt sich tief in den Sessel neben der

Couch, auf dem sie Platz genommen hat. Ich kann mein Kung Pao vor Nervosität gar nicht anrühren.

»Warfff's denn wenigfffstns gut?« Anna hüpft mit vollem Mund auf ihren angewinkelten Unterschenkeln auf und ab.

»Es war ... Anouk?« Mir wird auf einmal bewusst, dass sie sich bei Liebeskummer bestimmt Schöneres vorstellen kann, als von meinen sexuellen Eskapaden zu hören. »Ist es okay für dich, wenn ich über so was rede?«

»Glaub mir, Polly. Das hier ist für mich wie ein ablenkender Kinobesuch.«

»Halt die Klappe!« Grinsend werfe ich ein Sofakissen nach ihr, das sie geschickt mit dem Fuß abwehrt.

»Alfffo warfff's riffdig gut?« Annas Augen werden vor Gier nach Gossip groß und glänzend.

Ich schiebe für einen Moment beiseite, dass mir das Geständnis noch bevorsteht, und seufze. »Es war *so* gut. Wirklich!«

Anna applaudiert und hopst so aufgeregt auf und ab, dass ihre Nudeln beinahe einen Abgang machen. »Tell me more!«

»Es war ... zwischenzeitig ... also ... Ihr dürft nicht lachen, okay?« Die beiden nicken eifrig, wobei Anouks Grinsen ihre Glaubwürdigkeit massiv beeinträchtigt. Unruhig schiebe ich mir einen Fuß unter den Hintern und rücke bis zur Sofakante vor. Ich bin eigentlich nicht prüde – wie auch, wenn man mit einer Mutter groß geworden ist, die am Frühstückstisch das Sortiment ihres mobilen Sexshops plant? –, doch normalerweise spreche ich mit meinen Freundinnen auch nur über Jungs, mit denen keine von uns aufgewachsen ist. »Zwischenzeitig war es fast ... *zu* gut? Es hat mich regelrecht ...« Ich suche nach den passenden Worten, die ich seit gestern nicht zu finden vermag.«... überfordert? Kein Scheiß, kurz dachte ich, er zerlegt mich ... auf eine gute Weise.«

Wie erwartet leuchtet Anna vor Begeisterung. »Wooow, das klingt ja krass. Was war das denn für ein Tier? Wie schön für dich, Polly!«

»Oh Mann, das ist sooo viel besser als Kino«, kommentiert Anouk und kichert in sich hinein.

»Hey! Wir haben gesagt, dass wir nicht lachen.«

Anouk hält sich mit übertrieben schmerzerfülltem Gesicht das Herz. »Mir geht es schlecht, lass mich lachen.«

Ich fuchtle mit den Händen in der Luft, um mich zu sammeln. »Ich brauche Hilfe! Hattet ihr das schon mal? Was war das? Wie kann ... wie kann es *zu* gut sein?«

Anna fährt sich mit der Zunge über die Zähne, als wolle sie sich diesem pikanten Thema nur mit perfekter Mundhygiene widmen. »Hat es sich ein bisschen so angefühlt, als würdest du gleich – nun ja – in die Hose machen?«

Mir klappt der Mund auf. »JA!« Ich brülle fast vor Erleichterung, weil ich endlich eine passende Beschreibung für dieses Gefühl geliefert bekomme. Auch wenn es alles andere als sexy klingt. »Ja, exakt so. Ich hatte zwar keine Hose an, aber so war es!«

Anna nickt wissend. »Das ist der Moment, in dem du loslassen und weitermachen musst.«

»Wie? Weitermachen?« Endlich interessiert sich auch Anouk für die Geschichte und nicht nur dafür, dass Anna nach meinem Reveal ihr blaues Wunder erleben wird. »Soll man sich dann einpieseln? Sag mir bitte, dass das nicht SO EINE Sexstory wird?!«

»Eine mit vollpinkeln?«, kreische ich. »Iiih! NEIN!!«

»Nein, nein! Niemand pinkelt.« Anna schüttelt tadelnd den

Kopf über so viel sexuelle Ahnungslosigkeit. »Du musst in diesem Moment die Kontrolle abgeben, ich weiß, das ist nicht so dein Ding, Polly, aber dann ...« Sie deutet eine wedelnde Geste vor ihrem Mund an und stößt ein erhitztes Hecheln aus.

»Was dann?«, fragt Anouk, die ein ernster Fall von FOMO ergriffen zu haben scheint, weil sie beim Sex noch nie Angst hatte, sich einzunässen.

»Dann hast du gute Chancen auf einen multiplen Orgasmus.« Sichtlich zufrieden mit sich selbst sinkt Anna gegen die Sofakante und rührt in den Udons.

Ich hingegen bin komplett durcheinander. »Das heißt, dieses Gefühl, das ich hatte ...«, meine Stimme schwellt bei jedem Wort an, »... ich ... ich hätte einen multiplen Orgasmus haben können, hatte aber keinen – aus Angst, mir in die Hose zu machen? Obwohl ich nicht mal eine Hose getragen habe? Wie unfair!!«

Nun erlebt Anouk doch noch das Gefühl, sich beinahe einzunässen, allerdings vor Lachen.

Anna sieht das Ganze etwas mehr durch die professionelle Brille. »Du musst es so betrachten: Dein Körper hat sehr große Lust gefühlt. Das ist doch wunderbar! Und erstaunlich dafür, dass du das erste Mal mit diesem geheimnisvollen Fremden geschlafen hast. Oder ... *Moment* ...« Anna macht ein Gesicht formvollendeter Erleuchtung. Oh Gott, sie hat es erraten. »Hattest du den Vibrationsring im Einsatz? Ich will dem Kerl nicht irgendwelche Skills zugestehen, die eigentlich der Technik zu verdanken sind!«

Ich bin so erleichtert, dass ich mich regelrecht auf diesen Joke stürze – zweifellos, um davon abzulenken, dass Anna nun wirklich einen Namen will. »Oh, ihr habt ihn also schon ausprobiert? Soll ich meiner Mutter etwas ausrichten? Zehn von zehn Punkten, sehr befriedigender Service, gerne wieder?«

»Sei ruhig, sei ruhig! Sonst strullere ich mich gleich ein!« Anouk hat sich vor Lachen mit einem Haufen Reiskörner eingesaut.

»NUN SAG SCHON!« Anna haut mit der Faust auf die Sofakante, was keinen so nachdrücklichen Effekt hat, wie auf eine Tischplatte zu donnern.

Ich muss es sagen. Ich muss. Ich muss. Ich muss. Ich muss.

»Okay.« Mein Herz legt einen dreifachen Auerbach hin. Oder einen Rittberger? Ich bin nicht so gut mit Sportmetaphern, jedenfalls vollführt es eine außergewöhnliche athletische Leistung. »Es ist Jonas.«

»Jonas und wie weiter?«, fragt Anna ganz beiläufig, während sie eine Nudel von den Stäbchen baumeln lässt und von oben in ihren Mund befördern will. Anouk hingegen bricht in ein schallendes HOHOHO aus. »I KNEW IT!«, brüllt sie.

»Oh mein Gott, nein!« Anna springt vom Boden auf und deutet mit den Stäbchen auf mich. Drohend wedelt sie damit, wobei sich die Nudel verabschiedet und auf den Teppich klatscht. Super. Der Fleck auf dem weißen Hochflor wird mich nun für immer an meinen ersten Sex mit Jonas erinnern.

»MEIN BRUDER JONAS???«, kreischt sie. »Du hast mit *meinem Bruder* geschlafen? Wieso??? Warum??? Mit Jonas???« Sie klatscht sich beide Hände theatralisch gegen den Kopf. »OH GOTT! Ich habe dir gerade Tipps gegeben, wie du mit meinem Bruder multiple Orgasmen haben kannst? POLLY!!! AAAH, POLLY!« Anna hält sich abwechselnd Augen und Ohren zu und hüpft von einem Fuß auf den anderen, wobei sie die Nudel gründlich in die Fasern des Teppichs einarbeitet.

»Ich weiiiß, es tut mir leid, ich ...«

Erschöpft wie nach einem Dauerlauf lässt sie sich neben mich in die Couch sacken, was zumindest dafür spricht, dass sie mich nicht hasst. »Mein Bruder hat Sex.« Sie zieht eine beleidigte Schmolllippe.

»Das hat dich noch nicht bekümmert, als du mir erzählt hast, dass er mit Isabella schläft.«

»Oh mein Gott!« Was Gott wohl davon hält, dass Anna ihn jetzt schon zum wiederholten Mal wegen derart pikanter Belange anruft? »Er schläft doch wohl nicht mit Isabella und dir gleichzeitig?«

»NEIN!«, brülle ich, bevor mir bewusst wird, dass ich das überhaupt nicht weiß. Also füge ich kleinlaut hinzu: »Also ... ich hoffe nicht? Ich ...«

»Oh. Hey!«

Nein! Nein, nein, nein, nicht schon wieder! Durch eine grauenhafte Ironie des Schicksals steht plötzlich Jonas in der offenen Wohnungstür. Seine Anwesenheit beschert mir eine mittelschwere Arrhythmie, während sie bei Anouk den bisher größten Lachanfall ihres Lebens verursacht und Anna noch weitere Dutzend Mal den lieben Gott um Hilfe anrufen lässt.

Jonas' Blick wandert reihum und bleibt schließlich an dem Fleck hängen, den seine Schwester auf dem Teppich hinterlassen hat. Ein einzelnes »Äh« verlässt seinen Mund, woraufhin Anna in Gekreische ausbricht. Ich schlichte die Situation hochprofessionell: Ich ringe Anna mit einem Tackle von der Seite nieder, halte ihr den Mund zu und sage: »Ich habe dir Curry mitbestellt.«

»Oh ... okay.« Jonas beginnt, an seinen Fingernägeln zu knibbeln. »Ich ... ich wollte jetzt eigentlich noch mal ins Fitnessstudio.«

»Oh ... okay.« Ich wiederhole seine Worte unfreiwillig. Sie stolpern einfach so aus mir heraus, lassen mich wie eine Karikatur wirken. »Willst du dich danach zum Essen zu uns setzen?«

»Nee, nee, macht ihr mal. Ich esse vielleicht später.« Er geht am Sofa und somit an uns vorbei, würdigt das Gericht, das auf der Küchentheke auf ihn wartet, keines Blickes und verabschiedet sich mit einer letzten winkenden Geste in sein Zimmer.

Anna und Anouk sind verstummt, was mir auf unangenehme Weise deutlich macht, dass diese Unterhaltung nicht nur auf mich seltsam gewirkt hat. Ihnen ist Jonas' kühle Ablehnung ebenfalls aufgefallen. Er möchte nicht einmal mit uns – mit mir? – den Abend verbringen. Was ist passiert? Wir müssen ja nicht gleich heiraten, aber ... zusammen essen? Oder ... hat es etwas mit dem Essen zu tun? Verurteilt er mich, weil ich beim Lieferdienst bestelle? Ist er der Meinung, ich sollte das lassen, nachdem er meinen Körper nun so gut kennt, wie man ihn nur kennen kann?

Mein Herz beginnt zu rasen, ganz anders nun als bei seinem Anblick eben. Ich fühle mich so rundum abgelehnt – und das vor meinen Freundinnen –, dass es mir schwerfällt, mein Gesicht zu kontrollieren. Wenn es mir zuvor schon Probleme bereitet hat, Appetit auf mein Abendessen zu entwickeln, so ist es mir jetzt fast unmöglich.

Anna löst sich aus meinen Armen, die schlaff geworden sind und kein Hindernis mehr darstellen. Haben wir wirklich vor zwei Minuten noch im Scherz gerangelt, weil sie einen Kreischanfall wegen meiner Affäre mit ihrem Bruder hatte? Affäre ... Nennt man es Affäre, wenn einer der Beteiligten nach vierundzwanzig Stunden schon nicht mehr gemeinsam zu Abend essen will? Noch heute Morgen hat er mir Kaffee ans Bett gebracht und jetzt? Was verdammt noch mal ist los mit ihm?

Jonas kommt mit seiner Tasche und noch immer in Winterjacke aus seinem Zimmer, lächelt gezwungen und steuert die Haustür an. Bevor er geht, treffen sich unsere Blicke ganz kurz. Es liegt keine Ablehnung in seinen Augen. Aber auch keine bedingungslose Zustimmung.

»Ich ... Shit, ich glaube, ich habe etwas übertrieben.« Anna legt sich die Hand über den Mund. »Ich war nur so ... das alles ist so ... Ob er jetzt sauer ist?«

»Er ist auf jeden Fall irgendetwas.« Aus meiner Kehle dringt mehr Grummeln als Stimme.

»Hast du ihm gesagt, dass du mit uns drüber reden wirst?«, will Anouk wissen.

»Ich wusste nicht, dass man sich eine Erlaubnis einholen muss, um mit Freundinnen zu sprechen. Ihr seid immerhin meine Therapie!« Fast werde ich wütend darüber, dass Jonas möglicherweise deshalb sauer auf mich ist. Wollte er ... dass wir ein Geheimnis sind? Schämt er sich für ... Nein ... Ich kann das nicht mal zu Ende denken, ohne auszubrechen wie ein Vulkan.

»Nein, es muss etwas anderes sein. Vielleicht nur ein harter Tag?« Anna legt mir eine Hand auf die Schulter und drückt sanft zu. »Wenn er vom Sport zurückkommt, ist er wieder das blühende Leben, du wirst sehen.«

Sie wirft Anouk einen auffordernden Blick zu, woraufhin

diese etwas Unterstützendes murmelt: »Na ja. Du musst es wissen. Du bist immerhin seine Schwester.«

Doch vielleicht kennt Anna ihren Bruder nicht so gut wie gedacht. Denn als er zwei Stunden später zurückkehrt, ist seine Stimmung unverändert. Er verabschiedet sich kurz angebunden in sein Schlafzimmer und kommt den ganzen Abend nicht mehr heraus. Nicht, während Anna und Anouk noch hier sind, und auch nicht nach ihrem Aufbruch. Ich stehe minutenlang untätig in der Zimmermitte, eine Hand zur Faust geballt, bereit, an seine Tür zu klopfen – oder damit wütend gegen die Wand zu schlagen. Ich tue nichts von beidem. Ich gehe allein und am Boden zerstört in mein Bett.

Als ich am nächsten Morgen zur Arbeit aufstehe, ist Jonas' Tür noch immer verschlossen, sein Curry noch immer unangerührt, mein Herz noch immer in zwei Teilen.

Es ist okay, im neuen Jahr das alte DU zu bleiben.

EIN DESSERT UND EIN DETOX

KÖLN, 4. JANUAR
GAYLEWAY & GABEL

»Petit Crêpes mit Rosmarintrauben an Weinschaum, Mini-Pavlova auf würzigem Punschspiegel, Zimt-Pannacotta mit Grand-Marnier-Gelee.« Sarina läuft im Orga-Raum auf und ab und präsentiert wie eine Lottofee drei mit kleinen Gläschen bestückte Tabletts. Ihr Zeigefinger tippt dabei über jeder Nachspeise einmal in die Luft und versieht sie mit diesen schmackhaften Bezeichnungen, die geradewegs aus dem Dessertkapitel von Jamie Olivers Weihnachtskochbuch stammen könnten.

Vor gut fünfzehn Minuten hat eine Cateringfirma die Dessertproben für den Neujahrsempfang angeliefert, woraufhin Sarina sofort Benisha, Sven und mich zu sich bestellt hat, damit wir sie zur Verköstigung aufbauen. Der Empfang findet bereits in zwei Wochen statt, aber noch immer ist nicht klar, an welchem Dessert sich die zahlreichen geladenen Geschäftspartner gütlich tun dürfen – ein Umstand, für den Sarina wahrscheinlich jemanden köpfen würde, wenn Guillotinen im einundzwanzigsten Jahrhundert noch salonfähig wären.

Grundsätzlich könnte ich mir Schlimmeres vorstellen, als den ersten Arbeitstag im neuen Jahr mit weihnachtlichen Nachspeisen ausklingen zu lassen. Doch in Gegenwart von Sarina fühlt sich jegliche Nahrungsaufnahme mittlerweile an wie ein Verbrechen. Es gab schon immer Personen in meinem Leben, vor denen ich ungern gegessen habe, allen voran meine Mutter. Doch bei ihr konnte ich dann immer meine altbewährte Jetzt-erst-recht-Nummer fahren. Wieso gelingt mir das bei Sarina nicht?

Ich war mir so sicher, dass in meiner beruflichen Laufbahn mein Wille und meine Bildung an erster Stelle stehen würden. Aus irgendeinem Grund habe ich geglaubt, dass bei einer prestigeträchtigen Firma wie *Gayleway & Gabel* ausschließlich zielgerichtete, effiziente, rationale Menschen arbeiteten. Stattdessen gibt mir Sarina Woche für Woche das Gefühl, in einem Teen Drama gelandet zu sein, in dem sie die schöne Zicke ist und ich das fette Entlein bin. Normalerweise würde ich darüber spotten, allerdings ... es hat sich in meinem Kopf festgesetzt. Und dort richtet es Schaden an. Schaden, den ich in den letzten Jahren so mühsam zu verhindern versucht habe. Ich war die, die *über* fettphobischen Beleidigungen steht. Die nie den Fehler bei sich sucht, sondern ihn in der Gesellschaft findet. Die niemals eine Diät in Erwägung ziehen würde, nur weil irgendjemand Dahergelaufenem ihre Figur nicht passt.

Und jetzt? Jetzt bin ich eine Frau, die Angst hat, vor ihren Kolleginnen zu essen. Die den Bauch einzieht, wenn sie an ihrem Vorgesetzten vorbeigeht. Die unter der Berührung des Mannes, in den sie verliebt ist, an Dehnungsstreifen und Fettpolster denkt. Die es sofort auf ihren Körper bezieht, wenn dieser Mann ohne sie in seinem Zimmer verschwindet.

Jonas ...

Heute Morgen habe ich in einer kurzen Arbeitspause entdeckt, dass er mir eine WhatsApp-Nachricht geschickt hat. Ein Foto von einem Cappuccino mit dreifachem Herzchen in der Schaumkrone, darunter der Text: *Den wollte ich dir gerade ans Bett bringen, aber du warst schon weg. Bist du auf der Arbeit?* Kein Wort dazu, dass er mich vor Anna und Anouk hat auflaufen lassen. Keines darüber, dass wir am Sonntag miteinander geschlafen haben ... Welche Sprache sprechen Herzchen-Cappuccini? Sagen sie: *Sorry wegen gestern, ich war ein Depp? Danke für Sonntag, aber ich will nur etwas Lockeres?* Oder gar: *Das alles war ein riesiger Fehler. Iss außerdem weniger AsiaFood!*

Ich erwache aus meinem desaströsen Gedankenstrudel, weil Sarina treibend in die Hände klatscht und dabei das Bankett noch einmal abläuft. »Los jetzt! Wir haben nicht ewig Zeit.« Sie reicht jedem von uns eines der mit kleinen Deckeln verschlossenen Weckgläser. Darin befindet sich ein Mini-Crêpe, der wellenförmig auf einen Zahnstocher gepinnt wurde, getoppt von einer gehäuteten Traube, an der ein paar Rosmarinstängelchen kleben. Es stehen von jeder Variation noch gut zwei Dutzend Gläser auf den Tabletts. Entweder hat die Cateringfirma also mit einer größeren Dessertjury gerechnet oder Sarina lässt uns jede Nachspeise achtmal probieren, damit wir uns bei der Entscheidung auch wirklich sicher sind.

»Probierst du nicht?«, fragt Benisha, als Sarina sich ohne

eigene Kostprobe wie eine Deutschlehrerin mit halber Arschbacke an den Tisch hinter sich lehnt.

»Nein. Ich habe Neujahrsvorsätze.« Natürlich hat Sarina körperbezogene Vorsätze. Man muss sich ja fast schon wie eine Aussätzige fühlen, wenn man zum Jahreswechsel nicht ein paar Kilos loswerden will. *New year, new me* und so. Ha! Ich werde Anouk eine neue Message zukommen lassen für @alleswasunsniemandsagte: *Es ist okay, im neuen Jahr das alte Du zu bleiben.*

»Wo willst du denn abnehmen?«, fragt Sven und lässt diese berechtigte Frage wie ein großes Kompliment klingen.

»Ich möchte nicht abnehmen, ich detoxe.« Detox ist mir schon als Substantiv höchst suspekt, aber als Verb entfaltet dieser komische Trend seine vollumfängliche Schwachsinnigkeit. Hat mittlerweile nicht jeder Mensch begriffen, dass er Organe hat, die das Entgiften für ihn übernehmen?

»Ah ja«, macht Sven und zeigt ehrliches Interesse. »Nach den Feiertagssünden tut das dem Körper echt unheimlich gut.« Auch, dass Essen keine Sünde ist, sollte inzwischen bei jedem und jeder angekommen sein. Anscheinend nicht. Sven und Sarina tauschen sich angeregt darüber aus, dass ihnen ein Jahr kulinarische Vorhölle erspart bleibt, wenn sie zwei Wochen lang nur Rinderbrühe trinken.

»Ich frage mich«, zische ich Benisha zu, »wieso sie die Dessertauswahl so ernst nimmt. Wenn sie zwei Wochen lang nur Rinderbrühe säuft, erlebt sie den Empfang doch sowieso nicht mehr.« Wir kichern in unsere Mini-Crêpes hinein und ziehen damit die missmutigen Blicke der beiden anderen auf uns. Ich warte, bis sich Sarina wieder Sven widmet, und schiebe mir den Zahnstocher ganz schnell in den Mund.

Als Sarina die zweite Nachspeise verteilt, habe ich längst

Feierabend und möchte nur nach Hause, raus aus dem Blazer und rein in ein bequemes Outfit. Es ist schon komisch, wie oft man Kleidung tragen muss, in der man die Körperteile, die man eigentlich ausstrecken will, einzieht und jene anspannt, die man eigentlich schlaff hängen lassen möchte.

Statt mich zu entspannen, fische ich Baiserbröckchen mit einem kleinen Löffelchen aus roter Pampe und imitiere das wohlwollende Gesicht der anderen. Jonas könnte bestimmt etwas Fachmännisches zu dieser Verköstigung sagen – im Gegensatz zu mir, die gern Rührei mit Sriracha isst.

Zum Abschluss naschen wir das Pannacotta mit Dingsbums-Gelee, was Benisha und Sven für das leckerste Gericht halten. Ich nicke nur, weil das einfacher ist, als zu erklären, dass mir alles geschmeckt hat. Denn dann wäre Sarinas Kommentar zu meinem Essverhalten vorprogrammiert.

Fuck ... Was kann ich tun, um mir nicht ständig Beleidigungen zusammenzufantasieren? Vielleicht sollte ich die Sache mit Jonas aus der Welt schaffen ... Vielleicht war es bloß ein Missverständnis. Ich könnte mich offen dafür entschuldigen, dass ich Anouk und Anna davon erzählt habe, bevor ich ihn gefragt habe, wie er dazu steht. *Zu uns* steht. Oder dafür, dass ich nicht auf seine süße Kaffeenachricht von heute Morgen geantwortet habe. Irgendwie muss ich diese süße Geste erwidern. Vielleicht eines der Pannacotta-Gelee-Dingenskirchen mopsen und ihm ein Herz aus Kakao daraufzaubern?

»Räumt ihr das hier noch weg?« Sarinas Zeigefinger kreist einmal über die verbliebenen Dessertgläschen. Weil Sven nach unserem Beschluss sofort aus dem Raum gestürmt ist, bleibt das wohl an Benisha und mir hängen.

»Wir entsorgen die aber doch wohl nicht?«, frage ich

Benisha und mustere dabei die vielen hübsch dekorierten Weckgläser.

»Tu dir keinen Zwang an, iss sie alle auf.« Sarina, von der ich eigentlich dachte, sie wäre bereits außer Hörweite, steckt noch einmal den Kopf zur Tür herein und lächelt mir auf eine ganz besondere Weise zu: höhnisch, mit gehobenen Augenbrauen. Dieses Biest. Dieses gemeine, Rinderbrühe schlürfende Biest. Wenn sie irgendetwas entgiften möchte, dann sollte sie vielleicht lieber bei ihrem Charakter anfangen.

»Ich wollte nur meinem Freund welche mitbringen.« Meinem Freund? *Meinem Freund??* Wieso hat mein Kopf eigenmächtig entschieden, ihr meinen Wert zu beweisen, indem ich kurzerhand einen Freund erfinde? Bin ich jetzt etwa schon auf Sarina-Niveau gelandet?

»Partner sind zum Neujahrsempfang eingeladen. Dein Freund kann sie also dort probieren.« Etwas an der Aussage gibt mir das Gefühl, dass sie mir nicht glaubt, mein sogenannter Freund würde wirklich existieren. Da bin ich mir allerdings auch nicht so sicher.

»Hast du denn *Plus eins* RSVPt?« *RSVPen* muss das zweitdümmste Verb sein, dass ich am heutigen Tag gehört habe. Als ich meine Einladungskarte zum Neujahrsempfang erhalten habe, auf der *RSVP* stand, hielt ich es kurz für einen juristischen Fachterminus und mich der Feier nicht würdig, weil ich ihn nicht kannte. Doch dann ergab meine Google-Suche, dass das Kürzel für *Répondez s'il vous plaît* steht und schlicht und ergreifend Fancy Talk für *Sag Bescheid, ob du kommen kannst* ist.

Damals hatte ich noch kein Plus eins. Und ob ich mittlerweile eines habe, bezweifle ich stark. Trotzdem schleicht sich die Fantasie von Jonas in einem perfekt sitzenden Anzug in meinen Kopf. Ich stelle mir vor, wie wir zusammen die atemberaubende Location betreten – ich in meinem hautengen Abiballkleid, das er so heiß an mir findet –, male mir aus, wie wir zusammen tanzen und unbeschwert sind. Doch dieses Kopfkino wird jäh gesprengt, als Sarina und Patrick die imaginäre Szene betreten und mir in Jonas' Gegenwart einen Spruch für mein Aussehen drücken.

Nein.

Das darf nicht passieren. Ich kann Jonas nicht mitnehmen. Aber wieso sollte ich auch? Er ist nicht ... nicht mein Freund, nicht mein ... irgendetwas. Oder?

Viel später als sonst haste ich aus dem Büro. Im gesamten Gebäude geht es zwar noch immer zu wie in einem Bienenstock – Neujahr, Ferien und Feierabend bedeuten den Workaholics hier genauso wenig wie Karneval –, doch ich bin mehr als erledigt. Ich hatte ja keine Ahnung, wie auslaugend es ist, zuerst phänomenalen Sex mit dem Mitbewohner zu haben, sich dann auf seltsame Weise zu entzweien und den mutmaßlichen Wiedergutmachungsversuch anschließend zu versäumen, weil man einem Job nachgehen muss, bei dem die Arbeitsatmosphäre toxisch as fuck ist.

In der Eingangshalle von *Gayleway & Gabel* schlage ich meinen Mantelkragen hoch, um mich nach diesem Scheißtag wenigstens ein bisschen wie eine Superheldin zu fühlen. Oder wie Sherlock. Die zwei Dessertgläschen, die ich mir in die Taschen gesteckt habe, klirren aufgeregt, als ich nach draußen in den kühlen Abend trete.

Du kannst sie alle aufessen ...

Ich hätte demonstrativ jedes einzelne Weckglas einstecken sollen. Zu gern würde ich mir einreden, dass Sarina bloß zickig war, weil sie seit vier Tagen nichts zu beißen bekommen hat. Aber es sind Kommentare wie dieser, die einen unnötigen Keil zwischen dünne Frauen und nicht-dünne Frauen treiben. Sich wie ein Arschloch zu verhalten, hat nämlich reichlich wenig mit der Zahl auf der Waage zu tun.

Um das Gesamtbild meiner Laune perfekt zu machen, hat es gestern ein bisschen geschneit – zehn winterliche Minuten, die nichts gebracht haben außer langsamem Verkehr und salzigen Schneerändern an den Schuhen. Toll. Ich wate an aufgetürmten kleinen Matschhaufen vorbei in Richtung U-Bahn, als plötzlich mein Name über den Vorplatz des Wolkenkratzers schallt.

»Polly!« Die Stimme lässt den Zorn, der in meinen Adern brodelt, verpuffen. Ich kann nicht mal mehr sauer darüber sein, dass sie sich gestern nicht für das Curry bedankt hat, bleibe an Ort und Stelle stehen und sehe mich nach ihr um. Nach *ihm* um. Jonas kommt mit wehendem Mantel auf mich zugeeilt und sieht dabei viel mehr wie Sherlock aus, als ich es je könnte. Selbst seine Locken sind heute eher Cumberbatch als Mendes und *I am here for it*.

Eben war ich nur einen weiteren Spruch über mein Essverhalten davon entfernt, in einem Lift voller Anzugträger loszuheulen, jetzt möchte ich vor Erleichterung in Jonas' Arme hüpfen, seine Lippen anstarren und in seinem Bergamotteduft ertrinken.

Trotzdem klingen meine ersten Worte an ihn wie ein Vorwurf: »Was machst du hier?«

»Ich ...« Jonas versucht, mir in die Augen zu schauen, fixiert jedoch zuerst den Boden und anschließend eine Stelle zwei Meter über mir in der Luft. »Du hast nicht geantwortet. Ich dachte, du ... Ich wusste nicht, dass du heute schon arbeitest.«

»Ich hätte es dir erzählt.« *Wenn du nicht ohne ein weiteres Wort – und ohne dein Curry – zu Bett gegangen wärst.*

»Aber du ... wir ...« Verzweifelt bläst er die Backen auf, sucht sichtlich nach Worten. »Warum ist das so hart?«

»*That's what she said*«, werfe ich ein, weil mein dummer vorschneller Mund irgendwie versucht, die Situation zu infantilisieren. Grund, wieso ich keine Beziehung führen sollte, Nummer siebentausenddreizehn.

Jonas legt halb amüsiert, halb vorwurfsvoll den Kopf zur Seite. »Ernsthaft jetzt?«

»Dasselbe könnte ich dich fragen. War das gestern dein Ernst, weil wenn ...« Ich bringe es nicht übers Herz, das Folgende zu sagen: *Wenn ich dir vor anderen unangenehm bin, sollten wir vielleicht lieber zurückspulen und unsere gemeinsame Nacht ungeschehen machen.* Der Stachel, als das letzte Mal jemand so über mich gedacht hat, sitzt einfach zu tief. Egal, wie sehr du mit dir selbst im Reinen bist – wenn ein geliebter Mensch *nicht* mit dir im Reinen ist, ist das wie ein Sprengsatz für dein Selbstbewusstsein. Und ich kann mir gerade nicht auch noch von Jonas mein Ego ruinieren lassen. Nicht nach all dem, was in der Kanzlei passiert ist. Nicht nach all dem, was *zwischen uns* passiert ist.

»Ich war durch gestern. Ich ... ich weiß auch nicht, was mit mir los war. Beziehungsweise ich ... also ...« Derart zu stammeln, sieht Jonas gar nicht ähnlich. Er muss wirklich überfordert sein.

Ich schiebe beide Hände in die Manteltaschen und umfasse die kühlen Pannacotta-Gläschen, um mich daran zu erinnern, dass ich ihm eigentlich eine Freude machen wollte. »Es tut mir leid, dass ich es Anna und Anouk erzählt habe, okay? Ich musste einfach mit jemandem reden.«

Jonas sieht nach Möglichkeit noch überforderter aus. Seine blauen Augen werden eng und auf seiner Stirn erscheint eine kleine steile Falte. »Klar, du darfst mit deinen Freundinnen über alles reden. Was sollte ich dagegen haben?« Hä? Wenn ihn nicht meine Offenheit gegenüber meinen Freundinnen und deren Verhalten aufgebracht hat, was war es dann? Ich fühle mich jetzt genauso überfordert, wie Jonas aussieht. »Ich habe deiner Schwester erzählt, dass ich Sex mit ihrem Bruder hatte. Das ist schon weird.«

»Ach, das meinst du.« Seine aufgeriebene Miene wird plötzlich weicher. Er kommt einen Schritt auf mich zu, umfasst mit in Strickhandschuhen steckenden Fingern das Revers meines Mantels und zieht mich ein wenig zu sich. »Weird ist nicht unbedingt das Wort, mit dem ich daran zurückdenke.« Seine Lippen formen sich zu einem anrüchigen Grinsen. Oh Gott, DANKE! Er bereut es nicht. Er hasst mich nicht. Er will die Zeit nicht zurückspulen!

»Ach ja?« Obwohl ich am liebsten bekloppt-kindisch quietschen will, lasse ich mich auf seinen sexy Tonfall ein, mache nun meinerseits einen Schritt auf ihn zu und kippe mein Becken gegen seines. Hier sind wir. Mitten in der Rushhour, umgeben von Wichtigtuern, die zu Taxiständen eilen, und Frauen in Kostümen, die dem Schneematsch auszuweichen versuchen. Zugegeben, wir sind nicht mehr in der Schule und die Umstehenden sind auch nicht die Prolls aus der Lansberger A-Jugend. Doch dass Jonas mich genau hier umschlingt, an sich zieht und mit einem Kuss überwältigt, der eigentlich eine Hollywood-Szene mit Regenschauer und Fußflip wert wäre, fühlt sich an wie ein Zugeständnis.

Ich bin okay. Ich bin nicht mehr die, die sich von Laurenz hat niedermachen lassen. Ich bin genug.

EIN BESONDERER LÖFFEL

KÖLN, 4. JANUAR
WG

Es ist gar nicht so leicht, eine Wohnungstür aufzuschließen, wenn man sich dabei unentwegt küsst. Ganz zu schweigen davon, den Weg ins Innere zu finden, wenn man rückwärts stolpert und die Augen vor Verlangen geschlossen hält. Keine Ahnung, wie wir es in Jonas' Zimmer schaffen, doch als wir endlich am Fußende seines Bettes stehen, glüht mein ganzer Körper. Ich ziehe an seinem Mantel, wickle den Schal von seinem Hals und zerre anschließend an seinem Sweater. Jonas beugt sich mit einem hungrigen Laut zu mir, küsst mich, während sein Pullover samt darunter befindlichem T-Shirt zu Boden fällt. Wie beim letzten Mal zuckt Jonas kurz zurück, als ich unwillkürlich nach seinem Bauch taste. Es muss an meinen kalten Fingern liegen, denn er wird schnell wieder weich und lässt zu, dass ich all die sanften Linien und harten Schatten nachzeichne, die sich über seinen Rumpf ziehen. Am Sonntag muss ich so eingenommen von der Tatsache gewesen sein, wirklich mit ihm zu schlafen, dass mir die Präsenz seiner Bauchmuskeln völlig entgangen ist.

Dabei ist mir doch vor ein paar Wochen, als ich das Foto von ihm und Isabella am Strand gesehen habe, noch aufgefallen, dass er nicht mehr so definiert ist wie früher. Wunderschön und stark zwar – aber nicht länger wie aus Stein gehauen. Wieso rahmt das V über seiner Leiste nun wieder ein Sixpack ein? Hat er mehr trainiert? Oder gar eine Diät gemacht?

Der Gedanke entgleitet mir, als Jonas' Hände in den Kragen meiner Jacke fahren und sie mir von den Schultern streifen. Der Stoff fällt zu Boden, wo er mit einem deutlichen *Klonk!* aufkommt. Ich wünschte, ich könnte auch die Erinnerung, die das Geräusch in meinem Kopf auslöst, sofort wieder vergessen, doch Jonas reagiert reflexartig und hebt besorgt den Mantel an. *Es sind nur dämliche Desserts*, sage ich mir. Das Pannacotta mit Gelee ist jetzt bestenfalls noch Sahnematsch mit Geleescherben und die Beleidigung von Sarina spielt keine Rolle mehr.

»Das klang zerbrechlich«, bringt Jonas atemlos hervor.

»Es ist ... nichts ... mach weiter«, fordere ich mit nahezu greifbarer Sehnsucht. Ich will doch einfach nur meinen Kopf ausschalten.

Doch Jonas zieht neugierig ein Gläschen aus der rechten Manteltasche und mustert den Strudel aus cremefarbener Masse und flüssigem Orange. Fragend und mit schief gehaltenem Dessert sieht er mich an.

»Wir mussten eine Verköstigung für unser dämliches Neujahrsfest machen ... Ich ...« Plötzlich kommt es mir dumm vor, dass ich ihm etwas davon schenken wollte. Als würde sich alles ums Essen drehen ... *Denk doch nicht immer nur ans Futtern, Apolonia.* Keine Ahnung, was meine Mutter auf einmal in meinem Kopf zu suchen hat, aber sie ist der Stimmung wirklich nicht dienlich. Etwas in mir verkrampft. Nein ... *Alles* in mir verkrampft.

Ich bin im Reinen mit mir. Ich bin eine stolze Frau. Ich bin mehr als mein Körper.

Doch egal, wie oft ich sie wiederhole – ich scheitere an den Mantras, die ich verinnerlicht zu haben geglaubt hatte. Zwar geht Jonas gar nicht weiter auf die Leckereien ein, er stellt das Glas unkommentiert zur Seite und drängt mich auf sein Bett, aber mein Kopf gibt die Kontrolle über die Situation nicht mehr ab. Ich höre nicht, wie Jonas stöhnt, als er sich über mich beugt und meinen Oberkörper mit seinem eigenen sanft in die Matratze presst. Ich höre nur, wie das Bett knarzt, als es mein volles Gewicht tragen muss. Erschauere nicht vor Wonne, als er meine Hüften streichelt, sondern frage mich, ob er sie zu kräftig findet. Und als er schließlich seine Hände unter mein Longsleeve schiebt, hinterlassen sie keine Hitze auf meiner Haut – sondern Angstschweiß.

Come on, Polly. Ich gebe mir innerlich ein paar Ohrfeigen. *Es braucht verdammt noch mal mehr als eine Vorgesetzte, die zwei Wochen nichts als ausgekochte Rinderknochen trinkt, um dir dein Körpergefühl zu nehmen!*

»Ist alles okay?« Jonas scheint meine Abwesenheit zu bemerken. Ich beeile mich zu nicken. Er schämt sich nicht für mich. Er mag mich. Ja, er hat sich gestern komisch verhalten, aber er mag mich.

Um mir selbst zu beweisen, dass Sarinas diskriminierender Bullshit mich nicht zerstört hat, ziehe ich in schneller Folge Oberteil und Hose aus. Jonas vergräbt sein Gesicht an meinem Hals und seufzt genüsslich auf. Er seufzt. *Siehst du, Polly? Er würde nicht seufzen, wenn er dich nicht begehrenswert fände.* Mein Striptease scheint ihn angespornt zu haben. In Windeseile schlüpft er aus seinen Jeans, legt sich neben mich und zieht sofort die Decke über uns. Hat er sich gemerkt, dass mir das lieber ist? Oder will er mich nicht bei eingeschaltetem Licht betrachten?

Sei ruhig, Kopf, sei ruhig!!

Jonas dreht mich auf die Seite und streichelt zärtlich über meine Haut. Doch plötzlich ist es nicht mehr nur meine Haut. Jonas streichelt Dellen und Narben und Streifen und all die Fehler, die ich vielleicht nicht hätte, wenn ich mich mehr an die *lieb gemeinten* Ratschläge meiner Mutter gehalten hätte …

Nein. Nein, nein, nein! Ich habe mir selbst versprochen, nie so über mich zu denken. Was ist auf einmal los mit mir? Vorgestern konnte ich doch auch meinen Kopf ausschalten und zügellos sein. Vorgestern war mir aber auch noch nicht aufgefallen, dass Jonas anscheinend an einem Sixpack arbeitet. Und mir war nicht zum wiederholten Mal auf der Arbeit vor Augen geführt worden, dass mein Intellekt offenbar nicht zählt, wenn die Verpackung zu viele Dessertschälchen leert.

Meine Augen beginnen zu brennen, doch Jonas sieht es nicht, weil ich ihm den Rücken zudrehe. Ein Rücken, der bestimmt mein Muffin Top entblößt.

Mach dich nicht lächerlich, Polly. Spürst du das an deinem Hintern? Der Typ hat einen Ständer, er will dich. Er will dich genau so, wie du bist.

Doch wie kann Jonas mich wollen, wenn er noch Fotos seiner Ex ansieht? Wie kann er mich wollen, wenn er es anstrebt, wie ein Fitnessmodel auszusehen?

Sein harter Penis drückt sich gegen meinen Steiß und beginnt, sich an mir zu reiben. Mein Körper reagiert, er empfindet Lust, aber mein Geist ist gefangen in einem Strudel aus Selbsthass, den ich seit über einem Jahr nicht empfunden habe. Nicht seit ... nicht seit ein anderer Mann sich so an mich geschmiegt hat und mit einem vielsagenden Augenrollen gesagt hat: »Ich würde dich ja gern von hinten nehmen, aber ich fürchte, das geht nicht ...«

»Wieso geht das nicht?«, habe ich gefragt und nicht einmal geahnt, dass Laurenz mir gleich die niederschmetterndste Aussage meines Lebens entgegenschleudern würde.

»Das geht nun mal nicht bei dicken Frauen.«

Ich erschrecke ein bisschen, als auf einmal eine Hand in meinen Slip wandert. Doch es sind *Jonas'* liebevolle Finger auf mir, *sein* stoßartiger Atem an meinem Hals. Nicht die von einem Kerl, dessen Namen ich nicht einmal mehr denken sollte.

»Hab ich dich gekitzelt?«, fragt Jonas und ich höre ihm an, dass er lächelt.

»Nein, ich ...« *Ich habe nur gerade daran gedacht, dass ich zu fett für Sex in Löffelchenstellung bin ...*

»Also ist es okay, wenn ich ...« Er schiebt meinen Slip zur Seite und presst seine Erektion nun noch deutlicher an die Stelle, von der aus er in mich eindringen würde, wenn wir beide auch noch unsere Unterwäsche ablegen würden. Und wenn es anatomisch möglich wäre.

Aber das ist es bei mir nicht. Laurenz hat es demonstriert. Er hat sich von hinten an mich gedrückt und sein Ding zwischen meine Beine geschoben, versucht es zu tun, aber ...

»Ich kann das nicht.«

Jonas erschrickt. Lässt sofort von mir ab. Seine Hände schnellen zurück, der Körperkontakt bricht vollständig ab und die Decke rutscht von meinem Körper. Ich wage es nicht, mich zu ihm umzudrehen. Wie peinlich ist das alles gerade? Ein kompletter Nervenzusammenbruch wegen eines zermatschten Desserts, ein paar Arbeitskollegen ohne Anstand und einer Sexstellung, die vielleicht nicht optimal für mich ist? Und ich will eine starke Frau sein, die mit sich im Reinen ist? Ist klar ...

»Was ist los?« Seine Stimme klingt so einfühlsam. So verständnisvoll und offen.

»Es geht einfach nicht. Ich ...« Ich krümme mich, suche fahrig nach etwas, um mich zu bedecken. Ein Unsichtbarkeitsmantel wäre jetzt genau das Richtige. Doch die Bettdecke, die Jonas mir wieder reicht, tut es auch. Ich ziehe sie bis zu den Schultern hoch und starre an die Wand.

Nach einer Zeit, die sich wie Stunden anfühlt, fragt Jonas ganz leise. »Habe ich etwas falsch gemacht?«

Ich übe mich in kontrolliertem Atmen, um nicht die Beherrschung zu verlieren und mich ihm zu erklären. »Nein«, sage ich schließlich zittrig.

Unendlich zaghaft berührt er mich an der Schulter. »Was ist passiert, Polly?« Ich zucke unter seiner Berührung zusammen. »Entschuldige. Wir müssen nicht ... Es tut mir leid, wenn ...« Dass er so einfühlsam ist, provoziert und versöhnt mich gleichzeitig. Keine Ahnung, wie das geht, die ganze Situation ist ein einziges Oxymoron.

»Ein Typ hat mal zu mir gemeint, dass ich für diese Stellung zu fett bin. Okay?«, fahre ich ihn an und hoffe beinahe, dass es ihn dazu bringt, mich loszulassen.

Doch er lässt mich nicht los. Er rutscht wieder an mich heran, bis ich seinen heißen Bauch an meinem erstarrten Rücken spüre, und legt das Kinn auf meine Schulter. »Du weißt hoffentlich, dass das Bullshit ist?«

»Was? Dass ich fett bin? Das ist kein Bullshit. Es stimmt.

Und das ist okay. Halt mir jetzt bloß nicht die *Du-bist-nicht-dick*-Predigt.« Ich setze mich ruckartig auf, wobei die Decke erneut von mir rutscht und meinen pragmatischen T-Shirt-BH entblößt. Nur dieses Mal bin ich zu aufgebracht, um mich zu verstecken. »Wieso denken Leute immer, dass man das hören will? Ich habe noch nie mitbekommen, dass einer blonden Person gesagt wurde, dass sie nicht blond ist. Oder einer großen Person, dass sie in Wahrheit winzig ist.«

Jonas stützt sich auf einem Arm auf. Sein Trizeps erzeugt eine tiefe Kerbe in seinem Oberarm, die seitliche Rumpfmuskulatur malt Streifen in seinen Torso. »Ich wollte dir keine Predigt halten. Ich wollte nur erklären, dass der Typ offensichtlich ein Arschloch war und Bullshit geredet hat, um dich zu kränken.«

»Woher willst du das wissen?« Ich wickle beide Arme um meinen Bauch. »Mit wie vielen dicken Frauen hast du es probiert?«

Jonas seufzt. »Ich weiß nicht, was du jetzt von mir hören willst.«

»Ich weiß es auch nicht, okay? Ich will auf jeden Fall nicht von dir hören, dass du mich schön findest, obwohl ich nicht aussehe wie …« *Wie Isabella.* Ich denke es, aber ich sage es nicht. Ich glaube, ein Teil von mir hat Angst, dass er sich an sie erinnert, wenn ich ihren Namen laut ausspreche. Dass er mich für sie verlässt.

»Was heißt denn hier *obwohl*? Dein Aussehen ist für mich weder ein *Weil* noch ein *Obwohl*.«

Ich sacke ein Stück in mich zusammen. Er sieht so lächerlich perfekt aus auf der bläulichen Bettwäsche, aus der gerade noch der Bund seiner Boxershorts herausguckt. Doch auf seinem Gesicht spiegelt sich ein Kummer, den ich bisher selten an ihm gesehen habe.

»Wie meinst du das?«, flüstere ich.

»Ich bin es einfach satt, dass man Menschen in ihr Aussehen und in ihr Wesen einteilt. So als wären das zwei ...« Seine freie Hand kreist durch die Luft. Er ringt – ob um Fassung oder um Worte, kann ich nicht genau sagen.«... zwei getrennte Hälften. Man sollte Menschen nicht mögen, *weil* sie einen bestimmten Körper haben. Und genauso wenig sollte es darum gehen, sich zu mögen, *obwohl* einem der Körper nicht so gefällt.« Etwas an der Art, wie er es sagt, wirkt wohlüberlegt. Als hätte es lange in ihm gearbeitet. Mir ist längst klar, dass er nicht mehr nur über mich redet.

»Ist alles okay bei dir, Jonas?«

»Ja«, erwidert er viel zu schnell und mit einem bedrohlichen Vibrato in der Stimme. »Ja, ich kann's nur nicht ab, dass ... wenn ... es immer so ums Aussehen gehen muss.« Er wiegt sich ein wenig vor und zurück.

Es irritiert mich im ersten Moment, dass ein Typ, der so aussieht wie Jonas – jemand, der mehrmals die Woche ins Fitnessstudio geht, um seinen Körper zum männlichen Schönheitsideal zu drillen –, so über Ästhetik denkt. Doch dann fällt mir meine eigene Widersprüchlichkeit auf. Menschen sind mehr als ihr Körper. Das gilt auch für sportliche Männer.

Eher unwillkürlich taste ich nach seinem Bauch und wie erwartet zuckt er ein kleines bisschen zurück. Hauchzart nur. Hätte ich nicht damit gerechnet, wäre es mir vielleicht gar nicht aufgefallen. Dieses Zucken unterscheidet sich von den vorherigen wie die Punktion beim Blutabnehmen von einem hinterhältigen Messerstich. Er hat damit gerechnet, dieses Mal, und konnte sich wappnen. »Du kannst es mir sagen, wenn etwas nicht stimmt.«

Jonas gluckst und zieht ein bisschen spöttisch die Brauen zusammen. Ich erkenne ein Lachen, das als Ablenkungsmanöver gedacht ist, sofort. Es ist meine Spezialität.

»Hat irgendwer dich auf deinen Körper reduziert?« Meine Frage fühlt sich nicht an wie ein Treffer ins Schwarze. Aber auch nicht wie ein Schuss ins Blaue, vielleicht … ins Dunkelblaue.

Jonas weiß offenbar, wovon ich spreche. Und dass er in den letzten Wochen versucht zu haben scheint, seinen Körper in die alte Form zu bringen, spricht doch dafür, oder? Nur … wer würde bitte einen wunderschönen Menschen wie Jonas wegen seines Körpers hänseln?

»Nein«, presst er hervor und ich sehe ihn heftig schlucken. Ich weiß nicht, ob er die Wahrheit sagt. Aber ich erkenne, dass er nicht bereit ist, hier und jetzt mehr mit mir zu teilen. Und das muss ich akzeptieren.

»Ich mag beide deiner Hälften«, bringe ich schließlich hervor. »Ich mag dich so gern, dass es mindestens für zwei Dutzend Hälften reicht.«

Jonas greift nach meiner Hand. »Ich mag dein Ganzes«, sagt er und presst die Lippen aufeinander. »Und ich bleibe dabei, dass der Typ ein Arschloch war. Ein Arschloch mit einem kleinen Schwanz.«

Eine halbe Sekunde lang versuche ich, ein Gesicht zu wahren, das der Ernsthaftigkeit unseres vorangegangenen Gesprächs würdig ist. Aber ich kann es nicht halten. Ein Lachen bricht aus mir heraus. Ich lache so sehr, dass ich auf die Matratze falle, wo Jonas mich sofort einhüllt – mit allen Hälften seines Seins. Vielleicht ist er noch nicht so weit, sich mir ganz zu öffnen, aber was auch immer ihn beschäftigt, er scheint es zu vergessen, wenn wir uns berühren. Wenn wir – wie jetzt – die Sorgen loslassen und uns einhüllen. In Decken und Küsse und Arme. Wenn unsere Finger und Münder nacheinander tasten und wie von selbst den Weg zu jenen Stellen finden, die sie sich von unserem letzten Mal gemerkt haben. Jonas' Lippen an meinem Hals, meine Lippen an der empfindlichen Stelle hinter seinem Ohr, wo es am intensivsten nach Bergamotte und nach ihm duftet.

Dass wir miteinander schlafen wollen, müssen wir in diesem Moment nicht mit Worten kommunizieren. Wir zeichnen es auf unsere Haut und keuchen es tonlos. Nachdem Jonas ein Kondom aus der Nachttischschublade geholt hat, halte ich dennoch kurz inne. »Beweis es«, flüstere ich. Er sieht mich fragend an. »Beweis mir, dass es Bullshit war.«

Jonas schmunzelt. Legt sich neben mich und dreht mich auf die Seite. Er schmiegt seine Brust an meinen Rücken, fährt mit seiner rechten Hand um meine Taille, hinab bis zu meinem Oberschenkel. Er hebt ihn leicht an und öffnet so nicht nur meine Beine, sondern auch meine Mitte. Dann bringt er sich ein wenig tiefer hinter mir in Position, bis seine Lippen auf der Höhe meines Nackens sind. Er bedeckt ihn mit Küssen und knabbert an meiner Schulter, während er meine empfindlichen Nervenenden zu streicheln beginnt. Ich seufze bei jeder kreisenden Bewegung und stöhne laut auf, als Jonas mit einem mühelosen Stoß in mich eindringt.

Es gibt nichts zwischen uns.

Die Gedanken und Sorgen, sie sind weg. Zumindest heute Nacht.

EIN BISSCHEN TOO MUCH

KÖLN, 14. UND 15. JANUAR
WG

»Holy Shit.«

Jonas lehnt im Rahmen meiner Zimmertür, die – wenn ich mich recht erinnere – bis eben noch angelehnt war, und lässt ein bewunderndes Pfeifen hören. Er steht da wie ein Topmodel, die Hüfte gegen das Holz gestützt, Beine überkreuzt und Arme verschränkt, und kommentiert mich mit *Holy Shit?* Mich? Holy Shit!

»Ist es too much?« Ich betrachte mich erst im Spiegel, dann in der Liveversion, streiche an dem Stoff meines Bodycon-Kleides hinab und lasse die Hände am Becken liegen. Bevor morgen der große Neujahrsempfang stattfindet, wollte ich mich noch einmal in voller Montur betrachten. Das Kleid passt wie angegossen und verleiht mir eine Hourglass-Figur, für die zu großen Stücken meine von den Oberschenkeln bis zum Bauchnabel reichenden Shaping-Radlerhosen verantwortlich sind.

»Too much?« Jonas stößt sich federnd vom Türrahmen ab und stellt sich hinter mich, streckt die Arme nach mir aus und umfasst meine Finger mit seinen. Mit dem Kinn auf meiner Schulter flüstert er ganz nah an meinem Ohr: »Das Einzige, was too much ist, sind die Klamotten, die wir noch tragen.«

Mit diesen Worten beginnt er, meinen Hals zu küssen und den Stoff an meinen Schenkeln nach oben zu raffen. Das ist bei einem hauteng geschnittenen Kleid zugegeben nicht ganz leicht, doch er enthüllt Zentimeter um Zentimeter meine Beine. Ich bekomme diese neue Art Gänsehaut, die mich seit unserem ersten Mal immer überzieht, wenn er in meiner Gegenwart ist. Winzig kleine Pünktchen an meinem gesamten Körper, die nicht für Kälte, nicht für Furcht stehen, sondern für den Drang, von ihm verführt zu werden. Was – wie ich in der letzten Woche mittels intensiver Feldstudien festgestellt habe – auch die einzige Methode ist, diese Dinger wieder loszuwerden. Die Sexgänsehaut braucht eine Konfrontationstherapie.

Bevor er meine nackte Haut berühren und mich damit restlos handlungsunfähig machen kann, stoppe ich ihn. »Wie sollen wir je wieder etwas erledigt kriegen, wenn wir uns nicht mehr als drei Sekunden im selben Raum aufhalten können, ohne zu vögeln?«

Jonas hält inne und sieht mir im Spiegel in die Augen. Gott, er ist so schön. »Wer hat gesagt, dass ich je wieder etwas erledigen will?« In einem Rutsch zieht er mein Kleid bis zum Saum der verdammt unerotischen Shapewear hoch. »Also, außer dich zu vögeln, natürlich ...« Seine Stimme ist so rau und dunkel, dass ich ihm in diesem Moment nicht mal böse wäre, wenn er das Kleid in klitzekleine Fetzen zerreißen und sie anschließend aus dem Fenster werfen würde. Doch ich muss mich konzentrieren. Das morgige Event macht mich schon nervös genug, ohne überlegen zu müssen, was ich alternativ anziehen könnte.

»Würdest du dann also Sarina anrufen und ihr mitteilen, dass ich leider nie wieder zur Arbeit kommen kann?«

»Du willst in diesem Fummel zur Arbeit? Muss ich irgendetwas wissen? Willst du einen Kollegen verführen?« Jonas lacht. Strahlend weiße Zähne und leuchtend blaue Augen.

»Morgen ist doch dieser beschissene Neujahrsempfang …«

Er löst den Griff um meine Mitte und dreht mich zu sich um. »Wieso beschissen? Vor ein paar Wochen warst du doch noch ganz scharf drauf.«

Ich ziehe einen Mundwinkel hoch und bin für einen Moment um eine Erwiderung verlegen. Unzählige Male war ich kurz davor, ihn oder zumindest Anna und Anouk in die Situation auf der Arbeit einzuweihen. Richtig einzuweihen. Nicht nur mit einem vermeintlichen Joke, sondern mit echter Offenheit. Echter Verletzlichkeit. Doch … wenn ich es laut ausspreche, wird alles real. Und ich möchte nicht, dass es real wird. Denn dann muss ich handeln. Ich will mich nicht unterbuttern lassen. Aber noch weniger will ich die Person sein, die sich mobben lässt, ohne Konsequenzen zu ziehen. Also tue ich … nichts. Ich sitze das aus. Patrick und Sarina benehmen sich wie im Kindergarten, also ist es nur eine Frage der Zeit, bis sie die Lust an diesem infantilen Spiel verlieren. Ich bin bloß der neueste, glänzendste Bagger in ihrem Sandkasten – auch ich werde irgendwann abgenutzt und langweilig sein.

»Inzwischen ist es für mich einfach nur noch ein Work Event. So etwas verliert seinen Charme, wenn du ein paar Monate da bist.«

Jonas scheint nicht überzeugt zu sein. Obwohl ich für diese Antwort mein selbstbewusstestes Grinsen ausgepackt habe. Er streichelt mir über die Wange und gibt mir anschließend einen Kuss auf die Stirn. In Momenten wie diesem, in denen ich mich bei ihm so sicher und wertgeschätzt fühle, frage ich mich jedes Mal, wo das mit uns hinführt. Wahrscheinlich sollten wir irgendwann *The Talk* führen und abklären, ob wir eine Affäre, eine Beziehung oder etwas ohne Label führen wollen. Aber ich fürchte mich vor diesem Gespräch. Auch das macht alles viel zu real. Und Realität zieht Konsequenzen nach sich.

Wann ist aus mir jemand geworden, der nicht konsequent sein kann? Nicht konsequent sein *will*?

»Ich kann mitkommen, wenn du magst.« Jonas streichelt mir über den Arm. »War die Einladung denn Plus eins?«

Er würde mitkommen? Als mein ... mein was? Mein Freund? Und dann? Wird Sarina ihn fragen, wer das Walross an seiner Seite ist? Will Patrick wissen, wie es mit derart viel Schwungmasse im Bett klappt? Der Druck in meinem Magen vergrößert sich mit einer Heftigkeit, die mich schwanken lässt.

»Nein«, antworte ich viel zu schnell. »Nein, wir dürfen leider niemanden mitbringen.« Es erstaunt mich, wie leicht mir diese Lüge über die Lippen geht. Und das, obwohl der Gedanke, ihn an meiner Seite zu haben, unendlich tröstlich ist. Es wäre so viel schöner mit ihm. Wie alles. Eigentlich.

»Schade.« Jonas sieht ehrlich betrübt aus. »Aber ich kann dich hinfahren, wenn du magst.«

»Oh. Okay. Danke!«

»Dann bekommst du mich aber in Chauffeurkluft.« Symbolisch zeigt er an seinem Alltagslook aus Jeans, Hoodie und weißen Sneakers hinunter. »Dabei hätte ich einen nicen Anzug, der im Schrank vor sich hin mottet.«

»Du kannst ihn gern heute Abend auf dem Sofa anziehen, kein Problem für mich.«

»Ach ja?« Jonas ist sofort Feuer und Flamme für den vermeintlichen Dirty Talk. Ich weiß mittlerweile nur zu gut, dass das sein Ding ist. Und es ist auch zu einhundert Prozent mein Ding ... Wenn ich nicht gerade mit dem Druck in meinem Bauch ringe, der von der Panik ausgelöst wird, mich morgen in diesem Kleid meinen Peinigern stellen zu müssen. Im Schnelldurchlauf gehe ich in meinem Kopf alle Beleidigungen durch, die ihnen dazu wohl einfallen könnten: *Sie sieht aus wie eine Presswurst ... Dass sie sich so was traut. Für wen hält sie sich?*

Zu spät merke ich, dass ich längst begonnen habe, all das zu mir selbst zu sagen. Dass ich auf eine Weise mit mir spreche, wie ich es nie tun wollte. Dass ich mit mir spreche, wie ... wie meine Mutter.

Wie kann ich so glücklich sein und gleichzeitig so verunsichert wie nie? Wo ist das Mädchen, das sich auf seinem Abiball gefühlt hat wie eine Göttin? Wie konnten Patrick und Sarina es derart zerstören?

Als Jonas' Hand sich um eine meiner Brüste schließt, bekomme ich das Gefühl, nicht mehr atmen zu können. »Ich ... äh ...« Ich stocke. »Ich muss das mal eben zu Ende anprobieren, ja?«

Er fühlt sich sichtlich abgewimmelt und vielleicht auch etwas abgelehnt, was eine Premiere darstellt. In den letzten Tagen gab es zwischen uns keinerlei Distanz. Wir waren praktisch ein Körper, angetrieben von dem unersättlichen Wunsch, keine Grenzen zu spüren, uns nicht mehr zurückhalten zu müssen und die aufgestaute Lust endlich herauszulassen.

»Hab ich … Ist was?« Plötzlich spricht da wieder diese Unsicherheit aus ihm. Aber mir fehlt die Kraft, sie ihm zu nehmen.

»Wir können ja nachher noch etwas machen«, sage ich daher bloß.

»Wir könnten ins Kino? Oder etwas trinken gehen? Es gibt da eine neue Bar an der …«

»Nein, lass uns einfach hierbleiben«, platze ich heraus. Mir graust es davor, unter Leute zu gehen. »Vielleicht fernsehen.«

»Mhm … okay…« Jonas wirkt so vor den Kopf gestoßen, dass ich ihn umarmen und ihm all die Bestätigung geben will, die er braucht. Aber genau das ist mein Problem. Ich bin nicht mehr dazu in der Lage, irgendetwas zu geben. Mein Speicher ist leer. Ich brauche eine Sekunde für mich. Oder eine Stunde.

»Dann … geh ich mit Adem ein bisschen pumpen, denke ich …«

»Äh. Ja. Pumpen. Genau.«

Wir reiten uns hier gerade in ein gehöriges Missverständnis hinein. Ich kann förmlich spüren, wie das Wort *Pumpen* einen Keil zwischen uns treibt, und höre Anna in meinem Ohr, die mich tadelt, dass Kommunikation das Wichtigste in einer Beziehung sei.

Mit einem stummen Winken verlässt Jonas mein Zimmer. Kaum höre ich das Klicken des Schlosses, verrenke ich mich nach dem Verschluss an meinem Rücken und reiße die Ärmel des Kleides von mir. Ich schäle mich aus dem Stoff, als könnte ich mit ihm auch die Veränderungen in meinem Charakter abstreifen, die sich in den letzten Wochen ereignet haben. Doch als das kleine Schwarze endlich auf dem Boden liegt, schießen mir Tränen in die Augen. Denn die Furcht ... sie ist noch da. Und die imaginären Beleidigungen, die in der letzten Zeit mehr als real geworden sind ... sie sind ebenfalls noch da.

> **Mel**
> Ist heute nicht dein Galading?
> Was ziehst du an? Zeig her den Fummel! 😉

Keine Ahnung, wieso ich Mel überhaupt von heute Abend erzählt habe. Ich musste sie irgendwie von der – wie sie es nennt – *Akte Hummer-Emoji* ablenken, als wir zum ersten Mal nach den Ferien gemeinsam in einer Vorlesung gesessen haben. Ich wollte die Details meines Sexlebens nicht mit fünfhundert Studierenden in Strafrecht I teilen und der Neujahrsempfang spukte aus gegebenem Anlass in meinem Kopf herum.

Doch gebracht hat es nichts. Mel wollte trotzdem über Sex reden und ist nun eine weitere Person, der ich Antworten und Verletzlichkeit schulde.

> **Anna**
> Rockst du heute eigentlich noch mal dein Abiballkleid?

> **Anouk**
> Sie rockt deinen Bruder.

> **Anna**
> SEI RUHIG! Ich gewöhne mich daran, aber ich brauche Zeit!
> Liebe dich trotzdem, Polly.

Drei Freundinnen. Drei Freundinnen, die von mir erwarten, dass ich die selbstbewusste Sprücheklopferin bin, die alles abkann. Ich habe mir dieses Image aufgebaut und es bisher auch immer gelebt. Selbst nach der Sache mit Laurenz habe ich meinen Kummer in einer harten, humorvollen Schale eingeschlossen. Doch jetzt fühle ich mich wie eine Hochstaplerin, weil sie etwas in mir sehen, was ich nicht mehr erfüllen kann.

Ich starre in den Spiegel vor mir und betrachte die Frau, als die ich mich verkleidet habe. Ein strenger, langweiliger Dutt, Make-up wie an jedem anderen Tag, Brille, obwohl der Anlass nach Kontaktlinsen schreit, ein grauer Blazer mit Top zu einer einfachen Hose. Bei jedem Element, das ich diesem Outfit hinzugefügt habe, bin ich in mich gegangen und habe meine tiefsten Dämonen damit beauftragt, mich mit allen Schimpfworten zu bespucken, die ihnen dazu einfallen. Jetzt bin ich zwar fertig mit mir und der Welt, aber wenigstens vorbereitet. Nichts, was jetzt noch kommen könnte, wird mich umhauen. Ich bin bereit. Ich biete keine Angriffsfläche mehr.

Noch einmal sehe ich auf die unbeantworteten Nachrichten und checke die Uhrzeit. Mir bleibt eine Dreiviertelstunde. Ich stecke das Handy in die schwarze Clutch mit Krokomuster – das einzige Überbleibsel von meinem ursprünglich geplanten Outfit – und gehe ins Wohnzimmer.

Jonas sitzt mit einer Tasse Kaffee auf dem Sofa, für die es eigentlich schon viel zu spät ist. Er balanciert das Porzellan auf seinen überschlagenen Knien und starrt vor sich in die Luft. Als er mich bemerkt, wirkt er vollkommen verdattert. »Ist ... Wo ... wo ist dein Kleid?«

Ich tue unbeeindruckt und durchquere auf flachen Schuhen und mit strammen Schritten den Raum. »Ich habe es mir anders überlegt.«

»Aber ...« Jonas wirkt, als habe man ihm ein Geschenk unter der Nase weggeschnappt. »Also ... du siehst natürlich immer noch gut aus, aber ... ich dachte ... Abendgarderobe?« Etwas an seinem Stottern macht mich wahnsinnig wütend. Wahrscheinlich die Tatsache, dass ich wegen des Outfitwechsels selbst stinksauer auf mich bin.

»Ich möchte eben lieber so hingehen. Ist das ein Problem?« Eine weitere Lüge, die mir mühelos über die Lippen geht.

Jonas stemmt sich aus dem Polster, stellt die Tasse ab und versucht sich an einer diplomatischen Antwort. »Quatsch. Natürlich nicht.« Er ist zu Recht verwirrt von meinem Verhalten. Ich bin es ja auch. »Wollen wir dann los?«

»Ja«, antworte ich knapp und undankbar und voller Hass auf mich selbst.

Die Location befindet sich am Mülheimer Hafen in einer alten, luxuriös restaurierten Fabrikhalle, wie sie sich Tausende Brautpaare für ihre Shabby-Chic-Hochzeit wünschen. Bestimmt sind selbst die backsteingemauerten Räumlichkeiten schockiert, wenn eine Frau in simpler Blazer-Hosen-Kombination in ihnen aufläuft. Fuck ...

Jonas parkt vor der Einfahrt und beendet damit die bedrückendste Autofahrt meines Lebens. Wir haben kaum gesprochen. Den ganzen Tag schon nicht, aber in den vergangenen Stunden konnte ich mich wenigstens damit herausreden, dass ich mich fertig machen muss. Jetzt gibt es keine Ausreden mehr. Ich sollte ihm danken und mich mit Küssen und mit schwerem Herzen von ihm verabschieden. Aber mir geht zu viel im Kopf herum. Ich fürchte, jeder Satzanfang könnte dazu führen, dass ich alles erzähle, hoffnungslos flenne und vor den Scherben meines genialen Plans stehe, die Kanzlei zu infiltrieren und alle von mir zu überzeugen.

»Was machst du heute Abend?«, frage ich mit brüchiger Stimme.

»Mal sehen.« Jonas hat die Hände noch immer am Steuer und sieht mich kaum an. »Vielleicht gehe ich ins Studio.«

»Noch mal?«

Er zuckt mit den Schultern. »Irgendetwas muss ich ja machen.« Das klingt hart. Als hätte ich ihn zurückgelassen.

»Es tut mir leid, dass ich etwas gestresst bin«, presse ich heraus.

»Quatsch«, sagt er und winkt ab.

Ich greife nach meiner Handtasche und dann nach dem Türgriff, öffne die Tür, bringe es aber nicht über mich, ohne eine vernünftige Verabschiedung auszusteigen.

»Ich wäre heute Abend auch lieber bei dir«, flüstere ich und merke, wie schwer mir selbst dieses Geständnis fällt. Obwohl die Worte stimmen, komme ich mir schon bei dem bloßen Gedanken, die Veranstaltung schwänzen zu wollen, feige vor. Ich darf Patrick und Sarina nicht gewinnen lassen.

Jonas presst die Lippen aufeinander. »Polly ... Ich glaube, wir sollten mal reden. Über ... uns ... und über ... ein paar Sachen.«

Ich schlucke und bekomme Angst, tue, was ich immer tue, wenn ich nicht weiterweiß. Ich erteile meinem Sarkasmus freie Fahrt. »Klar. Lass uns über Sachen reden. Es gibt keinen besseren Moment als jetzt im Auto!«

Doch Jonas lacht nicht über meinen dummen Scherz.

Er will über uns reden? Wer hat den *Talk* je in so einem ungünstigen Augenblick eingeleitet, wenn er große Gefühle hatte? Wer ist je auf *Sachen* ausgewichen, wenn er über die Zukunft sprechen wollte?

Niemand. Jemals.

Diese Erkenntnis erdrückt mich fast. Druck. Immer mehr Druck.

»Entschuldigung? Sie stehen hier ziemlich im Weg!«

Mein erster Reflex ist es, die Autotür zuzuziehen, um der Passantin den Weg frei zu machen. Doch dann erkenne ich Sarinas Stimme und drehe mich panisch zu ihr um. Ihre gertenschlanke, frisch entgiftete Figur steckt in einem goldenen Cocktailkleid, mit dem sie gut und gern auch auf einer *Gatsby*-Party auftauchen könnte. Schimmernde, paillettenbesetzte Fransen schmiegen sich um ihren Körper und wehen in der Januarluft, die unter ihren schwarzen Mantel dringt.

»Oh«, macht sie, als sie mich erkennt. »Polly. Interessantes ... äh, Outfit.« Sie mustert mich vom strengen Dutt bis zu den flachen Schuhen und überlässt es ihrer Miene, ihr Missfallen über alles dazwischen kundzutun. Da Sarina für die Gefühle anderer Menschen blind ist, erkennt sie natürlich nicht, dass sie in einen Konflikt geplatzt ist. Im Gegenteil. Sie streckt ihren Kopf ins Fahrzeuginnere und inspiziert Jonas ganz unverhohlen.

»Du bist Pollys Plus eins? Der ominöse Freund?« Sie ist erkennbar irritiert über Jonas an meiner Seite. Wenn ich ihr den *benefit of the doubt* geben würde, könnte ich es darauf schieben, dass Jonas in seinem Hoodie mit Lederjacke noch weniger festlich aussieht als ich. Doch es gibt keinen Grund, Sarina den *benefit of the doubt* zu geben. Ich weiß, dass sie schockiert ist, einen derart heißen Typen an der Seite des Walrosses zu sehen.

Wenn sie mich jetzt vor ihm beleidigt, kann ich für nichts mehr garantieren. Ich bin so in Habachtstellung, dass mir vollkommen durchrutscht, was sie gerade *wirklich* ausgeplaudert hat.

»Wieso Plus eins?«, fragt Jonas argwöhnisch.

Fuck. *Fuck, fuck, fuck*. Ich habe es verkackt. So richtig. Jonas ist nicht blöd, er kapiert natürlich sofort, dass Sarina ihn nie so selbstverständlich für mein Plus eins gehalten hätte, wenn Begleitpersonen wirklich untersagt wären.

Hinter uns hupt ein Auto. Ich wirble zu Jonas herum und sage kurz angebunden: »Wir reden später.«

»Wieso Plus eins?«, wiederholt er, lauter diesmal und sichtlich aufgewühlt. Ich will mich zu ihm beugen, ihn küssen, mich und ihn damit beruhigen. Doch als ich meine Hand auf seine legen will, zieht er sie in letzter Sekunde weg.

Ein zweites Mal ertönt ein abgehacktes Hupen, woraufhin ich aus dem Auto springe. Kaum bin ich auf dem Bürgersteig, merke ich, dass Jonas Gas gibt. Also bleibt mir nichts anderes übrig, als die Tür zuzuknallen und zuzusehen, wie seine Rücklichter kleiner und kleiner werden.

Sarinas perfekt geschminktes Gesicht ist das Letzte, was ich jetzt gebrauchen kann. Aber ich kann ihr nicht ausweichen, weil sie immer noch direkt vor der Einfahrt steht.

»Was war das denn?« Affektiert schüttelt sie den Kopf und scheint nun ernsthaft eine Erklärung von mir zu erwarten.

»Das geht dich nichts an.« Ich bereue meine Antwort kein bisschen. Sie macht mir Hoffnung. Sie spricht dafür, dass mein Kampfgeist – auch wenn er am Boden liegt – noch nicht ganz tot ist.

EIN GESTÄNDNIS

KÖLN, 15. JANUAR
NEUJAHRSEMPFANG VON GAYLEWAY & GABEL

Am liebsten würde ich sofort wieder umdrehen und mich mit Jonas aussprechen. Doch was wird dann aus meinem Karriereplan? Aus meinem Job? Aus meinem Bestreben, nicht klein beizugeben?

Aber … will ich überhaupt noch bei *Gayleway & Gabel* arbeiten? Ist ein Stichpunkt in meinem Lebenslauf das alles wert? Was soll ich in zukünftigen Bewerbungsgesprächen sagen? *Ach ja, während meines ersten Semesters an der Uni habe ich mich mehrere Monate von Staranwälten und ihren Bettgespielinnen fertigmachen lassen, dadurch habe ich mich persönlich sehr weiterentwickelt.* Wirklich beeindruckend.

Ich weiß längst, dass alles gehörig falsch läuft. Aber tut es schon weh genug, um die nächsten Schritte einzuläuten? Wie groß muss der Druck sein, wie viele Nächte darf ich schlaflos wach liegen, ehe es okay ist zu scheitern? Ich weiß es nicht …

Wenn ich aber jetzt nach Hause gehe und Jonas erkläre, wieso ich ihn bezüglich der Begleitperson angelogen habe, muss ich ihm zwangsläufig auch von dem Mobbing erzählen. Er wird mich fragen, wieso ich mir das antue, und ich werde ihm eine vorgefertigte Antwort liefern. Dass ich stark genug bin, dass ich darüberstehe, dass mir meine Karriere wichtiger ist und dass es schon irgendwann vorbei sein wird. Wie lange kann ich mich noch selbst belügen, bis ich einknicke und den Menschen, die mir nahestehen, die Wahrheit erzähle?

Das Brennen hinter meinen Lidern, als ich mit einigen Schritten Sicherheitsabstand nach Sarina die Eventlocation betrete, ist eigentlich Antwort genug: Ich will hier nicht sein. Das ist es nicht wert. Weder meine psychische Gesundheit noch meine Beziehung zu Jonas. Oder wie auch immer man das, was da eben im Auto zerbrochen ist, nennt.

An der Garderobe treffe ich auf Benisha und ihren Freund Benedikt, einen kleinen rothaarigen Mann mit Hornbrille, der die Frau an seiner Seite unentwegt wie einen Hauptpreis bewundert. Sie verwickeln mich in ein Gespräch, auf das ich höflich und mit Fassung einzugehen versuche, bis Benisha mich fragt, wo der Freund sei, den ich bei der Dessertverköstigung erwähnt hätte. Ich möchte antworten, eine Lüge erfinden, aber ich kann es nicht … Es schmerzt zu sehr. Die Mauer aus Humor – denn natürlich war es immer eine Mauer –, sie wurde einmal zu oft von einem Rammbock attackiert.

Wir unterhalten uns eine Weile zwanglos, bis wir schließlich angehalten werden, an langen, eindrucksvoll dekorierten Tafeln Platz zu nehmen. Benisha, Benedikt und ich finden uns ohne Absprache auf benachbarten Stühlen vor gläsernen, meterhohen Kerzenständern ein. Die Tische sind mit Holzplatten, Eukalyptuszweigen und glänzenden Stoffen verziert, jeder Platz ist für ein vielgängiges Menü eingedeckt, darüber viele verschiedene Gläser von Wasser bis Wein. Es ist, als wäre ich auf der Hochzeit von William und Kate gelandet, und zwangsläufig fühle ich mich noch unwohler und unerwünschter. Mein Outfit, das mir sicher und unauffällig vorkam, erweist sich als das komplette Gegenteil. Weil jeder Gast in eleganter Abendgarderobe angerückt ist – die Herren in teuren Anzügen und polierten Schuhen, die Frauen in mörderischen Pumps und stilvollen Roben –, steche ich in meinem Blazer weit mehr heraus, als ich es in meinem engen Kleid getan hätte.

Aber wenigstens ... wenigstens hat noch niemand einen dummen Spruch über meine Figur gemacht. Den Blazer können sie beleidigen. Der Blazer bin nicht ich.

Mit diesem Gedanken muss ich das Universum herausgefordert haben, denn auf einmal wird der noch unbesetzte Stuhl neben mir nach hinten gezogen und kurz darauf von Patricks sexistischem Lackaffenhintern besetzt. Er schiebt die Ärmel seines Jacketts – what the fuck, ist das wirklich ein Smoking? – hoch und entblößt dadurch die dicksten Manschettenknöpfe, die ich jemals gesehen habe. Es ist ein Wunder, dass seine Handgelenke mit diesen Klunkern nicht auf dem Boden schleifen.

»Guten Abend«, grüßt er betont jovial.

»Ähm, hallo«, bringe ich heraus. Wieso setzt er sich nicht zu den hohen Tieren? Ein Blick durch den Raum zeigt mir, dass die meisten Plätze schon besetzt sind. Folglich hat er sich wahrscheinlich nicht ganz freiwillig mich als Nachbarin ausgesucht. Natürlich trifft jetzt auch noch Sarina ein. Sie wählt den Platz gegenüber von Patrick, was bedeutet, dass ich den ganzen Abend in ihre Smokey Eyes glotzen muss. Ab wann ist es legitim, die Sitzordnung aufzulösen? Ab wann ist es legitim, heulend nach Hause zu rennen?

Ich krame mein Handy aus der Clutch und bete, dass ich eine Nachricht von Jonas darauf sehe. Doch da ist nichts. Mein Daumen zittert über dem Touchscreen. Innerlich flehe ich ihn an, von selbst die richtigen Worte zu finden, die Buchstaben zu tippen, die Jonas und mich versöhnen werden, die erklären, dass mein Verhalten nichts mit ihm zu tun hat. Das wird er nicht denken, oder? Er wird sich nicht ernsthaft ausmalen, dass ich nicht mit ihm auf diesem Fest gesehen werden wollte? Wo doch das genaue Gegenteil der Fall ist ...

Er hätte sich hier für *mich* geschämt. Niemand möchte hören, wie die Person, mit der man schläft, als Walross diffamiert wird. Man will nicht mit Walrossen ins Bett. Es hätte ihm bewusst gemacht, wie himmelschreiend falsch wir zusammen aussehen. Dass wir eine Beleidigung für alle Konventionen sind, dass wir nicht passen, dass wir nur eine Frage der Zeit sind, dass ich nur eine Frau fürs Bett bin, nicht für edle Empfänge, dass ich ...

Wie ferngesteuert greife ich nach einer der Menükarten, die an jedem zweiten Platz in der Tischmitte aufgestellt sind. Sie sind schmal und hoch, aus schwerem Papier, auf dem in verschnörkelten Buchstaben Weine, Fischspeisen und das verfluchte Zimt-Pannacotta aufgeführt sind.

Durch meinen Kopf hallt das Geräusch zweier auf dem Boden aufkommender Gläschen in meinen Manteltaschen. Plötzlich ist da dieser Moment zwischen uns ... der vielleicht einzige Moment, in dem ich Jonas die Polly hinter der Mauer gezeigt habe. Sie hat ihn nicht abgestoßen. Er hat sie in den Arm genommen und ihr gezeigt, dass sie liebenswert ist. Nicht nur auf diese körperliche Weise, von der ihr eingeredet wurde, sie sei dafür nicht gemacht. Sondern ... auf jede Weise. Mit all ihren Hälften.

Ich halte die Speisekarte gerade noch rechtzeitig vor mein Gesicht. Schon beginnen die Tränen zu rollen, schlecht getarnt von Seeteufel mit Safransoße in pseudoglamouröser Schnörkelschrift. Wie ich die Karte halte, wirkt unnatürlich und gezwungen, aber ich kann hier einfach nicht öffentlich anfangen zu weinen. Inmitten meiner Peiniger.

Meine unerwartete Rettung ist Gayleway höchstpersönlich, der genau in diesem Augenblick die Bühne am Ende des Raumes betritt, um eine Willkommensrede zu halten. Applaus brandet auf und Köpfe drehen sich zu dem Mann, der über achtzig ist und noch immer als internationales Powerhouse der Branche gilt.

Ich nutze die Ablenkung, um meine kompliziert gefaltete Serviette unbemerkt hinter mein Menüvisier zu ziehen. Doch noch bevor ich mir die Wangen trocknen kann, stoße ich mit dem gestärkten Stoff mein Rotweinglas um. Mit einem überirdisch verstärkten Klirren kippt es zuerst auf meinen Teller, dann auf die silberne Servierplatte und rollt schließlich über deren Rand. Mein Herz bleibt stehen. Ich sehe schon die Scherben, fühle alle Blicke auf mir, höre die Witze über die dicke Studentin, die auf sich aufmerksam machen will – und das Gelächter. Mit zugekniffenen, tränenerfüllten Augen warte ich auf das Zerschellen des Kristalls. Doch nichts geschieht. Gayleway labert weiterhin etwas in vornehmem Oststaatenenglisch, die Kölner Dependance lauscht folgsam und mein Herz nimmt den Betrieb wieder auf.

Durch den Schleier aus Tränen sehe ich die daumennagelgroßen Diamantmanschetten aufblitzen. Patrick muss mit Raubtierinstinkten nach dem Glas gegriffen und es Zentimeter vor meinem Oberschenkel aufgefangen haben.

»Na hoppla«, flötet er und schenkt mir ein gewinnendes Lächeln.

Mein Handrücken schießt zu meinen Lidern, tupft und trocknet, so gut es geht. Vielleicht geschieht ein Wunder und Patrick übersieht meine Heulattacke. Doch sich wie ein Baby die Augen zu reiben, ist wohl kaum unauffälliger, als geradeheraus in Tränen auszubrechen.

»Oje«, sagt er und klingt dabei wie eine Person, die von *Mitgefühl* bisher nur gelesen hat und es nun zum ersten Mal selbst ausprobieren will. »Ruhig Blut, das Essen kommt ja gleich, kein Grund zur Traurigkeit.« Patrick nickt zu der Karte, die ich noch immer umklammert halte, und schaut sich dann Beifall heischend nach unseren Sitznachbarn um. Doch niemand lacht über seinen Kommentar. Nicht einmal Sarina.

»Polly? Ist was passiert?« Benisha greift nach meiner Hand. Doch ich ziehe sie weg, bevor sie sie erreichen kann. Eine Berührung könnte dazu führen, dass ich komplett zerspringe und mein Innerstes auf den Tisch vor uns klatscht.

Wortlos stoße ich meinen Stuhl zurück, schere mich weder um das kratzende Geräusch noch um die etwa zweihundert Augenpaare, die sich unweigerlich auf mich richten müssen. Ich stehe einfach auf und gehe. Vor den Augen aller. Durch den Mittelgang, während Gayleway unbeeindruckt von geschäftlichen Erfolgen und seinem Lebenswerk schwadroniert.

Ich bin fertig.

Mit allem.

Der Weg zurück in die WG ist die reinste Folter. Früher dachte ich, Menschen, die mich anstarren, finden vielleicht mein Outfit toll oder sehen in mir eine attraktive Frau. Jetzt erkenne ich überall nur gehässiges Glotzen. Rein rational sollte ich wissen, dass mich die Passanten in der Bahn vermutlich wegen meines von Mascara gefluteten Gesichts begaffen. Aber Rationalität habe ich gerade nicht mehr in petto. Alles, worauf ich je stolz gewesen bin, ist zerstört. Mein Charakter, meine Unabhängigkeit, meine Karriere – nichts davon ist noch so, wie es war. Nichts ist so, wie ich es geplant hatte.

Ich wische mir die schwarze Tusche aus dem Gesicht und atme tief durch. Ich muss wenigstens die Sache mit Jonas wieder geradebiegen. Irgendetwas muss ich mir einfallen lassen. Irgendetwas …

Auf dem Weg von der Straßenbahn zur Wohnung komme ich an dem Libanesen vorbei, in dem wir am Abend nach dem 11.11. gemeinsam gegessen haben. Dieser Abend, der in dem Imbiss begann und unter dem Sternenhimmel endete – er muss einer anderen Polly widerfahren sein. Die Erinnerung an eine Nacht letzte Woche holt mich ein. Jonas' Lippen an meinem Hals, sein nackter Körper an meinem und seine Stimme in meinem Ohr: »Das wollte ich schon an dem Abend tun, nachdem wir bei Amir waren …«

»Wieso hast du nicht?«, habe ich gefragt.

Er zuckte bloß mit den Schultern: »Ich dachte wirklich, du willst nur mit mir befreundet sein. Lisa, 20 und so…«

»Das habe ich gesagt, weil du mich Kumpel genannt hast!«

»Du warst verdammt schwer zu lesen, okay?« Er begann zu lachen.

»DU HAST MICH KUMPEL GENANNT!«

»Was dachtest du, wieso ich unter Sternenlicht deinen Oberschenkel streichle? Hast du mich das je bei Adem machen sehen?«

Wir haben unsere Zeit damit verschwendet, aneinander vorbeizureden. Weil wir uns beide zu sehr vor Zurückweisung gefürchtet haben.

Wenn wir zwei Monate früher zusammengefunden hätten, wären wir dann bis heute gefestigt genug gewesen, um das hier zu überstehen? Wäre alles anders gekommen? Hätte ich ihn mit zu dem Empfang genommen – ich in meinem Ballkleid und er in seinem Anzug –, weil es mir egal gewesen wäre, ob er Zeuge von Patricks und Sarinas kindischen Gehässigkeiten wird?

Ich werde es wohl niemals wissen. Aber ich weiß, dass ich jetzt mit Jonas reden möchte. Reden *muss*.

Auf den Treppenstufen hinauf zu unserer Wohnung schlägt mein Herz immer ein paar Takte schneller. Doch heute rast es. Es ist so schnell, dass es wahrscheinlich schon längst oben angekommen ist, während ich mich gerade erst aus dem Erdgeschoss in den nächsten Stock schleppe.

Wir müssen reden … Das hat Jonas gesagt, noch bevor wir auf Sarina getroffen sind. Wenn er sich von mir trennen – oder vielmehr: das unbenannte Etwas zwischen uns beenden – wollte, dann wäre er nicht so erschüttert über meine Lüge gewesen. Worüber wollte er also mit mir sprechen? Er trägt etwas mit sich herum. Etwas Unausgesprochenes, Schmerzhaftes, das weiß ich inzwischen.

Ich verharre kurz mit dem Schlüssel im Schloss, um wieder zur Puste zu kommen, ehe ich Jonas konfrontiere. Allerdings scheint meine Atemlosigkeit nichts mit mangelnder Ausdauer zu tun zu haben. Ich *kann* einfach nicht mehr.

Mit letzter Kraft drehe ich den Schlüssel und die Tür springt auf. Doch bevor ich prüfen kann, ob Jonas' Sporttasche da ist, bevor ich den Duft nach Bergamotte oder den Klang von Gary Clark Jr. aus der Anlage vernehmen kann, sehe ich sie ...

Mit dem Rücken zur Tür, das lange Haar nun kastanienbraun statt *Black-Widow*-rot, sitzt sie mit gespreizten Beinen auf der Arbeitsfläche. Ihre Hände umfassen Jonas' Gesicht. Er steht vor ihr, sieht mich nicht, merkt nicht, dass ich da bin. Merkt nicht, dass ich genau in dem Moment hereingekommen bin, in dem Isabella seine Lippen zu ihren zieht und ihn mit durchgebogenem Rücken zu dieser innigen Berührung einlädt. Die beiden. Auf der Käuseninsel.

Mein Herz bricht auf eine derart spürbar körperliche Weise, dass ich es nicht länger für eine schnulzige Metapher halte. Es geht wirklich kaputt. Und von der einen auf die andere Sekunde bin ich froh, meine Selbstbeherrschung bereits beim Neujahrsempfang verloren zu haben. No-Bullshit-Polly ist zurück.

»Du hast ...«, provokativ sehe ich auf die Uhr an meinem Handgelenk und bemerke aus dem Augenwinkel, dass Jonas und Isabella aufschrecken, »ganze zweieinhalb Stunden gebraucht, um dich mit deiner Ex zu trösten. Herzlichen Glückwunsch.«

»Polly, nein! Echt, ich ...« Jonas stößt seine Ex – ist sie jetzt überhaupt noch seine Ex? – von sich weg und sprintet geradezu um die Käuseninsel herum. Er kommt auf mich zu, aber ich weise ihn entschieden ab. Mit ausgestreckten Armen und fuchtelnden Händen boykottiere ich seinen Annäherungsversuch und steuere auf mein Zimmer zu. »Vögelt ihr mal schön in der Küche. Ich bin raus!«

Isabella rutscht sichtbar verlegen von der Arbeitsplatte und offenbart, dass an ihrem Po ein wenig Kaffeemehl klebt. Jonas und seine beschissene Kaffeesucht ...

»Polly!« Jonas macht einen großen Schritt auf mich zu. Noch nie klang mein Name so falsch aus seinem Mund. Noch nie klang *irgendetwas* so falsch.

»Ist das eine dieser Sachen, über die wir reden müssen?« Ich warte darauf, dass die Tränen zurückkehren, aber es scheinen keine mehr übrig zu sein. Nach all den letzten Wochen sind meine Augen wie ausgetrocknet. Doch das macht nichts. Ich bin froh darüber, endlich wütend sein zu können und nicht mehr länger hinunterzuschlucken. »Dass du immer noch mit deiner Ex ins Bett gehst?«

»Das tue ich nicht. Wirklich! Hör mir kurz zu ...« Jonas scheint sich nun zu zwingen, ruhig zu reden. Weil er mich kennt und genau weiß, dass er mit Konfrontation bei mir einen doppelten Gegenangriff bewirkt. Also macht er beschwichtigende Gesten und nähert sich mir wie ein Naturfotograf einem scheuen Reh.

»Wieso sollte ich dir zuhören? Willst du mir noch ein paar Details erzählen?« Schmerz breitet sich auf seinem Gesicht aus, aber es ist mir egal. Ich will die Klinge noch tiefer stoßen. Will ihn so sehr verletzen, wie mich der Anblick von ihm zwischen den Schenkeln seiner Ex verletzt hat.

»Da läuft nichts«, sagt Jonas sachlich. Er unterstreicht die Aussage mit einer bestimmten Überkreuzung seiner Arme.

Als ich die sehnigen Muskelstränge darauf bemerke, springt in meinem Kopf etwas über. »Ist sie der Grund, wieso du jeden Tag zum Sport rennst und versuchst, wieder dünner zu werden? Damit du so aussiehst wie auf diesem beschissenen Foto von euch?«

»Hey!« Isabella klingt wie eine strenge Mutter. Doch ich lasse nicht zu, dass sie sich einmischt. Ich übergehe sie, indem ich lauter brülle und wild gestikuliere.

»Hast du dir gedacht: *Bei der dicken Polly ist es ja egal, aber für Isabella sollte ich mich wohl zusammenreißen?*«

Isabella prescht auf uns zu und droht mir mit erhobenem Zeigefinger: »Was redest du denn da? Wie kann man nur so gemein sein?«

»Nicht!« Jonas hält sie zurück, verbal und körperlich. Er streckt den Arm aus und hindert sie daran, sich zwischen uns zu drängen.

»Gemein? Sorry, aber ich glaube, du bist gerade nicht in der Position, irgendwen gemein zu nennen!«

»Ich trample wenigstens nicht auf jemandes Psyche herum!«

Ich weiche einen Schritt zurück. Auf seiner Psyche? Ich? Sie findet, ich trample auf Jonas' Psyche herum?

»Isa, du gehst besser, okay?«

Sie sieht erschüttert von mir zu Jonas, ehe sie resigniert die Arme fallen lässt und auf direktem Weg zur Garderobe geht, ihre Sachen nimmt und die Wohnung verlässt.

Ich stürme in mein Zimmer. Jonas folgt mir, ohne zu zögern.

»Sie wollte *mich* küssen!«, ruft er.

»Klar. Und du hast dich mit Händen und Füßen dagegen gewehrt.« Ich stelle meine Aussage pantomimisch nach und merke erst, dass ich mich auf einen Aufbruch vorbereite, als meine Hände beginnen, Kleidung in meinen Rollkoffer zu stopfen.

»Sie wollte mich trösten!« Jonas greift nach dem Pullover, den ich gerade fahrig einpacken will, und nimmt ihn an sich.

»TRÖSTEN?« Ich ziehe an dem Pullover.

»Sie hat die Situation falsch verstanden.«

»Oooh. Weswegen denn? Weil ich auf deiner Psyche herumgetrampelt bin?« Ich entreiße ihm den Pullover und schmeiße ihn in hohem Bogen in den Koffer.

»Hör auf damit, Polly!«

»Womit? Meine Sachen zu packen? Wieso sollte ich noch hierbleiben? Willst du die Nummer auf der Theke mit mir beenden?«

Ein Adrenalinstoß geht durch Jonas hindurch und er tritt im Affekt mit solcher Wucht gegen den Koffer, dass er einige Zentimeter über den Boden schlittert. »Du sollst aufhören, aus allem einen beschissenen Witz zu machen!«

Stinkwütend angle ich ein Shirt aus meinem Bett und fuchtle damit drohend vor Jonas herum. »Oh, entschuldige, dass ich es nicht ernst genug nehme, wenn du vor meinen Augen mit deiner Ex rummachst.«

Sein Körper erschlafft. Er greift sich an die Nasenwurzel, erklärt ganz leise und kraftlos: »Ich habe nicht mit ihr rumgemacht. Sie war hier. Sie war *da* – und dann muss sie gedacht haben, dass ich auf diese Art Trost aus sei.«

»Weil ihr das früher so gemacht habt?«

Jonas zuckt mit den Schultern und wiederholt etwas, was er schon einmal zu mir gesagt hat: »Was soll ich darauf antworten?«

»Vielleicht etwas Wahres zur Abwechslung.«

»Willst *du* mir jetzt einen Vortrag darüber halten, dass man die Wahrheit sagen sollte? Ernsthaft, Polly?«

Ich lasse die Hand samt Shirt sinken und hadere mit meinen nächsten Worten. »Ich weiß, dass ich Mist gebaut habe.

Aber das rechtfertigt nicht, dass du sofort deine Ex anrufst. Nicht nachdem … nicht nachdem wir … nicht nach all dem, was war!«

Von irgendwoher kommen jetzt doch die Tränen. Wahrscheinlich hat mein Körper irgendeine lebensnotwendige Funktion aufgegeben, um die salzige Flüssigkeit bereitstellen zu können. Dass ich bei Bewusstsein bleibe, scheint für ihn keine Priorität mehr zu sein. Ich soll nur noch leiden, leiden, leiden …

»Es ist hart, weißt du? Es ist hart, immer so tun zu müssen, als würde es einem nichts ausmachen, dass die Welt einen hasst.« Das Geständnis zerschmettert mich. Obwohl es aus meinem eigenen Mund kommt. Denn ich wusste nicht einmal, dass es mir auf der Zunge lag. Ich wusste nicht einmal, dass es in meinem Kopf war. Dass ich es fühle. »Es ist hart, wenn Typen wie du mit mir ins Bett gehen wollen, aber bei der erstbesten Gelegenheit zu einer Frau wie Isabella zurückgehen. Deshalb habe ich gelogen. Deswegen wollte ich nicht, dass du dabei bist.« Meine Aussagen müssen für ihn vollkommen unsinnig klingen. Jonas kann nicht wissen, dass ich befürchtet habe, die Erniedrigungen meiner Kollegen würden ihn von mir wegtreiben. Und er kann auch nicht wissen, dass der Anblick von ihm und Isabella denselben Effekt auf mich hat.

Wie in Zeitlupe schüttelt Jonas den Kopf. »Ich kann nicht wissen, was sich für dich hart anfühlt, wenn du vor mir immer nur den unverletzlichen Scherzkeks mimst.«

Ich gehe nicht darauf ein. »Wieso war sie hier?«

»Weil ich sie angerufen habe«, gesteht er ganz ohne Umschweife.

»Wieso?«

»Weil ich verletzt war und reden musste.« Mein Herz wird weich. Nicht viele Menschen können sich offen eingestehen, dass sie jemanden zum Reden brauchen. Toxic masculinity sei Dank, trifft das auf Männer in besonderem Maße zu.

Doch ich bin gerade nicht gewillt, Jonas für seine Fähigkeit, Gefühle zu artikulieren, Bonuspunkte zu verleihen. Also widersetze ich mich meinem weichen Herzen und kontere: »Du hättest *mit mir* reden können.«

»Nein, das hätte ich nicht. Das ist der springende Punkt. Es gibt ein paar Dinge, die nur sie von mir weiß.«

»Und diese Dinge weiß ich nicht?«

»Nein, Polly. Diese Dinge weißt du nicht. Und ich bin mir nach heute auch nicht sicher, ob du sie verstehen würdest.«

Es gibt eine Menge Formen von Zurückweisung. Von einem geliebten Menschen zu hören, dass man ihn nicht verstehen würde, ist für mich die bisher schmerzhafteste.

Also nicke ich nur stumm und sehe stillschweigend dabei zu, wie Jonas das Zimmer verlässt. Und damit vielleicht auch mein Leben.

EIN RICHTIGER SILKE

LANSBERG AN DER WUPPER, 15. JANUAR
HAUS DER MÜHLFORDS

Polly
Bist du in Köln?

Anna
Ja! Gerade auf einer Abendrunde mit Mann und Hund.

Polly
Ich brauche deine Hilfe.

Anna
Wo soll ich hinkommen?

Polly
Hauptbahnhof. Es fährt keine Bahn mehr nach Lansberg.

> **Anna**
> Gib mir zwanzig Minuten, vorher schaffe ich es leider nicht.

> **Polly**
> Ich liebe dich.

Kaum habe ich die letzte Nachricht abgeschickt, entleert sich der Akku meines in die Jahre gekommenen Handys ohne Ankündigung. Als ich in das vordere Fach meines Koffers greife, fällt mir auf, dass das Ladekabel in der Steckdose neben meinem eBay-Schreibtisch steckt. Scheiße ... Obwohl der Podcast, den ich bis eben zur Ablenkung gehört habe, nun verstummt ist, lasse ich die Kopfhörer in den Ohren stecken. Sie geben mir Halt und sagen der Welt: *Lass mich in Ruhe.*

Anna erscheint kurze Zeit später in einer dicken Zotteljacke mit Leomuster, die sie aussehen lässt wie eine stylische Version von Cruella de Vil. Ich danke meinem Hirn dafür, dass es meiner besten Freundin in meiner Vorstellung kurzerhand einen Glimmstängel in einem langen Zigarettenhalter verpasst. Es tut gut, an etwas Skurriles zu denken statt an das Unvermeidbare.

Sie kommt geradewegs auf den Haupteingang zu und wirkt äußerst alarmiert. Mir ist klar, dass ich Anna in einen Interessenkonflikt bringe, wenn ich sie in die Sache mit Jonas reinziehe. Aber ... tja, auch das hätte ich mir wahrscheinlich früher überlegen sollen. Es ist kompliziert, sich in den Bruder seiner besten Freundin zu verlieben. Aber noch komplizierter ist es, sich mit dem Bruder seiner besten Freundin zu zerstreiten.

»Was hat er angestellt?« Sie nimmt mich unmittelbar in den Arm, legt dabei ihre Hand an meinen Hinterkopf und zieht mich – so eng es die Cruella-Jacke zulässt – an sich.

»Woher weißt du, dass …?«

»Meine Polly fragt nicht nach Hilfe, es sei denn, die Hölle bricht los.«

Ich beiße mir von innen auf die Wange – vermutlich, um die entsprechenden Nerven zu blockieren, die erneut Wasser in meine Tränenkanäle pumpen wollen. Doch dass die Gesichtsanatomie so nicht funktioniert, merke ich spätestens, als meine Sicht verschwimmt. »Wir haben es irgendwie verkackt.«

Annas Umarmung wird nach Möglichkeit noch enger. Dazu macht sie beruhigende »Schsch«-Laute und streichelt über mein Haar. Ich kann mich nicht erinnern, von irgendwem jemals auf diese Weise getröstet worden zu sein. Immer die Stärkste zu sein, fordert definitiv einen Tribut.

»Ich weiß, eeeheeer ist deiiihein Bruder, aaahaaaber …«

Obwohl ich sie um fast zehn Zentimeter überrage, packt Anna mich an den bebenden Schultern, schiebt mich von sich und schüttelt mich sanft durch. »Ist mir scheißegal, wer mein Bruder ist, wenn meine beste Freundin, die nie weint, heulend vor mir steht.«

»Ich … Es tut mir so leid, dass ich in deinen Bruder verliebt bin. Ich wollte das nicht, ich hätte es besser …«

Anna streicht mir mit beiden Daumen Tränen vom Gesicht. »Lass uns erst mal reden. Wo willst du hin? Mit zu Fynn oder nach Hause?«

Mein Zuhause … wo ist das noch mal?

»Ich kann nicht mehr nach Hause«, schluchze ich nun bitterlich. »Zu keinem von beiden.« In meinem Elternhaus wohnt eine Frau, die mich nicht versteht, und in meinem neuen Heim lebt ein Mann, der sich von mir unverstanden fühlt.

»Ach, sag doch so was nicht. Komm. Wir gehen ins Auto und rufen Anouk an.«

»Meiiiheiiinst du eeeheeecht, wir sooohooollten sie mit meiiiheiiinem Scheiß belästigen? Sie haaahaaat richtigen Liebeskuuuhuuummer.«

»Und du hast? Unechten Liebeskummer, oder was? Du hockst bei Minusgraden heulend vor dem Bahnhof, Polly!« Sie macht eine Geste zu der hell erleuchteten Halle. »Glaub mir, das qualifiziert dich. Und jetzt komm.«

Anouk wartet schon vor dem Haus meiner Mutter, als Anna und ich dort eintreffen. Sie hüpft von einem Fuß auf den anderen und bläst in ihre dicken Fäustlinge, um sich in der Eiseskälte warm zu halten.

»Ist was auf deiner Gala passiert?«, fragt sie, sobald wir ausgestiegen sind.

»Oh! Das hab ich ja ganz vergessen«, Anna fasst sich an die Stirn, »dein Neujahrsempfang!«

»Es ist eine Menge passiert«, antworte ich knapp.

»Deine Mutter ist nicht da, glaube ich.« Anouk deutet mit einem Hauch Verlegenheit in die leere Einfahrt. Das Dildomobil ist ausgeflogen.

»Dann lasst uns schnell reingehen.« Anna scheucht uns wie kleine Kinder, die zum Abendessen erwartet werden, ins Haus. Darin hat sich nichts verändert, außer dass keine meiner Jacken mehr an der Garderobe hängt und dass die Schuhe neben dem Eingang allesamt hochhackig und überkandidelt sind.

In der Küche kocht Anna für uns Tee. Sie findet sich blind in den Schränken und Schubladen zurecht, obwohl wir uns seit Jahren nicht mehr bei mir getroffen haben. Ich bin immer bei einer der beiden zu Besuch gewesen. Das war einfacher, als mir Ausreden für etwaige herumliegende Sexy-Hexy-Utensilien ausdenken zu müssen. *Ach, das? Das ist nur der Abrakadödel 5000, den braucht meine Mama für die Arbeit.*

Als wir mit dampfenden Tassen an dem kleinen Küchentisch sitzen, an dem ich in einem anderen Leben mit meiner Mutter Eiweißomelett gegessen habe, fühlt sich mein Brustkorb gleichzeitig voll und leer an. Anna und Anouk haben diese einfühlsamen *Du-kannst-mit-uns-reden-wenn-du-so-weit-bist*-Blicke drauf. Sie wollen mich nicht drängen, aber sie sind erkennbar neugierig. Und ich muss ihnen zugestehen, dass es mir nicht anders gehen würde. Wenn man mitten in einer stinknormalen Januarnacht, ohne zu zögern, zu einem Freundschaftsnotfall eilt, hat man Fakten verdient.

»Heute ist sehr viel ...« Das Wort *schiefgegangen* liegt mir auf der Zunge, aber das wäre die Untertreibung des Jahrhunderts. *Schiefgegangen* klingt so, als würde ich schon in ein paar Tagen mit einem Augenzwinkern vom heutigen Abend berichten. Fieberhaft durchforste ich also mein Hirn nach einem besseren Verb, aber es will einfach nichts Passendes ausspucken. Nicht einmal einen lahmen Witz. Also starte ich neu: »Ich glaube, ich habe heute erkannt, dass ich nicht alles weglachen kann.«

Anouk und Anna wechseln einen flüchtigen Blick, den ich

sicher gar nicht bemerken sollte. *Here we go,* scheinen sie sich zuzublinzeln, *das musste ja irgendwann kommen.*
»Wie meinst du das?«, fragt Anna dennoch sanft.
»Ich ...« Erneut stellt mir mein Sprachzentrum nichts als Floskeln bereit. Es ist, als hätte ich mir am Vorabend Kleidung für den Sommer herausgelegt und wäre am nächsten Morgen von tiefstem Winter überrascht worden. Nichts, was ich vorbereitet habe, passt noch zu den Gegebenheiten. »Meine Chefin und ein paar Kollegen hassen mich«, sage ich daher geradeheraus.
Der Satz ist wie ein Stein, der in einen tiefen Brunnen fällt. Es dauert eine Weile, bis er bei meinen Freundinnen ankommt.
»Oh«, macht Anouk, von Anna kommt zeitgleich ein »Hä?«.
Ich atme ein paarmal tief ein und aus. Das hier wird wehtun. »Sie nennen mich Walross, wenn ich nicht hinhöre, lästern über mich, wenn ich etwas esse – solche Dinge. Nur der ganz normale fettphobische Wahnsinn.« Meine Hände liegen in einer sachlichen Angela-Merkel-Raute vor mir auf dem Tisch und untermalen jedes Schlagwort mit einem Tippen.
»Entschuldigung?« Annas Augenbrauen wandern fast bis zu ihrem Haaransatz.
Ich schnaube. Teils, um ihnen zu zeigen, dass ich mit dem Thema abgeschlossen habe, teils, um zu verhindern, dass die herannahenden Tränen in meinen Augen das Gegenteil beweisen können. Denn offensichtlich habe ich mit gar nichts abgeschlossen. Ich stecke noch nicht mal mittendrin. Ich bin gerade erst am Anfang der Erkenntnis, dass mir diese Sprüche nicht egal sind – dass sie mir nicht egal sein *müssen.* Weil

sie nämlich falsch sind. Und verletzlich. Und Ausdruck von tief sitzenden Vorurteilen, die ich nicht mit Humor herunterspielen darf.

»Polly. Das ist nicht der ganz normale Wahnsinn. Und das weißt du auch.« Anouk wirkt streng und beinahe vorwurfsvoll.

»Ich weiß.« Meine Stimme zittert. Die Mienen meiner Freundinnen zeigen deutlich, dass sie nicht mit meiner Zustimmung gerechnet haben.

»Sie dürfen so etwas nicht zu dir sagen. Große Firmen haben ganze Abteilungen, um das zu verhindern.«

»Ich weiß, Anouk.«

»Hast du es jemandem gesagt?«

»Euch. Gerade.«

»Sonst niemandem?«

»Wem hätte ich es sagen sollen? Meiner Chefin? Haha.« Um meinen Freundinnen nicht in die Augen blicken zu müssen, greife ich nach meinem Tee und nippe daran. Doch er ist so heiß, dass ich mir die Zunge verbrenne.

»Moment«, höre ich Anna neben mir. »Sie haben *was* zu dir gesagt? Nein, stopp, ich will's nicht noch mal hören. *What the fuck?*« Ich zucke teilnahmslos mit den Schultern. »Wieso?«, fragt Anna.

»Um sich stark zu fühlen, Machtspielchen, Langeweile, keine Ahnung. Aber es war …« Meine Stimme ist ganz dünn geworden. Ich sehe zum Deckenlicht auf – ein Versuch, die Tränen in meinen Augen noch irgendwie aufzuhalten. »Es war ziemlich hart. Ich dachte, ich …« Ich mache einen Schwenk mit der tassenfreien Hand durch die Küche. Diese Küche, in der Eier getrennt werden, um Kalorien zu sparen. In der ich mit sechs lernen musste, Kartoffelbrei aus Tüten zuzubereiten. In der ich jeden Mittag nach der Schule allein saß und nie nach meinem Tag gefragt wurde. »Ich dachte, es ist irgendwann vorbei. Ich dachte, man bewertet mich nur noch nach …« Mein Zeigefinger tippt gegen meine Schläfe, um den Satz für mich zu beenden. Denn ich kann nicht mehr sprechen. Die Luft in meinem Hals fließt nicht mehr richtig durch die Stimmlippen, so groß ist der Kloß darin geworden.

»Diese unreifen Arschlöcher, wirklich, ich …« Ich hindere Anna mit einem liebevollen Blick am Weitersprechen. Noch mehr Beleidigungen sind nicht das, was ich jetzt brauche.

»Wir wurden mit einem Plus eins auf die Party heute eingeladen«, sage ich mit brüchiger Stimme. »Als ich das im Oktober erfahren habe, hatte ich natürlich noch keine Ahnung, dass Jonas überhaupt je eine Option sein würde.« Ich kann nicht anders, als Anna einen entschuldigenden Blick zuzuwerfen. Ich hatte keine Zeit, mich daran zu gewöhnen, auf diese Art über ihren Bruder zu sprechen, und jetzt ist es hinfällig. »Ich wollte ihn fragen. Aber … die Kommentare sind jede Woche schlimmer geworden und ich wollte nicht, dass er … dass er hört, wie sie bei *Gayleway & Gabel* über mich reden. Das hätte …«

»Hätte was?«, fragt Anouk argwöhnisch, als ich nach mehreren Sekunden immer noch pausiere.

»Das hätte alles real gemacht. Ich hätte ihm schlecht sagen können, dass ich freiwillig jede Woche zu einem Arbeitsplatz gehe, an dem ich mich mobben lasse. Wie hätte das denn ausgesehen?« Zwar weine ich nun erneut, aber diesmal ist meine Stimme kraftvoll. Wenigstens diese Stärke habe ich zurückgewonnen. »Und was hätte er von mir gedacht, wenn er die anderen so über mich reden gehört hätte? Niemand will mit einem Walross zusammen sein.«

»Polly ... Okay, erstens: Jonas will ganz offensichtlich mit dir zusammen sein. Und zweitens: Du bist nicht dafür verantwortlich. Du hast dich nicht mobben *lassen*, du *wurdest* gemobbt.« Egal, wie plausibel sie klingt, Annas Erklärung will mir nicht einleuchten. Für mich ist beides gleich schlimm.

»Ich hätte sie auflaufen lassen können und hab's nicht getan. Ich hab alles runtergeschluckt, weil ich ... Sie hätten schon irgendwann aufgehört.«

»Nein«, dementiert Anouk. »Sie hätten weitergemacht. Das ist kein Wettbewerb, wer am längsten durchhält. Du musst da raus.« Da sind sie. Die Worte, die ich nicht hören wollte. *Du musst da raus.*

»Ich kann nicht«, keuche ich. »Ich habe noch keinen einzigen Kontakt geknüpft, der mir bei meiner Karriere hilft. Wenn ich jetzt aufgebe, habe ich mich einfach nur drei Monate lang von einer Bande erwachsener Schulhof-Bullys fertigmachen lassen. Wenn ich kündige, haben sie gewonnen.«

Durch meinen Tränenschleier sehe ich, wie sich meine besten Freundinnen erneut beieinander rückversichern, dass ich nicht völlig durchgedreht bin.

»Wenn du jetzt kündigst, passiert nur eins: Du wirst nicht mehr fertiggemacht.« Wenn Anouk das sagt, klingt es erstaunlich leicht. Als hinge nicht mein gesamtes Ego daran.

»Das geht nicht. Ich habe allen erzählt, dass ich diesen Job habe. Alle denken, dass ich über so was stehe, alle warten darauf, dass ich eine erfolgreiche Anwältin werde und ...«

»Wer wartet darauf?«, fragt Anna provokativ. »Alle? Oder *du*?«

»Ich ...« Verdammt. Sie haben mich schachmatt gesetzt.

»Keine von uns wird dich deswegen verurteilen oder für schwach halten. Oder, Anouk?« Anouk schüttelt inbrünstig den Kopf. »Und Jonas ganz sicher auch nicht. Er hätte denen wahrscheinlich den Kopf eingeschlagen, wenn sie in seiner Gegenwart so über dich geredet hätten.«

»Keine Ahnung, was Jonas getan *hätte*. Er hat es vorgezogen, direkt zu Isabella zu fliehen und mit ihr rumzumachen.«

»Er hat WAS?«

Tonlos berichte ich von dem Zusammentreffen mit Sarina und der Szene, in die ich bei meiner Rückkehr in die Wohnung geplatzt bin. Meine Stimme ist so sachlich, als wäre es nicht mir, sondern einer entfernten Bekannten passiert.

»Das würde Jonas nicht machen.« Anna geht am Ende meiner Geschichte sofort in den Verteidigungsmodus. Ich wusste, dass es zu kompliziert ist, mit dem Bruder der besten Freundin anzubandeln.

Anouk, die meinen rasenden Gesichtsausdruck bemerkt, geht dazwischen. »Hey, vergiss mal kurz, dass er dein Bruder ist. Was Polly gesehen hat, ist doch recht eindeutig.«

Anna hebt abwehrend die Hände. »Nichts liegt mir ferner, als meine Brüder in Schutz zu nehmen, wenn sie verschissen haben. Aber ich *weiß* einfach, dass Jonas nicht fremdgeht. Auch nicht, wenn er sauer ist.«

»Als ich dir von uns beiden erzählt habe, war deine erste Frage, ob er jetzt mit mir und Isabella gleichzeitig schläft.«

»Ich glaube, meine ersten Worte waren: *Du hast mit meinem Bruder geschlafen?*« Anna scheint das Gesagte zu bereuen, noch bevor es richtig raus ist. Sie schluckt einmal heftig und umfasst dann bestärkend meine Angela-Merkel-Raute. »Wirklich, Polly. Jonas ist der treueste, romantischste Typ der Welt. Er zieht sich bei Liebeskummer eine Packung Ben & Jerry's rein und hört dazu Alben von Adele. Er rennt nicht für einen Rebound zu seiner Ex.«

»Tja«, ich entziehe mich Annas Griff und klopfe resigniert auf den Tisch. »Anscheinend doch.«

Doch sie will sich damit nicht zufriedengeben und schaut Hilfe suchend zu Anouk. Diese zieht allerdings nur die Augenbrauen hoch, als wäre an dieser Stelle kein Support von ihr zu erwarten, und schlürft bedächtig ihren Tee. Jetzt stehen wohl wir, die Liebesbekümmerten, gegen Anna, die Schwester des Übeltäters.

»Was hat er denn zu seiner Verteidigung gesagt?«

»Dass er nur mit ihr über bestimmte Themen sprechen kann und es ein Missverständnis gab, als sie ihn trösten wollte.« Die Papperlapapp-Geste, die ich vor mir in die Luft fuchtle, schafft es nicht, die Szene zu verscheuchen, die wieder und wieder in meinem Kopfkino abgespielt wird. Jonas und Isabella auf der Kücheninsel. Jonas und Isabella auf der Kücheninsel. Jonas und Isabella …

»Was denn für Themen?«, fragt Anna stirnrunzelnd.

»Das weiß ich nicht. Er kann ja nur mit Isabella darüber sprechen. Vielleicht solltest du sie mal kontaktieren.«

»Sei nicht so zynisch. So können wir das niemals wieder geradebiegen.« Sie haut mit energischer Miene auf den Tisch wie der Oberfeldwebel in irgendeinem Kriegsfilm, der entschlossen ist, seine fünf Mann starke Mannschaft gegen ein Heer aus sieben Millionen in die Schlacht zu führen.

»Ach Anna …« Ich mache eine Pause, presse die Lippen fest aufeinander. »Vielleicht sollten wir es gar nicht geradebiegen. Vielleicht sollten wir nicht …« Meine Finger verschmelzen symbolhaft zu einem Gefüge. Das ist alles, was wir waren. Keine Beziehung, keine Affäre. Ein Gefüge.

»Und wieso nicht?« Oberfeldwebel Jagoda donnert so heftig auf den nicht vorhandenen Schlachtplan vor sich, dass

Anouk sich den heißen Tee überkippt. Ihr mahnendes »Hey!« geht jedoch in Annas Schimpftirade unter: »Ich habe mich gerade daran gewöhnt, dass du mit meinem Bruder multiple Orgasmen erlebst, und jetzt lasst ihr euch alles von einem Missverständnis kaputt machen?«

Ich lache kurz auf. Der kleine Funken Freude schießt durch mein Gehirn wie ein Leuchtfeuer. Sie ist noch da drin, die alte Polly, die es zum Schreien findet, dass Anna mit todernster Miene über multiple Orgasmen zetern kann.

»Das ist nicht lustig, Polly.« Erst jetzt bemerke ich, dass Anna weint. Und sie weint nicht, weil ich ihren Bruder beschuldige, etwas in ihren Augen völlig Absurdes getan zu haben. Sie weint um *mich*. Diese Art Freundschaft haben wir. Manchmal vergesse ich, was für ein Glückspilz ich bin. »Ich weiß, wie beschissen es ist, wenn man sich streitet, weil man schlecht kommuniziert. Und Anouk weiß das auch.« Sie deutet inbrünstig auf unsere Dritte im Bunde. »Du kannst nicht genauso scheiße sein wie wir.«

»Danke vielmals«, murrt Anouk.

»Ist doch wahr!«, antwortet Anna ihr und fährt dann an mich gewandt fort: »Du bist so verknallt in ihn! Schmeiß das nicht weg, weil du ihm nicht glaubst.«

»Das ist nicht der Grund.« Die Erkenntnis kommt mir in diesem Moment. Und wie immer bei einer weltverändernden Erkenntnis wusste ich eigentlich schon die ganze Zeit, dass sie in mir heranreift und ich nur noch nicht bereit war, sie zu pflücken. »In den letzten Wochen bin ich … Ich bin zu jemandem geworden, der ich nie sein wollte. Wisst ihr …? Ich hab den Scheiß geglaubt, den Sarina und Patrick zu mir gesagt haben.« Anouk will unterbrechen, aber ich halte sie davon ab. »Keine Sorge, mir ist klar, dass ich kein Walross bin.

Aber es ist in mich eingedrungen. Jedes ihrer Worte. Ich habe geglaubt, dass mein Körper schlecht ist. Und ich habe geglaubt, dass ich nicht mit jemandem wie Jonas zusammen sein darf.«

»Also willst du sie gewinnen lassen, indem du dich von ihm trennst?«

»Wir können uns gar nicht trennen. Wir waren nie zusammen.«

»Das ist doch ...«

Ich würge auch Anna ab. »Ich muss ganz dringend aus diesem Mindfuck rauskommen. Und das kann ich nicht, solange ich mich ständig frage, ob Jonas sich noch mit seiner Ex trifft oder Fotos von den beiden anguckt. Wisst ihr, was ich vorhin zu ihm gesagt habe?« Mit einem heftigen Schlucken überwinde ich mich weiterzureden. »Ob er so viel Sport macht, weil er für sie gut aussehen will. Ich! Das habe ich gesagt! Ich, die immer was von *Du bist nicht dein Körper* faselt. Ich hasse, wer ich geworden bin. Ich bin eine richtige Silke.«

Anouk gluckst. Anna wirft ihr einen vorwurfsvollen Blick zu, aber ich bin Anouk dankbar. Ich stimme mit ein. Und auf einmal lachen wir. Alle drei. Anouk mit Tränen in den Augen, Anna mit fliegenden Haaren, ich mit einem kleinen Grunzen in jeder Atempause.

Freundschaft ist miteinander weinen. Aber es ist auch Lachen in den unpassendsten Momenten.

»Nanu, was ist denn hier los?« Als wir plötzlich die einzig wahre Silke in der Küche stehen sehen, müssen wir uns beherrschen, die Fassung nicht noch mehr zu verlieren. Aber Mama ist so ernsthaft verwirrt darüber, uns drei unangekündigt an ihrem Küchentisch vorzufinden, dass wir uns am Riemen reißen und die Runde auflösen.

Es war wohltuend, mit ihnen zu reden, aber ich spüre, dass mir jetzt auch das Alleinsein helfen wird. Ich muss klarkommen. Auf alles. Am meisten auf das, was ich mir eben eingestanden habe. Ich bin zu der schlechtesten Version meiner selbst geworden. Zu allem, was ich verabscheue. Meine ganze Teenagerzeit habe ich damit verbracht, dem Diätwahn meiner Mutter mit schonungsloser Selbstliebe entgegenzutreten. Ich habe mich danach gesehnt, von zu Hause auszuziehen, um meine Einstellung endlich rigoros leben zu können. Stattdessen ist das genaue Gegenteil passiert.

Noch während ich meine Freundinnen hinausbegleite, weiß ich, dass der heutige Abend ein weiteres schwieriges Gespräch beinhalten muss. Wenn ich wirklich klarkommen will, muss ich mit meiner Mutter reden.

»Ihr drei wart ja ewig nicht mehr hier. Ist etwas passiert?« Mama ist in der Küche damit beschäftigt, unsere Tassen abzuspülen. Ich weiß sofort, dass das ein Vorwand ist, um auf mich zu warten, weil sie normalerweise immer die Spülmaschine benutzt.

»Ich bin von meinen Chefs gemobbt worden und hatte einen schlimmen Streit mit meinem … Freund. Oder so ähnlich.« Ich lehne mich direkt neben der Spüle an die Tür des Einbaukühlschranks.

»Mit deinem *Freund*?« Es ist so typisch, dass dies die wichtigste Information für sie ist. »Ich wusste nicht, dass du einen Freund hast.«

»Du wusstest auch nicht, dass ich auf der Arbeit beleidigt werde.«

»Nein, aber …« Sie lässt die Tasse in ihrer Hand sinken und dreht sich zu mir. Sie trägt ihr freches Businessoutfit, in dem sie viele Sexy-Hexy-Termine wahrnimmt. Eine halb transparente Bluse, durch die man ein spitzenbesetztes Hemdchen sehen kann, dazu knallenge Jeans, wie sie vor einem Jahrzehnt einmal in gewesen sind. Sie wirkt entgeistert und übermüdet. Mama ist eigentlich immer müde. Sie arbeitet zu viel, und wenn sie nicht gerade arbeitet, strampelt sie auf ihrem Fitnesstrainer. »Du hast mir nicht gesagt, dass du einen Freund hast. Oder Ärger auf Arbeit«, beeilt sie sich hinzuzufügen.

»Habe ich wahrscheinlich sowieso nicht mehr. Weder Freund noch Arbeit.« Mit einem dumpfen Laut kippe ich meinen Kopf gegen die Kühlschranktür und drehe ihn anschließend zur Seite, um meine Mutter zu fixieren. Sie wischt nun wieder dieselbe, längst saubere Tasse aus.

»Aber ...« Ich erkenne plötzlich, dass ihre Oberlippe ganz faltig geworden ist. Normalerweise weiß sie die fünfzig gut unter Make-up und Accessoires zu verstecken. Doch jetzt, wo der Lipgloss, den sie schon seit zwanzig Jahren trägt, in die feinen Linien rund um ihren Mund gesickert ist, wirkt ihr Alter unübersehbar. Irgendetwas rührt mich daran. »Wieso? Also ... wer ist denn nun dieser Freund?«

Ich möchte seufzen, weil sie es noch immer nicht begriffen hat. Der springende Punkt ist jedoch: Meiner Mutter und mir werden nie die gleichen Dinge wichtig sein. Wir werden nie die gleichen Prioritäten haben. »Mein Mitbewohner.«

»Dein Mitbewohner?« Als sie begreift, werden ihre Augen übermenschlich groß. »Der Sohn von Jagodas?«

»Jonas, ja. Aber wir hatten einen ziemlich heftigen Streit.«

»Du warst mit einem Jagoda zusammen?«

Mir ist klar, wieso meine Mutter so schockiert reagiert. In ihrer Welt sind Frauen wie ich nicht mit Männern wie

Jonas zusammen. In ihrer Welt müssen Frauen wie ich erst abnehmen, um überhaupt einen Partner zu finden.

»Ich wusste gar nicht, dass ... also ... dass er dein Typ ist.«

Ich muss glucksen und höre förmlich, wie Anna mir erneut vorwirft, nicht so zynisch zu sein. »Gut gerettet. Er ist mein Typ und ich bin sogar seiner, stell dir vor.«

»So habe ich das gar nicht gemeint. Also ... es ist ja leider einfach ein Fakt, dass ... dass sportliche Männer ...« Mama lässt die blank polierte Tasse durch die Luft sausen, als versuche sie, damit zufällig die richtigen Worte einzufangen.

Mir fehlt die Kraft, meiner Mutter zu erklären, dass sich die Menschheit nicht bloß in sportliche und unsportliche Menschen spaltet. Aber eine Sache muss ich ganz dringend loswerden: »Ich bin nicht wie du.«

Sie guckt verwirrt, aber auch ein bisschen ertappt. »Nicht wie ich?« Endlich stellt Mama die Tasse in den Schrank und sieht mich ahnungslos an.

»Ja. Ich wollte nur, dass du das weißt.«

»Aber Polly, ich ...« Etwas an der Art, wie sie meinen Kosenamen ausspricht, lässt mich erweichen. Ich will keinen Streit. Ich will es nur loswerden.

»Ich sage das, weil ich wirklich glaube, dass dir das nicht bewusst ist. Mir sind andere Dinge wichtig als dir. Und du musst aufhören, mich nach deinen Maßstäben zu bewerten, sondern mich so nehmen, wie ich bin.«

Entrüstet wirft sie den Kopf nach hinten und beginnt, die Klammern aus ihrer Hochsteckfrisur zu lösen. »Aber ... ist das jetzt ... wegen deiner Figur, ich ... Polly, ich will doch nur dein Bestes!« Ihr letzter Satz hätte mich an jedem anderen Abend blind vor Wut gemacht. Doch heute sehe ich ihn glasklar.

»Das glaube ich dir sogar. Aber dieses *Beste*, was du da für mich willst, ist nicht das Beste für mich. Es ist das Beste für *dich*. *Du* würdest nicht wollen, dass dein BH einschneidet oder dass dein Gesicht mit Pony dicker aussieht oder dass dein sogenanntes Muffin Top betont wird.« Meine Stimme überschlägt sich, bleibt aber gerade fest genug, um mich nicht im Stich zu lassen. »Aber mir sind diese Dinge einfach egal.« Mama blinzelt und kurz scheint es so, als würde sie etwas Derartiges tatsächlich zum ersten Mal hören. »Mir sind andere Sachen wichtig. Ich will Anwältin werden. Ich will gute Noten haben. Ich will unabhängig sein.«

Meine Mutter stützt sich auf der Arbeitsplatte ab und greift sich mit der freien Hand unwillkürlich an einen kleinen Anhänger, den sie an einer Kette um den Hals trägt. Sie nickt sacht. »Ich weiß, Polly. Und das macht mich wirklich sehr, sehr stolz. Ich erzähle immer, wie erfolgreich meine Tochter ist – und wie klug! So klug, dass ich manchmal gar nicht weiß, wie ich mit ihr sprechen soll.« Sie lässt beide Hände schlaff an die Seiten ihres schmalen Körpers fallen und sieht mir fest in die Augen. Ihre Lippen teilen sich, ich höre sie einatmen. Ich rechne mit einem *Aber*, doch ihr Mund schließt sich wieder und sie lächelt.

Ich spüre plötzlich ein Brennen in meinen Augen, meinem Hals und in meiner Brust. Zum ersten Mal uneingeschränkt diese Worte zu hören, könnte sich anfühlen wie ein Zieleinlauf. Doch stattdessen sind auch sie nur ein Anfang. Heute ist wahrscheinlich nicht der Tag, an dem ich ein für alle Mal aufhöre, für Kommentare über meine Figur empfänglich zu sein oder daran zu zweifeln, dass meine

Mutter stolz auf mich ist. Aber ich glaube, heute ist der erste Tag, an dem ich nicht mehr das Gefühl habe, sie würde mich hassen. Und das ist doch wirklich mehr, als ich mir von diesem fünfzehnten Januar noch hätte erträumen können.

EINE PLANÄNDERUNG

KÖLN, 16. JANUAR
HAUS DER MÜHLFORDS

»Polly? Pooolly!« Von ganz weit weg höre ich meine Mutter. Durch tränenschwere Lider und zu wenig Schlaf kämpft sich die Erkenntnis, dass sich etwas grundlegend verändert hat. Und dass ich gerade im Begriff bin, in meinem alten Kinderzimmer aufzuwachen. Auf einer aufblasbaren Matratze zwar, weil mein Bett wie ich mittlerweile in Köln wohnt, aber diese vier Wände fühlen sich trotzdem – oder besser gesagt: trotz allem – nach Zuhause an. Gestern war ich mir nicht sicher, ob sie das tun würden. Aber ich fühle mich hier noch immer geborgen.

»Polly! Aufwachen!«

Oder war das alles bloß ein Traum? Bin ich nie ausgezogen? Ist heute Montag, Viertel nach sieben, und meine Mutter weckt mich, damit ich rechtzeitig zur ersten Stunde Mathe bei Frau Krampf komme?

Meine Augen öffnen sich nur schwer, sie kämpfen gegen Make-up-Reste und geschwollene Lider. Ich rapple mich auf und setze mir meine Brille auf die Nase, die ich gestern Nacht rücksichtslos neben die Luftmatratze habe fallen lassen. Ob Anna und Anouk beschlossen haben, mich mit einem Frühstück zu überraschen? Und zwar um ... Wo ist mein Handy? Shit. Mir fällt wieder ein, dass es gestern Abend schon den Geist aufgegeben hat.

»Polly, nun aber wirklich!« Meine Mutter platzt in mein Zimmer, auf dem Gesicht ein Strahlen. »Du hast Besuch.« Sie tippelt sogar auf den Zehenspitzen.

»Hä?« Meine Stimme klingt, als hätte sie ohne meine Zustimmung eine Karriere als Miley-Cyrus-Voice-Double eingeschlagen. Besuch? Von wem?

Mama wackelt mit den Augenbrauen. »Vielleicht willst du dich umziehen.«

»Wieso?« Ich schaue auf das verrutschte Top, in dem ich mangels alternativer Schlafbekleidung gepennt habe. »Steht Guido Maria Kretschmer mit der Jury von *Shopping Queen* im Flur?«

»Nein. Aber ... aber Jonas Jagoda.« Mama haucht seinen Namen, der in meinem Herzen einen Stillstand auslöst.

»Jonas?« Ich schieße pfeilschnell in die Senkrechte und zupfe das Hemdchen zurück über beide Brüste. »JONAS?«

Mama nickt ganz aufgeregt. »Polly, er sieht SO GUT aus!« Sie schafft es, gleichzeitig zu flüstern und regelrecht zu brüllen. »Also ... ich weiß, das ist dir nicht so wichtig, aber ... man kann es ja schon mal erwähnen.«

Ich schnaube leise amüsiert über ihren Besserungsversuch, doch dann fällt mir wieder ein, dass Jonas angeblich in unserem Hausflur steht. Was will er hier? Will er ... reden? Was mache ich denn jetzt? Mein Vorsatz von gestern Abend, mir Zeit zu nehmen, um wieder zu mir zu finden, kommt mir plötzlich absolut unmöglich vor. Es ist unmöglich, mich zu finden, wenn ich gleichzeitig Jonas verliere ...

Ich muss zu ihm. Jetzt. Oder, na ja ... ich lasse ihn vielleicht lieber reinkommen. Es ist wahrscheinlich nicht die beste Idee, mich im Flur meiner Mutter in Unterhose und viel zu freizügigem Top über die vielleicht sensibelsten Themen meines Lebens zu unterhalten.

Meine Mutter! Sie steht noch immer wie auf heißen Kohlen vor mir, unsicher, ob sie Jonas nun Einlass gewähren darf.

»Äh ... ich ... sagst du ihm, er kann reinkommen?« Hastig versuche ich, im Spiegelbild des schwarzen Handyscreens mein Gesicht zu erkennen, beschließe dann aber, dass es a) Jonas wahrscheinlich sowieso nicht interessiert, weil er großartig ist und mich nicht nach aufgedunsenen Lidern oder roten Wangen bewertet, und es mir b) jetzt auch nicht hilft, meine aufgedunsenen Lider und roten Wangen selbst zu sehen. Also reibe ich mir nur kurz hinter der Brille über die verweinten Augen, durchpuste meinen Pony, streiche mir die Haare aus dem Gesicht und wickle mich in einen alten Cardigan, den ich bei meinem Umzug hier zurückgelassen haben muss.

»Bist du dir sicher, dass du nicht erst ... ins Bad ...?« Mama bemerkt ihren Fehler selbst. Ich kann die Zahnrädchen in ihrem Kopf förmlich arbeiten sehen, während sie sich an unsere Unterhaltung von gestern Abend zu erinnern scheint. Sie verscheucht das eben Gesagte mit einer wedelnden Geste. »Ach, ganz egal.« Auf Zehenspitzen tippelt sie aus dem Zimmer und wirft mir ein letztes, verschwörerisches Grinsen zu. Für sie muss das sein, als fielen Weihnachten und Ostern auf denselben Tag. Endlich Girl Talk mit ihrer Tochter halten – *a dream come true*. Fast fürchte ich, dass sie eine

Fanfare bläst und etwas wie *Fräulein Apolonia empfängt Sie nun in ihren Gemächern* verkündet, doch sie verständigt sich wortlos mit Jonas. Meine Mutter. Verständigt sich. Mit Jonas. OH MEIN GOTT.

Ich springe auf, vermutlich, weil mein Körper in den Fluchtmodus wechselt und Schlimmeres verhindern will. Doch als mir auffällt, dass ich keine Hose trage, rudere ich zurück. Mit rasendem Herzen setze ich mich wieder auf die viel zu tiefe Luftmatratze und schlinge die Decke um mich.

Jonas' Mund ist ein Strich, als er eintritt. Er legt sich verlegen eine Hand in den Nacken und gestikuliert mit der anderen in die Richtung, in die meine Mutter verschwunden ist. Doch statt etwas zu sagen, beißt er sich auf die Unterlippe und bringt damit alles in mir in Schwingung. Er trägt seine Jacke über dem angewinkelten Arm, ein graues Sweatshirt und lockere Jeans. Seine breiten Schultern hängen, seine blauen Augen sind umschattet und matt. Er sieht fertig aus. Und gleichzeitig wie die verdammt schönste Person der Welt. Der Druck in meinem Magen, den ich in den letzten Stunden beinahe als einen Teil von mir akzeptiert habe, er löst sich auf bei seinem Anblick.

»Hi«, sagt Miley Cyrus aus mir heraus. Ich räuspere mich und wiederhole noch einmal: »Hi.«

Er schaut sich in meinem fast leeren Kinderzimmer um, in dem jedes Wort von einem gespenstigen Hall begleitet wird. »Ich ... Kann ich ...?« Er deutet auf das Fußende des blöden Luftbetts. Ich ziehe die Decke nach hinten, um ihm Platz zu machen. Als er sich setzt, werde ich auf der Matratze ein wenig angehoben. Wie kann es sich so fremd anfühlen, jemandem nahe zu sein, dem du so nah warst wie niemandem sonst?

Es steht etwas zwischen uns, ich spüre es ganz deutlich. Und es ist nicht der Streit. Es ist auch nicht meine Lüge über das Plus eins. Es ist nicht einmal Isabella. Es ist mehr.

»Du siehst beschissen aus.« Es gibt wahrlich bessere erste Sätze nach einer Trennung, aber ich habe nie behauptet, eine Expertin in Liebesdingen zu sein.

»Ja. Sorry, ich habe meine Beauty-Routine heute Morgen etwas vernachlässigt.« Ich kann mir ein Lächeln nicht verkneifen. Charmant, lustig und unverschämt gut aussehend, dieser Jonas Jagoda. »Ich sollte wohl erklären, wieso ich hier bin«, schiebt er hinterher und mustert dabei meinen seltsamen Aufzug aus Cardigan und um die Beine geschlungener Decke.

»Das ist definitiv ein besserer Einstieg, als dir zu sagen, dass du beschissen aussiehst.«

Er lächelt versöhnlich und holt tief Luft. »Also ... na ja. Ich habe mir gestern wirklich Sorgen gemacht, weil du so weggestürmt bist, und dann hast du nicht auf meine Nachrichten reagiert.« Ich werfe einen schnellen Blick zu meinem immer noch schwarzen Handydisplay. »Und ich bin einfach nicht der Typ, der tagelang Funkstille durchzieht.«

»Nein«, sage ich mit einem traurigen Lächeln. »Nein, der Typ bist du nicht.« Anna hat recht. Jonas ist ein Romantiker. Ein Kakao-auf-dem-Dach-Typ. Ein Alles-oder-nichts-Mensch. Und dass er hier ist ... dass er sich Sorgen um mich macht ... seine Nachrichten – könnte er sich wünschen, dass wir in die Kategorie *Alles* fallen?

»Gestern war ich mir nicht mehr sicher, ob du das weißt.« Er scheint das Muster meiner Decke plötzlich ziemlich interessant zu finden. »Du hast mich für jemanden gehalten, der sofort zu seiner Ex rennt, wenn es schwierig wird.«

Mein Kiefer klappt herunter. Ich will mich verteidigen und dem altbekannten Reflex folgen, eine falsche Einschätzung über mich nicht einfach so stehen zu lassen.

Doch Jonas unterbricht mich, bevor auch nur Luft aus meinem Mund weichen kann: »Mir ist klar, dass es so ausgesehen hat. Aber du kannst mir glauben, dass da von meiner Seite aus nichts ist. Ich wollte reden, sie mich küssen.« Im Schnelldurchlauf rekapituliere ich vor meinem inneren Auge, was ich gesehen habe: Isabella auf der Kücheninsel, Jonas vor ihr. Okay. Vielleicht bin ich wirklich im allerfalschesten Moment dazwischengeplatzt und habe meinem fantasiebegabten Hirn die Vervollständigung dieser Situation überlassen.

Aber eine Sache – die wichtigere – bleibt: »Du hast gesagt, es gebe Themen, über die du nur mit ihr sprechen kannst. Das ist ...« Ein heftiges Schlucken kämpft sich durch meine Kehle. Ich bin eifersüchtig, das kann ich nicht leugnen. Aber ich muss die Eifersucht nicht gewinnen lassen. Ich kann sie beiseiteschieben und das in den Mittelpunkt rücken, was gerade wirklich wichtig ist. »Das ist fair, denke ich. Jeder braucht Personen, mit denen er sprechen kann. Aber wird sie dich jetzt jedes Mal küssen wollen, wenn du damit zu ihr gehst?«

Jonas scheint für einen Moment ernsthaft zu überlegen. Doch zu meiner Überraschung schüttelt er den Kopf. »Nein. Deswegen bin ich hier. Weil ich mit meinem Scheiß nicht mehr zu ihr gehen will.« Ein Kribbeln fährt mir in die Magengrube. Dafür ist er hier? Heißt das, er will mich in *diese Dinge* einweihen? »Ich habe geglaubt, das wäre nicht nötig. Ich dachte, ich könnte mich einfach in die nächste Beziehung stürzen und dann wäre mein Kopf wieder ... okay. Aber irgendwie ist das Gegenteil passiert.«

Mein Gesicht wird zu einer Maske. Der Druck in meinem Bauch kehrt zurück. Ich habe Mitleid mit ihm, weil er verletzt und beschämt aussieht. Doch ich bin auch verwirrt und spüre, dass da noch immer Wut in mir simmert. Er will sich also nicht in uns stürzen? Weil wir … weil *ich* … seinem Kopf nicht guttue? Es fühlt sich an wie ein Stich in den Rücken, bei dem die Klinge bis in mein Herz vorstößt. Mein Herz, das gerade sowieso schon schwer zu kämpfen hat, da Jonas das mit uns eine *Beziehung* genannt hat.

»Wenn du keine … Beziehung willst – was tun wir hier dann überhaupt? Wollen wir miteinander schlafen und … und mehr nicht?« Es kommt mir vor, als hätte ich nie gelernt, Sorge anders zu kanalisieren als durch einen Angriff nach vorn. Ich kann scherzen und ich kann angreifen. Andere Bewältigungsstrategien sind mir fremd.

»Nein. Ich … ich will alles.« Er sieht mich an. Endlich. »Was denkst du, wieso ich so sauer war? Ich dachte, du nimmst mich nicht mit auf diesen bescheuerten Empfang, weil *du* nur 'ne Bettgeschichte willst! Du wolltest immerhin auch nicht mit mir ins Kino oder in eine Bar oder sonst was.«

»Aber doch nur, weil ich mich die letzten Wochen so in die Vorstellung hineingesteigert habe, dass jemand wie du nicht mit jemandem wie mir in der Öffentlichkeit gesehen werden will!«

Jonas wirkt, als hätte ich ihm ins Gesicht geschlagen. Und streng genommen fühle ich mich beim Klang meiner eigenen Worte auch so, als hätte ich gegen mich selbst die Hand erhoben. Warum habe ich zugelassen, so hart zu mir zu werden?

»Wie kommst du denn auf diesen Schwachsinn? Wann habe ich dir je das Gefühl gegeben, dass ich nicht mit dir zusammen sein will?«

»Nie«, gestehe ich, ohne dass mir noch ein weiterer Kommentar dazu einfällt.

»Ja! Richtig! Nie!« Seine Stimme wird mit jeder Silbe lauter und lauter. »Du hast mir immer nur die toughe Polly präsentiert mit ihrem Selbstbewusstsein und ihrem Humor und ihrer *Mir-kann-keiner-was*-Einstellung. Du hast mich nur einmal hinter die Mauer gelassen, erinnerst du dich?« Ich erinnere mich. Wir zwei. Im Bett. Bauch an Rücken. So eng verbunden wie nur möglich. »Da war ich so kurz davor, dir alles zu sagen.« Er formt einen winzigen Abstand zwischen Daumen und Zeigefinger. »Als du mir von dem miesen Spruch von deinem Ex erzählt hast. Weil du dich endlich mal schwach gezeigt hast und ich mir neben dir nicht mehr vorkam wie der größte Verlierer.«

»Ich bin nicht schwach«, bringe ich reflexartig heraus.

»Natürlich nicht.« Jonas haut beinahe streng auf die Bettdecke. »Sich schwach zu zeigen, heißt nicht, dass man schwach ist!« Wow. Wenn das mal nicht die wahrsten Worte sind, die ich jemals gehört habe. Vielleicht sind mir die letzten Wochen deshalb so schwergefallen. Vielleicht ist es für vermeintlich starke Menschen deshalb anstrengender, immer alles zu ertragen. Weil die Last, unter der du begraben wirst, wenn du aufgibst, viel größer ist.

»Wieso hältst du dich für einen Verlierer? Du bist … na ja, so ziemlich der beste Mensch überhaupt.« Ich will seine Ängste nicht herunterspielen, aber es ist unbegreiflich für mich, dass sich die Person, die ich für die großartigste überhaupt halte, selbst in ganz anderem Licht wahrnimmt.

Jonas lacht beinahe höhnisch auf. »Willkommen am Kern

des Problems. Ich ... Weißt du, was ich am meisten an dir liebe? Dass du der Welt keine Chance gibst, dich fertigzumachen. Aber ich ... ich hab sie gelassen.«

Ich runzle die Stirn. Er hat zugelassen, dass die Welt ihn fertigmacht? Inwiefern? Und wie kommt er überhaupt darauf, dass es bei mir nicht der Fall wäre? Mit einem Mal macht es *Klick*. Er weiß nicht, was bei *Gayleway & Gabel* abgegangen ist ...

Ich bin so perplex, dass ich sein kleines Liebesgeständnis, das sich wie eine lebensrettende OP auf mein halb erstochenes Herz auswirkt, glatt übergehe. »Was ist ... was ist denn passiert?«, frage ich mit vibrierender Unterlippe.

Jonas sackt ein Stückchen zusammen und reibt sich mit den Handinnenflächen über die Augen. Er weicht mir aus, dreht sich ein wenig zur Seite und schaut schließlich zu einem unsichtbaren Punkt an der Decke hinauf.

»Bist du je der Firma meiner Eltern auf Social Media gefolgt?« Diese Frage überrascht mich. Was soll das Fitnessimperium seiner Familie mit alldem zu tun haben?

»*Lose it & Love it?* Nein. Das ist nicht wirklich mein Ding.«

»Das dachte ich mir.«

»Also ...«, füge ich schnell hinzu, weil ich das Gefühl habe, etwas mehr Begeisterung für die Arbeit seiner Familie zeigen zu müssen. »Ich habe euch nie auf Instagram oder so abonniert, aber ich weiß natürlich von Anna, was ihr so getrieben habt. Ist ja auch 'ne große Nummer alles.«

»Mhm ... 'ne große Nummer.« Bedächtig nickt er, zieht dabei die Unterlippe zwischen die Zähne und beißt sich so wortwörtlich an dem Gesagten fest. »Als Paul das Marketing übernommen hat ... da fand er, es sei eine gute Idee, wenn wir alle mitmachen. Uns zeigen, als Familie.«

Ich erinnere mich daran. Anna hat immer darüber gespottet, dass Paul eine oberflächliche Hohlbirne sei, aber als er nach seinem Studium alle Social-Media-Accounts von *Lose it & Love it* übernommen hat, sind die Followerzahlen in die Höhe geschossen. Die ganze Familie hat sich täglich auf Fotos und Videos im Netz gezeigt, vor der Kamera gekocht, Sport getrieben und die Strandfotos von ihren luxuriösen Trips gepostet. Die Fans haben es geliebt und wollten auch alle kleine Jagodas werden: gut aussehend, erfolgreich, braun gebrannt. Anna ist das alles vor etwa eineinhalb Jahren zu viel geworden – die Kommentare, die man unweigerlich erntet, wenn die Familie so in der Öffentlichkeit steht, haben ihrer seelischen Gesundheit nicht gutgetan. Sie hat lange gebraucht, um sich – und später auch uns – das einzugestehen. Jonas ist noch vor ihr aus der ganzen Sache ausgestiegen, weil er nach Köln gezogen ist und mit dem Studium begonnen hat. Dachte ich zumindest. Seine ganze Familie denkt das. Was, wenn …?

»Aber du hast aufgehört, als du umgezogen bist?« Dass dies eine Frage ist, verrät nur die winzige Veränderung in meiner Tonhöhe.

»Ja.« Wieder das höhnische Lachen. »Das habe ich ihnen erzählt. Dass ich aufhöre, weil ich jetzt woanders lebe.«

Erneut presse ich meine Lippen zusammen und verschränke nun intuitiv die Arme vor der halb nackten Brust. »Das war es nicht?«

»Doch … Na ja, also, es hat mit reingespielt. Anfangs war ich mir allerdings sicher, dass ich von hier aus weitermachen würde. Ich war ein aufgeblasener Neunzehnjähriger, der jeden Tag Hunderte Kommentare zu seinem Aussehen bekommen hat, das war ein krasses Gefühl. Aber es war auch ...« Schmerz und Scham spiegeln sich in all den kleinen Veränderungen in seiner Mimik, mit denen sein Gesicht diesen Satz lautlos beendet. Er bläht die Nasenflügel auf, streift meinen Blick, weitet die Augen und schlägt sie schließlich verlegen nieder.

In meinem Kopf suche ich wie wild nach einer Vermutung, mit der ich ihn zum Weitersprechen animieren könnte. Doch einmal im Leben schweige ich. Nichts, was ich jetzt sagen könnte, wäre angebracht.

»Es war zu viel. Ich hatte plötzlich ein Studium und einen Job und dann eine Freundin, mit der ich Zeit verbringen wollte. Ich war nicht mehr drei Stunden am Tag im Gym, ich hatte nicht mehr ständig Paul mit seiner Kamera neben mir. Das ... ändert vieles.«

Erneut runzle ich die Stirn, weil ich mir noch immer nicht sicher bin, worauf er eigentlich hinauswill. Doch Jonas scheint zu hoffen, scheint zu *erwarten*, dass ich es von selbst verstehe. Zum ersten Mal, seit er lauter geworden ist, sucht er bewusst und länger als nur einen Sekundenbruchteil meinen Blick, zuckt mit einer Braue und legt den Kopf schief. *Komm schon, Polly, du bist eine kluge Frau, du kommst von selbst darauf,* scheint er mir vermitteln zu wollen. Aber ich komme *nicht* darauf.

»Ich war zum ersten Mal in meinem Leben nicht einfach so ... fit. Ich habe ... zugenommen.« Er schluckt schwer, als sei dies eine verbotene Vokabel. Als brenne sie auf seiner Zunge. Ich kenne das Konzept von Triggern – Themen, die Betroffene so sehr schmerzen, dass schon die Verwendung des Wortes für Unwohlsein sorgt. Wenn mich nicht alles täuscht, habe ich soeben beobachtet, wie Jonas sich einem seiner Trigger gestellt hat. »Nur ... ich wusste, in Pauls magischem Redaktionsplan war bald ein neuer Post mit mir geplant. Also musste das Gewicht runter. Ich bin mehr laufen gegangen und habe auf mein Essen geachtet ... Dann kam das Foto, es gab viele Likes – alles war gut.« Er schluckt ein weiteres Mal. »Aber gar nichts war gut. Ich habe irgendwann nur noch an Essen und Sport und das nächste Foto gedacht. Und an die Likes. An die Kommentare. Es kitzelt dein Belohnungssystem, du wirst süchtig danach und gleichzeitig weißt du, dass es das ist, was dich kaputt macht.«

Mein Herz fühlt sich an, als müsse es Knete statt Blut durch meine Adern pumpen. Alles in mir wird schwerfällig. Das ist sein Geheimnis? Er hatte ... eine Essstörung? Aber Jonas ist so ... athletisch? So stark und so schön und so ... männlich. Ich weiß, dass auch Männer dem Diät- und Fitnesswahn unterliegen. Und dennoch habe ich es einfach nicht auf dem Schirm. Diäten? Das ist etwas, was Frauen machen. Weil sie dünn wie die Mädchen in den Magazinen sein wollen. Weil sie eine Kleidergröße weniger oder den neuen Bikini tragen wollen. Die ganze Industrie ist auf Frauen ausgelegt. Dünne Taille, glatte Schenkel, lange Beine. Dabei ist das Schönheitsbild für Männer doch genauso unrealistisch. Männer sollen starke Arme und flache Sixpacks haben – aber am besten trotzdem jede Woche im Fußballstadion mit Currywurst und Bier abhängen. Das ist alles so abgefuckt.

»Ich war zu der Zeit mit Isabella zusammen. Sie hat es mitgekriegt. Sie hat mir auch geraten, ganz mit *Lose it & Love it* aufzuhören, bevor es mich richtig krank im Kopf macht. Und sie hatte recht. Ich hatte keinen Bock mehr auf den Teufelskreis. Ich wollte einfach ... leben, denke ich.«

Jonas schnaubt, doch als er weiterspricht, liegt ein Lächeln auf seinen Lippen – ein bittersüßes Lächeln, wie wenn du dich an etwas Schönes in einer sehr unschönen Zeit zurückerinnerst. »Isabella hatte die Idee ... Wir ... Wir haben Paul 'ne richtige Szene vorgespielt. Dass wir mehr Zeit für uns brauchen und so ... damit er es hinnimmt, dass ich aussteige.« Er zuckt mit einer Schulter. »Danach wurde es besser.«

Mir rollt eine Träne über die Wange, die ich mir schnell wegwische, um Jonas nicht noch mehr herunterzuziehen. Doch ich kann es nicht aufhalten. Kann die Tränen schon bald nicht mehr zählen, weine stumm und voller Mitgefühl. »Deine Familie hat keine Ahnung?«, bringe ich heraus und achte darauf, meine Stimme möglichst fest klingen zu lassen.

»Nein. Meine Eltern würden sich schlimme Vorwürfe machen. Das haben sie nicht verdient. Sie tun alles, um so etwas in ihrer Community zu verhindern, und sie haben uns immer freigestellt, ob wir ein Teil der Firma sein wollen. Es gab keinen Zwang.«

Ich erwäge kurz, ihm davon zu erzählen, dass auch Anna die Jugend im Körperkult zugesetzt hat. Dass es offensichtlich etwas gibt, was ihre Eltern übersehen. Allerdings ist es Annas Geschichte, nicht meine, und sie sollte die Chance haben, es ihrem Bruder selbst und aus eigenem Antrieb zu erzählen.

»Ich bin einfach froh, dass ich es damals gemerkt habe, bevor ich richtig abgerutscht bin. Als sich meine Gedanken nur noch ums Trainieren gedreht haben, bin ich ausgestiegen und es wurde besser. Ich habe mich wieder entspannt.«

Ich sitze schweigend neben Jonas und knibble eine Weile an meinen Fingern herum. Wenn er sich entspannt hat ... wieso sitzen wir dann hier? Wieso musste er nach all den Monaten mit Isabella darüber sprechen? Und was haben die

Veränderungen an seinem Körper, die selbst mir aufgefallen sind, damit zu tun? Nach einer gefühlten Ewigkeit traue ich mich endlich, die nötigen Rückfragen anzustoßen. »Aber? Jetzt wurde es wieder ... also du hast wieder ...?«

»Ja.« Zu meiner Überraschung schmunzelt er. »Ich habe mich in meine Mitbewohnerin verknallt und plötzlich wieder ein bisschen zu sehr darauf geachtet, wie ich oben ohne aussehe.« Er lässt das wie einen Scherz klingen – vermutlich mein schlechter Einfluss –, doch in mir lösen seine Worte blanke Panik aus. Meine Anwesenheit hat dafür gesorgt, dass er zurück in diesen Strudel geraten ist? Ausgerechnet meine?

Im Schnelldurchlauf gehe ich die letzten Wochen durch, lasse Gespräche, die wir geführt, und Witze, die ich gerissen habe, auf Repeat laufen. Ich erkenne etliche Situationen, in denen ich vermeintlich das Falsche gesagt und noch falscher gehandelt habe. Jonas, der zurückschreckt, wenn ich seinen Bauch berühre. Der nicht zu *meinem* Schutz, sondern zu *seinem* die Decke um uns schlingt. Jonas, der Mahlzeiten ausfallen lässt und scheinbar ganz plötzlich den Appetit verliert, wenn ich auftauche und von unwichtigen Dates mit unwichtigen Kommilitonen rede.

»Habe ich ... Ist es meine Schuld?« Während ich weiter mein Verhalten Revue passieren lasse, schießen mir immer mehr Bilder durch den Kopf. All die kleinen Momente, in denen ich es vielleicht hätte merken können. Der viele Sport, das unangerührte Fast Food, das Foto ... Das Foto! Jonas hat überhaupt nicht in Erinnerungen an seine Ex geschwelgt, sondern in Erinnerungen an ... an seinen Körper zu seiner Zeit bei *Lose it & Love it*.

Scheiße. Wie konnte ich das alles bloß so falsch einschätzen? Wie groß muss der Druck auf ihn gewesen sein? Und wie schrecklich war es von mir, ihm gestern an den Kopf zu werfen, dass er für Isabella abnehmen wollte?

»Nein! Oh Gott, Polly, nein.« Er dreht sich zu mir und greift nach meinen Händen. Seine Finger sind lang und warm und falten sich perfekt um meine, halten mich, geben mir das Gefühl, all das könnte ein gutes Ende nehmen. »Dieses Ding in meinem Kopf ist schuld. Es hat meine Schwachstelle gewittert und die Gelegenheit genutzt, mich einzuholen.«

»Aber ich habe es schlimmer gemacht, oder? Weil ich so … so konfrontativ bin und es nicht gecheckt habe …«

»Nein. Nein, Polly, du hast alles immer nur besser gemacht.« Sein Lachen wird weich und ehrlich. Sein Lachen … Auf einmal ergibt es sogar Sinn, dass Jonas auf zwei verschiedene Arten lacht. Auf eine falsche, mit der er die Welt davon abhalten will, den Kampf zu sehen, in dem er sich befindet. Und auf die wahre, die er nur in den Momenten zulässt, in denen er sich offen zeigt. »Ich habe gewusst, dass unsere Beziehung nicht von meinem Körper abhängig ist. Aber als du mit diesem Konrad ankamst, obwohl ich mir sicher war, dir mein Interesse klar genug gezeigt zu haben …«

»Jonas, ich wäre nicht im Traum darauf gekommen, dass du dich in jemanden wie mich verlieben könntest.« Seit er meine Hand hält, weine ich nicht mehr, doch meine Stimme bekommt bei diesem Geständnis einen Knacks. »Selbst wenn du mir jeden Tag Rosen geschenkt hättest.«

»Jemanden wie dich?« Er schüttelt irritiert den Kopf, was seine wunderschönen, ungemachten Haare zum Hüpfen bringt. »Was soll das heißen?«

Ich ziehe eine Augenbraue auf diese wortlose *Du-weißt-genau-was-ich-meine*-Art hoch. Jonas versteht. Das kann ich ihm ansehen. Aber er versteht es auch nicht. Weil ich – das lese ich in seinen blauen Augen – für ihn ebenso wunderbar bin wie er für mich. Eine Tatsache, die mir gleichzeitig unwirklich und absolut logisch vorkommt und mir ein unvergleichliches Gefühl von Geborgenheit verleiht.

»Ich konnte seit eurem Abiball an niemand anderen mehr denken!«, sagt er mit Nachdruck, als wolle er alle etwaigen Argumente meinerseits schon gleich schachmatt setzen.

Mein Herz flattert. Niemals wäre ich darauf gekommen, dass Jonas schon so lange auf diese Weise über mich denken könnte. Letzten Sommer, als mein Selbstwertgefühl noch auf seinem üblichen High war, hätte ich die Anzeichen wahrscheinlich besser gedeutet als jetzt, ein paar Monate später, nachdem Sarina und Patrick mein Ego ruiniert haben.

»Wir hätten das damals direkt klären sollen«, sage ich mit einem Anflug meines üblichen Tonfalls. »Dann hätte ich auch nicht ... Na ja, weil ... zu der Zeit habe ich noch nicht gedacht, dass ich nicht gut genug für dich bin.«

Er drückt sanft meine Hand und wirft mir einen fragenden Blick zu. Und dann antworte ich, ohne eine Sekunde zu fürchten, dass er mich dadurch in einem anderen Licht sehen könnte. Ich erzähle von Sarina und Patrick, von Keksen und Desserts, von Blicken auf dem Flur und Kommentaren im Büro. Jonas' Augen werden weit und ich spüre, wie sich seine Hände zu Fäusten ballen. Er möchte fluchen, doch ich halte ihn davon ab. Es tröstet mich auch bei ihm nicht, wenn noch mehr Schimpfworte fallen. Noch mehr Negativität kommt mir wie ein Punkt für die anderen vor.

»Es ist immer derselbe Scheiß mit dem Ballast im Kopf.« Jonas tippt sich gegen die Schläfe. »Wenn du rational darüber nachdenkst, weißt du, dass er nicht stimmt. Aber er will dich nun mal daran hindern, rational zu denken. Er will still und heimlich weiter deinen Kopf zerficken.«

Meine Augen sind schon wieder ganz feucht. Oh Mann. Von *Polly weint nie* zu *Polly heult ständig* in weniger als drei Monaten. Doch erstaunlicherweise mag ich diese Entwicklung sogar irgendwie an mir. Weinen hat schließlich etwas sehr Reinigendes.

»Nicht weinen.« Jonas' Hände entkrampfen und er streichelt zart mit seinem Daumen über meinen Handrücken. »Du machst alles besser. Ich schwöre es dir.«

»Trotzdem hast du lieber mit jemand anderem gesprochen. Ich weiß, es ist egoistisch, mich darüber zu ärgern, aber ...«

»Ich wollte nicht, dass du mich plötzlich anders siehst.« Diese absurde Vorstellung – dieselbe Vorstellung, die auch mir Angst eingejagt hat – lässt mich schnauben.

»Anders als was? Den großzügigsten, heißesten, fürsorglichsten Menschen der Welt?«

Jonas überlegt kurz, dann sagt er schlicht: »Ja.«

Jetzt mischt sich ein Lachen in meine Heulerei. »Gooott. Wieso ist die Gesellschaft nur so besessen davon, über die Körper anderer zu urteilen?«

Jonas rückt zu mir, legt mir beide Hände ans Gesicht und fährt nun mit den Daumen meine Konturen ab. »Genau das meine ich.« Er schmunzelt. »Wir brauchen alle ein bisschen mehr Polly in unserem Leben.«

»Wirklich?« Ich greife nach seinen Händen und lege sie in meinen Schoß, wo ich sie mit meinen verschränke.

»Was wirklich?«

»Du willst mehr Polly in deinem Leben? *Noch* mehr?«

»Ja. Ich will dir von meinem Scheiß erzählen. Ich will mit dir auf spießige Firmenevents gehen. Ich will Leuten sagen können, dass du zu mir gehörst.« Er macht eine Pause, in der seine Pupillen verlegen von links nach rechts flitzen. »Auf eine total nicht besitzergreifende, gleichberechtigte Art und Weise.«

»Wie auch sonst«, flüstere ich scherzend, während der Puls in meinen Adern hämmert. »Nur das mit den Firmenevents könnte schwer werden.« Fragend zieht Jonas eine Augenbraue hoch. »Ich werde nicht zu *Gayleway & Gabel* zurückgehen.«

Er macht große Augen. »Aber was wird dann aus deinem Plan?«

»Der Plan hat nicht vorgesehen, dass ich mir für einen großen Namen im Lebenslauf meinen gesamten Charakter ruiniere.«

Jonas nickt langsam. »Also kein Trojanisches Pferd?«

»Maaaw«, ich winke seine Frage gespielt lässig ab. »Ich war eh nie so das Pferdemädchen.« Zum ersten Mal seit Wochen fühle ich Erleichterung – und zwar dort, wo zuvor die immer größer werdende Masse an Kummer und Hass von innen gegen meinen Magen gedrückt hat. »Außerdem ... Manchmal bedeutet stark sein eben zu wissen, wann du die Reißleine ziehen solltest.« Erst als ich es ausgesprochen habe, merke ich, wie passgenau diese Aussage auch für Jonas' Geschichte ist. Er hat gemerkt, dass es ihm nicht gut geht, und gehandelt.

»Hör auf, so verdammt klug zu sein, Pollyschmolly.«

»Niemals! Ich will damit meinen Mitbewohner beeindrucken.«

»Deinen Mitbewohner? Muss wohl ein ziemlich stabiler Typ sein.«

»Brutal stabiler Typ«, greife ich seinen Slang auf. »Ich stehe vielleicht auf ihn.«

»Du solltest einen Move bei ihm machen. Ich habe da ein gutes Gefühl.« Er zwinkert. Und bei diesem Zwinkern sterbe ich ein bisschen.

»Ja?«, frage ich spielerisch und ziehe ihn an den bis dahin noch immer in meinem Schoß liegenden Händen zu mir heran, bis ich nach dem Kragen seines Pullovers greifen kann.

Er schlingt einen Arm um mich und presst sich sanft an mich, dann legt er seine Lippen auf meine. Ich habe ihn vermisst. So sehr vermisst.

Ich erwidere seinen Kuss und könnte nun selbst die Fanfare spielen, so sehr sehne ich mich danach, alle an unserer Verknalltheit teilhaben zu lassen.

»Was tust du jetzt?«, hake ich leise in eine Kusspause hinein nach.

»Mhmmm. Ich schließe deine Kinderzimmertür ab«, ein sachter Kuss auf meinen Mundwinkel, »bringe dich dazu, diese Jacke auszuziehen«, seine Lippen auf meinem Kiefer, »und dann überzeuge ich dich davon, dass dein Mitbewohner ebenfalls auf dich steht.« Seine Zunge an meinem Hals.

Obwohl ich am liebsten zu einer Pfütze zerfließen würde, reiße ich mich am Riemen, um diese Unterhaltung so zu beenden, wie ich es vorhatte: angemessen. Verantwortungsvoll.

»Ich meine ... holst du dir Hilfe? Bist du schon so weit?«

Jonas blickt auf. »Ja«, antwortet er mit fester Stimme und sieht mir geradewegs in die Augen. »Deswegen war Isabella gestern streng genommen da. Ihre Mutter ist Psychologin und hat ihr ein paar Nummern gegeben, die ich anrufen kann.«

»Das ist ...« Ich bin vielleicht nicht die geborene Gesprächspartnerin für schwere Themen, die Fingerspitzengefühl erfordern. Aber ich weiß, wann ehrliches Lob angebracht ist. »Das ist wirklich wahnsinnig mutig.«

»Maaaw.« Jonas schnalzt mit der Zunge, tut das Kompliment ab, aber ich kann ihm ansehen, dass es einen Nerv trifft. Einen wichtigen.

»Glaubst du, du kannst trotzdem mit mir reden?«

»Immer.« Er zieht seinen Kopf zurück und kneift ein Auge abschätzend zu. »Es sei denn, du willst mich überzeugen, French Toast von nun an mit Sriracha zu servieren. Da bin ich nicht verhandlungsbereit.«

»Immer«, imitiere ich ihn und ziehe ihn dann auf mich. Auf die Luftmatratze. Und ich erinnere mich daran, dass irgendwie auch alles mit einer Luftmatratze begonnen hat. In einem damals noch leeren Zimmer, das jetzt mein Zuhause ist.

EIN NEUER ANFANG

KÖLN, 13. FEBRUAR
WOHNUNG VON POLLY UND JONAS

»Wisst ihr, was ich richtig crazy finde?« Anna deutet mit ihrem langstieligen Latte-macchiato-Löffel in unsere Richtung und tippt sich schließlich damit ans Kinn. Sie sitzt auf einem unserer Barhocker und lässt die Beine baumeln. Neben ihr lehnt Mel an der Küchentheke, deren rissige Cargohose am Oberschenkel von Eules feuchter Hundeschnauze eingeweicht wird. Es war mir wichtig, meine alten Freundinnen und meine neue Freundin endlich richtig zusammenzubringen – im nüchternen Zustand und in dem besten Wissen, dass nun alle über die *Akte Hummer-Emoji* informiert sind.

»Lass uns daran teilhaben«, sagt Anouk in dem Tonfall eines Priesters, der zum Gebet aufruft. Sie balanciert ihre übervolle Teetasse von der Theke zum Wohnzimmertisch, der eigentlich viel zu klein ist, um alle Bestandteile unseres Brunchs tragen zu können. Brötchen und Croissants teilen sich den Platz mit Caprese, Marmeladen, Käse und einem Tetra Pak *Chocomel*. Jonas nimmt diesen Kakao inzwischen bei jedem seiner Einkäufe und beklebt ihn mit einem der Post-its, die ich eigentlich zum Lernen verwende. Darauf schreibt er Botschaften, die noch süßer sind als das Getränk selbst.

»Polly und Jonas sind streng genommen erst seit gut einem Monat ein Paar. Aber sie wohnen schon zusammen.« Anna lässt die Hand mitsamt Löffel kreisen und wirft abwechselnd Mel und Anouk einen um Bestätigung heischenden Blick zu.

»Ich bin genauso verwirrt wie du.« Mel hebt die Handflächen hoch wie eine Fußballerin, die beim Foulen erwischt wurde, woraufhin Eule sofort nach einer Fortsetzung der Streicheleinheit winselt. »Ich für meinen Teil würde niemals mit einem Kerl zusammenziehen.«

»Nicht mal mit dem neuen Typen, für den du die Medizinstudentin gekickt hast?«, frage ich, die Nase in einem dicht beschriebenen Block voller Aufzeichnungen aus dem Studium.

»Äääh ...« Mels skeptischer Ton bringt mich aus dem Takt und ich sehe kurz auf, um ihre Mimik zu checken. Sie zeigt eine Mischung aus geschauspielertem Ekel und ernsthafter Abwägung.

»Kannst du den Wälzer mal woanders hinlegen?«, fragt Anouk dazwischen und schubst meinen *Allgemeinen Teil des Bürgerlichen Gesetzbuches* mit der Hüfte vom Sofa. »Und das auch?« Sie zupft mir das Papier aus der Hand.

»Hey!«, protestiere ich und patsche nach den Notizen. »Ich brauche die!«

»Einen Scheißdreck brauchst du.« Einer der Barhocker quietscht, als Mel sich zwischen ihnen durchschiebt und zu uns rüberkommt. Eule folgt ihr dabei auf Schritt und Tritt.

»Du lernst seit zwei Wochen ununterbrochen und hattest es streng genommen sowieso nie nötig.« Das stimmt bestenfalls halb. Ich habe gelernt, wenn ich nicht in der Uni war. Oder in Jonas' Bett.

»Wenn man Sarina Glauben schenken darf, wird aus mir ohnehin nichts, wenn mich das bisschen Office Management schon so *mental belastet* hat.« Ich schnippe höhnische Anführungszeichen in die Luft, die sich anfühlen wie Hustensaft auf einer entzündeten Kehle.

Es war meine Entscheidung, die Kündigung bei *Gayleway & Gabel* persönlich bei Sarina einzureichen. Jonas, Anna und Anouk waren der Meinung, dass ein Brief vollkommen ausreichend wäre. Sachlich, distanziert, kurz. Doch ich bin nie sachlich und distanziert gewesen, wenn mich jemand erniedrigt hat. Wieso also jetzt? In diesem Punkt hat Mel mir wenig überraschend zugestimmt, als ich sie in die Geschichte eingeweiht habe. Wenn es nach ihr gegangen wäre, hätte ich Patricks Büro mit Bengalos gestürmt. Doch ich habe mich damit begnügt, Sarina ins Gesicht zu sagen, dass ich ihre Lästereien gehört habe. Das war mir wichtig. Sie sollte wissen, was ihr Verhalten anrichten kann.

Ich denke zwar nicht, dass sie etwas daraus lernen wird. Aber sie soll deshalb wenigstens eine Nacht schlecht schlafen. Also habe ich ihr erklärt, dass das anhaltende Gerede über meine vermeintliche Faulheit und die unterschwelligen Witze über meine Figur mich psychisch zu sehr mitgenommen haben und ich daher – wie es mein Vertrag vorsieht – mit einer einwöchigen Frist kündige, die folgende Woche aber leider wegen Krankheit verhindert sei. Das kurze Aufflackern von Fassungslosigkeit darüber, dass ich nicht nur den Job hinschmeiße, sondern auch noch den

Schneid habe, sie persönlich zu konfrontieren, waren meine Bedenken vor dieser Begegnung vollkommen wert. Auch wenn es mich nicht überrascht hat, dass sie sich in Windeseile wieder gefangen und mir folgendes Brett von einem Satz an den Kopf geknallt hat: »Du wirst nie eine Anwältin, wenn dich das bisschen kollegiales Foppen schon mental belastet.«

Ich werde niemals die Kraft vergessen, die mich durchströmt hat, als ich ihr zum Abschied gesagt habe, dass sie dann ja bestimmt nichts dagegen habe, wenn ich der HR-Abteilung von dem *bisschen kollegialen Foppen* berichte.

»Ähm, excuse me?« Anna hat mit ihrem Latte macchiato auf dem Sofa neben mir Platz genommen. Ihre Augenbrauen sind bis zur Beinahefusion zusammengezogen. »Diese Sarina hat ja wohl ausreichend bewiesen, dass man ihr in exakt gar nichts Glauben schenken darf.«

»Guter Punkt.« Anouk nickt. »Ich war schon bei der Rinderknochen-Detoxbrühe-Geschichte raus. Knochenbrühe … das ist next level.«

Anna greift nach einem Cocktailtomaten-Mozzarella-Spießchen und steckt sich den kleinen Käseball in den Mund. »Aber mal ohne Scheiß jetzt«, dramatische Kunstpause, »wie geht es deiner Psyche?«

»Mir geht's gut«, erwidere ich ehrlich, ernte dafür allerdings skeptische Blicke. »Wirklich«, beteure ich. »Es war richtig, den Job auf meine Weise zu kündigen. Ich habe geglaubt, danach irgendwie Panik zu bekommen. Weil mein Plan gescheitert ist … Weil jetzt das erste Semester so gut wie vorbei ist und ich keinen Schritt weiter bin auf der Karriereleiter. Aber eigentlich …« Ich zucke mit den Schultern. »Viele Dinge wirken auf einmal erstaunlich klein.« Kurz komme ich mir pathetisch vor, doch dann erscheint mir die Antwort genau richtig.

Es ist wirklich alles kleiner, als ich noch vor meinem Studium dachte. Unbedeutender. Mit weniger weitreichenden Konsequenzen. Es kümmert niemanden, ob ich im ersten Semester einen renommierten Job ergattere oder erst nach dem ersten Staatsexamen. Es kümmert nicht mal, ob ich überhaupt einen renommierten Job habe. Auf der Vorlesungsbank gibt es keinen Unterschied zwischen Anwaltsaushilfen und Servierkräften beim Burgerschuppen um die Ecke. Dieses erste Semester ging so rasend schnell vorbei, dass mir mein jahrelanges Vorhaben, das Studium in der Regelzeit zu absolvieren, wie ein schlechter Witz vorkommt. Was bedeutet schon ein Jahr mehr, wenn ich dafür nicht gelebt habe? Was ist ein prestigeträchtiger Job, wenn es dort genauso abläuft wie auf dem Schulhof? Was ist eine Karriere, wenn sie auf Kosten deiner Gesundheit geht? Ich dachte immer, vom Plan abzukommen, würde sich wie Scheitern anfühlen. In Wahrheit bin ich daran gewachsen.

Weil Anna noch immer gedankenverloren die aufgespießte Tomate anglotzt, reiche ich ihr eine Schale mit selbst gemachtem Hummus.

»Willst du mich jetzt etwa vergiften, damit du nicht über deine Mental Health reden musst?«

»Ich will dich nicht vergiften, ich will, dass du endlich diese arme Tomate irgendwo reindippst.«

»Seit ich in der sechsten Klasse einmal Pollys Kartoffelbrei gegessen habe«, erklärt Anna an Mel gewandt, »traue ich ihren Kochkünsten keinen Meter mehr über den Weg.« Annas Gesicht wird zum Ebenbild des Emojis, das mit zusammengebissenen Zähnen ein Lächeln künstelt.

»Aber Polly kann doch alles?« Mel grinst.

»Nein, Anna hat recht«, kommentiert Anouk knapp.

»Ich danke euch für das Vertrauen.«

»Sorry, aber wenn du das bisschen kollegiales Foppen nicht aushältst, dann ...« Ich bewerfe Anouk mit einem Kissen. Sie duckt sich weg und fragt grinsend: »Zu früh?«

Nein. Mit den richtigen Freundinnen ist es niemals zu früh, einen Tiefpunkt mit Humor zu heilen. Auch sie wirken wie Hustensaft.

»Der schmeckt ja richtig gut!« Anna häuft eine großzügige Portion auf ihre Tomate, nachdem sie wagemutig den kleinen Finger in das Kichererbsenpüree gesteckt hat.

»Siehst du!«, sage ich mit geschwellter Brust.

Die Tür geht auf und zwei Männer kommen herein. Der erste lässt mein Herz vergessen, wie es funktioniert, ein Herz zu sein, der zweite richtet Ähnliches bei Anna an.

»Ich habe da wen vor der Tür aufgegabelt«, sagt Jonas grinsend und schiebt Fynn vor sich in die Wohnung. Fynn wollte eigentlich direkt mit Anna vorbeikommen, musste am Vormittag allerdings spontan für eine Kollegin im Outdoorstore einspringen. Jonas selbst hat heute Morgen einen Anruf von einer der therapeutischen Praxen bekommen, die ihn in den vergangenen Wochen auf ihre Wartelisten gesetzt haben. Er war zu gleichen Teilen nervös und optimistisch über die Aussicht auf ein Erstgespräch, wirkt aber jetzt, als hätte der Optimismus eindeutig gewonnen.

Fynn geht auf Anna zu, die ihm sofort eine komplett in Hummus gebadete Tomate andreht, und quetscht sich neben sie auf das Sofa.

»Oh? Ist mein Hummus gut?«, fragt Jonas, der sich nie ein Kompliment für seine Kochskills entgehen lassen würde.

»Den hast du gemacht?«, kreischt Anna und ich ziehe den Kopf ein, weil das Kissen nun in meine Richtung geschleudert wird. Bevor weitere Dekoobjekte nach mir geworfen werden können, rapple ich mich vom Sofa auf und begrüße Jonas mit einem Kuss.

In leisem Tonfall, damit es niemand außer uns mitbekommt, frage ich: »Wie ist es gelaufen?«

»Es war … gut. Die Therapeutin, sie … hat sich richtig angefühlt.«

Ich lege ihm die Hand auf die Brust, spüre sein Herz ein wenig schneller schlagen als sonst und stimme dann in sein optimistisches Lächeln ein. »Das ist großartig.«

»Ja«, sagt er und seine Stimme vibriert unter begeistertem Nicken.

»Also kann es losgehen?«

»In einem Monat etwa, ja.«

Ich strahle Jonas glücklich an und muss erneut daran denken, wie unwichtig Zeit ist, wenn etwas viel Größeres auf dem Spiel steht.

»Wollen sich jetzt alle die Gesichter ablecken oder können wir essen?« Anouk klatscht ein paarmal in die Hände, um die Dringlichkeit ihrer Frage zu unterstreichen.

»Ist ja schon gut.« Ich setze mich zu den anderen, während Jonas Mels Schulter zur Begrüßung sanft drückt. Dann steuert er von dem Sessel, auf dem es sich meine Freundin bequem gemacht hat, geradewegs auf die Siebträgermaschine zu. Natürlich. Was sollte er auch sonst tun?

Mit einer Geste, von der ich hoffe, dass Anouk sie als *Auch du wirst bald wieder glücklich sein* dechiffriert, streichle ich ihr über den Oberschenkel. Sie scheint mich auch wortlos zu verstehen, denn sie legt kurz ihren Kopf auf meiner Schulter ab. Wobei sie wegen unseres Größenunterschieds eher meinen Oberarm erwischt.

»Weißt du, was krass ist, Fynn?«, platzt Anna heraus, als hätte sie bis eben die Luft angehalten. »Polly und Jonas sind praktisch erst seit einem Monat ein Paar, aber sie wohnen schon zusammen.«

Fynn zieht eine Augenbraue hoch. »Lass mich raten: Ich soll Adem rausschmeißen, damit du einziehen kannst?«

Wir alle lachen – bis auf Mel. Die legt den Kopf schief und meint trocken: »Wenn Polly will, dass ich mit meinem aktuellen Kerl zusammenziehe, können wir da vielleicht zwei Fliegen mit einer Klappe schlagen.«

Ich kann sehen, wie bei einem nach dem anderen der Groschen fällt. Anna ist die Erste, die es ausspricht: »*Ihr* wart das am 11.11. in Adems Zimmer?«

»Schuldig«, brummt Mel und hebt die Hand zum Schwur.

»OH MEIN GOTT. Ist dir klar, dass wir dafür beschuldigt wurden?« Wir brechen alle in schallendes Gelächter aus.

»Ich wusste, dass es da jemanden geben muss«, sagt Jonas noch immer lachend, als er mit einem frischen Cappuccino zu uns stößt und Fynn über den voll beladenen Couchtisch einen schwarzen Kaffee reicht. »Adem hält sich sonst nie so … bedeckt, was Frauen angeht.«

Fynn sieht aus, als hätte er einen Geist gesehen. »Er hat mir gesagt, die Nachbarn haben einen neuen Kater, der die ganze Nacht nach rolligen Weibchen schreit.«

Dieses Mal lacht auch Mel. Es sieht einfach zu skurril aus, wie Fynn sich verzweifelt beide Schläfen hält, weil er diese Ausrede offensichtlich geglaubt hat.

»Oh Mann«, leitet Mel über. »Wie kommen wir jetzt wieder von diesem Thema los?«

»Ich habe eine Idee!« Anouk schreckt hoch. »Das hätte ich fast vergessen.« Sie zieht das iPad hervor, das sie direkt nach ihrer Ankunft auf die Couch geschmissen hat, und entsperrt den Bildschirm. »Ich habe endlich mal wieder gezeichnet und brauche dein Go, bevor ich es hochlade auf @alleswasunsniemandsagte.« Sie sieht mich an.

»Hey! Ich will es auch sehen!« Anna reckt zuerst den Hals, dann krabbelt sie auf dem Sofa so nah hinter Anouk, dass sie über ihre Schulter blicken kann.

Diese löst routiniert den Grafik-Pen von der Seite des Tablets und öffnet damit die Zeichenapp. Dass sie uns die Illustration in großer Runde zeigen will, spricht für Anouks Entwicklung. Das hätte sie vor ein paar Monaten niemals getan. Ein warmes Kribbeln durchzieht mich, als ich mich selbst auf dem iPad erkenne. Die Polly in der Zeichnung hat kreisrunde Bäckchen, wie es so typisch für Anouks Stil ist, und flatternde lange braune Haare, aus denen unzählige blaue und rote Blüten sprießen. Die Hände hat sie in die Seiten gestützt, über ihrem Kopf stehen die Worte: *Stop trying to fit into places you've outgrown.*

»Ich hoffe, du magst es«, sagt Anouk bescheiden.

»Ob ich es mag?«

»Oh mein Gott!« Anna klatscht in die Hände. »Das ist eins der besten bisher! Es passt so gut!«

»Es passt perfekt«, flüstere ich. Meine Augen werden feucht. Die Augen von Polly, die niemals weint ...

Ich sehe von Anouk zu Anna über Fynn zu Mel und von ihr zu Jonas. *Meinem Jonas.*

Wie sehr kann sich das Leben in drei Monaten verändern? Wie sehr können sich *Ziele* in drei Monaten verändern?

Jonas lächelt mich an, nimmt einen Schluck aus seiner Tasse und fragt mich anschließend mit einem entzückenden Milchbärtchen und Schoko-Crisp-Stimme: »Alles okay bei dir, Pollyschmolly?«

Als ich das erste Mal hier übernachtet habe, hatte ich den Plan, allein zu leben, auf keinen Fall eine Beziehung einzugehen und mir einen Job zuzulegen, der mir möglichst gute Kontakte einbringt. Und vor allem wollte ich auf keinen Fall scheitern.

Tja. Ich bin in all diesen Dingen gescheitert. Und es fühlt sich an wie die größte Errungenschaft meines Lebens.

»Ja«, antworte ich. »Alles okay.« Und es sind die verdammt schönsten Worte, die ich je gehört habe.

DANKSAGUNG

Im Nachwort von *Alles, was ich in dir sehe* – dem ersten Band dieser Reihe – habe ich mich gewundert, wie ich es immer wieder schaffe, mein Gedankenwirrwarr so lange zu Papier zu bringen, bis am Ende ein Buch dabei herauskommt. Tja. Ich habe ein Update diesbezüglich: Ich weiß es immer noch nicht, doch es hat erneut geklappt. Und dieses Mal ist eine Geschichte dabei herausgekommen, die ich schon immer schreiben wollte. Ich hatte nur keine Ahnung, in welcher Form.

Dafür musste mir erst Polly begegnen. Und ja, ich weiß, es ist kitschig (und wirkt vielleicht auch ein bisschen selbstverliebt), so zu tun, als wäre Polly eine eigenständige Person, die mich etwas lehren konnte, und nicht eine Ausgeburt meiner eigenen Fantasie. Aber glaubt mir einfach, Polly hat mir mehr gegeben als ich ihr. Sie hat mich mit so vielem ausgesöhnt, indem sie all das ausgesprochen hat, was ich in ihrem Alter noch nicht sagen konnte.

Deshalb bin ich vielleicht so dankbar wie noch nie, dass ich beim Schreiben von *Alles, was du von mir weißt* ein paar Menschen um mich hatte, die mich auf meinem Weg begleiten und es mir ermöglichen, diese Seite an meinen Figuren – diese Seite an mir – zu entdecken. Ihr wisst wahrscheinlich, wer ihr seid, und deswegen mache ich es kurz: DANKE, Lukas, Nono, Papa, Gianluca, Mama, Julia, Kathinka, Sophie, Rebekka, Philine und Lucie.

Danke außerdem an Elena und Loewe Intense und an Leonie und die Meller Agency.

Zum Schluss möchte ich mich bei euch bedanken, meinen Leserinnen und Lesern, weil ihr Polly schon geliebt habt, bevor ihre eigene Geschichte erschienen ist. Ich hoffe, ich bin ihr gerecht geworden und ihr konntet ebenfalls etwas aus ihr mitnehmen. Denn vielleicht habt auch ihr euch schon mal – genau wie Polly und ich – wegen eures Körpers so gefühlt, als hättet ihr nicht einzig und allein das Beste verdient. Doch das habt ihr. Das haben wir. Ich denke, wir können hier noch einmal festhalten, dass wir alle mehr sind als unser Körper.